KIRSTY GREENWOOD

# Der Vintage-Guide für einsame Herzen



GOLDMANN
Lesen erleben

*Buch*

Jessica Beam ist eine moderne junge Frau. Sie flucht wie ein Bierkutscher, kann auf Romantik verzichten, trägt neonfarbene Unterwäsche und hat hemmungslosen Sex. Bislang ist sie so wunderbar durchs Leben gekommen, doch dann verliert sie am selben Tag sowohl ihren Job als auch ihre Wohnung. Ihr bleibt nichts anderes übrig, als ihre wohlhabende Großmutter um Obdach zu bitten, die in Londons Nobelviertel Kensington residiert. Aber Jess hat Matilda Beam noch nie gesehen und muss herausfinden, dass auch die elegante Dame nicht gerade goldene Zeiten erlebt. Die ehemalige Bestsellerautorin von in den 50er-Jahren erschienenen Frauenratgebern hat schon lange kein Buch mehr verkauft und kann die Hypothek für ihre wunderschöne Villa nicht mehr zahlen. Doch dann erhalten die Beam-Frauen eine letzte Chance: Ein neuer lukrativer Buchvertrag, wenn sie beweisen können, dass Matildas Vintage-Guides auch heute noch funktionieren. Jess zu einer eleganten Lady umzuerziehen ist allerdings keine leichte Aufgabe. Und das größte Problem: Sie soll mit makellosen Manieren und im Spitztüten-BH das Herz des begehrtesten Junggesellen Londons erobern, das Herz des unnahbaren Leo Frost …

Weitere Informationen zu Kirsty Greenwood
sowie zu lieferbaren Titeln der Autorin
finden Sie am Ende des Buches.

Kirsty Greenwood

# Der Vintage-Guide für einsame Herzen

Roman

Aus dem Englischen
von Stefanie Retterbush

GOLDMANN

Die Originalausgabe erschien 2015 unter dem Titel
»The Vintage Guide for Love and Romance«
bei Pan Books, an imprint of Pan Macmillan, London.

Dieses Buch ist auch als E-Book erhältlich.

MIX
Papier aus verantwortungsvollen Quellen
FSC® C014496

Verlagsgruppe Random House FSC® N001967
Das FSC®-zertifizierte Papier *Pamo House* für dieses Buch
liefert Arctic Paper Mochenwangen GmbH.

1. Auflage
Deutsche Erstveröffentlichung August 2015

Umschlaggestaltung: UNO Werbeagentur, München
Umschlagmotiv: Gettyimages/Stone/Dean Belcher
Redaktion: Cathrin Wirtz
MR · Herstellung: Str.
Satz: omnisatz GmbH, Berlin
Druck und Bindung: GGP Media GmbH, Pößneck
Printed in Germany
ISBN: 978-3-442-48108-8
www.goldmann-verlag.de

Besuchen Sie den Goldmann Verlag im Netz:

Für Christine, meine Mum.
Mit dir ist alles besser.

Wer nicht rastet, rostet nicht.

*Frei nach einem alten Sprichwort.*

## *Erstes Kapitel*

Will man sich als Frau den richtigen Mann angeln, gebe man sich sinnlich verlockend und doch tugendhaft. Ist ein Heiratsantrag das Ziel, ist Sittsamkeit das oberste Gebot!

– Matilda Beams Handbuch zu Liebe und Romantik, 1955

Ich habe in meinem Leben schon viele unkluge Entscheidungen getroffen. Nicht mal zwei Stunden nach dem Kennenlernen mit dem neuen Nachbarn ins Bett zu hüpfen war zwar eindeutig nicht die allerdümmste, aber sie schafft es immerhin auf einen der vorderen Plätze meiner persönlichen Hitliste. Genauso wie der Verlust meiner Kontaktlinsen während der letzten Zuckungen unserer ungelenken Vereinigung, weswegen ich jetzt an diesem klebrig heißen Julimorgen wie ein Blindfisch hilflos in einem fremden Bett liege.

Dämlicher, köstlicher Birnen-Cider.

Irgendwo im Zimmer meldet sich mit gedämpftem Summen mein Handy. Verflixt, ich bin bestimmt schon viel zu spät dran. Heute ist das große Meeting, und ich habe Summer hoch und heilig versprochen, auf jeden Fall pünktlich da zu sein.

Ich kann mich noch nicht mal mehr daran erinnern, wie mein Nachbar eigentlich heißt. Ich glaube Jim. Vielleicht auch Timothy. Wie auch immer, gerade liegt er mit halb verdecktem Gesicht selig schnarchend neben mir und hat mich offenkundig vollkommen vergessen. Wäre da nicht der plötzliche Sehkraftverlust, ich würde einfach fix meine Siebensachen zusammenraffen und mich heimlich, still und leise aus der Wohnung schleichen und müsste ihn nie wiedersehen. Höchstens wenn wir uns zufällig im Treppenhaus über den Weg laufen. In dem Fall würde ich dann nur schrill loskreischen und wegrennen wie ein kopfloses Huhn. Aber ohne Kontaktlinsen sehe ich kaum die Hand vor Augen.

»Aufwachen ...« *Jim? Timothy?* »... junger Mann«, krächze ich und stupse meinen stämmigen Nachbarn mit dem Ellbogen in die Schulter. »Raus aus den Federn! Es ist schon hell, die Vöglein singen und so weiter und so fort. Komm schon. Zeit zum Aufstehen.«

Er brummt etwas, das wie »mnnneblupp« klingt, packt meine Hand und klatscht sie auf seinen Schniedel. Anscheinend hofft er, ich mache da weiter, wo wir vorhin aufgehört haben.

Öhm. Nein danke.

Angewidert ziehe ich die Hand weg von seinen Kronjuwelen und boxe ihm stattdessen gegen den Arm.

Ruckartig setzt er sich auf und blinzelt mich verdattert an, als könne er nicht glauben, dass da eine leibhaftige Frau neben ihm im Bett liegt. Mit zusammengekniffenen Augen mustere ich ihn. Der Kopf wirkt seltsam unproportioniert auf dem etwas bulligen, muskulösen Körper. Was hat der Kerl für einen winzigen Kopf. Gestern Abend muss ich das ziemlich faszinierend gefunden haben – aber ab einer gewissen Alkoholkonzentration im Blut ist sogar ein Fliegenschiss faszinierend. Meine entsetzte *Was habe ich mir bloß dabei gedacht?*-Grimasse versuche ich hinter einem ausgiebigen Nilpferdgähnen zu verstecken.

Mein Nachbar schlägt schwungvoll die Decke zurück, unter der ich nackt bin. Mit einem anzüglichen Grinsen rutscht er näher heran. »Oh, *hallooo,* Jess von nebenan«, schleimt er und leckt sich mit der blassen Zunge über die blassen Lippen. »Könnte ich mir vielleicht ein … *Tässchen Zucker* bei dir borgen?«

Mit zusammengekniffenen Augen und zu einem schiefen Grinsen hochgezogener Oberlippe stiert er mich erwartungsvoll an. Vermutlich hält er diesen Gesichtsausdruck für attraktiv und sexuell anziehend, dabei sieht es eher aus, als versuchte er gerade, einen Furz zu unterdrücken.

Mit einem Army-Hechtsprung rette ich mich auf die anderen Seite und aus dem Bett.

»*Zucker*«, gluckst er wieder und grient über das ganze Gesicht. »Kapiert? Ha-ha. Eine kleine Umschreibung, verstehst du? Für Sex? Ha-ha. Ha.«

Gütiger Himmel. Meine Ansprüche – die offen gestanden auch in ihren besten Tagen nie besonders hoch waren – sind in letzter Zeit wirklich ins Bodenlose gesunken. Zuerst Mickey, der Metzger, der eigentlich gar kein richtiger Metzger war, und dann Rupert, der mich nur so toll fand, weil er für Instagram Sepiafilter-Fotos von meinen Füßen machen durfte. Und jetzt *dieser* Kerl, an dessen Namen ich mich noch nicht mal mehr erinnern kann.

»Hey … Alter«, improvisiere ich. »Ich wollte dich nicht wecken, aber ich bin spät dran und bekomme bestimmt Ärger mit meinem Boss. Ich habe meine Kontaktlinsen verloren, und ohne die bin ich so blind wie ein Maulwurf. Hilfst du mir eben, meine Sachen zusammenzusuchen, und bringst mich rüber in meine Wohnung?«

Woraufhin er den dicken Arm über den Kopf streckt und eine Augenbraue hochzieht. »Da, wo wir beide hingehen … brauchst du keine Klamotten.«

»Doch, brauche ich. Unbedingt sogar.«

»Ich fände es viel netter, wenn du einfach nackt bleibst.«

»Das ist wirklich sehr schmeichelhaft. Aber ich fände es viel netter, wenn *du* mir den großen Gefallen tun und meine Klamotten suchen könntest.«

Seufzend wälzt er sich aus dem Bett, schnappt sich eine gestreifte Boxershorts und ein zerknittertes Unterhemd aus einem halb ausgepackten Koffer und zieht beides über. Im Handumdrehen hat er meine Klamotten zusammengesucht, die ich im Eifer des Gefechts einfach auf den Schreibtisch geschleudert habe. Mein Höschen hat sich um den Henkel einer nicht weggeräumten Tasse gewickelt. Er reicht mir die Sachen und schaut mir beim Anziehen zu.

Energisch ziehe ich die knallenge Röhrenjeans hoch und den Reißverschluss zu, dann befestige ich die Sicherheitsnadel, die den Knopf ersetzt, den ich letzte Woche verloren habe.

Ich sehe alles ganz verschwommen. In Zukunft muss ich unbedingt daran denken, eine Ersatzbrille in die Handtasche zu packen. Und daran denken, eine Handtasche mitzunehmen.

»Also, soll ich dir meine Nummer geben, Jess?«, fragt mein Nachbar, der sich vertraulich bei mir unterhakt und mich langsam aus dem Schlafzimmer, den Flur hinunter und durch eine durchdringend nach Curry riechende offene Küche führt. »Ich glaube, wir zwei haben sehr viel gemeinsam. Zwischen uns stimmt die Chemie. Ich würde dich gern ein bisschen besser kennenlernen.«

Wir tappen durch ein spärlich möbliertes Wohnzimmer, und in den gleißend hellen Sonnenstrahlen, die durchs Fenster fallen und mich blenden, sodass ich die Augen zusammenkneifen muss.

»Besten Dank«, murmele ich und muss einen Bogen um einen Stapel unausgepackter Kartons schlagen, »aber ich bin nicht so der Typ fürs ›besser kennenlernen‹. Ich meine, vielleicht versuche ich es in zwanzig Jahren mal mit diesem Beziehungskram, wenn mein Körper seine besten Zeiten hinter sich hat und das Leben keinen richtigen Spaß mehr macht. Aber momentan? *Bestimmt nicht.* Trotzdem danke für das Angebot.«

»Verstehe, ja, du hast recht, du hast absolut recht«, nuschelt er, als wir zur Wohnungstür hinausgehen. »Ich sehe das genauso. Beziehungen sind die Hölle. Beziehungen können mich mal kreuzweise. Ha. Ich sag dir was, ich stehe auf Skifahren, okay? Aber soll ich dir sagen, was ich überhaupt nicht abkann?«

»Eine feste Bindung?«

»Ganz genau! Ha-ha. Und wo du doch eine *unabhängige Frau* bist und so, dachte ich mir, wir beide passen doch einfach perfekt zusammen. Vielleicht überlegst du es dir noch mal?«

»Hmm-hmm.«

Gemeinsam tappen wir den Korridor entlang. Zwanzig Sekunden später stehen wir vor meiner Wohnungstür. In der Gesäßtasche angele ich nach dem Hausschlüssel.

»Merci für die Hilfe.«

»Ach, nicht der Rede wert. Eine hübsche junge Frau bringt man doch gerne nach Hause.«

»Aha«, brumme ich und nicke. »Cool, also, dann mach's gut. Wir laufen uns bestimmt mal wieder über den Weg!«

Und damit winke ich kurz und bedenke ihn mit meinem *Abschiedslächeln.* Aber er macht keinerlei Anstalten zu verschwinden.

»Ähm, ja, wir sehen uns dann!«, sage ich noch mal.

Er rührt sich noch immer nicht vom Fleck.

Warum geht der nicht?

»Weißt du, Jess«, brummt er nachdenklich, die Daumen in den Gummibund der Boxershorts gehakt, den Schritt ganz leicht in meine Richtung vorgestreckt. »Ich finde, ich sollte dir wenigstens meine Nummer geben. Für Nachbarschaftshilfe und so. Falls du überfallen oder ausgeraubt wird. Oder dich einsperrst. Oder aussperrst. Oder vielleicht mal Hilfe mit schweren Einkaufstüten brauchst. Oder was, wenn du eines Tages allein zu Hause bist, und die Waschmaschine geht kaputt? Explodiert einfach, KABUMM, alles steht unter Wasser und du brauchst einen starken Mann, der dir hilft? Oder was, wenn« – seine Nasenlöcher beben leicht – »du dich ein bisschen einsam fühlst, hm? Vielleicht sogar sehr einsam, aber niemand merkt, wie einsam du bist, weil du immer tust, als wäre der Job im Baumarkt deine Erfüllung, und bei den Pokerabenden mittwochs machst du gute Miene zum bösen Spiel, aber unter der fröhlichen Fassade bist du einsam und allein und brauchst dringend ein bisschen Trost und menschliche Wärme ...«

Holla.

Angesichts derart verzweifelter Anbiederungsversuche bin ich heilfroh, kein Bedürfnis nach zwischenmenschlicher Zuneigung zu verspüren. Die Kunst erfolgreicher One-Night-Stands ist keine Hexerei: Gefühle sind unnötiger Ballast, klar? Was davon abgesehen auch generell ein gutes Lebensmotto ist.

Der arme Kerl, und dann auch noch ein Schrumpfkopf.

»Also gut«, knicke ich schließlich ein, weil er mir so leidtut. »Dann gib mir mal deine Nummer. Nur für den Fall, dass meine Waschmaschine, du weißt schon, unerwartet explodiert.«

Grinsend kommt er mir noch einen Schritt näher, viel zu nahe für meinen Geschmack, und lugt mir über die Schulter, während ich die Nummer eintippe, die er mir diktiert.

Und dann kommt der Teil, an dem ich eigentlich seinen Namen ins Handy eingeben müsste.

Ich kneife die Augen zusammen, und mein Finger verharrt über dem Display.

Jim oder Timothy?

*Jim oder Timothy?*

Wenn ich das vermassele, hinterlässt das keinen besonders guten Eindruck.

»Ähm, Jessica«, brummt er, und das breite Grinsen scheint ihm dabei zu vergehen, »weißt du nicht mehr, wie ich heiße?«

Schnaubend verdrehe ich Augen. »So ein Quatsch«, erkläre ich forsch. »Natürlich weiß ich, wie du heißt!«

*Jim oder Timothy? Du hast eine Fünfzig-fünfzig-Chance, Jess. Entscheide dich jetzt.*

»Du heißt natürlich Jjjjiiiim…«

Sein Gesicht wird immer länger.

»…mmmothy?«

Er schnappt nach Luft.

»Hast du mich gerade *Jimothy* genannt?«

»Äääähm.«

»Ich heiße *Paul.*«

Und dann bedenkt er mich mit einem tief gekränkten Blick, murmelt leise »Schlampe« und stapft beleidigt von dannen.

Paul. Paule Erbsenkopf. *Aber klar doch.*

# *Zweites Kapitel*

Zu spät zu kommen steht niemandem gut zu Gesicht.

– Matilda Beams Handbuch für die gute Frau, 1959

Noch ehe ich den Schlüssel im Schloss umdrehen kann, wird die Wohnungstür jäh von innen aufgerissen, und dahinter steht meine Chefin, Mitbewohnerin und Zweitplatzierte beim Ranking zum *Promi-Po des Jahres 2011*, Summer Spencer.

»Hat der neue Nachbar gerade Schlampe zu dir gesagt?«, fragt sie irritiert und schaut ihm nach, während er beleidigt das Weite sucht.

»Ich bevorzuge die Bezeichnung sexuell aufgeschlossen.«

»So könnte man es wohl auch nennen.« Sie zieht die modisch dichten dunklen Augenbrauen hoch. »Wie kommt es eigentlich, dass du schon wieder zu spät kommst, Jess? Mal ehrlich. Ausgerechnet heute? Womöglich der wichtigste Tag meiner – unserer – gesamten Karriere? In nicht mal einer halben Stunde müssen wir auf dem Weg nach London sein, und du siehst aus wie eine wandelnde Katastrophe, *quelle surpriiiiise.*«

Mr Belding, unser winziges schwarzweißes Katerchen, streicht mir um die Beine. Ich hebe ihn hoch und drücke ihn mir als lebendes Schutzschild an die Brust, um Summers Motzattacke abzuwehren.

»Ich weiß«, murmele ich zerknirscht. »Entschuldige, Sum. Eigentlich wollte ich ganz brav sein und früh ins Bett gehen. Ich habe es mir sogar aufgeschrieben. Hier!« Und damit halte ich ihr meine Hand vor die Nase. Auf der Handfläche steht in verschmierter Kugelschreiberschrift: *Früh ins Bett gehen!* »Es war nur so ... Als du weg warst, wurde es plötzlich rappelvoll im Biergarten, und alle haben angefangen Twister zu spielen, und es war so warm und sonnig, und die haben da diesen leckeren Birnen-Cider ...« Ich reibe mir die Augen. »Ich kann überhaupt nichts sehen, ich habe meine Kontaktlinsen verl...«

»Ja, das war sicher wieder ein aufregendes Abenteuer in der vollkommen verantwortungsfreien Welt der Jessica Beam.« Sie pustet die Backen auf und atmet hörbar aus. »Aber vielleicht erzählst du mir die Geschichte lieber im Zug? Geh jetzt erst mal duschen, wärst du so nett?« Und damit beugt sie sich leicht nach vorne und schnuppert vorsichtig an mir. »Du müffelst.«

»Kann ich erst noch schnell eine Runde laufen? Höchstens zwanzig Minuten? Nur um das Hirn freizupusten? Mir ist ein bisschen schlecht.«

»Nein! Herrgott noch mal, Jess.«

Summer streckt die Hand nach Mr Belding aus. Er klettert an mir hoch und krallt sich verzweifelt in mein Oberteil. Misstrauisch mustert sie ihn mit zusammengekniffenen Augen.

»Hmm. Ich verstehe einfach nicht, warum er dich so mag, wo ich mich doch viel mehr mit ihm beschäftige. Ihn hübsch zurechtmache, seine Karriere vorantreibe.«

Mr Belding ist ein aufgehender Stern am Internet-Himmel. Ein Katzen-Supermodel. Summer putzt ihn mit niedlichen Mini-Outfits heraus, und dann posieren sie gemeinsam für die Kamera. Die Fotos stellt sie dann online, um möglichst viele Likes und Retweets zu bekommen.

Vielsagend beäuge ich die eigens angefertigte Katzenkopfbedeckung, die Mr Belding heute trägt. »Ich weiß nicht«, erwidere ich unschuldig. »Vielleicht möchte er nur ein bisschen mehr kreatives Mitspracherecht?«

Summer schnalzt nur abfällig mit der Zunge. »Ach, das ist ja alles *so* witzig, was? Beeil dich einfach, okay?« Und dann seufzt sie vernehmlich, dreht sich auf dem Absatz um und stöckelt klackernd über den Dielenboden davon. Die Wohnzimmertür fällt lauter als nötig hinter ihr zu.

Sie ist in letzter Zeit aber auch wirklich launisch.

Und dann taste ich nach der Anschlagleiste an der Wand und hangele mich daran entlang bis zu meinem gemütlichen, schuhschachtelkleinen Schlafzimmer, wo ich mir endlich die gute alte Schildpattbrille auf die Nase setze.

»Gelobt sei der Herr!«, rufe ich verzückt, als ich mein Augenlicht wiederhabe.

Dann stöpsele ich das iPhone in die Dockingstation, gehe zu meiner Lieblingsrockplaylist – bei der ich immer gleich gute Laune bekomme –, streife rasch die Klamotten von gestern Abend ab und werfe sie achtlos in Richtung des bereits überquellenden Wäschekorbs. Ich sollte wirklich mal eine Maschine waschen.

Morgen.

Morgen, ganz bestimmt.

Hurtig springe ich unter die Dusche, wasche mir so schnell wie noch nie im Leben die Haare, weil Summer unsere Wochenration Heißwasser immer mit ihren ganzheitlichen Vollbädern aufbraucht, die sie zweimal täglich nimmt, seit sie bei *goop* darüber gelesen hat. Das Wasser gefriert zu Eiszapfen, sobald es aus dem Hahn fließt. Von unten brüllt sie zu mir herauf:

»Putz dir die Zähne lieber zweimal, Jess. Oder noch besser dreimal.«

»Klaro!«, rufe ich bibbernd mit bebender Stimme zurück,

greife folgsam zur Zahnbürste und mache mich daran, meinen Mund einer sorgfältigen Grundreinigung zu unterziehen.

»Und vergiss bitte nicht, heute ausnahmsweise Unterwäsche anzuziehen«, brüllt Summer wieder, diesmal direkt von der anderen Seite der Schlafzimmertür. Fast erwarte ich, dass sie unversehens wie eine Ninja-Katze im Badezimmer auftaucht um nachzuschauen, ob ich mich auch brav hinter den Ohren gewaschen habe.

»Ziehe mir gleich ein Höschen an!«, rufe ich zurück.

Ich frage mich, ob es eigentlich normal ist, sich vor seiner besten Freundin zu fürchten? Nicht, dass ich Angst hätte, sie könnte mir unversehens an die Gurgel gehen, aber wenn Summer mich so böse anguckt mit diesem stahlharten, eiskalten Blick, dann rutscht mir regelmäßig das Herz in die Hose. Immer, wenn ich ein bisschen angeschickert bin oder zu heftig flirte oder eine besonders dicke Lippe riskiere, packt Summer den eisigen Todesblick aus, und ich weiß, ich sollte mich lieber am Riemen reißen. Manchmal glaube ich nach so einem Mörderblick, mein ganzes erbärmliches Leben umkrempeln zu müssen. Ich gehe auf kalten Spaßentzug: Schluss mit den Männern, Schluss mit dem Alk, und keine Asia-Nudelsnacks mehr mit McCoy-Chips als Beilage und Haribo-Pudding zum Nachtisch. Stattdessen gehe ich samstags mit ihr zu ihrem schrecklichen Spinning-Training, schminke mich brav vor dem Schlafengehen ab und versuche zu verstehen, warum Mode mehr ist als ein enges Glitzertop, in dem meine Titten möglichst gut zur Geltung kommen. Ein paar Tage lang klappt das immer ganz gut. Aber irgendwann, meist dauert es nicht lange, erscheint mir das Leben ohne Partys öde, grau und leer, und ehe ich mich's versehe, stecke ich schon wieder in einem meiner, wie Summer sagt, »irrwitzigen Jessica-Beam-Abenteuer«. Sie findet, ich benehme mich immer noch, als sei ich achtzehn, nicht achtundzwanzig, aber was ist daran bitte auszusetzen? Wie Tulisa Contostavlos so seelenvoll gesungen hat: »We're young, we're young, we're young«. Oder wie ich immer sage: Das Leben ist so kurz, lass keinen Lacher aus.

»Jess! Komm in die Puschen!«

»Noch fünf Minütchen!«

Hektisch versuche ich mir noch flugs die Beine zu rasieren, was sich als schwerwiegende Fehlentscheidung herausstellt und zu unansehnlichen Schnitten am Schienbein führt, die teuflisch brennen. Schimpfend und fluchend hopse ich von einem Bein aufs andere, bis der Schmerz endlich nachlässt.

Der süße Prog-Rock-Gitarrist, mit dem ich letztes Jahr ein paar Wochen was laufen hatte, hat mich gefragt, warum es mir so wichtig ist, was Summer Spencer über mich denkt. Und ich habe ihm gesagt: Darum. Weil Summer für mich da war, als sonst niemand da war. Was recht dramatisch klingt, ich weiß, aber es ist die Wahrheit. Ich war achtzehn, als meine Mutter Rose gestorben ist. Das war in meinem ersten Jahr an der Manchester University, und Summer und ich hatten denselben Kurs in englischer Literatur belegt. Als ich drei Wochen hintereinander schwänzte und nicht im Kurs erschien, kam sie zu mir ins Wohnheim und hat mich gesucht, weil sie wissen wollte, warum ich wie vom Erdboden verschluckt war. Zugegeben, bis dahin hatte ich ihr bei den Hausarbeiten geholfen (ich weiß bis heute nicht, warum sie sich für diesen Kurs eingeschrieben hatte – sie hielt George Eliot für einen Kerl), und nach meinem Verschwinden sackten ihre Noten in den Keller. Aber trotzdem, Summer war die Einzige, die überhaupt merkte, dass ich nicht mehr da war.

Sie fand mich eingeigelt in meinem Zimmer, wo ich gerade ein lauwarmes, halb gefrorenes Knoblauchbrot mümmelte, einen *Rosemary & Thyme*-DVD-Marathon machte und billigen

Rotwein direkt aus dem Karton trank, und sie sagte zu mir: »Das ist das Traurigste, was ich je gesehen habe. Los, schmink dir die Lippen, und dann gehen wir raus und besaufen uns sinnlos.« Was mir damals als der dümmste, unsensibelste Vorschlag überhaupt erschien. Aber wie sich herausstellen sollte, war es die beste Ablenkung seit Wochen, einfach ein bisschen rauszugehen und an etwas anderes zu denken. Von dem Moment an waren wir beide unzertrennlich. Summer nahm mich unter ihre Fittiche und stellte mich der Gang ihrer coolen Freunde von, die bald auch meine coolen Freunde wurden.

So jemanden wie Summer Spencer hatte ich noch nie kennengelernt. Schon mit achtzehn war sie der selbstbewussteste, beliebteste Mensch, wo immer sie auch auftauchte. Sie trug angesagte hippe Frisuren und Klamotten, noch ehe sie in den Modezeitschriften auftauchten, hatte einen untrüglichen Sinn für die besten Partys – und dass sie ausgerechnet mich zu ihrer besten Freundin auserkoren hatte, schmeichelte mir ungemein. Daran hat sich bis heute nichts geändert. Und es machte mir nichts aus, gelegentlich einen Essay für sie zu tippen oder, wie am Ende geschehen, den größten Teil ihrer Abschlussarbeit zu schreiben – ich mochte die Bücher, die wir in den Seminaren besprachen, und unter Stress ist Summer einfach zu nichts zu gebrauchen. Und ich werde ihr nie vergessen, wie sie mich damals quasi an den Haaren aus dem Zimmer geschleift hat – womöglich würde ich sonst heute noch da hocken und langsam verschimmeln.

Nach dem Uniabschluss haben wir uns ein bisschen aus den Augen verloren, und der Kontakt brach für ein paar Jahre ab. Summer ging nach New York und versuchte, als Modedesignerin Fuß zu fassen, und war außerdem mit Anderson Warner liiert – ja, genau, dem Anderson Warner, der mit den blitzenden Karfunkelaugen und den vielen MTV Movie Awards. Ich reiste währenddessen quer durch Europa und versuchte eigentlich überhaupt nicht, irgendwo als irgendwas Fuß zu fassen – aber immerhin erlebte ich auf dem Weg dorthin einige monumentale Abenteuer. Als Summers Modeträume sich unversehens in Luft auflösten und Anderson sie wegen eines südkoreanischen Models abservierte, kehrte sie nach Großbritannien zurück und begann, einen Blog namens *Summer in the City* zu schreiben.

Anfangs bestand der mehr oder minder bloß aus Schmollmund-Selfies von Summer bei diversen Partys und Produkt-Präsentationen. Kaum einer las ihn, und er brachte rein gar nichts ein. Irgendwann rief sie mich an und fragte, ob ich nicht für sie schreiben wolle. Da war ich gerade in Marokko und habe von abends bis morgens Party gemacht. Eigentlich wollte ich da gar nicht weg, aber sie hat mich um den Gefallen gebeten, und sie hatte wirklich was gut bei mir. So kam das, und hier bin ich nun. Die Bezahlung ist nicht gut genug, um mir von meinem Honorar eine eigene Wohnung leisten zu können, aber Summer hat mir günstig ein Zimmer in ihrer Wohnung in Castlefield überlassen, die Anderson ihr vor der Trennung noch gekauft hatte. Seitdem bin ich hier, und in den letzten beiden Jahren, seit wir gemeinsam daran arbeiten, hat *Summer in the City* sich zu einem hinreißenden, wirklich populären Lifestyle-Blog gemausert, in dem von Summers Abenteuern in Manchester berichtet wird. Schreiben ist hauptsächlich meine Aufgabe, Summer ist mehr die Trendsetterin und Stilschnüfflerin. In ihrem Schlepptau besuche ich die hippsten Restaurants, abgefahrensten Cocktailbars, angesagtesten Boutiquen, Konzerte und Produkt-Partys, und hinterher bloggen wir gemeinsam darüber. Ich bin die Stimme, Summer ist das Gesicht. Die Arbeit macht Spaß, und wir kommen viel rum und überall umsonst rein. Da ich nie irgendwelche hochfliegenden Pläne hatte, kommt mir dieses Arrangement gerade recht. Ich muss schon sagen, eigentlich hätte ich es kaum besser treffen können.

Wobei es eventuell noch besser werden könnte, denn heute fahren wir nach London, um mit Valentina Smith ein Angebot zu verhandeln – sie ist Sachbuchlektorin bei Southbank Press. Und die haben großes Interesse, aus *Summer in the City* ein Hochglanz-Lifestyle-Buch zu machen!

Okay: Klamotten.

Mit dem einzigen Handtuch, das ich auftreiben kann (alle anderen sind in der Wäsche) – ein winzig kleines grünes Gästehandtuch – trockne ich mich so gut es geht ab und mache dann den Schrank auf, in dem mich eine ganze Reihe leerer Plastikbügel begrüßt, die eigentlich für meine Garderobe bestimmt ist. Nur ein einziges Kleidungsstück hängt noch drin: mein nuttiges Kleopatrakostüm von letztem Halloween.

Wohl eher nicht.

Hastig wühle ich mich durch sämtliche Schubladen und entdecke unter anderem eine leere DVD-Hülle, eine halb leere Flasche Rum und meinen heißgeliebten goldenen BH, den ich schon verloren glaubte. Und schließlich finde ich noch ein leicht verknittertes, ziemlich weit ausgeschnittenes, aber ansonsten wirklich nettes türkis-rosa Blümchenkleid.

Ist das überhaupt meins?

Ich schnuppere kurz daran.

Geht so …

Großzügig besprühe ich das Kleidchen mit Febreze und ziehe es dann über. Es ist recht kurz und geht mir gerade so über den Po, wodurch meine rasierklingenramponierten Beine natürlich besonders gut zur Geltung kommen.

Verflixt. Vielleicht hätte ich mir etwas früher überlegen sollen, was ich anziehe. Wobei das Kleid wirklich entzückend ist, solange der Blick des Betrachters oberhalb der Taille bleibt.

»Jess! Beeil diiiiich!«

Also gut, dann muss es so gehen.

»Tschuldigung, Summer! Bin gleich so weit!«

Mit einem Stückchen Klopapier betupfe ich meine zerschundenen Schienbeine, dann föhne ich mit Volldampf die platinblonden Extensions trocken, male mir die Augenbrauen nach, schlüpfe in meine silbernen Lieblingsflipflops und haste nach draußen zu Summer, die langsam die Geduld verliert.

*

»Was hast du denn da an? Nein. *Neeeeiiiiin.*« Summer gerät in Panik, kaum dass sie mich sieht.

Ungeduldig wartend steht sie im Wohnzimmer und sieht in dem eleganten korallenroten Kleid und dem kurzen Lederbolero mit passenden hochhackigen Ankleboots aus wie einer hippen Modezeitschrift entstiegen. Das dunkle Ombre-Haar ist sanft gewellt und fällt ihr weich über eine Schulter. Um den Hals trägt sie eine Kette mit einem goldenen Sonic-the-Hedgehog-Anhänger. *Das* kapiere ich zwar beim besten Willen nicht, aber letzte Woche haben wir im Blog darüber geschrieben, und angeblich ist es gerade »der letzte Schrei«. Hinter ihr liegt, malerisch auf das Wildlederimitatsofa drapiert, ihr aktueller Freund Holden. Über den Rand seiner großen quadratischen Hipsterbrille mustert er mich kritisch von Kopf bis Fuß.

»Ich habe ein Kleid an, genau wie du gesagt hast!«, sage ich zu meiner Verteidigung und fummele nervös am Saum des viel zu kurzen Kleidchens.

»Das ist kein Kleid, Schätzchen, das ist eine Tragödie.«

Holden kichert dümmlich. Ich werfe ihm den vernichtenden Blick zu, den ich heimlich vor dem Spiegel geübt habe.

»Aber ist das nicht sogar dein Kleid?«, frage ich. »Ich glaube, meins ist es nicht …«

Allein die Vorstellung scheint sie zutiefst zu kränken. »Warum hast du dir nicht einfach ein neues gekauft? Ich hatte dich doch ausdrücklich darum gebeten.«

Scheißdreck. Sie hat mir letzte Woche tatsächlich gesagt, ich soll mir ein neues Kleid kaufen. Ich hatte es mir sogar auf den Arm geschrieben. *Anständiges Kleid kaufen!*

»Ist es wirklich so schlimm?«, frage ich. »Es ist geblümt und alles. Du magst doch Blumenmuster, oder etwa nicht? Diese Designerin, die du so verehrst ... Cath Kidston! Es könnte glatt von der sein.«

»Ich habe nie behauptet, dass ich Cath Kidston *verehre*«, bemerkt Summer schnippisch und klopft ungeduldig mit dem Schuh auf den Boden. »Ich sagte, ich verabscheue Cath Kidston. *Verabscheuen.* Und warum trägst du die Brille? Setz deine Kontaktlinsen ein.«

Ich schiebe die Brille ganz nach oben auf die Nase. »Ähm, die Kontaktlinsen habe ich doch letzte Nacht verloren. Und ich bin noch nicht dazu gekommen, neue zu bestellen.«

»Vernünftige Menschen kümmern sich um Ersatz, bevor es zu spät ist!«

»Ach, echt? Keine Sorge. Wenn ich aus 80er-Jahre-Komödien eins gelernt habe, dann dass man mit Brille immer gleich viel intelligenter aussieht. Mit Brille wirkt man belesen und gebildet. Mit Brille sehe ich aus wie ein Bücherwurm. Perfekt für unseren kleinen Abstecher zu einem angesehenen Verlag!«

»Das ist kein *Abstecher*, Jess. Dieser Termin wird darüber entscheiden, ob wir Gewinner sind oder ganz erbärmliche Loser. Ich weiß jedenfalls, was *ich* sein will. Das ist ein ganz großes Ding. Warum kannst du nicht ausnahmsweise mal irgendetwas ernst nehmen?«

Ich verdrehe zwar die Augen, aber eigentlich weiß ich, wie

wichtig diese Sache ist. Ich habe wirklich viel Zeit und Mühe in unsere Präsentation gesteckt. Aber, wie meine Mum immer sagte, wenn man etwas zu sehr will, geht es garantiert schief. Also tue ich, was ich immer tue. Ich bleibe ganz cool. Cool wie ein Mogul im Swimmingpool.

»Mach dir nicht so einen Kopf, Sum«, sage ich und tätschele ihr beruhigend den Arm. »Es interessiert bestimmt niemanden, was ich anhabe. Die interessieren sich nur für unser *Gehirn*.«

Summer schnalzt mit der Zunge, wirft einen Blick auf ihre Retro-Minnie-Maus-Uhr (ich werde nie verstehen, warum die Leute geschmacklosen alten Krempel tragen, wenn man genauso gut glänzenden neuen Krempel tragen könnte) und stakst steifbeinig zur Garderobe. »Jetzt ist es zu spät zum Umziehen, obwohl ich wirklich gehofft hatte, meine modische Finesse hätte nach all den Jahren, die du mir nun schon hinterherdackelst, ein klitzekleines bisschen auf dich abgefärbt. Und deine Beine. Deine Knie sind ganz fleckig vom Selbstbräuner, und … *blutest du* etwa an den Schienbeinen?«

Zerknirscht wandert mein Blick zu meinen Beinen.

»Ähm, oh, ach ja. Eben hat es ein bisschen geblutet, aber es hat schon wieder aufgehört. Man sieht es kaum noch. Es könnten genauso gut einfach rote Fussel sein.«

»Rote Fussel? Warum um alles auf der Welt solltest du rote Fussel am Schienbein haben?«

»Ööhm …«

Mir will beim besten Willen leider kein triftiger Grund dafür einfallen.

»Hier. Zieh den an.« Und damit wirft sie mir einen langen schwarzen Wintermantel aus Kaschmir zu, unter dessen Gewicht ich rückwärts gegen die Wand taumele.

»Aber wir haben Hochsommer!« Entsetzt beäuge ich den dicken Wollstoff. »Da werde ich ja im eigenen Saft geschmort.«

Summer stemmt eine Hand in die schmalen Hüften und funkelt mich böse an.

»Ich gehe mal davon aus, dass du sonst nichts Sauberes zum Anziehen hast, und du kannst unmöglich in einer Jeans da aufkreuzen. Und da ich eher Modelgröße 34, teilweise sogar nur noch 32 habe und du eins sechzig bist und Größe 38 trägst, passt du nicht mal mit eingezogenem Bauch in meine Klamotten. Verdammt, Jess. Also, zieh den Mantel an. Wir müssen los.«

Mist. Sie ist echt stinksauer.

Ich habe den Arm noch nicht ganz im Ärmel, da treten mir schon die ersten Schweißperlen auf die Stirn. Ich schätze, noch zehn Minuten, und die aufgemalten Augenbrauen werden mir seitlich vom Gesicht rutschen.

»Viel Spaß in Londonski, Mädels«, näselt Holden vom Sofa und zündet sich eine Gauloise an. »Sagt dem alten LDN schöne Grüße, ja? Tolle Stadt. Tolle Stadt.«

Summer schwänzelt zu ihm hinüber und gibt ihm einen Kuss, wobei sie aufpassen muss, sich an dem Schlagzeugstock, den er sich immer hinters Ohr klemmt, nicht das Auge auszustechen. »Drück uns die Daumen!«, zirpt sie.

»Viel Glück«, schnurrt er und nippt an seinem Hausbräubier im Marmeladenglas, dann zieht er sie auf seinen Schoß und schlabbert ihr das ganze Gesicht ab. »Zeig's ihnen, Babydoll. Zeig's ihnen.«

»Ich liebe dich mehr als Tee und Kätzchen und Aprikosengin«, säuselt Summer, formt mit den Händen ein Herz und kichert albern, als Mr Belding fauchend zwischen die beiden fährt.

»Ich liebe dich mehr als Mumford and Sons«, erwidert Holden todernst.

Woraufhin mein ganzer Körper anfängt zu kribbeln, wie

immer, wenn sich jemand in meiner Gegenwart zu übermäßigen Gefühlsbezeugungen hinreißen lässt. Nicht, dass ich etwas dagegen hätte, dass jemand öffentlich seine Gefühle zeigt; ich selbst habe das schon an den verschiedensten Örtlichkeiten getan. Aber öffentliche Liebeserklärungen mit ewigem Treueschwur? Igitt. Ohne mich.

»Bis später, Crocodilius«, tönt Holden und grinst anzüglich, als Summer sich von seinen Knien aufrappelt. Sie dreht sich um und geht, und er wirft mir ein Schnäuzerküsschen zu und blinzelt wie ein perverser alter Onkel.

Kotz.

»Komm schon, Summer«, sage ich und zeige Holden hinter ihrem Rücken einen Vogel. »Auf nach London, zu Ruhm und Reichtum!«

## Rose Beams Tagebuch

*17. April 1985*

*Heute Nacht hätten sie mich beinahe erwischt! Als ich nach Hause kam, habe ich beim Reinklettern versehentlich* Gullivers Reisen *vom Fensterbrett gestoßen. Zum Glück habe ich es gerade noch geschafft, schnell ins Bett zu springen und mir die Bettdecke bis zum Kinn hochzuziehen, bevor Mum die Nase zur Tür hereingesteckt hat und mich um ein Haar in dem winzig kleinen durchsichtigen Madonna-Spitzenkleidchen ertappt hätte. Fünfundzwanzig Jahre alt, und muss sich immer noch heimlich bei den Eltern aus dem Haus schleichen, wenn sie abends ausgehen will. Himmel.*

*Ich wünschte ich hätte endlich ein Engagement als Schauspielerin, damit ich zu Hause ausziehen und auf eigenen Beinen stehen kann. Mum und Dad kapieren einfach nicht, warum mir das so wichtig ist. Vor allem, weil Nigel der Trottel Pemberton mit den fettigen Haaren und seinem »Ich hab 'nen kleinen Schwanz«-Wagen und dem todlangweiligen Aktienportfolio ständig hier herumlungert. Hallo! Es ist 1985! Dass man als Frau bis zur Heirat zu Hause wohnen bleibt, ist doch schrecklich altmodisch. Wie in einem Roman von Jane »die alte Jungfer« Austen. Die Arbeit in der Galerie ist stinklangweilig, und Geld verdient man damit auch nicht, aber wenigstens komme ich tagsüber hier raus und habe was zu tun, bis ich weiß, was ich wirklich und wahrhaftig mit diesem einen wilden, wertvollen Leben anfangen will!*

*Jedenfalls bin ich ein bisschen beschwipst (Crème de Menthe ist doch einfach köstlich, oder?) und schreibe endlos irgendwelchen Kram, der niemanden interessiert. Victoria hat mich für Freitag eingeladen, mit ihr in einen heißen neuen Club namens The Blue*

*Canary zu gehen. Der ist in Soho. Vater würde sterben, wenn er das wüsste. Ha! Ich kann es kaum erwarten. Ich tanze für mein Leben gern. Ich liebe die bunten Lichter. Ich liebe es, mit Victoria auszugehen – sie ist wirklich eine echte Granate und nicht so hüftsteif wie Anna und Claire-Marie.*

*Muss jetzt schön schlafen und träumen. Morgen früh wieder zur Arbeit. Buuuuh.* NICHT VERGESSEN, ROSE! *Beim nächsten Mal unbedingt flache Schuhe draußen verstecken. Sich hier am Balkon hochzuhangeln ist auch ohne Fünfzehn-Zentimeter-Absätze gefährlich genug.*

*R x*

# *Drittes Kapitel*

Bei Zugreisen sollte man nur leichte, einfache Speisen zu sich nehmen. Durchdringende, anhaltende Gerüche sind Ärgernis und Belästigung für Mitreisende …
Von einer freundlichen Begrüßung abgesehen sollte man die anderen Fahrgäste im Zug nicht in ein Gespräch verwickeln. Als alleinreisende Dame sollte man ein Buch im Gepäck haben oder schweigend die Aussicht genießen.

– Matilda Beams Handbuch für die gute Frau, 1959

Ich wüsste wirklich zu gerne, was die Leute immer mit den Ruhebereichen im Zug haben? Fast andächtig wird da proklamiert, wie viel Wert man darauf legt, nicht gestört zu werden. »Ach, ich buche *immer* einen Platz im Ruhebereich, wirklich«, nölen sie unisono, als hätten sie supersensible Ohren und normale menschliche Geräusche und Hochgeschwindigkeitsfahrten zusammen seien einfach zu viel für sie. Und dann haben diese seltsamen Leute nichts Besseres zu tun, als die ganze Fahrt über mit gespitzten Ohren in Spitz-pass-auf-Haltung dazusitzen und auf das leiseste Schniefen oder ein kaum vernehmbares Keksknuspern zu lauschen, das die angestrengte Stille stört und den besonderen Zauber der Ruhezone ein für alle Male zerstört.

Ich klappe meinen geliebten uralten Laptop auf und platziere ihn auf dem Plastiktischchen, während Summer im Sitz mir gegenüber genervt die Augen verdreht, weil ein Kind ein paar Reihen weiter lautstark darüber zu befinden versucht, ob seine Lieblingsfarbe nun Himmelblau oder doch eher Löwenzahngelb ist.

»Unmöglich! Weiß dieses kleine Monster nicht, dass das hier der Ruhebereich ist?«, zischt sie empört, sehr zum Missfallen des Mannes auf dem Sitz links neben ihr, der Summer anraunzt, sie solle doch bitte leise sein, was eine wahre Kakophonie an abfälligem Zungenschnalzen und Gemurmel und schrillem Geflüster auslöst, die wie eine Welle das ganze Abteil erfasst. Klingt wie bei einer Schulveranstaltung. Ich hüstele, obwohl ich eigentlich nicht müsste, und muss mich zusammenreißen, um nicht dem Drang nachzugeben, aus voller Kehle »SCHWANZLUTSCHER« zu kreischen.

Weil Summer so empfindlich auf Zuglärm reagiert, müssen wir unsere Präsentation stumm proben, mit Instant Messenger oder IM, wie wir hippen Social-Media-Kids sagen. Während der Zug quietschend und kreischend Manchester Picadilly verlässt, zahle ich für den WLAN-Zugang und gehe mit unseren beiden Rechnern online.

SUMMER SPENCER: Okay. Gehen wir alles noch mal durch. Wir haben nicht viel Zeit.

MS BEAMBASTIC: Alles klar. Darf ich mir erst noch ein Pasty holen? Ich verhungere gleich. Willst du auch eins? Ich gebe einen aus.

SUMMER SPENCER: Ein Pasty? Nein danke. Es ist elf Uhr morgens.

MS BEAMBASTIC: Ich bin noch nicht ganz wiederhergestellt. Ich flitze schnell zum Imbisswagen und besorge mir ein Pastetchen. Bin gleich wieder da.

Summer guckt mir bitterböse hinterher, als ich ungelenk den schmalen Gang entlangstolpere und die anderen Passagiere in der Ruhezone vom kaum hörbaren »Flip-Flop« meiner Flipflops schmerzhaft zusammenzucken und mir tödliche Blicke wie Messerstiche zuwerfen. Gierig schnappe ich mir ein eingeschweißtes Rindfleischpastetchen von Ginsters aus dem leise summenden Kühlschrank und betrachte dann nachdenklich die reichhaltige Chipsauswahl. Hula Hoops, Skips oder McCoys Salt and Vinegar? Wirklich eine schwierige Entscheidung. Der schlecht gelaunte junge Typ hinter dem Tresen starrt mich missmutig an und seufzt vernehmlich.

»Was meinen Sie, was soll ich nehmen?«, frage ich fröhlich. Woraufhin er mich nur ausdruckslos anstiert und die Schultern zuckt.

»Sie haben vollkommen recht«, sage ich unbeirrt. »McCoys sind *eindeutig* die beste Wahl.«

Und damit schnappe ich mir ein Tütchen und knalle es schwungvoll auf den Tresen, zusammen mit einem dunklen Schokoriegel mit Ingwer von Green & Black's für Summer.

»Und dann nehmen ich auch noch eine Lilt-Limo, denke ich. Und einen Wodka. Gegengift und so.«

Wieder auf meinem Platz angekommen mustert Summer mich stirnrunzelnd und tippt los.

SUMMER SPENCER: Wodka? Was soll das denn??

MS BEAMBASTIC: Gegengift.

SUMMER SPENCER: Wie stilvoll. Und Chips? Das hier ist der Ruhebereich.

MS BEAMBASTIC: Ich lutsche sie erst weich, dann knuspert es nicht so laut.

SUMMER SPENCER: Igitt! Du bist echt eklig.

MS BEAMBASTIC: ☺

Beherzt reiße ich die Pasty-Verpackung auf und beiße hinein. Mir entfährt ein verzücktes, zufriedenes Seufzen, als das saftige Rindfleisch wieder etwas Farbe auf meine fahlen verkaterten Wangen zaubert.

SUMMER SPENCER: Das Zeug stinkt zum Himmel. Die Leute kriegen schon Würgereiz.

Ich schaue mich um und sehe, wie die anderen Fahrgäste angewidert die Nase rümpfen und entsetzte Grimassen ziehen. Rasch lege ich mein Fleischpastetchen neben mir ab und tippe.

MS BEAMBASTIC: Aber es schmeckt so lecker! Die sind doch bloß neidisch auf mein Pasty.

Während ich mein Pastetchen verspeise, hält Summer sich theatralisch die Nase zu. Also schlinge ich es so schnell wie möglich hinunter und versuche dann, einen Rülpser zu unterdrücken. Was mir allerdings nicht so ganz gelingt, und weil es ringsum so still ist, klingt er besonders laut – was zu kollektivem entrüsteten Luftschnappen unter den anderen Fahrgästen führt. Peinlich berührt ziehe ich den Kopf ein und erwarte eigentlich einen Aufschrei der Empörung oder womöglich sogar vor die Tür gesetzt zu werden, aber niemand sagt ein Wort. Dürfen sie nicht, schließlich sind wir in Ruhezonien, dem Land des aggressiven Schweigens. Also stehe ich auf, verbeuge mich und winke grinsend wie ein nüsternflatterndes Honigkuchenpferd hoheitsvoll in alle Richtungen. Sie schäumen vor Wut. Sie schäumen still vor Wut!

*

Nachdem wir unsere Präsentation durchgegangen sind – noch mal an den Schlüsselsätzen gefeilt und mehrfach die Reihenfolge abgesprochen haben, in der wir reden werden – stöpselt Summer sich Kopfhörer ins Ohr, um sich auf dem Laptop einen Film anzuschauen. Es ist *True Bromance*, eine »Kumpelkomödie«, die Anderson Warner gerade in New York gedreht hat, als die beiden sich kennengelernt haben und zu dessen Premiere sie ihn damals begleitet hat. Dieser Film steckt für sie voller ganz besonderer Erinnerungen. Nicht nur, dass er sie daran erinnert, wie die beiden sich kennengelernt haben (eine ihrer Modefreundinnen arbeitete als Garderobiere für den Film und hat Summer aufs Set eingeladen). Nein, das war auch ungefähr die Zeit, als sie selbst es zu bescheidenem Ruhm brachte. Es gab tatsächlich eine Zeit, ein halbes Jahr vielleicht, da konnte sie kaum vor die Tür gehen, ohne von den Paparazzi abgelichtet zu werden, egal, ob Anderson dabei war oder nicht. Man liest immer, Promis könnten die Paparazzi nicht ausstehen, aber Summer ist unter ihrer Beachtung regelrecht aufgeblüht. Hin und wieder hat sie ihnen sogar einen kleinen Tipp gegeben, wo sie als Nächstes zu finden sein würde. Zu Hause bewahrt sie einen großen Umschlag mit sämtlichen Zeitungsausschnitten auf. Wobei sie natürlich nicht ahnt, dass ich von seiner Existenz weiß – ich habe ihn eines Abends entdeckt, als Mr Belding in seinem Cowboy-Outfit unter dem Bett steckengeblieben war und ich ihm auf Rettungsmission hinterherrobbte.

Nachdem Anderson Schluss gemacht hatte, flaute das Interesse in Amerika ab, aber in Großbritannien gab es nach wie vor einige Modeblogs, die sie regelrecht vergötterten. Sie ist cool – trägt weiße knöchelhohe Söckchen zu lavendellila Schnürschuhen, hat dicke Haare und eine gestufte Ponyfrisur, die sowohl vertikal als auch horizontal sehr ausladend ist.

Ich gähne und grinse sie an, aber sie merkt es nicht. Sie hat wieder diesen seltsam verträumten Blick, wie immer, wenn sie an Anderson denkt.

Herrje.

Meine Mum meinte immer, die Liebe macht die Menschen verrückt, und recht hatte sie. Wobei ich sagen muss, dass ich selbst noch nie verliebt war. Aber Summer, die sonst hochkonzentriert ist und einen rasiermesserscharfen Verstand hat, verwandelt sich unversehens in ein flatterndes Nervenbündel, wenn es um diesen Kerl geht. Dann scheint sie zu vergessen, dass seine Pressefrau per E-Mail mit ihr Schluss gemacht hat und dass er jetzt offiziell mit Emma Watson liiert ist. Nein, sie schmachtet ihn immer noch aus der Ferne an, und sollte er je zurückkommen, würde sie Holden schneller fallenlassen, als man heiße Kartoffel sagen kann. Was mich nicht weiter stören würde, denn Holden ist echt eine Kackwurst.

Ich nippe an meinem Lilt mit Wodka, während vor dem Fenster in herrlichem Grün und Gold die prachtvolle englische Landschaft vorbeizieht, und male mir in schillernden Farben aus, wie wunderbar das Leben als berühmte Co-Autorin eines Bestsellers wäre. Endlich könnte ich wieder verreisen, ohne mir Sorgen um das liebe Geld zu machen. Ich könnte irgendwo in einem fernen, exotischen Land eine Strandbar eröffnen. Auf Bali vielleicht. Oder St Lucia. Irgendwo, wo es warm ist und fröhliche, entspannte Menschen einfach nur Spaß haben und im Mondschein tanzen wollen und so einen Kram. Wo man nur einen Bikini braucht, und wo jeden Abend welterschütternde Partys gefeiert werden und man sich amüsiert, ohne Druck oder Fragen oder Verpflichtungen oder einen Gedanken an morgen. Vollkommene, absolute Freiheit und kein Wölkchen am strahlend blauen Himmel. Sorglosigkeit.

Ich kann es kaum erwarten.

# *Viertes Kapitel*

Lernt man als Frau eine andere Frau kennen, sei man freundlich und interessiert, aber nicht zu interessiert. Das könnte sonst Misstrauen erwecken.

– Matilda Beams Handbuch für die gute Frau, 1959

Die Lobby von Southbank Press macht wirklich was her: eine Mischung aus repräsentativer urbaner Architektur, mit reichverzierten Stuckdecken und moderner, minimalistischer Einrichtung. Die Wände sind hoch und weiß und mit gerahmten Drucken bekannter Buchtitel behängt, die einzeln von weichen Strahlern angeleuchtet werden wie Kunstwerke. Es ist wuseliger, als ich erwartet hätte, überall strömen Menschen aus den Aufzügen oder lümmeln auf den ausladenden Sofas herum, lesen dicke Papierstapel und kauen nachdenklich auf Kugelschreibern herum. An einer Wand hängt ein leinwandgroßer Fernseher, über den Hochglanzreklamefilmchen berühmter Autoren flimmern, die über ihre Bücher sprechen.

»Scheiße am Stiel«, wispere ich tief beeindruckt, als ich den aktuellen Booker-Prize-Gewinner Davis Arthur Montblanc entdecke, der eilig auf einen der Aufzüge zustrebt. »Ich wusste gar nicht, dass Southbank Press sein Hausverlag ist!«

Summer verdreht nur entnervt die Augen und schiebt mich energisch durch den weitläufigen Eingangsbereich. »Natürlich ist das sein Hausverlag. Southbank Press verlegt so ziemlich jeden *Sunday-Times*-Bestseller von ganz Großbritannien.«

»Scheiße.«

»Hörst du jetzt bitte auf zu fluchen?«

Und als die elektronischen Türen sich mit einem dezenten Summen hinter Davis Arthur Montblanc schließen, trifft es mich plötzlich wie ein Schlag mit der Bratpfanne, was hier gerade abgeht. Irre. Es ist wirklich wahr. Unsere große Chance. Ein ganzer Schwarm aufgeregter Schmetterlinge flattert in meiner Magengrube auf, und mein nervöses Nervenkostüm erinnert meinen verkaterten Körper daran, sofort wieder mit dem Schwitzen anzufangen. Verflixter dicker Wintermantel.

O nein. Und dann habe ich plötzlich ein albtraumhaftes Bild vor Augen. Was, wenn ich während des Meetings auf den Schreibtisch schwitze? Auf ein wichtiges Manuskript? Ach. Du. Liebe. Güte. Was, wenn ich auf Davis Arthur Montblancs preisgekröntes Manuskript schwitze? Heiliger Herr, bitte nicht.

»Und du bist dir ganz sicher, dass ich den Mantel nicht doch lieber ausziehen sollte?«, frage ich Summer verzweifelt, während eine dicke Schweißperle über meine Stirn kullert und seitlich an meiner Nase vorbei nach unten fließt.

»Ja, absolut. Nicht mit dem lächerlichen Kleid darunter. Du würdest einen verheerenden Eindruck hinterlassen.«

Ich protestiere schwach, lasse den Mantel aber brav an – schließlich ist Summer der Modeguru von uns beiden, und ich würde einen Louboutin nicht mal erkennen, wenn man ihn mir an den Kopf wirft – und fächele mir mit hochrotem Kopf hektisch Luft zu, während wir an den Empfangsschalter treten.

»Guten Tag«, begrüßt uns eine nett aussehende junge Dame in frisch gestärkter cremefarbener Baumwollbluse. »Willkommen bei Southbank Press. Was kann ich für Sie tun?«

»Hallo«, sagt Summer, wie immer mit überragendem

Selbstbewusstsein. »Summer Spencer, ich habe einen Termin mit Valentina Smith.«

»Und Jessica Beam. Ich habe auch einen Termin mit Valentina Smith.«

Woraufhin Summer mir wieder einen ihrer vernichtenden Blick zuwirft, der, wie ich zu meiner Schande gestehen muss, wesentlich vernichtender ist als mein vernichtender Blick.

Die Empfangsdame nickt knapp, reicht uns die Plastik-Gäste-Karten zum Anklippen ans Revers und bittet uns, einen Augenblick Platz zu nehmen, bis Valentina Smith uns abholt.

»Also«, sagt Summer, als wir ungemütlich auf der Kante eines der plüschigen lila Sofas hocken. »Wir rocken den Laden, kapiert? Das müssen wir. Anderson wird den Tag noch bereuen, an dem er eine zukünftige Bestsellerautorin abserviert hat!«

Ich stelle mir Anderson vor, wie er gerade in LA am Pool liegt und fröhlich Kokain vom knackigen kleinen Apfelarsch eines Models schnieft und sich wohlig in Reichtum und Erfolg suhlt. Selbst die barbusigen Selfies, die Summer ihm schickt, wenn sie mal wieder ein bisschen zu viel getrunken hat, konnten bisher anscheinend seine Aufmerksamkeit nicht erregen, also bezweifele ich, ob einem Buch dieses Kunststück gelingen wird. Arme Summer.

»Die können gar nicht nein sagen«, pflichte ich ihr mit sehr überzeugter Stimme zu. »Wir haben eine Hammer-Präsentation vorbereitet. Und eine umwerfende, einzigartige Lifestyle-Website. Wir sind das absolute Dreamteam, verdammt, Sum. Quasi die Simon und Garfunkel des Mode-Schrägstrich-Lifestyle-Blogs. Nein, Moment, das ist vielleicht nicht der beste Vergleich. Johnny Depp und Vanessa Paradis? Nein. Ähm … Katy Perry und Russell Brand? Nein … ääh …«

»Pst.« Summer öffnet ihr gelbes Mulberry-Portemonnaie

und nimmt das abgegriffene Foto vom Treffen mit ihrem großen Idol heraus, Alexa Chung, die sie bei einer Modenschau in New York kennengelernt hat. Langsam und tief atmet sie durch den Mund ein und wieder aus, dann schließt sie die Augen.

»Ich rufe an die Macht von Chung, mich durch diesen wichtigen Moment in meinem Leben zu begleiten. Mich zu inspirieren, mein frischstes, stylischstes Ich zu sein. Mir zu helfen, den Laden zu rocken wie eine Waldfee auf Speed. Mein Starpotential herauszukitzeln und mich strahlen zu lassen wie ein Supersuperstar.«

Dann schlägt sie die Augen wieder auf, streicht Alexa über die strahlende Wange und verstaut das Foto vorsichtig in der Handtasche.

»Verdammt. Ich bin ein bisschen aufgeregt«, schnaufe ich und greife nach einer abgelegten Ausgabe des *Guardian*, um mir ein bisschen Luft zuzufächeln.

»Hör auf zu fluchen, Jess!«

»Scheiße, habe ich schon wieder geflucht? Mäusedreck, das tut mir leid. Ich merke das schon gar nicht mehr, verdammt. Vielleicht sollten wir zu Hause ein Flücheschwein aufstellen. Nur nicht als Schwein, sonders was Hübscheres. Einen Schimpfbecher? Eine Schimpfvase? Irgendein cooles Behältnis – was meinst d…«

»Schon gut. Sei still. Und reiss dich jetzt bitte zusammen, und benimm dich.«

Dann kommt eine Praktikantin und winkt uns, ihr zu einem der Aufzüge zu folgen.

Summer lächelt, einen stahlharten Blick in den großen braunen Augen. Sie beugt sich zu mir herüber. »Versau es nicht, Jess.«

*

Valentina Smith, Chefin der Abteilung Sachbuch, ist eine sehr gepflegte Erscheinung. Sie ist Mitte dreißig und umwerfend attraktiv: groß, schlank und braungebrannt, dazu Klamotten in Kamel, Taupe und Biscuit, obwohl ja eigentlich jeder weiß, dass es eigentlich nichts anderes als Hellbeige, Dunkelbeige und Mittelbeige ist. In den langen, föhnfrisierten Haaren hat sie Strähnchen im selben Farbendreiklang wie ihre Garderobe, die Lippen sind Schau-mir-auf-den-Mund!-Feuerwehrrot geschminkt, und als einzigen Schmuck trägt sie dezente, elegante Weißgoldohrstecker. Wegen meines Mantels kommt es zu einer peinlichen Situation: Valentina besteht darauf, dass ich ihn sofort ausziehe, weil draußen so irre heißes Sommerwetter ist, aber mir klingen Summers mahnende Worte noch in den Ohren, den Mantel unter keinen Umständen abzulegen, damit das Kleid darunter auf gar keinen Fall das Tageslicht erblickt. Ich weiß nicht, was tun! Valentina will mir das Ding von den Schultern ziehen, aber ich zische nur »Nein!« und kralle mich erbittert daran fest, und dann entsteht ein kleines Gerangel mit Tauziehen um den Mantel, bis Valentina – die vermutlich gewöhnt ist zu bekommen, was sie will – schließlich gewinnt und mir den Mantel abnimmt. Darunter kommt in aller grauenhafter Pracht und haarsträubender Herrlichkeit mein olles Blümchenkleid zum Vorschein. Summer sieht aus, als würde sie gleich vor lauter Fremdscham sterben.

»Ach, was für ein entzückendes Kleid!«, jubiliert Valentina begeistert, während sie mit strahlend blauen Augen meine Aufmachung mustert. »Sehr ›Jen‹ aus *Dawson's Creek*, nur ein klitzekleines bisschen aufreizender. Auf ironische Art, natürlich. Gerade letzten Monat habe ich noch einen Artikel im *Observer* über Ironie als neuen Modetrend gelesen. Ich weiß nicht, ob ich so was tragen könnte, aber Ihnen steht es ganz hervorragend, Jess! Mein Kompliment.«

»Vielen Dank, Valentina Smith!«

Ich habe zwar keinen Schimmer, was sie da redet, aber sie scheint sehr angetan. *Wusste* ich es doch, so schlimm ist das Kleid nicht.

Summer und ich setzen uns auf ein steifes buttercremefarbenes Sofa, und ich schaue mich gründlich um. Das ist wohl das reizendste Büro, das ich je gesehen habe. Es ist genauso stylisch wie Valentina selbst – überall Glas und große Fenster, dazwischen als bunte Farbkleckse Vasen mit üppigen Sträußen exotischer Blumen und prächtige Hochglanzbände entlang der gesamten Rückwand. Wäre das mein Büro, ich würde es ganz genauso einrichten. Wobei ich vermutlich noch ein paar Lichterketten aufhängen und ein paar Sitzsäcke im Raum verteilen würde, in die man sich zum Lesen gemütlich hineinlümmeln könnte. Oh, und eine richtig hammergeile Anlage, die man zum Abrocken ordentlich aufdrehen kann, wenn einem danach ist. Vielleicht sogar eine funky Discokugel.

Valentina gießt teures Mineralwasser aus der Flasche in drei hohe Kristallgläser. In der Julihitze bin ich fast vertrocknet, also greife ich beherzt zu einem der Gläser und trinke das herrlich erfrischende Nass ohne abzusetzen bis auf den letzten Schluck aus. Summer und Valentina schauen mir sprachlos zu, wie ich gierig schlucke.

»Aaaaah! Auf ex!«, flüstere ich und halte mir die Hand vor den Mund, um ein winzigkleines Rülpserchen zu kaschieren.

Summer starrt mich finster an. Was hat sie denn jetzt schon wieder?

»Das kann man wohl sagen!«, meint Valentina lachend und setzt sich hinter ihren riesengroßen Schreibtisch. »Also! Sie fragen mich, wie vernarrt bin ich in *Summer in the City*? Die Antwort ist: *sehr*. Es ist so ›jetzt‹. So frisch und unverbraucht. Wir *stehen drauf*.«

Summer und ich grinsen uns ganz aufgeregt an. Das ist so cool. Sie stehen auf unsere Webseite!

»Unsere liebe Summer hier ist wohl die namensgebende Summer von der Webseite. Jessica, erklären Sie mir kurz, welche Rolle Sie bei der ganzen Sache spielen?«

»Ach, hauptsächlich schreibe ich, aber ich mache auch ein bisschen Community Management – Sie wissen schon, ich kümmere mich um die sozialen Medien und den Admin-Kram.«

Valentina wirft Summer mit leicht gekräuselter Braue einen Blick zu. »Ah! Okay! Dann schreiben Sie die Beiträge also gar nicht selbst, Summer?«

Woraufhin Summer stammelt: »Ich, ähm … also …«

Das letzte Mal habe ich Summer auf der Uni stammeln gehört, als einer der Dozenten ihr eine Frage bezüglich einer Hausarbeit stellte, die ich für sie geschrieben hatte. Zum Glück saßen wir nebeneinander, also konnte ich ihr die Antwort auf meinen Pukka-Notizblock schreiben, ohne dass es irgendwer mitbekam. Sie wird hochrot. Ich kann das nicht mit ansehen.

»Wir schreiben die Beiträge gemeinsam«, werfe ich rasch ein. »Als gleichberechtigtes Team. Stimmt's, Sum?«

Summer nickt heftig und schluckt, dann quietscht sie: »Ja, genau. Stimmt. Und ich bin das Gesicht der Seite. Und ich entscheide, über wen oder was genau wir schreiben.«

»Wunderbar«, ruft Valentina lächelnd und zeigt die weißen, vollkommen geraden Zähne. »Ich bin schon so gespannt auf Ihre Präsentation.«

Also legen wir los.

*

Alles läuft prima. Ganz prima. Summer führt wie abgemacht durch den ersten Teil unserer Präsentation, während ich mit dem Projektor verschiedene Screenshots von *Summer in the City* sowie unsere neuesten Analysen und Auswertungen an die Wand werfe. Beim Anblick der Seite mit dem schwindelerregenden Anstieg unserer Klickzahlen entfährt Valentina ein verzücktes Seufzen, und sie fängt regelrecht an zu sabbern vor Vergnügen, als wir ihr vorführen, wie viele unserer Klicks zum Direktkauf des vorgestellten Produkts führen. Mit stolzgeschwellter Brust lausche ich hingerissen, wie sie weiter unsere Seite lobpreist.

Jetzt bin ich bald dran. Ich versuche, ganz ruhig zu bleiben, aber mir zittern ein bisschen die Hände. Das ist mir noch nie passiert. Seit wann werde ich denn nervös? Gefaltet lege ich die Hände in den Schoß, damit man das Zittern nicht sieht.

*Du schaffst das, Jess. Stell dir einfach die entlegenen Berge von Peru vor, und die scharfen bärtigen Rucksackreisenden, die Strandpartys, das neue Leben. Das alles ist nur einen Buchvertrag entfernt …*

Ich hole tief Luft, mache den Mund auf, und …

Summer redet einfach weiter.

Mein erster Gedanke ist: Ich bin zu früh dran. Das war noch gar nicht mein Einsatz. Irritiert schaue ich in meine Notizen. Aber nein. Sie spricht meinen Text. Sie übernimmt auch noch meinen Teil der Präsentation!

Ich hüstele leise, um sie so unauffällig wie möglich auf dieses Versehen hinzuweisen, aber sie scheint es nicht zu merken, sondern redet einfach unverdrossen immer weiter und verwendet genau die Worte, die ich den ganzen Weg hierher geprobt habe.

Was macht sie da bloß? Fragend schaue ich sie an, und der Anflug von Stolz, den ich eben noch hatte, weicht purer Verzweiflung. Ob das an der Aufregung liegt? Oder ist sie einfach so im Flow, dass sie kein Ende findet?

Als Summer schließlich fertig ist und die Präsentation mit dem großartigen Witz beendet, den ich über den Unterschied zwischen Flickr und Pinterest geschrieben habe, weiß ich schon nicht mehr, ob ich angefressen sein soll, keine Gelegenheit bekommen zu haben, selbst etwas zu sagen, oder erleichtert, weil Valentina nichts von dem kleinen Missgeschick bemerkt zu haben scheint.

Summer nimmt wieder Platz, und ich feuere einen »Was zum Geier?«-Blick in ihre Richtung, aber auch den scheint sie zu übersehen und strahlt stattdessen heiter und gelassen Valentina an.

»Wunderbar«, schwärmt die und streicht eine goldblonde Strähne hinter die Ohren. »Sie haben es wirklich drauf, Ihr Publikum zu fesseln. Und Ihre Einkaufskundenbindung ist ja wirklich *unglaublich.*«

»Danke!«, zwitschert Summer strahlend. »Das war mir immer sehr wichtig.«

»Jess, von Ihnen habe ich bisher noch gar nichts gehört«, sagt Valentina an mich gewandt. »Eigentlich würde man aus einem Lifestyle-Buch wie diesem einen Hochglanz-Bildband machen. Doch selbst wir alten unerschütterlichen Anhänger des gedruckten Buchs dürfen die aufregenden Neuerungen der digitalen Revolution nicht unbeachtet lassen. Was glauben Sie, wie würde *Summer in the City* sich als digitales Gesamtkunstwerk machen?«

Mit weichen Knien stehe ich auf. Verdammt. Auf diese Frage sind wir gar nicht vorbereitet. Wobei sie so naheliegend ist, dass wir eigentlich daran hätten denken müssen. Hilfesuchend schaue ich Summer an. Die zuckt nur unauffällig die Achseln.

Scheiße.

»Also, ähm …«, hüstele ich und schiebe mir die Brille auf der schwitzigen Nase nach oben, »ich … ich glaube, am besten wäre es, die Ideen aus dem Buch auf alle Medien zu übertragen.« Ich greife nach meinem Wasserglas und trinke einen großen Schluck, weil ich nicht so recht weiß, wo diese Geschichte hinführen soll. »Ähm, wie Summer eben schon sagte, haben wir bereits eine ganz beachtliche Follower-Gemeinde in den sozialen Medien. Wir könnten Auszüge aus dem Buch vorlesen lassen und auf unseren YouTube-Kanal hochladen oder Podcasts der Interviews mit den Designern und der Locations, die wir besprechen, anbieten?«

Valentina nickt nachdenklich, die Augen leicht zusammengekniffen. Okay. Noch hat sie nicht versucht, mich aus ihrem, Büro zu werfen.

»Bei e-books könnten wir …«, setze ich an.

»Ich kenne sooo viele tolle Unternehmer mit Sitz in Manchester, die sicher Interesse an einem Feature hätten«, fällt Summer mir unvermittelt ins Wort. »Alles gute Freunde von mir – die Szene ist da wirklich sehr *vernetzt*. Die könnte ich anrufen und fragen …«

»Oh, ich glaube nicht, dass Jess schon fertig war«, entgegnet Valentina höflich lächelnd. Ich riskiere einen Seitenblick zu Summer. Sie ist kirschrot geworden. Scheiße. Ich räuspere mich umständlich und zögere kurz, ehe ich fortfahre.

»Ähm, also, beim e-book hätten wir die Möglichkeit, für Tablets interaktive Inhalte im Buch unterzubringen.«

»Interaktiv? Großartig!« Aufmunternd legt Valentina den Kopf schief. Ich recke das Kinn.

»In den Bildern könnten wir Produktdetails verstecken. Wir könnten Videos verlinken oder direkt im Buch unterbringen. Wir könnten eine App mit Kommentarfunktion für Facebook einbauen. Oooh, oder wir versehen die einzelnen

Kapitel mit Hashtags, damit die Leute, die gerade an derselben Stelle sind, sich bei Twitter darüber austauschen können. Meinen Sie, die Bilder könnte man in gifs umwandeln? Unsere Tumblr-Gemeinde liebt gifs! Und wir könnten kleine Musikschnipsel der Bands einspielen, die wir erwähnen. Summer kennt jede Menge Bands. Damit ermöglichen wir unseren Leserinnen ein ganz unmittelbares Erlebnis: Sie sehen und hören und kaufen das, worüber wir gerade reden!«

Ich unterbreche mich, weil ich merke, dass ich mich gerade in diese neue Idee hineinsteigere und womöglich unzusammenhängendes Zeug brabbele.

Valentina Smith klatscht in die Hände und grinst mich strahlend an.

»Grandiose Ideen, Jess. Gut gemacht, ich spüre hier eine ganz wunderbare Energie. Hut ab!«

Ich werfe Summer einen »Puh, geschafft!«-Blick zu, aber sie ist leichenblass geworden und starrt mich mit offenem Mund fassungslos an.

»Wissen Sie …«, überlegt Valentina laut. »Heute Abend gibt der Verlag ein großes Dinner zu Ehren von Davis Arthur Montblancs fantastischem neuem Roman. Wie wäre es, wenn ihr Mädels auch kommt? Und ein paar der ganz hohen Tiere bei Southbank kennenlernt?«

Wir nicken wie eifrige Schulkinder. Wow. Eine Einladung zu Davis Arthur Montblancs Party!

»Wobei ich Ihnen natürlich noch nichts *versprechen* kann«, fährt Valentina fort, »aber …« Und dann schaut sie mir geradewegs in die Augen. »Ich glaube, Sie würden gut zu uns passen. Sehr gut sogar.«

O yeeeah.

# *Fünftes Kapitel*

Die Garderobe sollte dem Anlass stets angemessen sein. Planen Sie so weit wie möglich voraus!

– Matilda Beams Handbuch zu Liebe und Romantik, 1955

Summer benimmt sich total seltsam, seit wir aus dem Meeting mit Valentina gekommen sind. Ich habe sie gefragt, warum sie mich nicht meinen Teil der Präsentation hat vortragen lassen, woraufhin sie nur meinte, sie sei einfach furchtbar nervös gewesen, dabei hat sie auf mich eigentlich einen ganz gelassenen Eindruck gemacht. Während der Fahrt mit der U-Bahn zur Carnaby Street war sie sehr still und in sich gekehrt und ist mir ständig ausgewichen. Ich weiß auch nicht. Vielleicht muss sie die ganze Geschichte erst mal verarbeiten. Das Meeting war echt anstrengend, wenn ich ehrlich bin.

Sie versucht nicht mal sich zu wehren, als ich sie zu Primark schleife, dabei schimpft sie sonst wie ein Rohrspatz, in dem Laden bekäme sie Polyesterausschlag.

An einem Ständer entdecke ich wunderhübsche knallrosa Federohrringe.

»Was meinst du?«, frage ich Summer.

»Ich weiß gar nicht, wo ich anfangen soll, dir zu erklären, was für eine optische Beleidigung diese Dinger sind.«

Ich schaue sie etwas genauer an. Wieso, was ist mit ihnen? Wie können pinke Federohrringe denn irgendwen beleidigen? Mode ist für mich noch verwirrender als der Versuch, ohne Soßenspritzer auf der Brust Spaghetti bolognese zu essen. Ach, egal. Mir gefallen die Ohrringe. Also werfe ich sie kurzerhand in mein Körbchen und spaziere damit durch den Laden, Summer wie ein trotziges Kleinkind im Schlepptau.

»Ooh, schau mal!«, rufe ich begeistert. »Plüschoveralls, drei zum Preis von zwei!«

Ich liebe diese kuscheligen Plüschoveralls. Was könnte es auf der Welt bequemeres geben als flauschige Erwachsenenstrampler! Bei einem richtig fiesen Kater gibt es nur ein Heilmittel, und zwar mich in einem weiten Plüschoverall mit einem 80er-Jahre-Film und zwei Dosen eiskalter Fanta auf der Couch zu verschanzen.

Ich entscheide mich für einen mit Kapuze und Kuhfellmuster, einen im Leopardenprint mit neonpinkem Reißverschluss und einem einfarbigen in Gelb, und packe sie ganz aufgeregt vor Entzücken in meinen Korb. Dann gehen wir zur Kasse und bezahlen und laufen weiter zur Carnaby Street, wo es eine schicke Boutique gibt, zu der Summer unbedingt will. Aus den Augenwinkeln mustere ich sie unauffällig.

»Alles okay, Sum?«

Sie zuckt graziös die Schultern.

Ich lege einen Arm um sie. »Du hast da drin eine irre Show abgeliefert, weißt du. Ich war echt stolz auf dich.«

Sie bleibt unvermittelt stehen und guckt mich mit *diesem* Blick durchdringend an.

»Ja, ich weiß nur nicht, ob Valentina verstanden hat, worum es bei *Summer in the City* überhaupt geht. Andererseits … hatte ich ja überhaupt keine Chance, sie zu beeindrucken, du hast ja ununterbrochen über dieses ganze digitale Gedöns schwadroniert. Was sollte das bitte? Es war überhaupt nicht ausgemacht, darüber zu reden. Davon stand nichts in den Notizen, die du mir gegeben hast.«

»Ach, Sum, was hätte ich denn tun sollen? Sie hat mir eine Frage gestellt, verdammt. Da musste ich mir wohl oder übel was aus den Fingern saugen.«

»Ja, genau. Und Gott sei Dank hat die clevere alte Jess den Karren mal wieder aus dem Dreck gezogen!«, knurrt sie mit einem seltsamen Lächeln. Dann dreht sie sich um, steuert auf den schicken Laden zu und lässt mich einfach stehen.

*

Es ist schon nach sechs, und wir sind im Hotel und machen uns für Davis Arthur Montblancs Party zurecht. Summer ist wieder etwas besserer Laune: Die Verkäuferin in der Boutique – eine glühende Verehrerin von Anderson – hat sie erkannt. Das ist ihr schon länger nicht mehr passiert. Und sie hat Summer einen Rabatt auf das lange schwarze Samtkleid gegeben, für das sie sich entschieden hat.

»Wie sehe ich aus?«, fragt sie mich zufrieden und posiert, eine Hand in die Hüfte gestemmt, einen Fuß nach vorne ausgestellt, vor dem Hotelbett, als stünde sie auf dem roten Teppich.

»Wunderschön. Du siehst wirklich wunderschön aus«, versichere ich ihr. Tut sie auch. Sie ist eins zweiundsiebzig groß und trägt Kleidergröße 34, sie hat Beine wie eine Babygiraffe und Arme, so durchtrainiert wie die von Jennifer Aniston. Die ombre-braun-karamell-gefärbten Haare fallen ihr in üppigen Wellen über die spitzen Schultern, die großen braunen Augen werden perfekt mit bronzefarbenem Lidschatten betont, und die Lippen sind in einem sehr dunklen, sehr angesagten Blutrot geschminkt. An ihrer Halskette baumelt allerdings ein abgetrennter Barbie-Kopf. Was mir nicht unbedingt gefällt, aber die Kette stammt aus einem sehr exklusiven Laden, also werden sicher alle Leute total darauf abfahren.

»Und mein Hintern?«, fragt sie und dreht sich um, damit ich ihren Po in Augenschein nehmen kann.

»Sieht großartig aus.«

»Besser als der von Carol Vorderman?«, fragt sie stirnrunzelnd und verdreht den Kopf, um ihren Allerwertesten in dem bodentiefen Spiegel eingehend zu mustern. Carol Vorderman ist Summers Erznemesis: Die Frau, die ihr 2011 den Titel »Promi-Po des Jahres« vor der Nase weggeschnappt und sich nicht mal dazu herabgelassen hat, auf Summers Tweet zu antworten: »*Glückwunsch, Süße, die beste Frau hat gewonnen :D <3 #promipo #keinereue.*«

»Viel besser als der von Carol Vorderman«, versichere ich glaubhaft. »Verglichen mit deinem hat Vorderman einen Arsch wie … ein Sack Kartoffeln.«

»Okay, gut«, murmelt sie, schnappt sich das iPhone und knipst mehrere Selfies im Spiegel, die sie anschließend gleich auf Twitter und Instagram und Facebook postet.

Wider Erwarten habe ich auch etwas in der teuren Boutique gefunden – ein hellgraues Jumpsuit aus Seide, dessen Neckholder-Träger mit winzigkleinen Metallnieten besetzt sind. Deutlich eleganter als es sonst meine Art ist, aber die Verkäuferin hat mir gründlich den Kopf gewaschen und mir sehr bestimmt klargemacht, ich könne unmöglich in H&M zu einer glamourösen Buchveröffentlichungsparty gehen. Und der Overall war herabgesetzt, also musste ich meinen Kreditrahmen nicht bis zum letzten Penny ausschöpfen, sondern nur bis zum vorletzten. Aber wenn wir einen Buchvertrag bekommen, wäre das Geldproblem ja vorerst ohnehin gelöst. Weshalb man das Jumpsuit eigentlich als Investition in meine Karriere betrachten sollte. Genau wie die metalliclila Highheels, die ich passend dazu gekauft habe.

Gut gelaunt stöpsele ich mein iPhone in die hoteleigenen

Lautsprecher und lasse ein bisschen Britpop laufen. Ich drehe die Lautstärke bis zum Anschlag und lege ein paar heiße Moves auf den Hotelteppich. Summer schenkt uns zwei Gläser Merlot aus der Minibar ein, und dann sitzen wir einträchtig nebeneinander und verpassen unserem Make-up den letzten Feinschliff. Während Summer auf der Suche nach ihrer Lieblingswimperntusche in der Handtasche kramt, flattert ein Umschlag heraus und fällt auf den Teppich. Er ist dick und muschelfarben, und vorne drauf steht in goldgeprägter Schrift Summers Name. Eindeutig eine Hochzeitseinladung.

»Ooh, welche Turteltäubchen heiraten denn da?« Neugierig bücke ich mich danach und will mir den Umschlag etwas genauer anschauen. Hastig reißt Summer ihn mir vor der Nase weg und drückt ihn fest an die Brust.

»Ach, die kennst du sowieso nicht«, säuselt sie nonchalant.

»Sum, alle Leute, die du kennst, kenne ich auch.«

»Ähm …« Sie will den Umschlag schnell wieder in ihre Tasche stopfen.

Eine geheime Hochzeit!

»Hey! Was zum Teufel verheimlichst du mir da?« Wie beim Rubgy stürze ich mich auf sie und entreiße ihren perfekt manikürten Fingern den Umschlag. »Zeig her!«

»Jess, du Irre! Du versaust mir die ganze Frisur. Gib das sofort wieder her.«

Glucksend öffne ich den Umschlag. »Na, dann wollen wir doch mal sehen, wer Summers neuer Freund ist. Summers ganz spezieller Geheimer-Hochzeits-Freund!«

Und damit ziehe ich die cremefarbene Einladungskarte heraus und klappe das steife Papier auf. Eine Einladung zur Hochzeit von Amy Keyplass und Mark Chunder. Alte Freunde von uns aus Unizeiten.

»Ach, bloß Amy und Mark. Wird sicher lustig. Warum

wolltest du mir die denn nicht zeigen? Steht drauf, bis wann man zusagen soll?«, frage ich und überfliege rasch den Text. »Erinnerst du mich daran, dass ich zu Hause meine Einladung raussuche – liegt bestimmt irgendwo im Poststapel. Hast du vielleicht einen Stift? Dann schreibe ich es mir eben auf die Hand. *Amy und Mark zusagen.*«

»Du hast keine bekommen«, hüstelt Summer.

»Hä?«

»Eine Einladung. Du hast keine Einladung bekommen. Du bist, wie soll ich sagen, nicht zur Hochzeit eingeladen.«

»Ach nein … Nur zur Feier?«

»Jaaaa, also … Nein. Du bist überhaupt nicht eingeladen.«

»Das sieht Amy mal wieder ähnlich, dass sie mich vergessen hat. Die würde noch ihren Kopf vergessen, wenn er nicht angewachsen wäre.« Ich verdrehe übertrieben die Augen. »Bestimmt steckt sie bis zum Hals in den Hochzeitsvorbereitungen. Muss sie wohl am Wochenende mal anrufen.«

Summer legt die Wimperntusche beiseite und seufzt tief. »Du kapierst es einfach nicht, Schätzchen. Amy hat dich nicht vergessen. Sie … Sie wollen dich nicht dabeihaben.«

Verwirrt ziehe ich die Stirn kraus. »Waaas? Warum bitte schön würde mich irgendwer nicht auf seiner Hochzeitsfeier haben wollen? Ich bin das schlagende, pochende Herz jeder anständigen Party. Eine Hochzeit ist keine richtige Hochzeit, wenn ich nicht eine heiße Solo-Cha-Cha-Sohle aufs Parkett gelegt habe. Das weiß doch jedes Kind. Amy und ich sind dickste Freundinnen! Dank mir hat sie Mark überhaupt erst kennengelernt!«

»Dank dir ist sie verhaftet worden, Jess.«

»Ach, das ist doch schon über ein Jahr her. Und *ich* habe ihr schließlich nicht das T-Shirt hochgerissen und der gesamten Besetzung von *Coronation Street* bei ihrer Weihnachtsfeier die nackten Titten gezeigt. Das hat sie ganz allein gemacht. Tyrone fand es zum Schreien, aber Rita musste ja unbedingt die Bullen rufen! Typisch Rita. Doofe Kuh.«

»Aber du hast den Tequila besorgt und Amy so lange angestachelt, bis sie es schließlich gemacht hat. Mark meint, du hast einen schlechten Einfluss auf sie.«

»Mark Chunder ist ein Vollidiot epischen Ausmaßes. Nur weil ich nicht wie er mit einem Stock im Arsch herumlaufe. Himmel. An der Uni war Amy für jeden Scheiß zu haben.« Und dann seufze ich wehmütig bei der Erinnerung daran, wie viel Spaß Amy und ich früher zusammen hatten.

Summer schüttelt nur entschieden den Kopf. »Wir sind aber nicht mehr an der Uni, Jess. Die beiden wollen *heiraten.* Sie renovieren gemeinsam ein Stadthaus in Surrey. Das ganze Programm – erwachsen werden, Verpflichtungen eingehen, Verantwortung übernehmen. Solltest du irgendwann vielleicht auch mal ausprobieren.«

Das altbekannte fiese Kribbeln auf der Haut ist wieder da. *Ein Haus in Surrey renovieren? Ist ja ekelhaft!*

Ich denke an Amy und wie man mit ihr Pferde stehlen konnte. Völlig durchgeknallt war sie, kicherte über alles und jeden und war bei jedem Spaß mit dabei. Und jetzt ist sie wie alle anderen auch. Eine langweilige Spießerin. Es kommt mir vor, als wäre ich von hirntoten Zombies umgeben, wie bei *The Walking Dead,* nur sind die Leute um mich herum nicht tot, sondern nur todlangweilig. Die Menschen ringsum verändern sich. Leider zu ihrem Nachteil.

»Tja, na ja«, sage ich nonchalant, obwohl mein Magen sich ganz seltsam zusammenzieht, »Hochzeiten sind eh öde. Ich bin *heilfroh,* dass sie mich nicht eingeladen haben. Bestimmt laufen da nur dämliche Pärchen rum, die über Babys und Grunderwerbssteuer und Gartencenter labern. Pfft. Versprechen, den Rest seines kurzen Lebens mit ein und demselben stinklangweiligen Menschen zu verbringen? Das ist doch total hirnrissig, wenn man mal genau darüber nachdenkt. Man weiß doch nie, was morgen passiert. Wie will man sich so sicher sein, dass der andere einem nicht irgendwann zum Hals raushängt? Oder einfach abhaut? Oder einen total verarscht? Das ist doch absurd.«

Im Spiegel schaut Summer mich an und verdreht die Augen. »Das ist nicht absurd, Jess. Die meisten Leute, die sich verlieben, werden nicht ›total verarscht‹. Die meisten Leute … na ja, die meisten Leuten enden nicht wie deine Mum.«

Ich schnaube unwillig. Summer glaubt immer, dass alles, was ich denke oder tue, auf geheimnisvolle Art und Weise unbewusst mit meiner Mutter zusammenhängt. Was offen gestanden saublöd ist und nervig noch dazu, ganz zu schweigen davon, dass es einfach nicht stimmt. Eigentlich ist mir das egal, aber Summers küchenpsychologische Kenntnisse erschöpfen sich in der Tatsache, einmal Dr. Linda Papadopoulos von *This Morning* im M&S Foods-Supermarkt gesehen zu haben.

Ich schlucke, und es fühlt sich an, als steckte so ein blöder kleiner Splitter ganz hinten in meinem Hals. »Gib mir mal den Wein, Sum. Wie spät ist es? Wir sollten besser los. Schließlich wollen wir Davis Arthur Montblanc nicht warten lassen! Ooh, ob es da wohl auch so ein dekadentes Büfett gibt …?«

*

Eine halbe Ewigkeit versuche ich meine Extensions zu sortieren, dann kämme ich sie zurück und binde sie zu einem hohen, strengen Pferdeschwanz zusammen. Dann noch schnell falsche Wimpern aufgeklebt und ein bisschen glitzernden goldenen Eyeliner aufgetragen, damit meine Augen hinter der Brille auch gut zur Geltung kommen.

Im Badezimmer steige ich in mein neues seidenes Jumpsuit und erschaudere ganz leicht, als der kühle, glatte Stoff wie ein zarter Windhauch über meinen Körper streicht. Mit meinem Meter sechzig bin ich nicht besonders groß, aber in dem Overall wirke ich mindestens zehn Zentimeter größer. Zufrieden drehe ich vor dem Spiegel eine Pirouette. Vom vielen Joggen und Partymachen ist der kleine Bierbauch, den ich jahrelang mit mir herumgetragen habe, fast völlig verschwunden. Eigentlich sehe ich ziemlich gut aus – rank und schlank würde man wohl sagen. Und der Overall steht mir ausnehmend gut! Wenn ich demnächst in irgendein exotisches Land ziehe, kaufe ich mir Seidenoveralls in allen leuchtenden Farben des Regenbogens. Summer predigt doch immer, man bräuchte einen »Signature Look«, einen besonderen, unverwechselbaren Look. Ob Jumpsuits mein Signature Look werden könnten? Jumpsuit Jess? »Da kommt Jumpsuit Jess«, werden die Leute sagen. »Jetzt geht die Party *richtig* los.«

»Ta-da«, tiriliere ich, als ich aus dem Bad komme. »Es ist zwar höllisch unbequem, mein Hintern will ständig das Tangahöschen fressen, *aber* …« Ich wirbele auf dem Absatz herum und wedele jazztanzmäßig mit den Händen vor dem Spiegel herum.

»Oh! Du siehst ja ganz verändert aus. *Yay!*« Summer nimmt die beiden Weingläser vom Nachttischchen. »Supertoll. Komm, wir trinken noch schnell den Wein aus – wir müssen los.« Und damit kommt sie auf ihren hohen Hacken auf mich zu, die Hand mit meinem Weinglas nach mir ausgestreckt. Ich greife danach, aber plötzlich, ich weiß auch nicht wie, rutscht ihr das Weinglas aus der Hand …

»Scheeeeeiße!«

Und der Inhalt landet auf meinem niegelnagelneuen Overall.

Verdammt. Ist Summer gestolpert? Nein, sie steht kerzengerade. Wie ist das denn …?

»Ach herrje!«, ruft Summer, stellt das andere Glas vorsichtig auf den Couchtisch und schnappt sich ein Kosmetiktüchlein aus ihrem Schminktäschchen. »Ich bin aber auch *so* ungeschickt!«

»Was redest du denn da? Du bist der am wenigsten ungeschickte Mensch der Welt. Was zum Teufel?«

»Ich glaube, ich bin am Teppich hängengeblieben. Irgendwie bin ich jedenfalls gestolpert. Sorryyyyy!«

Hektisch wischt Summer mit dem Tüchlein an dem Rotwein herum, der mir inzwischen vom Arm tropft und sich auf meinem seidenverhüllten Bauch zu einem fiesen bordeauxroten Fleck ausbreitet. Ich sehe aus wie eine Statistin in einem Highschool-Prom-Horror-Schocker.

»Ach herrje«, stammelt Summer abermals. »Das geht gar nicht raus. Rotweinflecken gehen einfach nicht raus. Sooooo ärgerlich.«

Verdammt.

Verzweifelt flitze ich ins Badezimmer, reiße mir den Overall vom Leib und halte ihn unter den Wasserhahn. Mit einem Handtuch rubbele ich wie wild darauf herum. Nichts passiert. Der Fleck rührt sich nicht vom selbigen.

»Ich muss jetzt ein Taxi rufen!«, meint Summer besorgt. »Du musst schnell was anderes anziehen, sonst kommen wir zu spät. Es tut mir wirklich schrecklich leid, Schatzi.«

Mein Magen macht einen unwilligen Bocksprung. Ich weiß gar nicht, warum mich das so kratzt. Sind doch bloß Klamotten.

Resigniert greife ich zu dem geblümten 90er-Jahre-Kleid von heute Morgen, das ich achtlos in eine Ecke geworfen habe. Dann muss das halt herhalten.

»Das kannst du unmöglich noch mal anziehen!«, schnauzt Summer mich an und tippt die Nummer der Taxizentrale in ihr Handy. »Das hat Valentina schon gesehen!«

»Und es hat ihr gefallen.« Trotzig ziehe ich es über den Kopf. »Das geht schon.«

Summer stöckelt herbei, zupft an dem Kleid und zieht eine Grimasse. »Ehrlich gesagt müffelt es ein bisschen, J.«

Ich schnüffele daran. Sie hat recht. Das Febreze ist verflogen, und der anfängliche muffige Mottenkugelgeruch ist wieder deutlich in den Vordergrund getreten. Das Ding stinkt zum Himmel.

»Aber ich habe sonst nichts anzuziehen!«

Summer legt die Stirn in Dackelfalten und kneift die Augen zusammen, als denke sie angestrengt nach. Ich weiß ja nicht, was für einen genialen Masterplan sie da gerade auszubrüten versucht. Die einzige andere Wahl, die mir bleibt, ist …

»Ein Plüschoverall!«, haucht Summer, als sei das die naheliegendste Idee, die ihr je gekommen ist. »Du könntest einen deiner neuen Plüschoveralls anziehen.«

»Einen Plüschoverall?« Angewidert verziehe ich das Gesicht. Zugegeben, von Mode verstehe ich nicht die Bohne, und ich gestehe, ich stehe total auf Plüschoveralls, aber ich bin mir ziemlich sicher, dass die keine angemessene Garderobe für ein erlauchtes Literaturfest sind. »Nein, Summer. Unmöglich.«

»Hör mir doch erst mal zu!«, drängt sie mich. »Das wird total cool. Ein Plüschoverall ist doch eigentlich auch ein Jumpsuit, genau genommen. Du könntest die Beine ein bisschen hochkrempeln und trotzdem die neuen Schuhe anziehen. Und mit der Frisur und dem Make-up, alles sehr … glamourös, sieht das sicher total fresh aus. Ehrlich.«

Hmmm. Die Plüschoveralls sind schon sehr süß … und saubequem …

»Ooh, ohh«, zirpt Summer, als sie die Primark-Tüte auf meinem Bett öffnet. »Dazu musst du unbedingt die neuen Glitzer-Federohrringe anziehen!«

»Im Laden fandest du die noch ganz furchtbar.«

»Fand ich nicht! Ich war bloß sauer, weil du sie zuerst entdeckt hast. Glaub mir – die sehen bestimmt umwerfend dazu aus.«

Die Rezeption ruft an; unser Taxi ist da. Mist.

»Ähm …«

Jetzt, wo ich so darüber nachdenke, habe ich tatsächlich mal jemanden von *Geordie Shore* bei einer Produktpräsentation in Manchester in einem Plüschoverall gesehen. Und ich stehe total auf diese Show. Aber das war ein Kerl. Ob das bei Frauen auch funktioniert?

»Vertraust du mir etwa nicht?«, fragt Summer, und ihre großen braunen Rehaugen schauen mich tieftraurig und verletzt an. »Nach allem, was wir beide gemeinsam durchgemacht haben? Hör zu, vielleicht bleibst du besser hier, und ich fahre allein … Mir macht das nichts aus.«

Hmm. Summer ist wirklich *die* Expertin in Sachen Mode. *Und* sie ist meine beste Freundin. Sie würde es nie zulassen, dass ich mich vor der ganzen Welt blamiere.

»Klar vertraue ich dir«, sage ich und ziehe den flauschigen Leoprint-Overall mit dem neonpinken Reißverschluss aus der Einkaufstüte. »Summer und Jess erobern die Welt, stimmt's?«

Summer grinst, als sie unser altes Uni-Motto hört. »Oh, und wie.«

## *Sechstes Kapitel*

Ein gut gemixter Manhattan bei einem geselligen Beisammensein gehört zu den kleinen Freuden des Lebens. Aber man sollte ganz genau wissen, wie viel man verträgt, Ladys. Kein anständiger Kerl möchte eine Frau heiraten, die sich in Gesellschaft nicht zu benehmen weiß!

– Matilda Beams Handbuch zu Liebe und Romantik, 1955

Ich bin mir nicht ganz sicher, ob der Plüschoverall so eine gute Wahl war.

Hocherhobenen Hauptes marschieren Summer und ich durch die glamourösen Berkley Rooms in Soho; sie auf der Suche nach Valentina Smith, ich auf der Suche nach jemandem im schrägen Freizeitlook, mit dem ich mich anfreunden kann. Wir drängeln uns durch die makellos gekleidete und intelligent plaudernde Menge, als ich im Vorbeigehen sehe, wie einem der Umstehenden bei meinem Anblick vor Entsetzen fast die Augen aus dem Kopf fallen. Mäusedreck. Ist das etwa Benedict Cumberbatch? Und da drüben steht Helena Bonham Cater und unterhält sich angeregt mit Davis Arthur Montblanc. Verflixt. Der Laden hier ist viel, viel zu schick für einen Plüschoverall. Während ich mir den Weg durch die schnatternde Gästeschar bahne, höre ich, wie ein hochnäsiger rothaariger Kerl im schnieken Anzug gedehnt anmerkt: »Seht mal, die Clowns sind auch schon da, Leute.«

Ich bedenke ihn mit einem vernichtenden Blick, aber er hat

sich längst wieder zu seiner Posse umgedreht und bekommt das gar nicht mit.

Lieber Himmel. Wieso habe ich mich auf diese hirnrissige Idee eingelassen? »Ich glaube langsam, der Plüschoverall war eine verflucht verdammt bescheuerte Idee!«, zische ich Summer zu, die sich derweil von einem vorbeigehenden Kellner ein Glas Champagner geben lässt.

»Du siehst toll aus, Jess. Ganz ehrlich. Diese Leute würden eine mutige Modeentscheidung nicht mal erkennen, wenn sie ihnen ein Messer in den Rücken rammt.«

Nervös sehe ich mich nach der Bar um, kann aber nirgends eine entdecken. Dabei könnte ich jetzt wirklich einen Drink gebrauchen. Zu einer großen, wichtigen Party eingeladen zu sein, kann ganz schön einschüchternd sein, vor allem, wenn man im Pyjama herumläuft.

»Ich genehmige mir *einen* Drink«, sage ich entschlossen zu Summer. »Wir müssen einen kühlen Kopf bewahren, also gibt's nur den einen. Heute Abend gibt's kein neues Jessica-Beam-Abenteuer. Versprochen.«

»Den Tag will ich erleben«, spottet Summer. Ich lächele traurig. Früher gab es einmal eine Zeit, da gingen Summer und Jess gemeinsam auf Abenteuerjagd. Wo ist sie bloß hin, diese glorreiche gute alte Zeit? Und warum, oh, warum nur, habe ich mich breitschlagen lassen, diesen Plüschoverall zu tragen? Hat der Mann da drüben etwa gerade mit dem Finger auf mich gezeigt und gelacht? O Gott. Tatsächlich, er lacht mich aus und hält sich grölend vor Lachen den Bauch. Er hat Tränen in den Augen. Moment, zielt er jetzt etwa mit dem Handy auf mich? *Filmt* der mich gerade?

O Gott.

Beinahe joggend laufe ich dem davoneilenden Kellner hinterher und tippe ihm von hinten auf die Schulter.

»Hi, haben Sie vielleicht ein Gläschen Birnen-Cider für mich?«, frage ich ihn mit Verzweiflung in der Stimme.

Mir herablassendem Grinsen weist er auf das Tablett mit den hohen Champagnerflöten, die mich im Licht der funkelnden Kristalllüster hochnäsig anblitzen.

»Nein, Miss.«

»Kein Fläschchen blauen WKD-Wodka hinter der Theke?«

»Leider nein. Sagt der 1995er Bollinger Ihnen nicht zu?«

Ich seufze gottergeben. Immer dieses olle Prickelwasser. Was haben die Leute bloß mit diesem alten Gesöff? Wacht auf, wir haben 2014, Leute!

»Also gut. Nur keine Umstände. Dann nehme ich ein Gläschen Blubberbrause. Aber nur ein einziges. Wenn ich wiederkomme und noch eins verlange, müssen Sie mir sagen, ich soll mich verpissen, okay?«

Der Kellner lächelt nur wohlerzogen und reicht mir ein Glas Champagner. »Einen schönen Abend noch, Miss.«

»Danke. Und lassen Sie unter keinen Umständen zu, dass ich mir noch ein Glas hole. Versprochen, ja? Sie müssen es mir versprechen!«

Aber da ist er schon wieselflink im Getümmel verschwunden und wirft mir über die Schulter einen letzten verschreckten Blick aus dem jungenhaften Gesicht zu.

Verflixt.

Ganz vorsichtig nippe ich am Champagner. Börks. Ich werde nie verstehen, warum alle so verrückt sind nach dem widerlichen Zeug. Champagner ist so selbstverliebt und viel zu aufgeblasen, und dann soll man beim Trinken auch noch völlig ausflippen vor Begeisterung. Der Erwartungsdruck ist also unangemessen hoch. Außerdem weiß man doch, dass man von Champagner einen fieseren Kater bekommt als von jedem anderen Alk. Und doch geht die Scharade munter weiter. Wenn *Summer in the City* sich gut verkauft, könnte ich vielleicht noch ein Buch schreiben: *Die Champagnerverschwörung: Ein Exposé von Jessica Beam.*

Birnen-Cider, wie ich dich vermisse.

Mühsam kämpfe ich mich durch die Partygäste zurück zu Summer, die in ein angeregtes Gespräch mit Valentina Smith vertieft ist. Valentina trägt ein senfgelbes Wickelkleid aus Seide.

»Hey«, rufe ich fröhlich. »Nette Party, was?«

Valentina klappt bei meinem Anblick die Kinnlade herunter. Unter ihrem streng musternden Blick winde ich mich wie ein Wurm. Angestrengt verziehe ich die Mundwinkel zu einem breiten Grinsen und nicke, um mir meine Unsicherheit nicht anmerken zu lassen. Die Frau muss mich für eine vollkommen durchgeknallte Tussi halten.

»Wow, was für eine Aufmachung, Jess«, sagt sie mit Blick auf meine Federohrringe.

Bilde ich mir das nur ein oder grinst Summer süffisant?

»Ja, mit meinem anderen Outfit gab es eine Megakatastrophe«, versuche ich zu erklären und ziehe entschuldigend den Kopf ein.

Valentina nippt am Champagnerglas und seufzt hochzufrieden (eine potentielle Interviewpartnerin für *Die Champagnerverschwörung?*). Konzentriert kneift sie die Augen zusammen und betrachtet mich von Kopf bis Fuß; wie mir scheint eine halbe Ewigkeit.

Verdammt. Gleich setzt sie mich hochkant vor die Tür. Das sieht doch ein Blinder, dass ich nicht hierhergehöre.

»Das ist so … genau auf den Punkt«, erklärt sie schließlich und schüttelt verblüfft den Kopf. »Wir laufen alle öde in Smoking und Abendkleid herum, und dann kommen Sie daher und schneien hier herein wie ein grellbunter Fashionista-

Papagei. Oder sollte ich lieber sagen Leopard! Löwenmutig, junge Frau. Ich ziehe den Hut vor Ihnen.« *Will die mich verarschen?* »Ja, ich hab's verstanden«, fährt sie fort, legt den Kopf schief und den Finger ans Kinn und betrachtet mich andächtig wie ein Kunstwerk. »Nein, wirklich. Pseudo-Proll. Ironisch. Nordenglischer Asi-Look, stimmt's?«

»Ähm …«

»Sie gefallen mir, Jessica Beam«, erklärt sie. »Sie sind wirklich am Puls der Zeit.«

»Merci vielmals.« Verdattert frage ich mich, was diese Frau da faselt. »Aber um ehrlich zu sein, war es mehr eine Notlösung.«

»Und bescheiden ist sie auch noch.« Und dann lächelt sie mich herzlich an, als sei ich der klügste, interessanteste Mensch auf Erden. Diskret zeige ich Summer den gereckten Daumen, was sie mit einem eher lauwarmen Lächeln quittiert.

»Also, Valentina.« Summer baut sich demonstrativ vor mir auf. »Ist das da drüben Leo Frost, der sich gerade mit Davis Arthur Montblanc unterhält?«

»Was? Leo Frost? Wo?« Valentinas Stimme klingt plötzlich seltsam schrill und erstickt.

Valentina und ich spähen neugierig in die Richtung, in die Summer schaut, und tatsächlich sehe ich Davis Arthur Montblanc im angeregten Gespräch mit dem großen rothaarigen Vollpfosten, der mich gemeinerweise als Clown verunglimpft hat. Der Vollpfosten streicht sich selbstzufrieden über das Kinn und hat ein Glas Whisky in der Hand. Wie ist diese Nulpe nur an ein nichtchampagnerhaltiges Getränk gekommen?

»Muss wohl ziemlich wichtig sein«, brumme ich mürrisch und nippe widerwillig am Champagner.

»Oh, aber du kennst doch *ganz bestimmt* Leo Frost, Jess?«,

meint Summer, fasst die Haare im Nacken zusammen und lässt sie dann wieder über die Schultern fallen. »Künstlerischer Leiter bei Woolf Frost?«

Verständnislos schaue ich sie an. »Nö. Nie gehört.«

»Leo Frost, Wunderkind der Werbebranche?« Summer sagt das so langsam und gedehnt, als sei ich schwer von Begriff. Da ich keinerlei Reaktion zeige, erklärt sie weiter. »Seinem Dad gehört die berühmte Werbeagentur? Der Neffe von Montblanc? Hat Kate Middleton in St Andrews das Herz gebrochen, ehe sie reumütig zu Wills zurückgekehrt ist?«

Ich zucke desinteressiert die Achseln und frage mich derweil, wie zum Teufel der Kerl an den Whisky gekommen ist. Ob er mir auch einen besorgt? Der Champagner ist nämlich wirklich widerlich.

»Er ist total angesagt, superenigmatisch und geheimnisvoll.« Summers Augen blitzen ganz aufgeregt. »Anderson kennt ihn ziemlich gut. Ich habe ihn mal auf einer völlig abgefahrenen Party in Brooklyn getroffen. Ich bin – *war* – total in Anderson verliebt, aber Leo Frost … Sagen wir so, die Versuchung war groß. Er hat so eine Anziehungskraft, einfach unwiderstehlich, wie Alexa Chung. Aber er missbraucht diese Macht schamlos. Er ist ein skrupelloser Herzensbrecher.« Mit unverhohlener Bewunderung starrt sie ihn an.

»Leo Frost ist ein rachsüchtiges, arrogantes Stück Scheiße!«, speit Victoria angewidert, und ihr Gesicht läuft an wie ihr kirschroter Lippenstift. Fast panisch schnappt sie nach Luft, atmet ganz tief ein und dann wieder aus, den Mund zu einem kleinen runden »O« gespitzt. »Entschuldigung. Das hätte ich nicht sagen sollen.«

Ihre Augen tränen vor unterdrückter Wut, und sie starrt ihn weiter unverwandt an. Wow. Die muss den Kerl aber wirklich aus tiefster Seele hassen. Wir alle stieren Leo Frost an wie

Kühe auf der Weide. Was er irgendwie mitbekommen muss, denn er dreht sich unvermittelt zu uns um und zwinkert Valentina arrogant zu.

Valentina macht ein seltsames halb ersticktes Geräusch irgendwo zwischen einem Schluchzen und einem Quieken.

»Möchten Sie uns was sagen?«, frage ich vorwitzig.

Valentina schnieft und trinkt einen großen Schluck Champagner. »Ach, nichts, nichts.« Sie unterbricht sich kurz. »Na ja, wenn man davon absieht, dass wir sechs Wochen lang liiert waren und er mir nicht nur das Herz gebrochen, sondern auch mein Selbstbewusstsein mit Füßen getreten hat.«

Iik.

»Wie unschön«, meint Summer und zieht eine Grimasse.

»Ich verliebe mich wirklich nicht in den Erstbesten«, erklärt Valentina mit einem wütenden Funkeln in den Augen. »Aber in ihn habe ich mich Hals über Kopf verliebt. Er hat mir das Gefühl gegeben, etwas ganz Besonderes zu sein. Ich habe am Haken gezappelt wie ein hilfloser Fisch. Ich dachte, er meint es ernst, das mit uns hätte Zukunft, bis ich herausgefunden habe, dass es zeitgleich noch drei andere Frauen gab. Ja, genau, drei. Hinter meinem Rücken hat er ein ganzes Trio gevögelt. Ein *Trio.*«

»Neeeein.«

»Ja«, meint Valentina und nickt traurig. »Es war furchtbar.« Ihre Nasenflügel beben, und sie schüttelt energisch den Kopf, als wollte sie die schlimmen Erinnerungen verscheuchen. Woah. Vor unseren Augen hat sie sich innerhalb von nur zwei Minuten von einer selbstbewussten, Elle McPherson nicht unähnlichen Lektorin bedeutender Gegenwartsliteratur in ein erbärmliches wimmerndes Wrack verwandelt. Was mal wieder Mums Binsenweisheit bestätigt: Wenn du nicht aufpasst, pinkelt die Liebe dir in den Vorgarten.

»Tut mir leid, Valentina. Klingt wirklich ätzend.«

Normalerweise würde ich einer Frau, die sich wegen einem Kerl so verrückt macht, sagen, sie soll sich zusammenreißen und sich nicht so mädchenhaft anstellen. Selbst schuld. Wer sich in Gefahr begibt, kommt darin um. Wer anderen sein Herz öffnet, macht sich zur Zielscheibe. Aber die Dame vor mir hat die Macht, wie eine gute Fee all meine Träume in Erfüllung gehen zu lassen, und dieser Dreckskerl hat sie offensichtlich sehr verletzt, also beiße ich mir auf die Zunge und versuche, ein bisschen Mitgefühl zu zeigen.

Valentina klammert sich an ihr Champagnerglas und nimmt richtig Fahrt auf. »Letzte Woche war er im *Observer* und hat schwadroniert, er würde niemals heiraten, weil er sich als ›furchtloser Frauenentdecker‹ versteht.« Angeekelt malt sie Gänsefüßchen in die Luft. »Was soll das bitte heißen? Ich fasse es einfach nicht, dass ich sechs Wochen meines Lebens an diesen Nichtsnutz vergeudet habe. Was hätte ich in der Zeit alles machen können. Sechs Wochen! In sechs Wochen hätte ich eine Fremdsprache lernen können! Deutsch. Ya! Aber nein, stattdessen habe ich zugelassen, dass er das aus mir macht …« sie zeigt auf sich. »Der Mann ist eine wandelnde Horrorshow.«

»Das ist echt fies«, sage ich.

»Wie furchtbar«, stimmt Summer ihr zu.

»Herrje, es tut mir wirklich leid, ihr beiden.« Valentina zückt einen Taschenspiegel und überprüft ihr tadelloses Make-up. »Ich hatte ja keine Ahnung, dass er heute Abend auch da sein würde. Laut seines Twitter-Feeds sollte er eigentlich in New York sein, darum dachte ich auch, mich trifft der Schlag, als er plötzlich aus heiterem Himmel dastand.« Vom Tablett eines vorbeieilenden Kellners pflückt sie ein neues Champagnerglas und trinkt es in einem Zug leer.

»Tja, vielleicht hilft es Ihnen ja, wenn ich Ihnen sage, dass ich die ganze Aufregung um den Kerl nicht verstehe. Ich finde ihn überhaupt nicht heiß«, erkläre ich entschlossen und trinke mein Glas aus.

Valentina und Summer gucken mich mit großen Augen ungläubig an.

Aus der Ferne mustere ich Leo Frost noch mal eingehend, ob die angeblich »magische Anziehungskraft« mir vielleicht entgeht. Tut sie aber nicht. Er ist blass und hochgewachsen, und die kupferroten Haare sind zu einer Haartolle irgendwo zwischen Danny Zuko und Don Draper frisiert. Die Augen sind klar und grün und wirken verschlagen, und die Nase ist zu lang. Hat der keine Freunde, die ihm das mit dem Selbstbräuner mal erklären? Anscheinend nicht, sonst wäre er nicht so käsig.

»Ich finde ihn rattenscharf. Er sieht aus wie Tom Hiddleston«, sagt Summer widerstrebend. »Entschuldige, Valentina.«

Hmmm. Okay, irgendwie hat er so ein Captain-America-Kinn, und was sich da unter dem marineblauen Anzug erahnen lässt, ist auch nicht von schlechten Eltern. Aber wie Tom Hiddleston sieht er nicht aus. Nicht *so richtig*, jedenfalls.

Valentina reicht mir noch eine Champagnerflöte. »Nein, danke«, wehre ich entschieden ab. »Ich, ähm, vertrage nicht so viel.«

Summer zieht die dichten modischen Augenbrauen hoch.

»Heute Abend darfst du ein bisschen über die Stränge schlagen, meine entzückende Jess«, sagt Valentina und zwinkert mir ein bisschen beschwipst verschwörerisch zu. »Bald hast du einen offiziellen Grund zum Feiern.« Und dann hickst sie ganz leise.

Waaaaas? Will sie damit sagen, was ich glaube, dass sie sagen will? Dass wir den Vertrag für *Summer in the City* so gut wie in der Tasche haben? Aufgeregt schneide ich eine Grimasse in Summers Richtung, aber sie sieht es nicht – sie ist gerade damit beschäftigt, einem blonden Kerl mit Sonnenbrille zuzuwinken, den sie anscheinend kennt.

»Ach, na dann, okay«, meine ich glucksend und lasse mir von Valentina das Glas reichen. »Ein *klitzekleines* Gläschen kann wohl nicht schaden.«

*

Für mich ist es eine Frage der Ehre, mich auch in den unmöglichsten Situationen zu amüsieren: Straßenbahnwarteschlangen, Bloggertreffen, Vorsorgeuntersuchungen. Mit genügend Alk und vergnüglichen Gesprächen lässt sich jeder Anlass in ein unterhaltsames gesellschaftliches Ereignis verwandeln. Aber zu meinem Leidwesen muss ich einsehen, dass diese Buchpräsentation eine spaßbefreite Zone ist. Spaßfaktor null. Es kommt mir vor, als irrte ich seit Tagen durch eine staubtrockene Spaßwüste, die einfach kein Ende nimmt. Wir mussten mindestens fünfzehn Reden von irgendwelchen Literaturmenschen über uns ergehen lassen, die sich alle total bei Davis Arthur Montblanc eingeschleimt haben. Dabei klingt sein neuer Roman, wenn Sie mich fragen, nicht gerade nach einem Knaller. Das Ding heißt *Der Imker*, dabei geht es nicht mal um Bienen. Das ist bloß eine Methapher für den Kapitalismus. Pah. Ich werde mit den Leuten einfach nicht warm. Und was das Ganze noch schlimmer macht: Valentina ist wirklich hundertprozentig die einzige Person in diesem ganzen Festsaal, die meinen Leopardenprint-Overall zu schätzen weiß. Alle anderen gucken mich an, als wollte ich sie gleich ausrauben oder ihnen Speed und Extasy verticken.

Ich hatte sogar schon überlegt, mich unauffällig zu verdrücken und zum Hotel zurückzugehen: beim Zimmerservice ein bisschen Birnen-Cider bestellen, den schnuckeligen Concierge mit den strahlenden Augen angraben und mal schauen, ob er mich zu so später Stunde noch in den Whirlpool lässt, aber Summer amüsiert sich gerade prächtig. Sie muss allen erzählen, woher sie ihre Barbie-Kette hat und wie sie und Anderson damals bei den MTV Movie Awards waren und James Franco meinte, sie habe eine sehr starke »Präsenz«.

Außerdem würde es kein gutes Licht auf uns werfen, wenn ich so schnell wieder verschwinde, auch weil wir, Valentinas zahlreichen, eindeutigen Andeutungen zum Trotz, offiziell noch keinen Buchvertrag unterschrieben haben.

Und außerdem … bin ich ein bisschen betrunken. Ich weiß, ich weiß. Ich wollte es vermeiden. Wirklich. Aber immer wieder kam irgendwer mit einem Glas Champagner vorbei, und der Champagner, so fies er auch schmecken mag, ist gratis, und sonst gibt es ja nichts zu trinken, und ich hatte Durst, und diese Party ist wirklich ein Schlafmützenmatratzenball – es gibt ja nicht mal Musik! Und so wurden aus zwei Gläsern Champagner irgendwie sieben Gläser Champagner, und bei der ganzen Aufregung habe ich heute vollkommen vergessen, etwas zu essen, mal abgesehen von dem Rindfleischpastetchen heute Morgen. Und jetzt ist sowieso alles zu spät.

Suchend schaue ich mich nach dem schleimigen Rothaarigen mit dem Whisky um. Leo Frost. Ob der *mir* vielleicht auch einen Whisky besorgen kann?

Ach, da ist er ja, gleich neben dem Tisch, auf dem sich die Exemplare des *Imkers* gefährlich hoch stapeln, und unterhält sich angeregt mit drei Frauen. Wobei, *Gespräch* trifft es wohl nicht ganz: Die drei Frauen reden wild durcheinander, während er sich in ihrer Bewunderung sonnt. Und er trinkt doch tatsächlich ein *Bier*! Wie um alles auf der Welt ist der Kerl an dieses Bier gekommen? Wie gerne würde ich jetzt ein Bier trinken. Ooh, ob er vielleicht auch weiß, wo die hier den Birnen-Cider verstecken? Anscheinend gehört er zum erlauchten Kreis der Eingeweihten.

Ich mühe mich von meinem Stuhl und schwanke etwas unsicher auf meinen neuen lila Highheels auf ihn zu. Quer durch die Berkley Rooms stolpernd gelange ich zu Leo Frost und seiner kleinen Gruppe von Bewunderinnen und mogele mich mit Hilfe meiner Ellbogen dazwischen.

»Hallo, allerseits! Wie geht's denn so?«, trompete ich mit einem freundlichen Lächeln und einem kleinen Winken.

Die Gruppe mustert mich flüchtig, dann wendet sie sich desinteressiert ab. Und redet einfach weiter, als sei ich gar nicht da.

Ach.

»Yah, ich *liebe* die Mercedes-Kampagne«, schwärmt eine der Frauen überschwänglich. »*Drive Alive.* Das hat mich wirklich angesprochen, wissen Sie? Ich habe die Anzeige in der *Vogue* gesehen und mir gleich am nächsten Tag das Auto gekauft. Ich konnte einfach nicht widerstehen!«

»Genial«, pflichtet eine schlanke, indisch aussehende Frau ihr bei. »Einfach eine geniale Idee. Wie um alles auf der Welt sind Sie ...«

»*Drive Alive*«, hickse ich spöttisch. »Sie meinen diese bescheuerte Reklame, die an jeder Litfasssäule klebt und einen überallhin verfolgt? Soll das ein Witz sein? Das Ding ist grottenschlecht. Das spottet jeder Beschreibung. Ich bitte Sie. Seien wir doch mal ehrlich. Ich sag's auch keinem weiter.« Mit dem Zeigefinger schiebe ich die Brille auf der Nase nach oben. »Stimmt es, oder habe ich recht?«

Das Gespräch um mich herum verstummt abrupt, und alle starren mich an, als hätte ich gerade verkündet, ich wollte sämtliche Exemplare vom *Imker* mitgehen lassen und als Klopapier benutzen.

Mit gerunzelter Stirn schaut Leo Frost mich herablassend

an. »Was genau hat Ihnen daran denn nicht gefallen, wenn ich fragen darf?«

»*Drive Alive?*«, gluckse ich. »Was soll das denn heißen? Für mich sieht das aus, als hätte man das erstbeste Wort genommen, das sich auf ›drive‹ reimt und das dann als Konzept bezeichnet. Drive Alive. Natürlich lebt man, wenn man Auto fährt. Steht bestimmt in der Straßenverkehrsordnung. Und warum bitte trägt die Frau, die das Auto steuert, nichts als einen diamantbesetzten Bikini? Das kapiere ich einfach nicht. Der muss doch arschkalt sein! Und *wo* will sie in dem Aufzug hin? Keines meiner Mädels fährt im Diamantenbikini Auto.«

Leo Frost schluckt schwer und mustert mich eingehend. »Die Werbung war meine Idee«, sagt er mit tiefer, samtener Stimme.

»Ach. Upps. Sorry«, murmele ich und fühle mich ein ganz klein bisschen schlecht.

»Keine Sorge«, erklärt er und grinst süffisant, während sein überheblicher Blick abschätzig über meinen Plüschoverall wandert. »Das sind Luxuslimousinen. Sie gehören eindeutig nicht zur Zielgruppe.«

Und dann lachen mich alle aus, und Leo Frost zwinkert mir genauso aufreizend und herablassend zu wie vorhin Valentina. »So, und jetzt geh schön spielen. Braves Mädchen.«

O nein, hat er nicht.

»Was für ein Pimmelprinz!«, zische ich ungehalten. Bloß ist es leider kein Zischen, sondern mehr ein ungehaltenes Blöken.

Im ganzen Saal wird es totenstill. Scheiße. Habe ich wirklich gerade bei der Buchpräsentation eines Booker Prize-gekrönten Werks »Pimmelprinz« geschrien? »Pimmelprinz« ist nicht mal ein richtiges Schimpfwort. Das habe ich mir gerade spontan ausgedacht! Und es ist nicht halb so beleidigend, wie es eigentlich sein sollte. Das klang ja fast wie ein Kompliment.

Scheiße. Was für eine Verschwendung des Wortes »Pimmel«, Jess.

»Verzeihen Sie bitte«, stammele ich und hebe entschuldigend die Hände. »Entschuldigen Sie bitte die Störung dieses wunderbaren Abends. Entschuldigen Sie, Davis Arthur Montblanc.« Davis Arthur Montblanc schaut mich fassungslos an. Hinter vorgehaltener Hand flüstern die Leute abfällige Bemerkungen und schauen mich angewidert an. Benedict Cumberbatch mustert mich und schüttelt aufgebracht den Kopf.

Leo Frost nippt beiläufig an seinem Bier und lacht. Er lacht!

»Ich glaube, Sie gehen jetzt besser nach Hause«, sagt er und starrt mich mit seinen widerlich grünen Froschaugen an, dann dreht er sich um und verschwindet in der Menge, gefolgt von dem kleinen Grüppchen kluger, bildschöner Frauen.

So ein widerwärtiger ... Pimmelprinz!

»PIMMELPRINZ!«, rufe ich ihm hinterher.

Verdammt! Ich habe es schon wieder getan. Er dreht sich um, und in seinem Gesicht spiegelt sich fassungsloses Erstaunen. Eine der Frauen stupst ihn an und flüstert ihm was ins Ohr. Dann lachen beide hämisch, schauen mich kopfschüttelnd an und wenden sich einer anderen Gruppe kluger, eleganter Leute zu. Was glaubt der Kerl eigentlich, wer er ist?

Bäh! Entrüstet marschiere ich auf ihn zu, um ihm ins Gesicht zu sagen, dass er nicht *halb* so cool ist, wie er es gerne wäre, und dass er Tom Hiddleston *nicht im Geringsten* ähnlich sieht. Doch kurz bevor ich ihm die Meinung sagen kann, taucht der Kellner (zufälligerweise der, der sein Versprechen gebrochen hat, mir keinen Alk mehr zu geben) mit einem vollen Tablett Champagnerflöten wie aus dem Nichts vor mir auf. Mir bleibt keine Zeit mehr, meinen empörten Vormarsch auf Leo Frost zu stoppen, und ich krache, ach du Scheiße, ungebremst in den Kellner und sein Tablett.

»Uff«, stöhne ich, als sein unmöglich spitzer Ellbogen sich in meine Rippen bohrt und ich bäuchlings mit gespreizten Beinen zu Boden gehe. Ich kann nur wie hypnotisiert zusehen, als das silberne Tablett wie ein Frisbee durch die Luft fliegt und die Gläser wie teure, eklig schmeckende Geschosse durch den Raum schwirren.

»Ach, Schwanzschnitzel«, raune ich und beäuge vom Boden aus ungläubig das Gemetzel ringsum. Von Leo Frosts rotblonder Tolle tropft ihm der Champagner in die Augen. Er blinzelt hektisch und tupfte sich mit der mauvefarbenen Krawatte das Gesicht ab. Das entzückende teure Kleid der Inderin mit dem missmutigen Gesicht ist champagnergetränkt. Sie beginnt lautlos zu weinen, den Mund aufgerissen vor Entsetzen. Der dürre Kellner rappelt sich vom Boden auf und verschwindet beschämt hinter der Theke. Benedict Cumberbatch hat einen großen Champagnerfleck im Schritt. Und das Allerschlimmste ist, sämtliche Ausgaben des *Imkers* sind völlig durchweicht. Schockiert nimmt Davis Arthur Montblanc eins davon vom Tisch, hebt es mit Daumen und Zeigefinger hoch und versucht, das aufgeweichte Papier abtropfen zu lassen. Ach du lieber Himmel. Das ist viel, *viel* schlimmer, als auf sein Manuskript zu schwitzen. Ich fasse mir mit der Hand an den Kopf. Scheiße.

Leo Frost, der die champagnerverklebten Wimpern mit den Fingern voneinander lösen muss, um die Augen aufzubekommen, sieht mich auf dem Boden liegen und kommt schnurstracks auf mich zu. Dann streckt er die sorgfältig manikürte Hand nach mir aus, um mir aufzuhelfen. Wirklich nett von ihm, in Anbetracht der Umstände.

»Danke«, sage ich aufrichtig. »Es tut mir schrecklich leid. Der Bollinger-Sturm war wirklich keine Absicht. Ich habe den Kellner gar nicht kommen gesehen – plötzlich war er da. Verdammt. Brennt es in den Augen …«

»Ich habe keine Ahnung, wer Sie sind oder warum Sie glauben, hier willkommen zu sein«, unterbricht er mich wütend, und sein eindrucksvoller Bariton hallt durch den ganzen Raum. Warum redet der bloß so laut? »Aber Sie sollten sich was schämen. Sie sind vollkommen unangemessen gekleidet, Sie sind unhöflich und … und plump, und Sie haben vielen Menschen einen sehr wichtigen Abend verdorben. Ich würde vorschlagen, Sie gehen jetzt, ehe ich die Polizei rufe.«

Ich blinzele. Mir dreht sich der Magen um. Ich will etwas sagen, irgendetwas, aber mein Mund klappt nur hilflos auf und zu wie bei einer Handpuppe. Es ist womöglich das erste Mal in meinem Leben, dass es mir die Sprache verschlägt. Und es ist ein scheußliches Gefühl. Normalerweise sprudeln die Worte nur so aus mir heraus. Ich liebe und verehre sie, doch jetzt, wo ich sie am nötigsten bräuchte, lassen sie mich einfach im Stich. Meine Wangen glühen vor Hitze, als einer der umstehenden Partygäste Leo Frosts kleine Ansprache beklatscht. Eine Frau ganz in der Nähe stimmt in das langsame demonstrative Klatschen ein, und bald applaudiert die ganze Menge. *Verflucht*. Wie lange habe ich mir schon gewünscht, einmal in meinem Leben ein spontanes demonstratives Geklatsche mitzuerleben, aber ich kann wohl kaum mitmachen, wo ich doch der arme Trottel bin, der beklatscht wird. Oder? Nein. Nein, das sollte ich tunlichst bleiben lassen.

Ich fühle mich grauenhaft. Die Leute hassen mich. In diesem Raum wimmelt es vor Menschen, die ich aufrichtig bewundere, und sie alle hassen mich. Und Leo Frost ist noch nicht fertig mit seiner kleinen öffentlichen Ansprache. Feierlich wendet er sich mit ausgebreiteten Armen der Gästeschar zu.

»Wir wollen uns nicht von einer dahergelaufenen Person diesen ansonsten so angenehmen Abend verderben lassen, und ich möchte mich aufrichtig für die Störung der heutigen Feier zu Ehren meines geschätzten Onkels, Davis Arthur Montblanc, entschuldigen. Es sind heute Abend so viele großartige Autoren unter uns. Vielleicht sehen Sie diese kleine Episode einfach als Material für zukünftige Erzählungen, ja?«

Höfliches Gelächter ist die Antwort.

Dahergelaufen? *Dahergelaufen?*

»Was zum Teufel tust du da?«, speit Summer mich förmlich an, die plötzlich wie aus dem Boden gewachsen neben mir steht. Unsanft packt sie mich am Ellbogen und zerrt mich zur Tür. »Herrgott noch mal. Du bist wirklich eine einzige Enttäuschung, Jess! Warum hast du das getan? Du führst dich auf wie ein Teenager, verdammt.«

»Ich … Ich … Der Kellner ist aus dem Nichts aufgetaucht. Es war ein Unfall. Ehrlich. Wo ist Valentina? Ich muss mich bei ihr entschuldigen.« Verzweifelt schaue ich mich um und suche Valentina in der Menschenmenge. Ich sehe sie nirgends. Nur Leo Frost, der lässig an der Bar lehnt, mich ansieht und dann erneut abschätzig mustert. Igitt!

»Auf keinen Fall. Du redest nicht mit Valentina«, zischt Summer und schleift mich dann hinter sich her auf die vor Menschen wimmelnde Straße. »Die will uns sicher nie wiedersehen! Das war's. Aus und vorbei.«

## *Siebtes Kapitel*

Weinen Sie heimlich ins Kopfkissen.

– Matilda Beams Handbuch für die gute Hausfrau, 1957

Drei Tage später haben wir noch immer kein Wort von Valentina oder irgendjemand anderem von Southbank Press gehört. Am zweiten Tag hat Summer sich in ihrem Schlafzimmer eingeschlossen und weigert sich seitdem standhaft, es wieder zu verlassen. Stundenlang habe ich vor der Tür gesessen und versucht, sie davon zu überzeugen, dass die Verlagsleute bestimmt noch immer einen dicken fetten Kater haben vom in Strömen fließenden Gratis-Champagner bei der Party und bisher noch nicht in der Lage waren, irgendwelche Glückwunschanrufe zu tätigen. Aber Summer ist nicht darauf eingegangen und hat stattdessen Holden herumgescheucht, der Bio-Nuss-Snacks und Holunderlikör besorgen musste und strikte Order hatte, mich unter allen Umständen zu ignorieren, selbst als ich anfing zu singen: »Bitte, lass mich rein, ich bin ein mieses Schwein, aber das Schwein ist so alleeeeeeiiiiiiin!« Dann versuchte ich sie damit zu ködern, dass ich ihr vorschwindelte, Mr Belding würde sie ganz furchtbar vermissen, dabei tigert der augenscheinlich viel lieber so, wie ihn Gott geschaffen hat, durch die Wohnung als in einer ihrer albernen Verkleidungen.

Als wir fünf Tage nach der Buchpräsentation noch immer keinen Pieps vom Verlag gehört haben, dämmert mir langsam, dass ich einen gigantischen Bock geschossen habe. Ich fasse es einfach nicht. Dabei wirkte Valentina doch so begeistert. Könnte es wirklich sein, dass sie es sich so schnell wieder anders überlegt haben? Leo Frost ist eine ganz große Nummer in London. Vielleicht ist er so eine Art Mafiapate, und weil ich ihn beleidigt habe, werden mir nun für den ganzen Rest meines Leben sämtliche Türen geheimnisvollerweise vor der Nase zugeknallt. Und eines Tages, wer weiß wann, wache ich morgens auf, und am Fußende meines Bettes liegt der abgehackte Kopf eines edlen Rosses.

»Ich rufe Valentina an«, erkläre ich am Dienstagmittag entschlossen vor Summers verschlossener Tür. »Ich glaube, wir beide haben einen guten Draht zueinander. Und dann versuche ich, die Sache wieder hinzubiegen, okay? Ich entschuldige mich für mein unmögliches Benehmen. Sie darf dich nicht für meinen Fehler bestrafen – das ist einfach nicht fair.«

Und damit greife ich zu meinem iPhone, aber noch ehe ich Valentinas Telefonnummer online suchen kann, öffnet sich Summers Schlafzimmertür mit einem leisen Klick, und endlich kommt sie heraus. Sie wirkt weder verstrubbelt noch verheult, wie man es eigentlich vom jemandem erwarten würde, der beinahe eine Woche lang das Zimmer nicht verlassen hat. Frisch sieht sie aus. Strahlende Augen, propper und putzmunter und … glücklich?

»Hast du irgendwas gehört?«, frage ich und rappele mich mit klopfendem Herzen vom Flurboden auf. »Ach du lieber Himmel. Du hast was gehört, oder? Gute Nachrichten?«

*Ich habe es doch nicht versaut. Wir haben den Buchvertrag bekommen. Summer hat sich wieder eingekriegt. Und bald habe ich genug Geld für einen schönen weiten Flug irgendwohin, wo die Sonne scheint!*

Die Erleichterung strömt wie warmes, helles Licht durch meinen ganzen Körper.

»Jess … wir müssen reden«, sagt Summer.

»Und wie wir das müssen!«, stimme ich ihr zu und folge ihr nach unten ins Wohnzimmer. »Fünf Tage geht das jetzt schon so! Das war echt komisch, so lange nicht mit dir zu reden. Es muss jetzt auch nicht gleich alles vergeben und vergessen sein. Ich weiß ja, wie sauer du auf mich bist. Aber ich mache das wieder gut …«

»Wir haben den Buchvertrag nicht bekommen«, unterbricht Summer meinen Redefluss und hockt sich anmutig auf das riesengroße Ledersofa.

»Haben wir – haben wir nicht? Ach du Scheiße. *Scheiße.*« Matt lasse ich mich neben sie sinken. »Ich rufe Valentina an, Sum. Himmel.«

»Ich habe schon mit Valentina gesprochen.«

»Was? Wann denn? Wann hat sie angerufen? Was hat sie gesagt? Warum wollen sie uns nicht? Letzte Woche fanden sie uns doch noch so toll!«

»Sie meinte, die Entscheidung liege nicht allein in ihrem Ermessen … Das ganze Team muss hinter einer derartigen Entscheidung stehen.«

»O Gott. Hat sie gesagt, dass es meine Schuld ist?«

Summer schaut mir geradewegs ins Gesicht und nickt. »Ja. Hat sie.«

Scheißdreck.

»O Gott, das tut mir so schrecklich leid. Ich wollte Leo Frost nicht als Pimmelprinzen beschimpfen. Er ging mir nur so furchtbar gegen den Strich. Der hat mich behandelt, als wäre ich Scheiße an seinem auf Hochglanz polierten Schuh. Ich war so wütend, ich konnte mich einfach nicht beherrschen.«

»Ja, und darum müssen wir uns auch unterhalten.«

»Und uns einen Plan zurechtlegen? Gute Idee. Das kriegen

wir hin. Soll ich den Laptop holen? Wir könnten es doch noch mal bei einem anderen Verlag versuchen, oder? Ich schreibe eine noch knackigere Präsentation. Bestimmt lässt sich das wieder hinbiegen …«

»Jess, ich möchte, dass du ausziehst.«

Mir schnürt es die Kehle zu. »Wie bitte?«

»Und ich möchte nicht, dass du weiter an *Summer in the City* mitarbeitest.«

Waaaas?

Ruckartig schaue ich auf. »Willst du mich – willst du mich etwa feuern? Und vor die Tür setzen? *Alles an einem Tag?*«

Summer zuckt langsam mit der Schulter. »Ich kann nur sagen, die Entscheidung ist mir nicht leicht gefallen. Ich habe seit Tagen eigentlich über nichts anderes nachgedacht. Ich habe mit allen über diese Geschichte gesprochen, und eigentlich sind alle der Meinung …«

»Mit allen geredet? Mit wem denn? Das verstehe ich nicht.«

»Alle sind sich einig. Sie finden, du ziehst mich runter. Hast mich immer schon runtergezogen.«

Ich weiß nicht, was ich sagen soll, falte die Hände und reibe mit dem Daumen über die Handfläche. Unsere Freunde sollen so etwas Gemeines über mich gesagt haben? Wie kann das sein?

»Hör zu, ich weiß, ich hab's vermasselt. Und ich fühle mich deswegen echt arschig. Aber meine Arbeit als Autorin, kommt es letztendlich nicht darauf an? Ich habe so viel Mühe in unsere Seite gesteckt, Summer. Okay, *diese eine* Gelegenheit habe ich vielleicht im Klo runtergespült, alles meine Schuld, aber ich verspreche dir, das wird nie wieder vorkommen. Ich schwöre dir, ich …«

»*Meine* Seite.«

»Wie bitte?«

»Du sagtest *unsere* Seite. Aber es ist meine.« Summer legt den Kopf ein bisschen schief. »Es ist *meine*, Jess.«

»Ja … aber … ich habe mir die ganze Sache mit dem Themenplan ausgedacht. Ich habe quasi jeden einzelnen Post geschrieben, habe dafür gesorgt, dass wir inzwischen 30.000 Twitter-Follower haben. In den vergangenen zwei Jahren habe ich jeden Tag, jeden Abend und jedes Wochenende darauf verwendet. *Summer in the City*, das sind wir beide. Du *und* ich.«

Summer kaut ein bisschen auf ihrer Unterlippe herum. »*Streng genommen* stimmt das nicht. Du hast keinen Vertrag unterschrieben.«

Liebes Lieschen, streng genommen stimmt das. Sie hat vollkommen recht. Anfangs hieß es, sie bräuchte bloß für ein paar Monate meine Hilfe. Und als ich dann meinte, wir sollten vielleicht irgendeine Vereinbarung unterschreiben, sagte sie, unsere Freundschaft sei Vertrag genug, und ob sie mir noch einen Drink von der Theke mitbringen soll. Es kam mir albern und kleinlich vor, auf etwas Schriftliches zu bestehen, also habe ich es sein gelassen. Ich dachte, wir brauchen keinen Vertrag.

Meine Wangen glühen vor Entrüstung.

»Komm schon, Summer. Das ist nicht fair! Du hast selbst gesagt, wir brauchen keinen Vertrag!«

»Tatsächlich?« Mit zusammengekniffenen Augen schaut sie mich an. »Daran kann ich mich gar nicht mehr erinnern.«

»Hast du aber. Und außerdem, die Webseite war der reinste Schrott, bevor wir uns zusammengetan haben. Fünfzehn Klicks hattest du am Tag! *Und nicht mal die waren alle echt!*«

Summer schnappt so heftig nach Luft, als hätte sie sich verbrannt. »Du Lügnerin. Ich hatte viel mehr Klicks!« Sie kratzt sich an der Nase. »Du hast das anscheinend schon vergessen, aber *du* bist einfach in *mein* Leben spaziert. Ich habe dir einen Gefallen getan; ich habe dir einen Job angeboten und dir ein

Dach über dem Kopf gegeben, und ich habe es gern getan. Du bist eine verlorene Seele, und ich bin ein sehr mitfühlender Mensch. Ich gebe gern. Ich habe dir wieder auf die Beine geholfen, aber du bist einfach nie abgesprungen. Du bist immer noch hier. Reißt alles an dich und rückst mich in ein schlechtes Licht!«

»Was redest du denn da, von wegen alles an mich reißen? Ich bin extra aus Marokko zurückgekommen, weil du mich um Hilfe gebeten hast.«

»Du warst pleite in Marokko.«

»Ich war glücklich in Marokko. Ich … Ich dachte, ich tue *dir* einen Gefallen.« Ich reibe mir die Augen. »Wo kommt denn das alles auf einmal her? Vor ein paar Tagen wollten wir noch den Vertrag für ein gemeinsames Buch unterschreiben.« Ich seufze. »Scheiße. Ich weiß, dass du sauer auf mich bist, wirklich. Und es tut mir aufrichtig leid. Wollen wir nicht einfach … rausgehen und einen draufmachen? In Ruhe über alles reden? Den ganzen Tag im Pub versacken? Summer? Wir erleben eins unserer irren Abenteuer und vergessen einfach diese ganze furchtbare Geschichte.«

Summer verzieht unwillig das Gesicht und schüttelt den Kopf. »Du kapierst es einfach nicht. Ich *will* nicht mehr den ganzen Tag im Pub versacken. Ich *will* mich nicht betrinken und dieses ganze Gespräch einfach vergessen. Du versaust jede sich bietende Gelegenheit, bevor überhaupt etwas daraus werden kann. Du weißt gar nicht, was du da anrichtest … Du hattest es nicht leicht mit deiner Mum, ich weiß. Aber wie soll ich sagen, dein emotionaler Ballast fängt an mich *runterzuziehen.*«

Ich schlucke und recke trotzig das Kinn. »Ich finde, du übertreibst. Mich vor die Tür setzen *und* mich feuern? In einem Atemzug? Das ist wirklich hart. Wir sind doch *beste Freundinnen.*«

»Du weißt doch gar nicht, was es heißt, eine echte Freundin zu sein, Jess«, spottet Summer. »Du bist ein toller Kumpel, mit dem man Spaß haben und einen draufmachen kann, und solange es lustig und albern und oberflächlich bleibt und es was zu lachen gibt, ist alles superduper. Aber sobald es ernst wird, machst du dich aus dem Staub.«

Das stimmt doch gar nicht. Okay, gut, vielleicht bin ich *nicht immer* ein besonders guter Zuhörer, wenn sie mir von ihren tiefen Gefühlen, ihren Lebensdramen und Beziehungsproblemen erzählt. Aber diesen Buchvertrag wollte ich genauso sehr wie sie. Ich habe hart dafür gearbeitet.

Unsere Blicke treffen sich. Summers Augen sehen anders aus als sonst. Kälter.

»Hör zu, Jess. Du hast mir auf meiner Reise als Mensch sehr geholfen, und es hat viel Spaß mit dir gemacht, und ich weiß zu schätzen, wie viel Arbeit du in die Website gesteckt hast. Aber … jetzt trennen sich unsere Wege, ich muss allein weitermachen. Auf mich wartet etwas ganz Großes. Und ich habe das Gefühl, du drängelst dich mit deinen Eskapaden immer wieder ins Rampenlicht, und darum muss ich jetzt und hier einen Schlussstrich ziehen. Es tut mir leid, verstehst du? Aber ich muss tun, was das Beste für *mich* ist. Und … na ja, du gehörst eben nicht mehr dazu.«

Ungläubig blinzelnd schaue ich sie an. Es sieht nicht aus, als täte es ihr leid. Was zum Geier geht hier gerade vor?

Am ganzen Körper zitternd vor lauter Adrenalin und Aufregung stehe ich vom Sofa auf und gehe ganz ruhig aus dem Wohnzimmer. Hinter mir ziehe ich leise die Tür zu.

*

Ich bin zwar jetzt zehn Jahre älter, aber das Gefühl, alleingelassen zu werden, fühlt sich eigentlich noch genauso grässlich an wie beim ersten Mal – als stünde man an einem steilen Abgrund, wohl wissend, dass jemand hinter einem steht, der einem gleich den tödlichen Stoß versetzen wird.

Damals war ich gerade ein halbes Jahr an der Uni und versuchte mich an den Gedanken zu gewöhnen, dass meine Mum vielleicht auch ohne mich ganz gut zurechtkommt – so weit, so gut, und so weiter. Als sie dann an einem winterlichen Dienstag bei meinem üblichen Mittagsanruf nicht ans Telefon ging, war ich zunächst nicht weiter beunruhigt. Manchmal legte Mum sich ins Bett und überhörte meine Anrufe; dann hatte sie mal wieder einen dieser Tage. Und außerdem war sie am Abend vorher noch bester Dinge gewesen; wir hatten am Telefon über meine Unikurse gequatscht und gemeinsam über einen wirklich grottenschlechten Zauberer in der *Royal Variety*-Show im Fernsehen gelacht. Doch dann um vier, ich war gerade in der Bibliothek, sah ich auf der Handyanzeige die Nummer von Mums zuständiger Gemeindekrankenschwester aufblinken. Die rief mich nur an, wenn irgendetwas war.

»Hallo, Pam«, begrüßte ich sie. »Raus damit. Was hat sie diesmal wieder angestellt?« Ich verdrehte die Augen und fuhr mit dem Finger am Regal entlang, um dann ein Exemplar der *Canterbury Tales* herauszuziehen, die ich für mein Seminar lesen sollte. »Nein, warte, lass mich raten. Sie hat sich betrunken und den Mann verflucht, der ihr das Herz gebrochen hat? Sie hat ihre Pillen im Klo runtergespült? Oder mal wieder einen kleinen Ausflug in die Klapse gemacht? Das hatten wir schon länger nicht mehr!«

Ich hab halt ein bisschen herumgealbert – sogar Mum hat manchmal über ihre Episoden gewitzelt –, aber damit wollte ich wohl nur überspielen, dass mir das Herz bis zum Hals schlug.

»Jessica. Vielleicht setzt du dich erst mal.«

Und da wusste ich es natürlich. Schließlich weiß man, was *vielleicht setzt du dich erst mal* bedeutet.

»Ähm, okay«, sagte ich, und die Beine gaben unter mir nach. Ich sank auf den Teppich, lehnte den Kopf nach hinten gegen die Bücherreihen und klammerte mich an das Telefon in meiner Hand.

»Jessica. Ich habe leider schlimme Nachrichten«, sagte Pam und klang dabei wie jemand aus einer drittklassigen Fernsehserie. Als wäre das eine Folge von *EastEnders*. »Rose, ich meine, deine Mum, sie ist ... Sie ist leider ... Sie ist tot.«

Ich hielt die Luft an und nickte heftig, und mein Magen hob sich, als führe ich Achterbahn. »Wann? W-wie?«

»Heute Vormittag. Sie ... Sie ... Es war eine Überdosis. Heute stand mein monatlicher Kontrollbesuch an. Die Haustür war nur angelehnt, und ...« Pam brach ab, und ihre sonst so feste Stimme zitterte.

Ich ließ die *Canterbury Tales* in meinen Schoß fallen und sah zu, wie sie vor dem Hintergrund meines karierten Rocks verschwammen.

»Aber das hat sie doch schon mal gemacht, und da ist alles gut gegangen. Sie haben ihr im Krankenhaus den Magen ausgepumpt. Sie hat gestern Abend noch gelacht. Ich verstehe das nicht. Sind Sie ganz sicher, dass sie ...? Sie klang so *gesund*. Sie war ... fröhlich.«

Und dann traf es mich wie ein Faustschlag. Und ich wusste, warum meine Mum am Abend zuvor so fröhlich gewesen war. Warum sie plötzlich so heiter gewirkt hatte, so gut gelaunt und optimistisch, wie eine ganz normale Mum. Sie hatte alles genau geplant. Sie wusste, dass sie gehen würde, und sie hatte die Tür aufgelassen, damit Pam sie findet.

Ich hätte sie nicht allein lassen dürfen. Ich hätte zu Hause bleiben sollen. Wäre ich zu Hause gewesen, wäre das nie passiert.

Ich ließ das Handy auf den Teppichboden fallen und starrte blicklos auf die Bücherreihen vor mir, hörte das Klappern der Tastaturen und das gedämpfte Gemurmel der Studenten im Hintergrund, die nicht ahnten, dass hier hinten in der Ecke der Bibliothek mein Herz gerade in tausend Stücke zersprang.

Ich biss mir auf die Unterlippe, bis sie blutete, und mir kam der Gedanke, ich sollte jetzt wohl weinen. Das erwartete man doch in so einer Situation, oder? Dass man bittere Tränen weint und heult und mit den Zähnen klappert und sich die Haare ausreißt, bis die Bibliothekarin einen schließlich hinauskarrt und die herumstehenden Gaffer anschreit: »Aus dem Weg, gehen Sie bitte weiter, hier gibt es nichts zu sehen!« Aber nichts von alledem geschah. Nein, stattdessen stand ich auf, stellte behutsam das Buch zurück an seinen Platz im Regal und ging nach draußen. Stolpernd taumelte ich zum Wohnheim, schaltete in meinem Zimmer alle Lichter aus und krabbelte ins Bett, wo ich dann lag und in die Dunkelheit starrte und darauf wartete, dass meine Innereien aufhörten, sich ineinander zu verschlingen. Und da blieb ich dann, bis Summer mich schließlich aufstöberte.

Ich habe nicht geweint an dem Tag, als meine Mum sich umbrachte. Ich habe seitdem überhaupt nicht mehr geweint.

# *Achtes Kapitel*

Gaststätten und Bars sind Tummelstätten für Taugenichtse und Hallodris und kein Ort für eine gute Frau. Und noch weniger für eine unverheiratete Dame.

– Matilda Beams Handbuch für die gute Frau, 1959

Das Trap Inn liegt am Ende unserer Straße und ist eine echte Absteige. Die Sitze sind fleckig und abgewetzt, an den Bierdeckeln finden sich Bissspuren, und es riecht nach Ei. Aber was sein muss, muss sein, und es liegt gleich um die Ecke, also muss das Trap Inn als Trostspender für mein Elend herhalten. Ich bestelle bei der dürren Barfrau mit der Zahnlücke eine Flasche Birnen-Cider. Wenn ich das richtig mitbekommen habe, heißt sie Schmuddel Elaine – und ich frage mich, womit sie sich den Namen wohl verdient hat.

»Birnen-Cider?«, fragt sie blinzelnd. »Birnen? Cider? *Birnen-Cider?*«

»Ist dasselbe wie normaler Cider, nur dass er nach Birnen schmeckt. Wirklich lecker, kein Quatsch. Aber wenn ihr keinen habt, auch gut. Dann nehme ich einfach bloß ein Bier. Danke.«

Nickend holt sie mir eine Flasche Corona aus dem Kühlschrank. Ich trinke ein paar große Schlucke, schwinge mich auf den Barhocker an der Theke, stütze den Kopf in die Hände und seufzte lang und tief.

Also, das war jetzt wirklich alles ein bisschen viel.

Ich weiß gar nicht, was ich denken und fühlen soll. Einerseits bin ich stinksauer, dass Summer mich einfach so aus meinem eigenen Zuhause wirft. Andererseits bin ich aber auch traurig, dass sie so wütend auf mich ist. Die Schuldgefühle zerwühlen mir den Magen. So was habe ich seit Mum nicht mehr erlebt. Es ist kaum auszuhalten. Summer war schon oft sauer auf mich, aber noch nie hat sie mich dafür vor die Tür gesetzt. Nicht zuletzt aufgrund der Tatsache, dass sie mich, ganz gleich, wie sehr ich ihr manchmal auch auf die Nerven gehe, noch immer braucht, um die Arbeit zu machen. Normalerweise lasse ich sie ein paar Stunden in Ruhe, und wenn sie sich dann wieder beruhigt hat, rede ich mit ihr. Aber irgendetwas sagt mir, dass das diesmal nicht funktionieren wird.

Mein Blick geht zum Fernseher in der Ecke. *Kirstie's Vintage Home.* Na prima, schon wieder so ein Käse, bei dem sie ein heruntergekommenes Bauernhaus mit ollen Obstkisten aus Holz als Couchtisch aufmöbeln. Großartig. Ist heute aber auch wirklich ein Scheißtag.

Wo zum Geier soll ich denn jetzt hin? Nachdenklich gehe ich die Liste meiner Handykontakte durch. Amy Keyplass und Mark Chunder fallen wohl schon mal weg.

Ooh, da schau an. Versuchen wir es doch mal mit Betty. Betty ist Journalistin und eine gemeinsame Freundin von Summer und mir. Sie ist nett und witzig und hat ein Haus in Didsbury. Wäre sicher nett, da ein Weilchen unterzuschlüpfen.

Also rufe ich sie an.

»Yo, hier ist Jess!«, rufe ich gespielt fröhlich.

»Wer?«

»Jess.«

»… Jess?«

»Jess Beam! Betty, du Dummchen. Was treibst du so? Ist

ganz schön laut bei dir. Höre ich da im Hintergrund ›Old McDonald Had a Farm‹?«

»Ja, ich bin mit Henry gerade auf dem Weg zur Frühförderung.«

»Ach ja, der kleine Henry! Wie alt ist er denn jetzt?«

»Acht Monate. Du hast ihn noch gar nicht gesehen.«

Urgs. Sie klingt irgendwie angefressen. Ist es wirklich *so* schlimm, dass ich ihr Baby noch nicht gesehen habe? Ich meine, worüber soll ich mich denn mit ihm unterhalten?

»Weißt du was, Betty? Jetzt *könnte* ich ihn besuchen kommen. Summer hat mich vor die Tür gesetzt, und ich brauche ein Plätzchen auf der Couch. Nur für ein paar Wochen. Wenn ich bei dir einziehe, könnte ich auf Henry aufpassen, wenn du willst. Ich meine, wenn eure anderen Babysitter gerade keine Zeit haben und ich nicht schon etwas anderes vorhabe, vielleicht ... Hmmm, kann Henry schon tanzen? Ich könnte ihm beibringen, zu Bon Jovi abzurocken!«

»Warum hat Summer dich denn rausgeschmissen?«, fragt sie matt. »Was hast du diesmal wieder angestellt?«

»Nichts! Warum denkst du denn gleich, dass es meine Schuld ist?«

Von Betty kam nur Schweigen.

»Okay, ich habe bei einer Buchpräsentation für eine klitzekleine peinliche Szene gesorgt. Aber das war alles ein bedauerliches Missgeschick, bloß will Summer davon nichts wissen. Bestimmt kriegt sie sich bald wieder ein, aber ich glaube, bis dahin wäre es wohl das Beste, wenn ich für eine Weile verschwinde.«

»Damit will ich ehrlich gesagt nichts zu tun haben, Jess.«

Im Hintergrund höre ich das Baby schreien.

»Ach komm schon, nur für ein, zwei Nächte, Betty Boo. Komm schoooooon. Das wird wie in den guten alten Zeiten.

Ich bringe Fertig-Margarita-Mix mit und die Kings of Leon-Live-DVD. Ooh, und du hast doch ein schönes großes Haus. Wir könnten – wir könnten eine große Party schmeißen! Eine legendäre Hausparty!« Und in Gedanken fange ich schon an, eine Spotify-Playlist für die Party zusammenzustellen. Betty steht auf Reggae. Ich google einfach »die besten Reggae-Songs« und erstelle daraus die Playlist. Schnell krame ich den guten alten Kuli aus der Jackentasche und will mir »Hausparty Playlist legendär« auf den Unterarm kritzeln. Wobei ich nur bis »Haus« komme, da Betty mich an dieser Stelle rüde unterbricht.

»Ähm, das klingt zwar wirklich … verlockend, aber ich weiß nicht, ob mein kleiner Sohn eine legendäre Hausparty so toll fände. Tut mir leid, Jess. Ich glaube, es wäre keine so gute Idee, wenn du hierherkommst. Trotzdem viel Glück und alles Gute. Und im August feiern wir eine *Geburtstagsparty* für Henry. Der würde seine Tante Jessica wirklich gerne mal kennenlernen. Ich simse dir dann zeitnah den Termin, ja?«

»Oh! Ja, auf jeden Fall …«, murmele ich, auch wenn mir ganz kribbelig wird, die Wörter »Tante« und »Jessica« in einem Satz zu hören. »Klingt gut!«

*Klingt überhaupt nicht gut.*

Etwas unentspannt beenden wir das Gespräch, und ich scrolle mich hektisch durch meine restlichen Telefonkontakte. Nacheinander klingele ich bei allen an, die ich als meine besten Kumpels betrachten würde, aber was folgt ist ein übles Desaster nach dem nächsten. Emily, die ich in Tunesien kennengelernt habe, hat als Menschenrechtsanwältin viel zu viel um die Ohren, um mich bei sich einzuquartieren. Callum, ein Webdesigner-Kumpel, ist stinksauer auf mich, weil ich es verschwitzt habe, auf seine letzten SMS zu antworten. Vor allem, weil wir letztes Jahr irgendwann zusammen im Bett gelandet sind. Und meine gute Bekannte Michelle, bisexuelle Gitarristin, will mich nicht mehr kennen. Angeblich, weil ich nicht *für sie da bin,* wenn es um die »echten Metathemen« ihres Lebens geht.

»Ich nehme einen Tequila, bitte«, sage ich zu Schmuddel Elaine. Widerwillig reißt sie sich vom Fernseher los und gießt gelangweilt den Schnaps in ein kleines Glas.

»Ist es nicht ein bisschen zu früh für Tequila, Schätzchen? Ärger gehabt?« Und dann schiebt sie mir mit der knochigen Hand, an der der kleine Finger fehlt, das Glas zu. Ich stürze es herunter und bestelle gleich noch einen.

»Das ist ein Tequila-Notfall«, erkläre ich. »Meine Freunde haben mich verlassen, ich habe nicht mal mehr hundert Mäuse auf dem Konto, ich habe meinen Job verloren und muss womöglich auf der Straße schlafen.«

Schmuddel Elaine schaut mich entsetzt an, und mir geht es seltsamerweise gleich ein bisschen besser. Ich lasse mir von ihr noch einen Schnaps einschenken.

»Weißt du, ich verstehe einfach nicht, was die alle haben. Man hat doch verschiedene Freunde zu verschiedenen Zwecken, oder? Die wussten doch von Anfang an, dass ich bin, wie ich bin. Ich bin der spaßige, unbeschwerte, abenteuerlustige Kumpeltyp, aber nicht die Busenfreundin, der man das Herz ausschüttet und an deren Schulter man sich ausheult. Warum erwarten die Leute auf einmal, dass ich ein anderer Mensch werde? Mit diesem ganzen gefühlsduseligen Emotionsquatsch kann man mich jagen.«

Schmuddel Elaine zuckt nur die Achseln, als ich den Schnaps herunterkippe, und ihr Blick geht zurück zum Fernseher. »Dann zieh doch einfach eine Weile bei deinen Eltern ein, Herzchen«, sagt sie, als sei das so einfach. »Die helfen dir schon wieder auf die Beine.«

Ich seufze schwer. »Geht nicht. Das ist ja das Problem! Meine Mum ist vor zig Jahren gestorben. Meinen Dad kenne ich überhaupt nicht. Ich weiß nur, dass er ein Mistkerl war, der meine Mum übel aufs Kreuz gelegt und sie verlassen hat, noch bevor ich geboren wurde. Er hat ihr das Herz in tausend Stücke gebrochen. Damit ist sie ihr Leben lang nicht fertig geworden.« Kopfschüttelnd trinke ich noch ein Glas. »Eigentlich wollte ich wieder reisen, aber das kann ich jetzt knicken! Maaaann.«

»Armes Häschen.«

Ich kippe noch einen Tequila und spüre die wohlige Wärme in den Wangen, und wie alles um mich herum langsam angenehm schummrig und verschwommen wird. Ich schaue mir Schmuddel Elaine ein bisschen genauer an. Sie wirkt eigentlich ganz nett. Gar nicht wie ein Schmuddel.

»Kann ich nicht bei dir übernachten, Schmuddel Elaine? Ich könnte dir auch in der Bar helfen. Ich hab immer davon geträumt, über einem Pub zu wohnen.«

»Nein, Schätzchen«, sagt sie. »Wohl eher nicht.«

Ich nicke und hickse und nehme ihre Abfuhr mit Würde. »Kriege ich dann wenigstens noch einen Drink?«

»Die Doppelten sind im Angebot, Herzchen.« Und damit zeigt sie auf die Tafel hinter sich.

»Supi. Immer her damit.«

Sie gießt mir einen Doppelten ein. »Hast du keine Tante, bei der du dich eine Weile einquartieren könntest, Schatz? Eine Oma? Patentante? Cousine? Einen netten Exfreund?«

Stumm schüttele ich den Kopf. »Fehlanzeige. Ich habe niemanden.« Ich seufze. »Ich bin ein einsamer Wolf. Ganz allein in dieser eiskalten Wel… Wobei, Augenblick mal … Ich glaube, ich hab 'ne Oma. Zumindest hatte ich eine. Hab sie nie kennengelernt. Weiß nicht mal, ob sie noch lebt. Ich meine, bei

Mums Beerdigung war sie nicht … zumindest nicht dass ich wüsste. Aber an manches erinnere ich mich auch nicht mehr so genau. Matilda, heißt sie, glaube ich … Stimmt genau. Matilda Beam.«

»Du kennst nicht mal deine eigene Oma? Das ist aber echt verdammt traurig, das muss ich schon sagen, Hase.« Schmuddel Elaine verzieht das Gesicht, und zum Vorschein kommen zwei Reihen matter, grünlich-gelber Zähne. Aha! Daher wohl der unschmeichelhafte Spitzname.

Ich reibe mir die Augen. Allmählich bin ich ein bisschen benebelt. »Ja, das ist wohl ziemlich traurig.« Sie und meine Mum haben nicht miteinander geredet, aber jetzt, wo ich so darüber nachdenke, weiß ich nicht mal weshalb. »Meine Omi muss stinkreich gewesen sein, sie hat in einem riesengroßen, schicken Haus gewohnt …«

*Augenblick mal.*

Schnell kramte ich das iPhone wieder aus der Tasche und gehe mit plötzlich zitternden Händen ins Internet. Es dauert eine Weile, weil meine Finger mir durch den vielen Tequila nicht mehr so gut gehorchen, aber nach drei vergeblichen Versuchen schaffe ich es endlich, »Matilda Beam + Kensington« zu googeln.

Die Suchseite erscheint. Ich klicke darauf und scrolle mit zusammengekniffenen Augen nach unten.

Keuch. Es gibt tatsächlich eine Matilda Beam! Sie lebt am Bonham Square in Kensington. Laut Wählerverzeichnis war sie 2014 noch registriert, und ihr Alter ist mit siebenundsiebzig Jahren angegeben. Das könnte sie sein. Das *muss* sie sein. Matilda Beam ist schließlich kein Allerweltsname.

»Du bist ein verdammtes Genie«, schnaufe ich und wühle in der Tasche meiner Jeans nach meinem letzten Geld.

»Wie meinen, Schätzchen?«, fragt Schmuddel Elaine und

wirft ein trübes Auge auf Kirstie Allsop auf dem Fernsehschirm, die affektiert in die Kamera lächelt.

»Du, du bist ein – hicks – Schenie. Du hattest vollkommen recht. Ich *habe* eine Oma. Eine echte, lebendige Oma. Und ich glaube, na ja, wie es aussieht, schwimmt sie in Geld. Mann, warum bin ich nicht schon viel früher auf die Idee gekommen? Wow, wie konnte ich nur so viel Zeit verschwenden?« Hastig zahle ich meine Rechnung und hopse wankend vom Barhocker. »Die kann mir sicher aus der Patsche helfen. Mit einem Minikredit oder so. Dann kann ich hier die Fliege machen. Ich verschwinde nach Jamaika! Jawohl! Ich gehe jetzt nach Hause, packe meine Siebensachen ein, und dann fahre ich nach London. Keine Zeit zu verlieren.«

»Hmmm.« Schmuddel Elaine legt die Stirn in Falten. »Du hast ziemlich viel getrunken, Herzchen. Meinst du, das ist eine gute Idee?«

»Ich weiß es nicht, Schmuddel Elaine. Vielleicht nicht. Aber eine andere Idee habe ich leider nicht.«

*

Sich an einem Donnerstagnachmittag traurig und betrunken auf die Suche nach der verschollenen Großmutter zu machen ist eine eher ungewöhnliche Idee. Irgendwo in einem dunklen Winkel meines Hirns weiß ich, dass es vielleicht besser wäre, die ganze Sache noch mal in Ruhe zu überdenken: erst ein paar Telefonate zu führen, beispielsweise, und sich zu vergewissern, dass meine Großmama tatsächlich noch unter der Adresse in Kensington wohnt, die ich bei Google gefunden habe, oder ob sie überhaupt noch, Sie wissen schon, lebt. Aber Verzweiflung gepaart mit Tequila ergibt irre Geschichten, und ich *bin* verzweifelt und randvoll mit Tequila. In meiner Entscheidung, die Fliege zu machen, werde ich beim Nachhausekommen bestärkt, als ich nämlich feststellen muss, dass Summer Besuch hat. Da bin ich gerade mal ein Stündchen aus dem Haus, und schon höre ich sie in der Küche sitzen und kichern. Das unmissverständliche Plöppen von Champagnerkorken hallt durch den Flur.

Was zum Geier?

*Feiern* die etwa?

Herrje. Die kann mich wohl nicht schnell genug loswerden! Rasch stopfe ich ein paar Klamotten in einen Müllsack, schnappe mir den Laptop und schleiche mich die Treppe hinunter und an den feucht-fröhlichen Festivitäten in der Küche vorbei. An der Wohnungstür angekommen schießt Mr Belding aus dem Wohnzimmer auf mich zu und guckt mich mit dem kleinen flauschigen Gesicht neugierig an. Er trägt einen winzigen lila Buster-Keaton-Hut, hübsch herausgeputzt für eine stundenlange Fotosession für Summers Instagram-Seite. Armer kleiner Kerl. Vom Schicksal gebeutelt, gezwungen zu einem Leben mit Putz und Pomp statt Spielen und Schnurren.

Wieder höre ich aus der Küche lautes Lachen und heiteres Gläserklirren. Irgendwer, Holden, glaube ich, ruft: »Ich trinke auf Summers unaufhaltsamen Aufstieg!« Lieber Himmel. Jetzt gratulieren sie ihr schon, dass sie mich endlich abgeschossen hat. Der Tag wird wirklich immer noch schlimmer.

Ich atme langsam aus, und der Groll brennt sich in meine Brust wie eine heiße flackernde Flamme. Und dann, ohne *so richtig* darüber nachzudenken, was ich da eigentlich tue, schnappe ich mir das Kätzchen, klemme es mir unter den Arm und verlasse fluchtartig die Wohnung.

*

Meine letzten Ersparnisse gehen für die Fahrkarte drauf, und dann sitze ich zum zweiten Mal innerhalb nicht mal einer Woche im Zug nach London. Und ich kann Ihnen sagen, wenn man betrunken ist, einen Riesensack Schmutzwäsche mit sich herumschleppt und eine kleine Katze unter der ledernen Bomberjacke schmuggelt, ist das nicht unbedingt eine angenehme Erfahrung. *Vor allem* dann nicht, wenn der Müllsack irgendwann reißt und der Zwickel eines zerribbelten grauen Tangas herausschaut, sodass ihn jeder sieht, einschließlich des Kerls, den du in Euston ins Visier genommen hattest, wie du zu deiner Schande gestehen musst.

Jetzt stehe ich in Knightsbridge vor einem imposanten Haus mit weißer Stuckfassade.

Das ist es: das Haus meiner Großmama.

Ich atme ein paarmal tief durch, dann drücke ich die Türklingel an der Wand. Fast im selben Augenblick schrillt eine hohe kieksige Frauenstimme durch die Gegensprechanlage.

»Hallo?«

Es knackt ein bisschen. Großmama oder nicht die Großmama?

Keine Ahnung.

Verdammt, ich kenne diese Frau nicht mal. Kann ich da einfach aus heiterem Himmel hier auftauchen und sie um einen Kredit anpumpen, obwohl wir uns noch nie begegnet sind? Mein Blick geht zu Mr Belding, der sich in meiner Jacke zusammengeringelt hat und friedlich schläft. Als wüsste der die Antwort. Weiß er aber nicht. Er weiß gar nichts.

*Was mache ich eigentlich hier?* Mein Rausch hat sich inzwischen beinahe vollständig verflüchtigt, und zurück bleibt nur die nackte, unschöne Realität: Hier stehe ich, katzenklauende Buchvertragversauerin, mit einem Sack Schmuddelklamotten und unangenehmem Tequila-Sodbrennen.

»Ähm, dürfte ich fragen, w-was Sie möchten? Kann ich Ihnen irgendwie behilflich sein? Haben Sie … Haben Sie ein Problem?«

Ich zucke zusammen, als die Stimme aus der Gegensprechanlage scheppert.

»Ähm …« Ich beuge mich vor und spreche in das Mikrofon. »Hallo. Also … ich dachte eigentlich, meine Großmutter wohnt hier. Aber Sie sind zu jung und offensichtlich Amerikanerin, und ich gehe davon aus, dass sie alt und Engländerin sein müsste, also wohnt sie wohl nicht mehr hier. Dann gehe ich mal wieder. Entschuldigen Sie bitte die Störung.«

Na toll. Jetzt habe ich meine letzten Kröten für eine irre Großmütterchen-Schnitzeljagd zum Fenster hinausgeschmissen. Ich könnte mich in den Hintern treten.

»Matilda Beam ist Ihre Großmutter?«, fragt die piepsige Stimme.

»Ähm, ja. Ich bin Jessica. Jess.«

Woraufhin sofort der Summer brummt und es leise klickt, und dann öffnet sich die glänzende schwarze Tür.

Scheiße! Meine Großmutter ist *doch* da?

»Erster und zweiter Stock«, zwitschert die Gegensprechanlage mit nasalem Südstaatensingsang. »Im Erdgeschoss ist die Arztpraxis.«

»Ach! Verstehe! Okay, danke, toll. Bin gleich da!«

Schnell drücke ich die schwere Tür auf und stehe unversehens in einer hochherrschaftlichen Eingangshalle mit schwarzweißen Schachbrettfliesen auf dem Boden und einer ausladenden Treppe, die im weiten Bogen nach oben führt. Um die mache ich allerdings einen großen Bogen – Aufzüge sind immer die praktischere und bequemere Lösung, wie ich finde, vor allem, wenn man eine Katze und einen zum Bersten vollgestopfen Müllsack mit sich führt.

Oh, Moment. O nein. Anscheinend gibt es keinen Aufzug.

»Klöten und Keule«, knurre ich leise und lasse resigniert den Sack auf den Boden fallen. Und dann schimpfe ich gen Himmel: *»Klöten und Keule.«*

Treppen sind mir schon unter normalen Umständen verhasst, aber dann auch noch mit diesem ganzen Gepäck? Das wird eine veritable Bergbesteigung. Mr Belding schnuffelt verständnisvoll.

Eine Tür zu meiner Linken öffnet sich, und heraus kommt ein nicht besonders großer Mann mit lockigen Haaren. Er wirkt etwas jünger als ich und trägt einen gestärkten weißen Doktorkittel und einen konsternierten Gesichtsausdruck.

»Kann ich Ihnen helfen?«, fragt er mit melodisch weichem schottischem Akzent und mustert mich und meine Bagage mit misstrauisch gerunzelter Stirn.

»Oh, ja bitte«, rufe ich. »Ich suche den Aufzug. Wissen Sie, wo der ist?«

Er räuspert sich. »Ähm, dieses Haus wurde Mitte des neunzehnten Jahrhunderts erbaut. Einen Aufzug hat es leider nicht.«

»Klöten. Und. Keule«, knurre ich abermals, als meine schlimmsten Befürchtungen sich bestätigen. »Und dann auch noch mit dem schweren Sack.«

»Sie können doch hier nicht Klöten und Keule brüllen!«

»Und warum nicht?« Fragend gucke ich ihn an. »Sind Sie hier der Chef, oder was?«

»Ähm, nein.«

»Also, warum?«

»Na ja, weil das hier die kardiologische Praxis von Dr. Qureshi ist. Wir behandeln Menschen mit schwerwiegenden Herzproblemen. Ich glaube nicht, dass die hören wollen, wie jemand vor der Tür ›Klöten und Keule‹ brüllt, wenn sie ohnehin schon aufgeregt und krank und ganz außer sich sind.«

Und dann reckt er ein bisschen das Kinn.

»Oh«, sage ich und fühle mich plötzlich ziemlich mies. »Ja, ich sehe ein, dass könnte wohl etwas unangenehm sein. Tut mir leid. Es wird nicht mehr geflucht. Sind Sie Dr. Qureshi?«

»Nein, ich bin Dr. Abernathy. Ich arbeite in der Praxis von Dr. Qureshi.«

»Aha. Cool. Und wären Sie vielleicht so nett, mir mit dem Gepäck zu helfen?«

»Nein, eher nicht. Ich habe viel zu tun – Moment, wer sind Sie eigentlich?«, fragt er mit misstrauisch zusammengekniffenen Augen.

»Ihr schlimmster Albtraum«, entgegne ich.

Was ich nur sage, weil ich das immer schon mal sagen wollte, und die Gelegenheit war günstig. Und außerdem bin ich immer noch ein klitzekleines bisschen angesäuselt.

»Hmm, ja, das dachte ich mir schon«, brummt er und beugt sich dann vor, um mir unverhohlen auf die Titten zu starren. Staunend guckt er mir mit weit aufgerissenen Augen ins Dekolleté. Was zum Teufel soll das denn bitte? Was erlaubt der sich? Ich meine, zugegeben, meine Titten sind schon ziemlich eindrucksvoll und ziehen des Öfteren bewundernde Blicke auf sich, aber so ungeniert hat noch keiner hingeglotzt. Widerlich. Er stiert mich richtig aufdringlich an. Was für ein ekelhafter Perversling. Dafür hat er sich meinen vernichtendsten Blick redlich verdient. »Igitt«, zische ich.

»Tut mir leid«, sagt er und beugt sich noch etwas weiter vor. »Aber … wissen Sie, dass Sie … dass Sie eine *Katze* in der Jacke haben? *Eine Katze mit Hut?*«

Ach so, er hat bloß Mr Belding entdeckt. Doch kein Perversling. Mein Blick geht nach unten, wo Mr Beldings kleines Katzengesicht aus meiner Jacke guckt, und ich krabbele ihm die Öhrchen.

»Ja, danke für die Hilfe, Doctor Seuss. Wissen Sie, ich weiß nicht mal, warum er da ist.«

»Bitte, *was?*«

»Ich meine, ich weiß nicht mal, warum ich ihn mitgenommen habe. Ich habe ihn zusammen mit einer Freundin adoptiert, und ich war so angefressen und so sauer auf sie, dass ich ihn … einfach gecatnappt habe. *Aber egal*, das braucht Sie ja nicht zu interessieren. Also, helfen Sie mir bitte mit den Sachen?«

Der Doktor wirft einen Blick auf die Armbanduhr, dann tritt er aus der Praxistür und schließt sie leise hinter sich.

»Also gut. Aber ich möchte nicht Beihilfe zum Katzendiebstahl leisten.« Und damit nimmt er den Müllsack und die Laptoptasche und geht vor mir die Treppe hinauf. »Das müssen Sie im Zweifelsfall bezeugen.«

»Ich schwöre auf die Bibel, dass Sie von nichts wussten«, entgegne ich feierlich, während Mr Belding sich wieder in das weiche Satinfutter meiner Jacke kuschelt und selig einschlummert. »Es sei denn, sie bieten mir im Gegenzug Strafmilderung an.«

»Na toll, besten Dank. Sie wollen also die alte Lady Beam besuchen?«

»Ja, genau. Sie ist meine Großmutter.«

»Ach. Ich wusste gar nicht, dass sie noch Verwandte hat … Sonst bekommt sie eigentlich keinen Besuch … und, ähm, Verzeihung, dass ich sie die alte Lady Beam genannt habe.«

»Ach, nicht schlimm.« Und dann, etwas leiser, sage ich: »Ehrlich gesagt hatte ich sozusagen vergessen, dass es sie überhaupt gibt. Ist mir erst vor fünf Stunden wieder eingefallen. Ich kenne sie noch gar nicht. Und sie weiß auch nicht, dass ich sie besuche!«

»Wow. Dann wissen Sie also nichts über sie?«

»Nein. Null. Irgendwie cool, wenn man so darüber nachdenkt. So nach dem Motto: ›Überraschung – Sie haben eine Enkeltochter!‹«

»Ja. Genau.«

Endlich am Ende der Treppe angekommen lässt der Doktor das Gepäck fallen, reicht mir die Hand und sagt ein bisschen atemlos: »Ich bin Jamie. Dr. Jamie Abernathy.«

»Hey.« Ich nehme die angebotene Hand und schüttele sie energisch. »Ich bin Jess. Ms Jessica Beam.«

»Na dann, viel Glück da drinnen, Ms Jessica Beam.«

»Wieso sollte ich Glück brauchen?« Ich rücke mir die Brille auf der verschwitzten Nase zurecht. »Ich bin ihre *Enkelin*. Großmütter lieben Enkelinnen, das liegt in der menschlichen Natur.«

Warum schaut der mich bloß mit hochgezogener Augenbraue so skeptisch an?

# *Neuntes Kapitel*

Anstößige Wörter sollten einer wohlerzogenen guten Frau niemals über die Lippen kommen! »Himmel, verflixt« ist bei größter Verärgerung gerade noch annehmbar.

– Matilda Beams Handbuch zu Liebe und Romantik, 1955

Sie müssen Jessica sein.«

Die schüchterne Stimme aus der Gegensprechanlage entpuppt sich an der Tür als pummeliges Mädel mit scheuem, etwas hasenzahnigem Lächeln und ein paar verstreuten Sommersprossen auf der Nase. Sie ist geschätzte Mitte zwanzig und wirkt propper, adrett und brav, wie ein echtes kleines Landei. Sie trägt eine cremefarbene Schürze über dem langen Rock und ein übergroßes dunkelblaues T-Shirt, und die krisseligen, mausgraubraunen Haare hat sie zu einem dicken Zopf geflochten.

»Peach.« Dabei schaut sie mich nicht an, sondern reicht mir nur die pummelige Hand mit kurzen, klar lackierten Fingernägeln.

»Nett, dich kennenzulernen«, sage ich und gebe ihr die Hand. »Wobei mein Teint heute sicher allem anderen als einem Pfirsich gleicht.« Ich verziehe das Gesicht zu einer Grimasse.

»Ja, also, öhm«, stammelt sie und ihre runden Wangen färben sich tiefrot. »So heiße ich. Peach Carmichael. Ich bin Mrs Beams Assistentin.«

»Cooler Name.«

*Meine Großmama hat Personal!*

»Mrs Beam erwartet Sie im Salon.«

Sie erwartet mich im Salon? Schnaubend schaue ich mich um und erwarte fast, dass gleich wie bei *Downton Abbey* Cousin Matthew unter der Treppe hervorspringt. Cousin Matthew, den ich nicht von der Bettkante schubsen würde.

Also gehen wir hinein, aber von der eindrucksvollen, traumhaften Luxusbleibe, die ich eigentlich erwartet hatte, ist weit und breit nichts zu sehen. Gar nichts. Die Eingangshalle ist zwar groß und weitläufig, wirkt aber auch ein bisschen heruntergekommen und schäbig. Unauffällig schaue ich zur Decke, an der ein gigantischer, extravaganter Lüster hängt. Allerdings brennt darin nur eine einzige der zahlreichen Glühbirnen – die anderen acht sind kaputt. Wir biegen um die Ecke und gehen einen schwach erleuchteten Korridor entlang. Wow. Überall steht Gerümpel. Wo man hinschaut, stapelt sich der Trödel. Unmengen von Kram. Ich stoße mit der Steinbüste eines mir unbekannten Herrn zusammen und taumele dann rückwärts gegen einen klobigen alten Staubsauger, um schließlich über einen großen Stapel Zeitungen zu stolpern. Fast komme ich mir vor wie eine Flipperkugel im Automaten. Ich verliere das Gleichgewicht und lande auf dem Allerwertesten, das Gesicht gegen einen verbogenen Tennisschläger gequetscht.

»Hülllfe.«

Entsetzt wirbelt Peach herum. »Oje.«

»Und ich dachte, *ich* bin unordentlich!«, jaule ich, ziehe das Gesicht aus dem Schläger und betaste vorsichtig meinen Knöchel. Peach reicht mir die Hand, um mir aufzuhelfen.

»Haben Sie sich wehgetan? Das tut mir schrecklich leid. Ich bin so an diese Unordnung gewöhnt, dass ich gar nicht daran gedacht habe, dass der Flur für Gäste der reinste Hindernisparcours sein muss.« Sie zuckt leicht mit den Schultern. »Wobei wir eigentlich nur selten Besuch bekommen. Höchstens von Gavin, dem Postboten.«

»Es geht schon.« Mühsam rappele ich mich auf und klopfe mir den Staub aus der engen Röhrenjeans.

Vorsichtig steige ich über das reichverzierte Perlmuttzifferblatt einer alten Standuhr und schaue mich staunend um. Dieser Flur ist der feuchte Traum von Martha Steward. Was offen gestanden der womöglich abstoßendste Gedanke ist, den ich je gedacht habe.

»Wow, ihr solltest euch mal beim Trödeltrupp melden.«

Peach schaut mich sehr ernst an. »Wir können nicht mal mehr die Falltür zum Dachboden öffnen. Mrs Beam … na ja, Mrs Beam hat ihre Sachen gerne alle um sich.«

»Ja, das ist nicht zu übersehen.« Ich umrunde einen Beistelltisch mit zwei alten, ausgestöpselten Telefonen darauf. Was zum Geier?

Und dann öffnet Peach noch eine Tür und führt mich in einen großen, prächtigen Raum. Die Decke ist genauso hoch wie die im Flur, und eine der bordeauxroten Wände ist mit einer ganzen Galerie alter goldgerahmter Ölgemälde behängt. Die übrigen drei Wände verschwinden hinter zum Bersten vollgestopften deckenhohen Bücherregalen. Aus einem altmodischen Plattenspieler vor dem riesigen Schiebefenster scheppert das grauslige Jammern von Bobby Helms 50er-Jahre-Hit »My Special Angel«. Und dahinten, in der anderen Ecke des Raums, sitzt in einem steifen taubenblauen Ohrensessel, den Kopf in einem Buch vergraben, meine Großmutter. Sie ist schmal, und selbst im Sitzen sieht man, dass sie nicht besonders groß ist. Das silberweiße Haar ist zu einem wohl Grace Kellys Frisur nachempfundenen Dutt frisiert, aber an den Seiten stehen die krisseligen Haare wie Tentakel nach allen Seiten ab, sodass es fast scheint, als umgebe sie ein Heiligenschein. Neugierig schaut Großmama von ihrem Buch auf, und ich sehe, dass sie, genau wie ich, eine Brille trägt. Bloß keine coole Hornbrille wie ich, sondern eine große rote in Schmetterlingsform mit sehr dicken Gläsern, hinter denen ihre Augen riesig wirken, fast wie in einem Comic. Sie sieht aus wie eine Figur aus einem Tim-Burton-Film. Und zwar keine von den netten.

»Ähm, Mrs Beam, Jessica Beam möchte Sie gerne sprechen.«

Die alte Dame schnappt hörbar nach Luft.

Iih.

Eine Großmutter. *Meine* Großmutter.

Das ist echt bizarr.

Das ist einfach *zu* bizarr.

Was zum Henker mache ich hier bloß?

Das war wirklich eine Schnapsidee.

Dieses blöde fiese Kribbeln kriecht mir schon wieder über die Kopfhaut.

*Okay, ganz ruhig bleiben, Jess. Immer lässig bleiben, immer locker bleiben. Bring sie dazu, dich zu mögen und ihr was von ihren Flocken zu leihen, und dann ab nach Jamaika. Ooh, oder vielleicht noch lieber nach Neuseeland. Schreib ihr eine nette Postkarte, zahl ihr das Geld zurück, ruf sie zu Weihnachten an, blablabla, flieg nach Peru oder St Lucia, und wenn sie nicht gestorben sind, Amen, etc. Alles gut in der Hood.*

»Ähm, hallo. Ich bin Jessica. Jess«, murmele ich und versuche verlegen, die Hände in die Hosentaschen zu stecken, bis ich merke, dass meine Hose nur so angesagte Taschenattrappen hat und ich aussehen muss wie Michael Jackson, der sich selbst befummelt. »Ich bin die Tochter von Rose. Also deine Enkelin. Entschuldige, dass ich hier so unangemeldet hereinplatze, aber … ich konnte nicht anders. Ich, äh … Ich musste einfach herkommen.«

*Jetzt klinge ich schon wie ein schnulziger Song von Adele. Warum führe ich mich bloß so seltsam auf?*

»Ich lasse sie dann mal allein«, murmelt Peach so leise, dass ich es kaum höre, und schlurft dann mit hochgezogenen Schultern aus dem Zimmer.

Meine Großmutter schaut mich mit zusammengekniffenen Augen an und legt ihr Buch auf den Mahagoni-Beistelltisch. Dann steht sie, für eine Frau in ihrem fortgeschrittenen Alter unerwartet flink, aus dem Sessel auf. Sie trägt einen etwas steifen rosaroten Wollrock und dazu eine langärmelige weiße Seidenbluse. An einem der Blusenknöpfe hängt ein ausgefranster Baumwollfaden.

»J-Jessica? Die kleine Jessica? Bist du … Bist du das wirklich?«, ruft sie mit lächerlich affektiertem Akzent. »Ach du liebe Güte, du bist wirklich hier!«

Das wurde aber verdammt noch mal auch Zeit! Endlich freut sich mal jemand, mich zu sehen.

»Ja!«, antworte ich inbrünstig und lächele glückselig. »Ich bin hier … Hier bin ich.«

»Ach Jessica«, ruft sie, für meinen Geschmack etwas zu theatralisch. Ihr Blick geht zur aufwändig stuckverzierten Decke, und dann schüttelt sie den Kopf und sagt: »Danke, lieber Gott! Danke, dass du sie hierhergeführt hast.«

Wow. Okay. Die Frau freut sich echt ein Loch ins Knie, mich zu sehen. Warum hatte ich noch mal Bedenken, sie um Hilfe zu bitten? Ich schmecke schon den Sex on the Beach, spüre den sonnengewärmten Sand zwischen den Zehen und die Hand eines heißen australischen Surfer-Schnittchens, das mir den Rücken mit Lichtschutzfaktor fünfzehn einreibt. Summer kann mich mal. Sie braucht mich nicht mehr? Tja, ich brauche sie auch nicht. Ich habe nämlich jetzt eine *Großmama.*

»Ja, echt toll, was?«, sage ich grinsend. »Ich weiß auch nicht, warum das so lange gedauert hat. Ehrlich gesagt habe ich bis heute Morgen überhaupt nicht an dich gedacht. Mum hat eigentlich nie über dich geredet ...«

Ich verstumme, weil meine Großmutter nun zügig auf mich zukommt. Mit ausgestreckten Armen schreitet sie durch den Raum. Will sie ... Will sie mich etwa umarmen? Scheint so. Die Omas im Fernsehen umarmen ja auch ständig alles und jeden. Man wird geknuddelt und in die Wange gekniffen und auf den Mund geküsst.

O nein.

Im Näherkommen sehe ich, dass sie Tränen in den riesengroßen Augen hat. Dicke Altfrauentränen. Mein erster Impuls ist zurückzuweichen, meine Wangen vor ihren knochigen, kneifenden Fingern zu schützen, und meine Lippen vor ihren runzeligen Lippen. Mein schlimmster Albtraum wird gerade wahr. Am liebsten möchte ich schreien: »Bleib, wo du bist!«, aber das geht nicht. Es wäre zu gemein, ihre gefühlige Annäherung so rüde abzuschmettern.

Also Zähne zusammenbeißen, Augen zu und durch.

Erstaunlich schnell kommt das Großmütterchen auf mich zu, und ehe ich mich versehe, steht sie vor mir. Sie nimmt mein Gesicht in beide Hände. Ihre Finger sind kalt. So kalt wie Eis.

»Arme, elternlose, heimatlose Jessica. Wie viele Jahre habe ich auf dich gewartet. Was muss dir nur Schreckliches widerfahren sein.« Mit mitleidigem Blick mustert sie mich. »*Schau* dich einer an, du armes, verwahrlostes Ding.«

*Hä? Woher weiß sie denn, dass ich obdachlos und abgebrannt bin? Und was faselt sie da – von wegen jahrelang gewartet? Im Internet stolpert man an jeder Ecke über mich. Hätte ihr so viel daran gelegen, dann hätte sie mich doch mit Leichtigkeit ausfindig machen können, oder? Ich habe nicht mal fünf Minuten gebraucht, um sie zu finden.*

Aber ehe ich sie fragen kann, was zum Geier hier gerade abgeht, schließen sich ihre langen, dürren Arme um mich.

Großmama ist ein Dementor.

Rasch kneife ich die Augen zu und halte die Luft an, während sie mich fest an sich drückt und …

»… MIIIIAAAAAAUUUUU!«

»*Gütiger Himmel!*«

»Scheiße!«

Mr Belding hechtet aus meiner Lederjacke.

Schwanzschnitzel. Den armen Kerl hatte ich ganz vergessen! Wie ein Kastenteufel fährt er fauchend in die Höhe, nicht unverständlich, wenn man bedenkt, dass er beinahe zwischen mir und meiner Großmutter zerquetscht worden wäre. Dann landet er auf meiner Schulter und haut mir die Krallen ins Dekolleté – womöglich das Schmerzhafteste, was ich in meinem bisherigen Leben erlebt habe.

»ARGH, MR BELDING, DU DRECKSVIEH!«

Mein Fluch hallt von den Wänden des weitläufigen Raums wider und kommt zurück wie ein Echo. Erstaunt macht Großmama ein paar Schritte rückwärts, und ihre Nasenflügel beben. Wieder zittern ihre Lippen. Sie hat Zitterlippen. Sie ist weiß wie die Wand.

»Ach du meine Güte«, krächzt sie und streckt den Arm nach ihrem Sessel aus, um sich abzustützen. »*Ach du meine Güte.*«

»Verfluchter Mist, es tut mir leid«, murmele ich und versuche vorsichtig, mir Mr Belding von der Schulter zu pflücken. »Ich hatte ganz vergessen, dass er da ist!«

»Warum … Warum um alles auf der Welt trägst du eine Katze mit dir herum?« Mit einem langen Finger zeigt sie auf Mr Belding, der prekär auf meiner Schulter balanciert. »Ich kann das nicht mit ansehen! Ist das so eine Straßenkindergeschichte? Ein Trick?«

»Straßenkinder? Wiiiie bitte?«

»Ach herrje, hast du sie dabei, damit sie dich wärmt? Um Mitleid zu erregen, wenn, lieber Himmel … wenn du dir ein bisschen Kleingeld erbettelst? Trägt sie darum diesen Hut?«

*Mir Kleingeld erbettele? Moment – glaubt sie wirklich, ich sei obdachlos?*

Eigentlich hätte ich nicht erwartet, dass *ich* plötzlich nur noch Bahnhof verstehe. Aber augenblicklich bin ich genauso verwirrt wie jedes Mal, wenn bei *EastEnders* irgendwer unerklärlicherweise mit Ohil Mitchell ins Bett steigt.

Es gelingt mir schließlich, mir Mr Belding von der Schulter zu klauben und ihn auf den Boden zu setzen. Munter tappst er auf Großmama zu, aber die scheucht ihn mit einer ordentlich gefalteten Ausgabe von *Lady* fort.

»Ich bin doch nicht obdachlos!«, protestiere ich. »Na ja, eigentlich schon, *streng genommen*. Aber nicht wie ein, ähm, Penner oder so. Zumindest noch nicht … Wie zum Geier kommst du auf die …«

»Du brauchst es nicht abzustreiten, Jessica. Ich bin zwar nicht mehr die Jüngste, aber *senil* bin ich nicht. Und ich sehe, wenn jemand ganz unten angekommen ist. Nur ein Vagabund würde seine Habseligkeiten in einer alten, zerrissenen Plastiktüte mit sich herumtragen. Nur ein Vagabund muss viel zu kleine Kinderhosen tragen. Die unflätige Ausdrucksweise, der durchdringende Gestank nach Alkohol …« Angewidert rümpft sie die Nase. »*Die ungewaschene Kleidung …*«

Mein Blick geht nach unten und fällt auf den grauen Tanga, der schon wieder oben aus dem Müllbeutel lugt. Verdammt. Ich dachte, den hätte ich ganz tief hineingestopft.

»Du verstehst das alles völlig falsch …«

»Und als sei das alles noch nicht genug, hast du dir auch noch das Wort ›Haus‹ auf die Hand geschrieben.«

Ich schaue auf die Stelle, wo ich »Hausparty Playlist legendär« aufschreiben wollte. Verlegen wische ich an dem Kugelschreibergekritzel herum, dann lasse ich mich in einen dunkelblauen Samtsessel vor dem Fenster fallen.

»Hör mal, ich glaube, das ist ein ganz großes Missverständnis. Ich bin jedenfalls mitnichten ein Straßenkind. Ich schwöre. Und das ist auch keine Kinderhose. Das ist eine total angesagte Röhrenjeans. Die *muss* so eng sein. Das ist sexy! Und ich hatte wirklich einen ziemlich miesen Tag – darum der Tequila. Du weißt ja, wie einem das Leben manchmal mitspielt. Den Müllsack habe ich genommen, weil ich ganz schrecklich in Eile war und meinen Koffer nicht gefunden habe. Du verstehst? Ein riesengroßes Missverständnis. Könnten wir bitte mal ganz von vorne anfangen?«

Großmama gibt keine Antwort. Beißt sich nur auf die Lippen, fummelt an dem Baumwollfaden an ihrer Bluse herum und starrt mich mit Tränen in den Augen misstrauisch an.

Scheiße. Das läuft *gar nicht* nach Plan. Ich muss irgendwie die Situation retten. Erst mal mit ihr warm werden, bevor ich sie um Geld anpumpe. Da hilft mir sicher mein sonniges Gemüt.

»Du hast wirklich ein sehr schönes Haus«, erkläre ich mit strahlendem Enkelinnenlächeln. »Total schick.« Ich schaue mich um und entdecke an der Wand das Porträt einer imposanten Dame, die mit herrschaftlicher Pose neben einem Dalmatiner sitzt. »Das Bild gefällt mir«, sage ich und zeige darauf. »Eine bildhübsche Frau! Und diese Wangenknochen. Atemberaubend. Sie sieht aus wie Kiera Knightley!«

»Das ist mein *Vater*. Dein Urgroßvater.«

»Ach du lieber Himmel, tut mir leid. Diese Wangenknochen … Ich dachte …« Ich verschlucke den Rest des Satzes, und mein Gesicht glüht vor Scham. »Was liest du denn gerade?«, versuche ich rasch das Thema zu wechseln und linse auf das gebundene Buch auf dem Beistelltisch. Ach ja, Literatur: immer ein unverfängliches Gesprächsthema.

Ich schlendere rüber und nehme das Buch vom Tisch. *Lady Chatterleys Liebhaber.* Sofort muss ich an den Film und Sean Beans Hintern denken. »Oho, pikant«, säusele ich mit einem seltsamen Singsang. Es klingt irgendwie ziemlich anzüglich. Argh.

Ich hüstele verlegen. »Ich lese auch sehr gerne. Liegt wohl in der Familie! Ich lese eigentlich alles. Nicht nur Bücher. Auch Zeitungen, Zeitschriften, Broschüren, Poster … ähm, Glückwunschkarten, Verkehrsschilder, und wieder Bücher. *Gedanken auch.* Haha. War nur Spaß … oder vielleicht auch nicht …?« Meiner Großmutter klappt die Kinnlade herunter. Wieder räuspere ich mich. »Ja, ja … Lesen, lesen, lesen, so bin ich! Man nennt mich auch Jessica Beam, Lesemaschine. Oder Jessica Beam, Bücherfresserin. Ähm. So was in der Art, jedenfalls … äh …«

»Ach, du liebes Lieschen.« Großmama hat schon wieder Tränen in den Augen. »Ich nehme an, du hast gerade so eine Art emotionaler Krise. Eigentlich kein Wunder, wenn man bedenkt …« Sie schlägt die Hände zusammen. »Wo ist dein Mann, Jessica? Warum hilft er dir nicht?« Und dann schaut sie sich suchend im ganzen Zimmer um, als könnte dieser imaginäre Ehemann unvermutet hinter der Nussbaumkommode hervorspringen.

Ich schnaube nur abfällig. »Ich garantiere dir, ich habe keine ›emotionale Krise‹ – das ist *überhaupt nicht* mein Ding. Und was den Ehemann angeht? Ich bin erst achtundzwanzig. *Natürlich* habe ich keinen Mann.«

Großmama schürzt die Lippen so fest, dass die Ränder so kalkweiß werden wie ihr Gesicht. »Dann bist du eine dieser … Karrierefrauen?«

»Ähm, nein, nicht direkt. Ich habe heute meinen Job als Bloggerin verloren.« Traurig zucke ich die Achseln. »Was ziemlich beschissen ist, weil ich mit meiner Chefin in einer WG zusammengewohnt habe. Die außerdem noch meine beste Freundin war. Und darum bin ich auch aus der Wohnung geflogen.«

»Eine Bloggerin? *Ach herrje.*« Sie schwankt ein bisschen.

Ich frage mich, was sie wohl glaubt, was eine Bloggerin so macht? Aber das ist jetzt nicht der richtige Moment, das aufzuklären.

»Das lässt sich alles wieder richten«, wispert sie, mehr zu sich selbst. »Es ist gut, dass du zu mir gekommen bist. Ich kann alles wiedergutmachen. Ich kann dir helfen.«

*Sie will mir helfen! Das ist mein Stichwort. Also los.*

»Also, Mrs Beam, Großmama, es gibt da *tatsächlich* etwas, worum ich dich bitten wollte. Das kommt jetzt alles aus heiterem Himmel, ich weiß, aber, na ja … bestünde vielleicht die Möglichkeit, dass du mir ein kleines bisschen Geld leihst? Natürlich zahle ich dir alles bis auf den letzten Penny zurück, wenn ich mich wieder aufgerappelt habe. Versprochen. Aber wie du vermutlich schon mitbekommen hast, stecke ich gerade etwas in der Klemme, und mit ein bisschen Kohle wäre mir sehr geholfen. Klar, ich weiß, eigentlich kennen wir uns überhaupt nicht, aber vielleicht könnte ich dir irgendwas als Sicherheit dalassen? Eine Art Pfand. Wie wäre es mit Mr Belding? Oder diese qualitativ hochwertige Lederbomberjacke? Was immer du willst. Was meinst du? Ich wäre dir ewig dankbar.«

Großmama reckt das elegante Kinn, die silbergrauen Augenbrauen heruntergezogen, und schüttelt kurz und knapp den Kopf. »Ach, Jessica, natürlich helfe ich dir, so gut ich kann« – *Jawohl!* – »aber … Geld kann ich dir nicht leihen.« *Neeeein.*

»Oh. Verstehe.«

Der Magen sackt mir vor Enttäuschung in die Kniekehlen. Ich habe die ganze Sache wirklich gründlich vermasselt. *Natürlich* leiht sie mir kein Geld. Warum in drei Teufels Namen sollte sie auch? Ich schneie hier einfach so unangemeldet rein, mache anzügliche Bemerkungen über *Lady Chatterley*, beleidige ihren Vater, zeige ihr meine schmuddeligste graue Unterhose, lasse mein gestohlenes Kätzchen auf sie los, das sie fast zu Tode erschreckt, und dann pumpe ich sie zur Krönung des Ganzen noch um Kohle an. Was hatte ich denn da erwartet?

Verdammt.

»Geld bekommst du von mir nicht, Jessica, aber du kannst natürlich hier bei mir wohnen.« Und damit breitet meine Großmutter die Arme aus, um zu bedeuten, was sie mit »hier« meint, und setzt sich dann die rote Brille wieder auf die Nase. Die riesengroßen Augen starren mich in Grund und Boden. »Ich helfe dir, das alles durchzustehen.« Und dann schaut sie mich mit sorgenvollem Blick inständig an und tritt wieder einen Schritt auf mich zu, die dürren Ärmchen nach mir ausgestreckt.

Ich weiche zurück und entziehe mich ihrer Umarmung. Ich sitze zwar momentan ganz gewaltig in der Tinte, aber hier bei dieser absonderlichen Dame zu wohnen, die so nahe am Wasser gebaut ist und glaubt, mich »richten« zu müssen, wäre mein schlimmster Albtraum. Wir mögen zwar vielleicht miteinander verwandt sein, aber ich weiß rein gar nichts über diese Frau und sie noch weniger über mich. Dafür hat Mum schon gesorgt, aus welchen Gründen auch immer.

Allerdings … habe ich eigentlich keine andere Wahl. Wirklich keine.

Ich versuche ein Gähnen zu unterdrücken, ziehe das iPhone aus der Tasche und schaue auf die Uhr. Es ist schon nach acht, verflucht. Scheiße. Was soll ich denn jetzt machen? Na ja, ein, zwei Nächte könnte ich ja vielleicht hierbleiben und in der Zwischenzeit etwas anderes organisieren. Ich meine, wer weiß, in ein paar Tagen hat Summer sich vielleicht wieder abgeregt. Und bis dahin hat sie sicher auch eingesehen, dass *Summer in the City* ohne mich nur noch halb so viel wert ist, und dann fleht sie mich auf Knien an, wieder zurückzukommen …

Ich schaue meine Großmutter an und erwidere ihren durchdringenden Blick.

»Vielleicht könnte ich ja ein paar Tage hierbleiben?« Wieder versuche ich nicht zu gähnen. »Also, wenn dir das recht wäre?«

Und plötzlich strahlt sie über das ganze Gesicht. Und dieses Lächeln verwandelt sie völlig. Sie sieht aus wie meine Mum.

Irgendwas in meiner Brust zieht sich schmerzhaft zusammen, und das Jucken auf dem Kopf breitet sich über den ganzen Körper aus. *Das war keine gute Idee.*

Großmama nimmt eine kleine weiße Porzellanglocke vom Beistelltisch und läutet geziert. Mit ernstem Gesicht erscheint wie aus dem Nichts Peach auf der Bildfläche. Fast so, als hätte sie die ganze Zeit vor der Tür gestanden und uns belauscht.

»Peach, Jessica wird eine Weile bei uns bleiben …«

»Nur ein paar Tage.«

»Bitte bring sie in das vordere Gästezimmer, und hilf ihr beim Auspacken …«

»Ich brauche nicht auszupacken.« Energisch schultere ich meinen Müllsack. »Nicht nötig, in ein paar Tagen bin ich ja auch sowieso wieder weg.«

Großmama redet einfach weiter mit Peach, als sei ich gar nicht da. Ihre Stimme hat etwas von Mary Poppins. »Im Schrank hängen genügend Kleiderbügel.« Mit einem Blick auf meinen Beutel rümpft sie die Nase. »Und es würde wohl nicht schaden, die Sachen erst zu waschen.« Sie tritt noch etwas näher heran, und ich werde stocksteif, weil ich schon die Umarmung 2.0 erwarte. Aber nein, sie mustert nur aufmerksam mein Gesicht und schaut mich dabei so durchdringend an, dass ich schließlich den Blick abwende. Wieder zittert ihre Unterlippe.

»Was musstest du alles durchmachen, Jessica. Aber jetzt wird alles gut. Ich werde keine Ruhe geben, bis ich das wieder gerichtet habe.«

Irks. Die Frau ist vollkommen gaga. Mich überkommt der beinahe unwiderstehliche Drang, auf der Stelle zur Tür rauszurennen und nie wiederzukommen.

*Tief durchatmen. Sei vernünftig, Jess. Es ist bloß für ein paar Tage. Dir bleibt nichts anderes übrig.*

»Ähm … also gut.« Ich zucke eine Schulter. »Danke.«

»Du musst todmüde sein, Liebes. Ich glaube, ein heißes Bad und früh zu Bett gehen sind da das beste Mittel.« Großmama hebt den Zeigefinger. »Die gute Frau legt Wert auf ihren Schönheitsschlaf! Frühstück gibt es um sieben und keine Minute später.«

Was redet die Frau denn da? Werde ich etwa gerade – ins Bett geschickt? Jetzt? Es ist nicht mal neun Uhr. Nicht, dass ich unbedingt aufbleiben und mit Omi darüber plaudern möchte, was so passiert ist *in unserem gesamten bisherigen Leben,* aber irgendwie hätte ich erwartet, dass *sie* das möchte. Vor allem, wo ich bald wieder weg sein werde und, mal ehrlich, vermutlich auch nie wiederkomme.

Und dann, als sei das alles das Normalste der Welt und nicht das kleinste bisschen abgefahren und bizarr und weltbewegend, geht meine Großmutter wieder zu ihrem Sessel und widmet sich der erotischen Fantasiewelt ihres Buches.

*Sean Beans Hintern.*

## *Zehntes Kapitel*

Klatsch und Tratsch sind geschmacklos. Eine gute Frau steckt ihre Nase nicht in fremde Angelegenheiten.

– Matilda Beams Handbuch für die gute Frau, 1959

Das wäre dann Ihr Zimmer für heute Nacht.« Peach öffnet eine Tür im zweiten Stock und führt mich hinein.

»O nein«, wispere ich und jogge entsetzt aufstöhnend rückwärts wieder aus dem Zimmer. Ich habe noch nie vor Entsetzen gestöhnt, aber jetzt hätte ich mir vor Schreck fast in die Hose gemacht. Das ganze Zimmer ist vollgestopft mit Puppen. Keine süßen knuddeligen kleinen Babypuppen, wie wir sie alle als kleine Mädchen hatten, die herzallerliebst in die Windeln machen. Nein, altmodische Porzellanpuppen mit starren, todernsten Gesichtern. Richtig unheimlich. Sie sitzen vor den drei großen bodentiefen Fenstern und auf einer antiken Kommode. Mindestens zwanzig weitere stehen in verschiedenen Posen auf dem Dielenboden herum. Eine der Puppen trägt eine winzige Puppendoppelgängerin im Arm. Mich packt die nackte Angst.

»Warum?«, stammele ich und schleiche vorsichtig wieder hinein. »Warum die vielen Puppen? Warum macht man so was?«

Peach zuckt nur leicht die Achseln. »Keine Ahnung. Aber ich finde sie zuckersüß. Das ist meine Lieblingspuppe. Ich habe sie Felicity getauft.« Und damit weist sie auf eine brünette

Puppe mit Schillerlocken, die in einem großen gold-blau gestreiften Lehnstuhl sitzt. Sie trägt eine kleine Brille auf der Nase und schaut sorgenvoll in das kleine Buch auf ihrem Schoß. Ich hasse sie. Ich hasse Felicity.

Mittendrin in diesem Gruselkabinett steht Londons wohl größtes Bett. Es ist dreimal so groß wie mein Bett zu Hause in Manchester und hat ein gewaltiges gepolstertes seidenbezogenes Betthaupt. Die Farbe würde Summer wohl als *taubenblau* bezeichnen. Für gewöhnlich würde ich jetzt mit Anlauf draufhechten und ein bisschen Trampolin springen. Aber nach diesem katastrophalen Tag bin ich einfach nicht in der Stimmung dazu.

»Tja, das war wirklich seltsam.« Wie ein Seestern lege ich mich mit ausgebreiteten Armen und Beinen auf das Bett. »Das kommt mir alles vor wie ein absurder, surrealer Albtraum. Matilda Beam hat nicht mehr alle Tassen im Schrank. Wir beide können unmöglich miteinander verwandt sein. Nichts für ungut. Aber was brabbelt die Frau von ›alles wieder richten‹ und ›wiedergutmachen‹? Das ist doch ziemlich durchgeknallt, oder?«

»Ach, so ist sie eben«, meint Peach leise und leert bedächtig meinen Kleidersack. Ich biete ihr meine Hilfe an, aber sie schüttelt nur abwehrend den Kopf. »Matilda ist ein sehr emotionaler Mensch. Sie ist eine Frau mit einem großen Herzen.«

»Na ja, *so* groß nun auch wieder nicht«, brumme ich. »Ich will ja nicht klagen, aber ich habe heute meine Wohnung, meine beste Freundin, meinen Job *und* meinen Stolz verloren. Ich wollte mir bloß ein bisschen Geld borgen, von dem sie offensichtlich mehr als genug hat und das ich ihr auf jeden Fall zurückgezahlt hätte, und sie hat Nein gesagt. Einfach so! Ohne mit der Wimper zu zucken!«

»O nein, das hat nichts mit Ihnen zu tun. Matilda Beam ist

arm wie eine Kirchenmaus.« Unvermittelt drückt Peach sich mein blaues Spitzenoberteil, das sie gerade in der einen Hand hat, an die Brust und schlägt die andere Hand entsetzt vor den Mund. »Herrje. Das wollte ich doch gar nicht ausplaudern. Bitte vergessen Sie, dass ich das gesagt habe. Oje.«

Ich setze mich kerzengerade auf.

»Wie eine Kirchenmaus? Du meinst, meine Großmutter ist *blank?*« Mit der Hand weise ich auf den herrschaftlichen Raum und die teuren antiken Möbel. »Wie das?«

»Hmmm.« Peach runzelt die Stirn, schlurft zu einem der bodentiefen Fenster und öffnet es. »Ich lasse mal ein bisschen frische Luft rein, ja?«

»Hey, keine Sorge.« Ich rutsche auf die Bettkante und baumele mit den Beinen. »Du kannst es mir ruhig sagen!« Ich bedenke sie mit einem vertrauengewinnenden Lächeln. »Ich gehöre jetzt zur *Familie*. Ich habe ein Recht darauf, es zu erfahren. Und außerdem bleibe ich ja nicht lange. Übermorgen bin ich schon wieder weg. Von mir wird sie es also nie erfahren. Komm schon. Warum ist sie pleite? Ist das Haus an sich nicht schon gut eine Millionen Pfund wert?«

»Fünf Millionen«, entgegnet Peach prompt und guckt mich dann ganz schuldbewusst aus ihrem ernsten Mädchengesicht an. Sie senkt den Blick. »Ach je, ich sollte das wirklich nicht … Mrs Beam sagt immer, Klatsch und Tratsch sind der Gipfel der Geschmacklosigkeit.«

»Ähm, aber nicht, wenn der Klatsch der *Wahrheit* entspricht. Erzähl weiter, Lady P!«

Bei dem Spitznamen lächelt sie schief, und ihr Widerstand beginnt zu bröckeln. »Na ja … wenn Sie ja bald wieder weg sind …«

»Du kannst ruhig du sagen. Und keine Sorge, in zwei Tagen mache ich die Biege.«

»Okay … na gut, dann ist es ja eigentlich auch egal, Also, die Sache ist die: Jack, dein Großvater, hat Matilda einen gewaltigen Schuldenberg hinterlassen. Er war ein Säufer, der sich verspekuliert und am Ende ihr gesamtes Vermögen verzockt hat.« Sie unterbricht sich kurz. »Ich glaube, ich sollte lieber nicht …«

»Erzähl weiter, Lady P, nur keine Sorge.«

Sie beißt sich auf die Lippen. »A-also gut … Nach seinem Tod hat Matilda den unteren Teil des Hauses verkauft und den Kredit umgeschichtet, um den gigantischen Schuldenberg irgendwie abzutragen, und was davon übrig war, hat in den vergangenen zehn Jahren die täglichen Ausgaben gedeckt. Aber jetzt ist das Geld alle.«

»Verdammt.« Ich blinzele. Mr Belding – der mit mir nach oben getrottet ist – klettert mir auf den Schoß, und ich kraule ihm gedankenverloren die Ohren. »Und warum zieht sie nicht einfach um? Allein der Unterhalt für diesen alten Kasten muss doch ein Vermögen kosten. Sie könnte die Bude verscherbeln. Ich kapiere nicht, was daran so schwer sein soll.«

Peach nickt mit großen, runden Augen. »Du hast recht, die Rechnungen sind gigantisch. Aber Matilda Beam ist, na ja, sie kann stur sein wie ein Esel. Und sie will dieses Haus auf gar keinen Fall hergeben. Es ist seit ewigen Zeiten im Besitz der Familie Beam. Eigentlich wollte sie es ihrer Tochter vermachen und deren Tochter und …«

»Ich! Die Tochter der Tochter, das bin ich!«

Peach schnappt nach Luft. »Aber natürlich, stimmt ja!«

»Dann könnte dieses Haus also eines Tages mir gehören?« Aufgeregt hopse ich vom Bett und laufe durch das Zimmer, wobei ich angestrengt versuche, die vielen Puppen zu ignorieren. Und ich stelle mir vor, wie das wäre: Ich als Herrin dieses Hauses. Wie ich herumspazieren würde, als gehörte der ganze

Laden mir. Täte er ja dann auch. In diesem Schuppen könnte man echt welterschütternde Partys feiern.

Peach guckt mich finster an, und mir geht auf, dass diese Hausherrinnenfantasie augenblicklich vielleicht etwas unangebracht ist in Anbetracht dessen, was sie mir gerade anvertraut hat.

Vertraulich beuge ich mich nach vorne. »Woher weißt du das eigentlich alles so genau?«

Beschämt schaut sie auf ihre Slipper. »Ich bin jetzt schon seit fünf Jahren im Haus. Mrs Beam redet nicht viel, aber man bekommt so einiges mit.«

»Und darf ich fragen, wie sie sich ein Hausmädchen leisten kann, wenn sie völlig pleite ist?«

Peach wringt die Hände und wird rot. »Eigentlich kann sie das nicht. Aber ich bekomme Kost und Logis. Mehr Logis als Kost. Aber ich kann mir freinehmen, wann immer ich will, und, na ja, ich kann sie ja jetzt auch nicht einfach im Stich lassen. Sie braucht mich. Schon als kleines Mädchen habe ich für L-London geschwärmt, und durch die Arbeit bei Matilda kann ich mir den Traum erfüllen, tatsächlich hier zu leben. Nicht jedes Mädel aus Alabama kann mit einer der vornehmsten Adressen der Welt aufwarten.« Und damit reckt sie stolz das weiche Kinn. »Außerdem bemüht sie sich gerade um eine Neuauflage ihrer Bücher, und dann kommt hoffentlich wieder ein bisschen Geld in die Kasse. Morgen kommt jema…«

»*Neuauflage ihrer Bücher?* Welcher Bücher?«

»Ihrer ›Handbücher für die gute Frau‹?«

Ich schaue Peach nur verständnislos an.

»Ach, aber die musst du doch kennen!«, sagt sie leise und fummelt verlegen am Saum ihrer Schürze herum. »Die hat Mrs Beam damals in den 50er-Jahren geschrieben. Da waren wir beide noch nicht mal geboren. Von denen hast du doch sicher schon mal gehört, oder nicht? Ihre Handbücher waren Pflichtlektüre für jede wohlerzogene junge Frau aus gutem Hause. Sogar meine liebe Mama in Alabama hatte alle fünf davon zu Hause. Ich konnte es kaum glauben, als ich irgendwann erfahren habe, wer meine Arbeitgeberin wirklich ist. Ich dachte, von ihr bekomme ich vielleicht ein paar Expertenratschläge aus erster Hand, die meinem S-Selbstbewusstsein ein bisschen auf die Sprüngen helfen könnten – ich bin ein bisschen schüchtern, musst du wissen – aber, na ja, Mrs Beam redet nicht viel über vergangene Zeiten. Ich fasse es nicht, dass du noch nie was von ihren Büchern gehört hast …«

»Ich hatte ja keine Ahnung«, erkläre ich staunend.

Wow. Meine Großmutter ist also auch Schriftstellerin. Und hat sogar schon veröffentlicht. Davon wusste ich überhaupt nichts. Und mir geht auf, dass meine Mum mir wirklich rein gar nichts über meine Großeltern erzählt hat. Zum ersten Mal im Leben frage ich mich, was um alles auf der Welt passiert sein muss, dass sie den Kontakt so rigoros abgebrochen haben?

»Es ist schrecklich aufregend«, fährt Peach fort und nimmt die Kleiderbügel aus dem Schrank. »Der Verlag schickt morgen ein ganz hohes Tier vorbei, um mit Matilda die Aussichten für eine Neuauflage zu besprechen. Und dann wird hoffentlich alles wieder gut.«

Ich nicke und kann es einfach nicht fassen. Wow.

Seufzend nimmt Peach einen großen Kleiderhaufen in die Arme. »Die Sachen nehme ich mit zum Waschen. Und ich lasse dir dann auch gleich ein Bad ein, ja? Du planschst ein bisschen, und ich besorge Zeitungspapier und ein bisschen Milch für das Kätzchen. Wie heißt sie eigentlich?«

»Mr Belding«, antworte ich. Wobei mir einfällt, ich sollte Summer wohl Bescheid sagen, dass ich ihn mitgenommen habe. Bestimmt macht sie sich schon Sorgen.

»Oh, die Show auf dem Disney Channel fand ich immer ganz toll. Ich wollte immer so ein Schlafzimmer haben wie Kelly Karpowski.« Und dann lächelt Peach verträumt, und mit den leicht hervorstehenden Zähnen sieht sie aus wie ein ängstliches kleines Häschen. »Möchtest du vorher noch was essen? Wobei, viel haben wir leider nicht im Haus. Aber eine Tasse Tee vielleicht? Oder ein Glas warme Milch? Ich mache sowieso welche für Mr Belding, es macht also gar keine Umstände.«

Wieder muss ich gähnen, und plötzlich bin ich hundemüde. Das war heute aber auch ein anstrengender Tag.

»Hunger habe ich nicht, aber ein heißes Bad wäre jetzt genau das Richtige, Peach. Vielen Dank.«

»Kein Problem.« Sie macht die Tür auf und dreht sich noch mal zu mir um. Sie schaut mich nicht an, aber lächelt ein bisschen in sich hinein. »Ich ... ich fand es sehr nett, mit dir zu reden.« Und noch ehe ich etwas erwidern kann, ist sie auch schon verschwunden und schließt von außen leise die Tür.

*

Ich muss wirklich todmüde gewesen sein, denn in der wohligwarmen Badewanne schlafe ich prompt ein. Als ich schließlich wieder aufwache, sind die schaumigen lavendelduftenden Blubberbläschen längst zerplatzt, und das Wasser ist kalt.

Zitternd steige ich aus der ausladenden, altmodischen Wanne, wickele mich in ein großes weiches blaues Badetuch und trotte wieder auf mein Zimmer. Dort schlinge ich mir ein weiteres Handtuch wie einen Turban um den Kopf, nehme den blaukarierten Schlafanzug – eins der wenigen sauberen Kleidungsstücke, die ich dabeihabe – aus dem Müllbeutel, und ziehe ihn an. Dann steige ich in das gigantische Riesenbett. Ich nehme das iPhone vom Nachttischchen und will Summer fix eine SMS schreiben, um ihr zu sagen, dass Mr Belding bei mir ist, doch noch bevor ich auf SMS klicken kann, öffnet sich die letzte besuchte Seite – Facebook – mit einer neuen Benachrichtigung. Summer Spencer hat eine aktuelle Statusmeldung veröffentlicht. Ich klicke auf den roten Kreis.

SUMMER SPENCER: Leute, ich bin ganz aus dem Häuschen, weil ich stolz verkünden kann, dass ich mit einer amerikanischen Fernsehproduktionsfirma einen Deal für Summer in the City abgeschlossen habe! Der Erfolg hat lange auf sich warten lassen, aber jetzt erfüllt sich endlich ein langgehegter Traum. Juhu! #keinereue #summerinthecity

Was zum Geier soll das heißen?

Das verstehe ich nicht.

Ungläubig starre ich auf das Handy, und das Herz schlägt mir bis zum Hals. Eine amerikanischen Fernsehproduktion? Hä? Ist die gerade vom Himmel gefallen oder was? Aber heute Morgen … Ich klicke auf die Kommentare – es sind unglaublich viele – und scrolle hektisch nach unten. Wirklich jeder, den ich kenne, hat *Glückwünsche* hinterlassen und *alles Gute* und *Ich hab ja immer gesagt, eines Tages wirst du reich und berühmt*-Kommentare gepostet. Einer hat geschrieben: »Krass, Summer! Und ich dachte, du wolltest einen Buchvertrag!?«

Ja, das dachte ich allerdings auch. Ich klicke weiter auf Summers Antwort.

Ich kenne Seth Astrow noch aus der Zeit mit Anderson und habe ihn letzte Woche bei einer Buchparty getroffen! Er steht total auf SITC und möchte es in den USA ins Fernsehen bringen. Er meinte, Rachel Bilson hätte bestimmt Interesse, mich in der Verfilmung zu spielen. Ich kann das alles noch gar nicht fassen!

Letzte Woche? Ich werde stocksteif. Und muss an den blonden Mann mit der Sonnenbrille denken, mit dem Summer bei der Party für Davis Arthur Montblanc den ganzen Abend so angeregt geplaudert hat. Sie sagte, sie kennt ihn über Anderson. Ach herrje. Das war also Seth Astrow? Das Herz sinkt mir in die Kniekehlen, als es plötzlich klick macht. Der Champagner, der heute Morgen so reichlich geflossen ist, hatte also gar nichts mit mir zu tun. Sondern mit dem tollen Fernsehdeal, den Summer heimlich hinter meinem Rücken eingetütet hat. Warum zum Geier wollte sie mich unbedingt loswerden? Und warum auf so eine linke Tour?

Ein neuer Kommentar von einem gemeinsamen Unifreund erscheint.

> Jess ist bestimmt ganz aus dem Häuschen! Ihr beiden seid echt Hammer!

Sofort folgt die Antwort von Summer.

> Jess möchte lieber eine andere Richtung einschlagen, aber das ist vielleicht auch besser so … ☺

Was zum Henker? Ich will doch keine andere Richtung einschlagen!

Heute Morgen hat sie mir gesagt, auf sie warte etwas ganz Großes. Ob sie damit dieses TV-Dings gemeint hat? Ich weiß ja, dass ich bei der Party ganz großen Mist gebaut habe, und ich weiß auch, wie ehrgeizig sie ist, aber so fies kann sie doch nicht sein. Sie hat mich einfach rücksichtslos entsorgt, weil ich ihr im Weg war.

Das Handtuch fällt mir vom Kopf, und die nassen Haare tropfen mir ins Gesicht, das ganz nass wird. Wenigstens ein paar Ersatztränen, wenn ich schon nicht richtig weinen kann. Ich kann überhaupt nichts tun. Ich habe keine Anteile an der Seite, ich habe nichts Schriftliches in der Hand. Nicht mal einen Arbeitsvertrag. Ich komme mir so dermaßen blöd vor. Fernsehen ist natürlich *viel* lukrativer als ein Buchvertrag. Ärgerlich knurrend schalte ich das Handy aus. Ich schreibe Summer doch keine SMS. Soll sie ruhig noch ein bisschen schmoren und sich fragen, wo Mr Belding abgeblieben ist. Mir doch egal. Wobei sie seine Abwesenheit noch nicht bemerkt zu haben scheint. Jetzt, wo sie Fernsehpromi wird.

»Dreckstück«, zische ich leise und boxe in das Kopfkissen, wie immer in diesen Antistressratgebern empfohlen wird. Es ist ein gutes Kissen, und meine Hand prallt einfach ab. Wirklich sehr frustrierend. Ich lasse mich rückwärts auf das Bett fallen, und eine der Metallfedern springt zurück und bohrt sich in meine Hüfte.

Ich will ja nicht melodramatisch wirken oder so, aber ich glaube, das ist gerade der zweitschlimmste Tag meines Lebens.

## Rose Beams Tagebuch

*19. April 1985*

*Ob es dumm und naiv ist zu glauben, dass ich den Mann kennengelernt habe, mit dem ich den Rest meines Leben verbringen will? Ach, es ist mir schnurzpiepe, ob es dumm und naiv ist oder nicht. Mein ganzer Körper prickelt, als stünde ich unter Strom. Sogar die Ellbogen. Es ist drei Uhr morgens, und ich habe keine Ahnung, wie ich jetzt einschlafen soll mit diesem Gefühl im Bauch. Das ist nicht nur Begehren. Na ja, vielleicht ist auch ein bisschen Begehren dabei, aber vor allem spüre ich eine tiefe Verbindung. Ich habe sie gespürt, als sei sie etwas Greifbares! Es klingt so albern, ich weiß, aber wenn ich hier schon nicht albern klingen darf, wo dann? Ich erzähle dir was über ihn – ich muss es unbedingt auf diese Seite schreiben, damit ich es nicht vergesse. Verzeih mir bitte die krakelige Handschrift!*

*Also … er heißt Thomas Trueman. Thom. Und ich habe ihn vor gerade mal fünf Stunden kennengelernt. Thom Trueman. Ist das nicht ein total cooler Name? Ich war mit Victoria im Blue Canary, und wir sind zu so einem blöden Tanzsong von Whitney Houston herumgehopst. Und dann kommt auf einmal so ein großer, etwas exzentrischer Kerl auf die Tanzfläche, und ich dachte natürlich, er geht rüber zu Victoria, wie immer. Aber er kam direkt auf mich zu und hat sich zu mir runtergebeugt, und dann hat er gesagt:*

*»Ich würde es mir nie verzeihen, wenn ich heute Abend nicht mit dir tanze. Wenn's sein muss, auch zu diesem furchtbaren Lied.«*

*Das war zwar ein bisschen übertrieben, ich weiß, aber er hat es so glaubwürdig und überhaupt nicht anzüglich gesagt. Er hat einen nordenglischen Akzent, ich glaube, das machte ihn noch authentischer. Eigentlich ist er gar nicht mein Typ. Er hat dunkle Haare, lockig und bis zum Kinn! Und er hatte eine gemusterte Krawatte an, was ich normalerweise total ätzend finde, aber an ihm sah sie einfach cool und schick aus. Ich würde sagen, er ist eine Mischung aus Rob Lowe und Adam Ant mit einem Hauch David Bowie. Nur viel besser, wenn du verstehst, was ich meine? Natürlich habe ich ja gesagt, und die nächsten drei Songs haben wir zusammen durchgetanzt und uns dabei die ganze Zeit in die Augen geschaut. Als Victoria sich dann nachher an den DJ rangemacht hat, bin ich mit Thom Trueman noch was trinken gegangen. Und das rätst du nie! Er ist Schauspieler. Ich weiß! Und nicht bloß so ein arbeitsloser/unbeschäftigter Möchtegernschauspieler wie ich. Er spielt den Benvolio in* Romeo und Julia *am Old Vic! Und er hat mich eingeladen, nächste Woche zur Vorstellung zu kommen, und ich glaube, ich habe mich noch nie im Leben so auf etwas gefreut. Eigentlich hatte ich gehofft, er würde mich küssen, ehe V und ich nach Hause mussten, aber das hat er nicht, und so langsam glaube ich, ich werde keinen schönen Tag mehr erleben, bis ich endlich weiß, wie seine Lippen schmecken.*

*Wow, hör sich das einer an. Bestimmt werde ich irgendwann in dieses Tagebuch schauen und mich totlachen, dass ich mich so in einen Mann verknallt habe, den ich gerade mal fünf Minuten kenne. Aber vielleicht auch nicht. Irgendwie habe ich das Gefühl, Thomas Trueman habe ich nicht das letzte Mal gesehen.*

*Mir tut schon der Arm weh, also belasse ich es jetzt dabei und gehe ins Bett, wo ich von TTs tanzenden grünen Augen träumen und versuchen werde, diesen dämlichen Whitney-Houston-Song wieder aus dem Kopf zu bekommen.*

*R x*

# *Elftes Kapitel*

Eine ausgeruhte Frau ist eine gute Frau! Ein ausgedehnter Schönheitsschlaf wird unterstützt durch ein Seidentuch um den Kopf, Feuchtigkeitscreme im Gesicht und ein Glas lauwarmer Milch am Bett.

– Matilda Beams Handbuch für die gute Frau, 1959

Seit vierzig Minuten liege ich nun schon hier und versuche einzuschlafen, aber es klappt einfach nicht. Draußen ist es noch hell, die Matratze ist ganz knubbelig, Mr Belding schnurrt ohrenbetäubend, und in meinem Kopf herrscht ein gigantisches Chaos. Sich darüber Gedanken machen zu müssen, wie man *alles* in seinem Leben wieder auf die Reihe bekommt, ist nicht unbedingt eine gute Einschlafhilfe. Angst und Unruhe kriechen durch meinen Körper, setzen sämtliche Nervenenden unter Strom und lassen mich hektisch mit dem Fuß auf die Matratze trommeln.

Mann, ich bräuchte dringend eine Zigarette. Ich weiß, das sollte ich eigentlich lieber lassen, weil es gesundheitsschädlich ist und so. Aber *irgendetwas* brauche ich jetzt.

Vorsichtig krabbele ich aus dem Bett und versuche Mr Belding nicht zu wecken, der ausgestreckt neben mir auf dem Kissen liegt. Dann schnappe ich mir die Marlboro aus der Notfallschachtel in der Tasche meiner Lederjacke, steige in die Röhrenjeans und das blaue Spitzentop von vorhin und spaziere nach draußen auf den Flur. Es ist totenstill bis auf das

Ticken von mindestens drei nicht synchron gehenden Uhren. Peach und Großmama Beam schlafen sicher schon tief und fest. Leise nehme ich den Schlüssel vom Mahagonibrett an der Wand, schleiche hinaus und gehe auf Zehenspitzen die Treppe hinunter. Ohne einen Höllenlärm zu machen durch den vollgestellten Korridor zu schleichen ist gar nicht so einfach. Ich schlängele mich an Nippes vorbei, weiche hier aus und steige da über nutzlosen Plunder und muss ständig aufpassen, nicht ins Stolpern zu geraten. Eigentlich mache ich das ziemlich gut. Ich komme mir vor wie Catherine Zeta-Jones bei ihrer Laserstrahlnummer in *Verlockende Falle*.

Unten angekommen öffne ich die Haustür und gehe die beiden ersten Stufen hinunter, um mich dann auf die dritte zu setzen, die noch herrlich warm ist von der Sonne. Es ist halb elf und noch immer nicht richtig dunkel. Ein traumhaftes rosa-goldenes Glühen erleuchtet die üppige private Parkanlage gleich gegenüber. O Mann. Wie es wohl sein muss, hier zu leben? Mit einem Park direkt vor der Haustür? Zu Hause in Manchester ist der nächstgelegene Park gleichzeitig auch der Lieblingsaufenthalt von Jimmy, dem örtlichen Crackjunkie, und seinen Crackjunkiefreunden.

Ich zünde mir eine Zigarette an, und keine zwei Minuten später geht hinter mir die Tür auf. Ich rutsche ein Stückchen zur Seite, damit derjenige ungehindert die Treppe hinuntergehen kann.

»Es wäre mir lieb, Sie würden hier draußen nicht rauchen«, sagt eine schottische Stimme neben mir. Ich drehe mich um und sehe den lockigen Kerl von vorhin da stehen. Der besserwisserische Arzt. Der hat mir jetzt gerade noch gefehlt.

»Sind Sie extra rausgekommen, um mir das zu sagen?«, frage ich mit theatralischem Seufzen, als er sich vor mir aufbaut und mir den schönen Ausblick auf den Park versaut.

»Leider ja.«

»Haben Sie mich von da drinnen *beobachtet* oder was?«

»Ähm, nein«, brummt er. »Das Fenster war offen, und der Rauch ist reingezogen. Ich konnte mich nicht mehr auf die Arbeit konzentrieren.«

Mit der Schuhspitze trete ich die Zigarette aus. »Sie arbeiten noch? Ist es nicht schon ein bisschen spät?«

»Ich lerne für die Abschlussprüfung eines Sommerkurses. Dr. Qureshi erlaubt mir, seine Räumlichkeiten zu benutzen.«

»Was denn für eine Prüfung?«

»Also, ich, na ja, ich muss in ein paar Wochen im Nasslabor die Aorta eines porcinen Models sezieren und versuche mir die Theorie einzubläuen.«

»Ooh. Okay. Ich habe zwar kein Wort verstanden, aber es klingt ziemlich kompliziert.«

»Ist es auch.«

»Porcin … Hat das was mit Schweinen zu tun?«

»Ja.«

»Dann operieren Sie ein Schwein?«

»Porcine Modelle sind während der Ausbildung das Mittel der Wahl, denn da unterlaufen einem leider häufig noch Fehler. Wäre nicht gut, Operationen an lebenden Menschen zu üben. Zumindest noch nicht.«

»Iih. Lebt das Schwein etwa noch?«

»Nein. Es ist tot.«

»Das arme Tier.«

Er gluckst laut, als hätte ich etwas Urkomisches gesagt.

»Und warum lernen Sie nicht zu Hause?«, frage ich.

Er reibt sich die müden Augen. »Meine Mitbewohner sind frisch verheiratet. Und tun, was frisch Verheiratete so tun, und es ist nicht leicht, sich bei all diesen … Geräuschen zu konzentrieren.«

»Was denn für Geräusche?«, frage ich ganz unschuldig.

»Liebesgeräusche und so.« Er runzelt die Stirn und schaut dann vielsagend auf die Zigarette auf dem Boden, wo gerade das letzte bisschen der orangeroten Glut zu grauer Asche verglüht.

»Himmel. Was ist denn jetzt schon wieder?«

»Die Kippe können Sie nicht einfach da liegenlassen.«

»Herrje. Nicht fluchen, nicht rauchen, nichts liegenlassen, nicht mal FÜR EINE MINUTE. Wer sind Sie? Die … Spaßpolizei?«

»Ähm, nein. Aber das ist Umweltverschmutzung. Es ist Ihnen vielleicht noch nicht aufgefallen, aber das ist hier eine sehr gepflegte Wohngegend. Und das sollte auch so bleiben.«

»Himmelherrgott.« Mit spitzen Fingern sammele ich den Zigarettenstummel ein, latsche über die menschenleere Straße zu dem moosgrünen Mülleimer auf der anderen Seite und lasse ihn hineinfallen. Dann gehe ich wieder zurück, weise auf die nun saubere Stelle auf dem Boden und stemme die Hände in die Hüften. »Zufrieden?«

»Ja, danke sehr. Sie helfen, Großbritannien sauber zu halten.«

Finster funkele ich ihn an und versuche ihn mittels schierer Willenskraft dazu zu bringen, mich in Ruhe zu lassen. Ich würde mich jetzt wirklich gerne wieder auf die Treppe setzen und mich ungestört in Selbstmitleid suhlen.

Unschlüssig steht er da und fummelt an seinem weißen Kittel herum.

»Möchten Sie vielleicht, ähm, einen Tee oder so?«, fragt er schließlich. »Ich könnte eine kleine Pause vertragen.«

Dabei tritt er von einem Bein aufs andere und vergräbt die Hände in den Taschen. Seine Ohrenspitzen leuchten feuerrot.

Aaaah, den Blick kenne ich doch. Der Doc steht auf mich. Das blaue Spitzentop versagt einfach nie.

Mit zusammengekniffenen Augen sehe ich ihn an. Er sieht eigentlich ganz niedlich aus. Bisschen kurz geraten, aber schöne glänzende lockige Haare und lang bewimperte warme braune Augen. Ein bisschen verschroben. Aber eigentlich ganz niedlich.

Ein bisschen unverbindliches Geknutsche würde meine Laune sicher deutlich heben. Nach so einem stressigen Tag wäre das genau das Richtige zur Entspannung.

»Haben Sie auch was Härteres zu trinken da?«, frage ich frech.

Erstaunt schaut er mich an. »Ähm ... Dr. Qureshi ist Muslim, also nein. Keine harten Sachen.«

»Na gut. Tee ist auch okay.«

Er nickt, und wir gehen gemeinsam nach drinnen. Dort öffnet er die Tür zur Praxis, und wir treten ein und passieren das elegante Wartezimmer mit den tiefen einladenden Cocktailsesseln und den etwas gewöhnungsbedürftigen Ölgemälden unförmig schwabbeliger Herzen an der Wand.

Dann kommen wir in einen kleinen dunklen Raum. Die Fenster stehen sperrangelweit offen, und die leichte Brise bewegt sanft die Jalousien. Es sieht aus, als tanzten sie Twist. Entlang der einen Wand stehen zwei schwere Aktenschränke, und in der Zimmermitte prangt ein stattlicher Schreibtisch, auf dem sich Lehrbücher und Unterlagen mit wissenschaftlichen Diagrammen von irgendwelchem Herzzeugs stapeln. Ich hüpfe auf die Schreibtischkante und lasse die Beine baumeln.

»Das ist also Ihr Reich, Doc?«

»Genau.«

»Ist ja winzig. Wie soll man denn hier drin Patienten behandeln? Ich kann mich ja kaum umdrehen. Was machen Sie denn, wenn Sie einen etwas korpulenteren Patienten haben? Was, wenn mal ein Wrestler zu Ihnen kommt?«

»Ich habe noch keine eigenen Patienten, darum ist es auch egal, dass ich in einer Schuhschachtel sitze. Normalerweise bin ich hier drin ganz allein. Ich bin bloß als Aushilfe hier. Ehrlich gesagt kümmere ich mich meistens um den Papierkram, aber es macht sich gut auf dem Lebenslauf, während ich nebenbei noch die Ausbildung zum Kardiologen machte. Und eines Tages werde ich ein genialer Herzchirurg.«

»Und warum dann der Arztkittel, wenn Sie hier eigentlich das Mädchen für alles spielen?«

Jamies Wangen färben sich zartrosa. »Arzt bin ich ja trotzdem.«

»Ja, aber Sie machen hier keine Arztsachen.«

»Ich, ähm ... ich sehe mich halt gerne im Kittel«, gesteht er etwas verlegen und gießt dann Wasser aus der Flasche in einen kleinen Wasserkocher.

Ich muss lachen. Und Jamie gluckst wieder, diesmal etwas beschämt.

»Dann werden Sie also auch Herzchirurg?«, frage ich, während er zwei Tassen aus der Schreibtischschublade kramt. Die eine ziert das Logo der Gesundheitsbehörde NHS, die andere ist mit kleinen rosaroten Herzchen übersäht. Mann, der Kerl hat wirklich ein Faible für Herzensangelegenheiten.

»Ja, wenn alles glattgeht.«

»Klingt ganz schön anstrengend.«

»Ist es auch. Aber es macht mir Spaß.« Er fährt sich mit der Hand über den leichten Bartschatten. »Und was machen Sie beruflich, Jess?«

Hmm. Was *mache* ich eigentlich beruflich? Bin ich professionelle Beste-Freundinnen-Runterzieherin? Großmutterbelästigerin? Zukünftige Busenfreundin von Crackjunkie Jimmy? Wie zum Teufel soll ich das überhaupt noch wissen?

Schnell lenke ich das Gespräch in eine andere Richtung.

»Sie müssen auch nicht unbedingt Tee kochen«, sage ich und weise auf den brodelnden Wasserkocher.

»Wie bitte?«, fragt Jamie und dreht sich um. »Aber Sie meinten doch, Sie möchten …«

»Wir könnten einfach gleich zum Knutschen übergehen.«

»Was?« Vor Schreck fällt ihm der Löffel aus der Hand und landet klirrend auf dem Boden. »Ich weiß nicht …«

»Ach, kommen Sie, Doc. Sie haben mich doch eingeladen, weil Sie auf mich stehen, oder nicht?«

Stammelnd fingert er am Teebeutel herum. »Ähm … na ja … ja. Stimmt schon, aber …«

»Schon okay. Alles gut. Ich bin nicht wie die meisten anderen Mädchen. Sie müssen mich nicht bezirzen, um mich rumzukriegen.«

Woraufhin er die Augenbrauen hochzieht und auf seine Füße schaut.

Einen langen, betretenen Moment später hopse ich seufzend vom Schreibtisch.

»Hören Sie, Doc. Danke für das nette Angebot mit dem Tee und so …«

Doch ich komme gar nicht dazu, den Satz zu beenden, denn plötzlich steht Jamie vor mir und drückt mich sanft gegen den Schreibtisch.

»Das mit dem Küssen klingt gut«, flüstert er und nimmt meine Hand.

»Ja«, meine ich achselzuckend. »Ist es meistens auch.«

Und dann machen wir das mit dem Küssen.

*

Doktor Jamie steht vor mir, und ich sitze auf dem Schreibtisch. Wir knutschen. Richtig heftig. Er betatscht jeden Zentimeter meines Körpers, als sei ich die erste Frau seines Lebens. Dann tritt er einen Schritt zurück und schaut mich ernst an. O Gott, vielleicht *bin* ich die erste Frau seines Leben. Er ist schon ziemlich seltsam. Wer weiß, vielleicht entjungfere ich ihn gerade. Herrje. Nicht, dass er nachher noch kuscheln will. Da muss ich unbedingt abhauen, bevor es dazu kommt.

Aber trotzdem muss ich sagen, ein bisschen Fummeln und Knutschen ist wie erwartet eine willkommene Ablenkung von diesem Tag des grandiosen Scheiterns.

Jamie fährt mir mit der Hand über den Rücken und zieht mich vom Schreibtisch auf die Füße. Dann packt er mich am Po und zieht mich noch fester an sich. Ich spüre, wie er sich hart gegen mich presst, und werde ganz kribbelig vor Erregung. Mit der Hand fährt er mir durch die Haare und zieht sachte an meinem Pferdeschwanz.

Oooh, okay. Also doch nicht das erste Mal. Hoffentlich zieht er nicht noch fester daran, sonst hat er gleich meine Extensions in der Hand und das wäre der Stimmung sicher etwas abträglich. *Moment, halt, stopp, ich will erst meine Haare wiederhaben.*

»So was habe ich noch nie gemacht«, murmelt er keuchend mit zartrosa Wangen.

»Was denn?«, hauche ich, während ich seinen Hals küsse.

»Einfach so, mit einer wildfremden Frau … Aber bei dir … Ich kann das gar nicht glauben. Wie ist das bloß so schnell …? Und dann auch noch ausgerechnet in der Praxis … Ich fasse es nicht, das kann doch nicht wahr sein …«

Er bricht ab, tritt einen Schritt zurück und knöpft sich das Hemd auf. Seine Augen sind ganz glasig vor lauter Geilheit.

»Und, gefällt's dir?«, frage ich und zerre ihn am Hemdkragen wieder zurück.

»Super.« Er nickt nachdrücklich. »Spitzenmäßig, wenn du mich so fragst.«

Wieder küssen wir uns, und dann geht alles plötzlich ganz schnell. Es fühlt sich so gut an, alles zu vergessen, sich keine Sorgen mehr zu machen und sich in seine unerwartet starken Arme fallen zu lassen. Ist Sex nicht großartig?

Stolpernd taumeln wir in den Raum neben Jamies Büro, es scheint irgendwas zwischen Untersuchungszimmer und Vorratskammer zu sein, mit einer schmalen hohen mit blauem Papier abgedeckten Pritsche und jeder Menge Kartons und Rollwagen aus Metall.

Hurtig öffne ich Jamies Gürtel, und er zerrt mir das blaue Spitzentop und den BH herunter. Mit der flachen Hand greift er an meine Brust und stöhnt auf. Er zieht sich die Hose herunter, tritt aus dem einen Bein und küsst mich dabei immer noch so heftig, wie ich es bei meinen bisherigen sexuellen Zufallsbegegnungen noch nicht erlebt habe. Mit dem anderen Fuß scheint er im Hosenbein festzuhängen. Auf einem Bein hüpfend versucht er die lästige Hose abzuschütteln.

Ich muss lachen. »Is was, Doc? Beeilen Sie sich mal.«

»Ich versuch's ja. Glaub mir.«

Er bückt sich und zerrt am Hosenbein, aber irgendwie verliert er dabei das Gleichgewicht und kippt in einen der Rollwagen.

»Autsch!« Unsanft geht er zu Boden, und eine Bettpfanne trifft ihn scheppernd am Ohr.

»Heiliger Strohsack, alles okay?« Schnell eile ich zu Hilfe und muss mir dabei doch das Lachen verkneifen. So ein Trampel.

»Aua«, jammert er und reibt sich erst den Ellbogen und dann das Ohr.

»Ich hoffe, im OP stellst du dich nicht so ungeschickt an.«

*»Aua!«*, jammert er wieder, zieht einen Schmollmund, guckt mich an und hält sich mürrisch den Arm.

»Zeig mal, ist es sehr schlimm?«

Er krempelt den Ärmel hoch, und darunter kommt ein frisch erblühender blauer Fleck am Ellbogen zum Vorschein. Er hat Tränen in den Augen.

»Verfluchter Mist«, ächzt er.

»Sie können doch hier drin nicht verfluchter Mist sagen«, rüffele ich ihn mit aufgesetztem schottischem Akzent.

Er grinst schief.

»Sollen wir lieber aufhören?«, frage ich und weise auf die überall verstreuten Klamotten.

»Nein. Nein«, protestiert er heldenhaft. »Ich glaube, es geht schon.«

»Wirklich tapfer.«

Und dann rappelt er sich ohne ein weiteres Wort wieder auf und küsst mich, als ginge es um sein Leben.

*

Es ist kurz nach halb zehn am nächsten Morgen, und Doktor Jamie und ich versuchen gerade panisch, uns ganz schnell anzuziehen und alles wieder aufzuräumen, ehe Jamies Chef kommt und um zehn die Praxis öffnet. Wir haben fast die ganze Nacht gevögelt. Na ja, zumindest bis um fünf Uhr früh. Dann sind wir völlig erschöpft und benommen in eins der Praxisbetten gefallen. Und es war wirklich gut, auf ganz unerwartete Weise. Doktor Jamie vögelt, wie er wohl auch alles andere im Leben tut: hochkonzentriert, zuvorkommend, ein bisschen befangen und mit sehr viel Begeisterung.

»Mein BH ist spurlos verschwunden«, brumme ich und zerre mir hektisch das Top über den Kopf. »Verdammt. Das ist mein Lieblingsstück.«

»Da ist er.« Jamie zieht ihn unter dem Bettlaken hervor und wirft ihn mir zu. »Den habe ich als Kopfkissen benutzt.«

Weil keine Zeit mehr ist, das Top noch mal abzustreifen und den BH anzuziehen, wickele ich ihn mir einfach ums Handgelenk.

»Ich muss los. Ich hätte vor zwei Stunden beim Frühstück sein sollen«, sage ich und ziehe die Röhrenjeans hoch, so schnell man eine Röhrenjeans nur hochziehen kann. Also nicht besonders schnell.

Jamie nickt und fährt sich mit der Hand durch die feuchten Locken. »Okay, ja. Ähm … was machst du denn morgen Abend?«

Gerade will ich ihm schon erklären, dass ich ja eigentlich morgen schon wieder weg sein wollte und wir uns vermutlich nie wiedersehen, weil mein Leben ein einziges Durcheinander ist und ich auf der ganzen Welt keinen einzigen Freund habe, und was sagt das eigentlich über mich? Aber das zwischen uns ist etwas Unverbindliches, und ich habe keine Lust – geschweige denn Zeit –, einem One-Night-Stand von meinem beschissenen kleinen Leben zu erzählen.

»Weiß nicht.«

»Okay. Gut. Dann, ähm, frage ich oben nach dir, ja?«

»Du fragst nach mir?«, entgegne ich grinsend. »Okay, aber ich muss erst meine Omi fragen, ob ich draußen mit den großen Jungs spielen darf.«

Woraufhin er wieder ganz rote Ohren bekommt. Ich kichere. »Bis dann«, sage ich etwas netter. »Hat echt Spaß gemacht.«

Und dann winkt er mir mit einem großen breiten *Ich hatte gerade großartigen Sex*-Grinsen im Gesicht nach.

Wie süß.

*

Rasch laufe ich hinaus in die Diele und dann die Treppe nach oben. Warum hat die bloß so viele Stufen? Meine Waden brennen bei jedem Schritt.

»Au. Au. Au … Au«, schimpfe ich bei meinem mühsamen Aufstieg. Nächstes Mal muss ich mich vorher aufwärmen, wenn ich vorhabe, die ganze Nacht unanständige Sachen zu machen.

Au.

Himmel, ich komme viel zu spät.

Kaum hört sie, wie die Tür aufgeht, kommt Peach auch schon aus der Küche in den Korridor des Grauens gelaufen, eine hübsche geblümte Untertasse in der Hand. »Wo warst du denn?«, flüstert sie und umschifft geschickt eine alte Kitchen-Aid-Maschine. »Wir dachten schon, du bist über alle Berge! Mrs Beam war ganz außer sich.«

»Oh, das tut mir aber leid. Ich, ähm, ich war bloß … eine kleine Runde joggen.«

»Drei Stunden für eine Runde?«

»Ich laufe eben gerne«, erkläre ich und zucke nonchalant die Schultern. »Außerdem ist Mr Belding noch hier. Und all meine Sachen. Die hätte ich doch nicht einfach hiergelassen!« Ich mache einen Satz über einen Karton voller grellbunter Plakatfarben.

Peach verzieht die vollen Lippen zu einem Schmollmund und rümpft das süße sommersprossige Näschen. »Pass auf, dass du nicht wieder stolperst. Die Dame vom Verlag ist gerade bei Mrs Beam im Salon. Ich glaube, es läuft nicht besonders gut, da wäre eine Störung wirklich sehr ungünstig.«

Salon? Wo sind wir denn hier? Im vorletzten Jahrhundert?

»Und warum läuft es nicht gut?«

Peachs Blick hastet zur Tür des »Salons«. »Ich war eben nur ganz kurz drinnen, um den Tee zu servieren, aber nach dem, was ich mitbekommen habe, sieht es nicht danach aus, als würde der Verlag anbieten, Matildas Bücher neu aufzulegen. Im Gegenteil, es klingt eher, als hätten sie *nicht das geringste* Interesse daran und wollten ihr nahelegen, sie nicht mehr mit diesbezüglicher Korrespondenz zu behelligen. Anscheinend ist die Lektorin bloß aus Respekt und aufgrund von Matildas früherer Verbindung zum Verlag persönlich hergekommen.«

»Ach, wie blöd.« Wie gut ich mich in die Lage meiner Großmutter hineinversetzen kann. Absagen sind doof. Da haben Großmama und ich schon mal was gemeinsam.

»Wirklich schade«, krächzt Peach und spielt an ihrem langen Zopf. »Weiß der liebe Gott, was wir jetzt machen sollen.«

»Bestimmt ergibt sich noch was. Ist doch eigentlich immer so.« Und dann tätschele ich Peach kurz den Arm. »Und was die Störungen angeht, mach dir da mal keine Sorgen. Ich bin inzwischen ein Hindernisprofi. Pass auf.« Und dann will ich mich geschickt seitwärts an einem demontierten Bettgestell aus Zinn vorbeischlängeln, aber noch ehe ich den ersten Schritt machen kann, habe ich mit irgendeinem hervorstehenden Körperteil ein wackliges Tischchen erwischt, auf dem sich wie von Geisterhand angestoßen eine Bowlingkugel langsam in Bewegung setzt, um mit markerschütterndem Getöse auf den Boden zu poltern.

»Scheißeeee«, zische ich.

Peach legt eine Hand an die Wange. »Ach du liebes Lieschen.«

Sofort fliegt die Tür zum Salon auf, und heraus schwebt meine Großmutter in einem lindgrünen Twinset mit blassgoldenem Halstuch. Sie wirkt unbeschreiblich erleichtert mich zu sehen, bis ihr Blick nach unten geht und an dem grellrosa BH hängenbleibt, der an meinem Handgelenk baumelt. Dann wandert ihr Blick wieder nach oben zu der Frisur, die vermutlich geradezu herausschreit, dass ich mir letzte Nacht fast die Seele aus dem Leib gevögelt habe. Entsetzt presst sie den Handrücken gegen die Stirn.

»Wo um alles auf der Welt bist du denn gewesen?«, fragt sie fast flehentlich. »Ich dachte … Ich dachte …«

»Entschuldige! Ich war nur eben eine kleine Runde laufen.«

»Laufen? Weglaufen? Laufen, *wohin?*«

»Nur ein bisschen … rumlaufen. Ich laufe sehr gerne.«

Wieder schaut sie mich mit demselben tief besorgten Blick an wie gestern. Bockig verschränke ich die Arme vor der Brust. Und dann, als ich schon glaubte, es könnte nicht mehr absurder werden, taucht hinter meiner Großmama noch jemand auf. Ein bekanntes Gesicht mit einem tief beeindruckten, strahlenden Grinsen, umrahmt von einer teuren Föhnfrisur.

»Jessica Beam? Das ist ja wunderbar! Eine wirklich entzückende, abstrakte Idee, einen BH als Armband zu tragen. Wirklich sehr kreativ!«

Was zum Teufel hat Valentina Smith im Haus meiner Großmama verloren?

# *Zwölftes Kapitel*

Eine gute Frau ist stets die Ruhe selbst. Sie sollte auch dann Ruhe und Anmut ausstrahlen, wenn ihre Beherrschung auf eine harte Probe gestellt wird.

– Matilda Beams Handbuch für die gute Frau, 1959

Ich glaube es nicht. Ich kann es *einfach* nicht glauben«, murmelt Valentina immer wieder. »Da höre ich draußen diese unverkennbare Stimme und denke mir, kann das wirklich sein? Könnte das ausgerechnet die liebreizende Jessica Beam sein? Und sie *ist* es!«

Gemeinsam sind wir wieder hinüber in den Salon gegangen und sitzen nun um Großmutters smaragdgrüne Ottomane, auf der ein Zinntablett mit reichverziertem Teeservice steht. Forsch füllt Valentina den Tee in die Tassen, als sei das hier ihr Haus und wir ihre Gäste. Und mir geht derweil auf, dass Valentina Smith wohl das hohe Tier vom Verlag sein muss, von dem Peach gesprochen hat, das Großmama heute wegen der Neuauflage ihrer Handbücher besuchen wollte. Von Southbank Press. Na klar. Wie Summer schon sagte, Southbank verlegt eigentlich jeden.

Mich natürlich ausgenommen.

Höflich nickend begrüße ich Valentina, erwidere aber nicht ihr Lächeln. Die Frau hat Summer und mir vorgegaukelt, wir bekämen bei ihr einen Buchvertrag, und dann hat sie einen feigen Rückzieher gemacht, nur weil ich ihren Ex beleidigt habe. Okay, weil ich ihn *versehentlich* mit Champagner begossen habe. Aber trotzdem. Sie war so hin und weg von unserer Idee, und uns dann bloß wegen dieser leidigen Geschichte auf der Party fallen zu lassen wie eine heiße Kartoffel, finde ich doch ziemlich mies.

»Ich verstehe leider nicht«, meint Großmama etwas verschnupft, und die wässrigen blauen Augen huschen von Valentina zu mir und wieder zurück. »Sie beide kennen sich?«

»Ach, Matildchen, Jess und ich sind alte Freunde.« Und damit wirft Valentina die perfekt colorierte Wallemähne mit einem warmen Glucksen nach hinten. »Wirklich schade, dass ich schon weg muss, denn das« – sie weist mit dem Finger auf mich und meine Großmutter – »ist wirklich ein unvergesslicher Moment. Großmutter und Enkelin! Jessica, du stilles Wasser. Du hast mit keinem Wort erwähnt, dass du so eine berühmte Großmutter hast. Beam. *Aber natürlich.* Das hätte ich mir doch gleich denken können! Beide Schriftstellerinnen, beide außerordentlich begabt. Matildchen, kannst du dir vorstellen, dass unsere Jessica Southbank Press einen Korb gegeben hat? Ich kann mich nicht erinnern, vorher jemals einen Korb bekommen zu haben. Ich war schrecklich enttäuscht. Aus lauter Enttäuschung hat der Kühlschrank in meinem Büro einen ordentlichen Tritt abbekommen. Jetzt ist er kaputt. Genau wie mein armes gebrochenes Herz.«

*Einen Korb gegeben?* Wie bitte, was?

»Ich habe Ihnen doch keinen Korb gegeben«, entgegne ich ganz außer mir. »Sie haben *uns* abgebürstet!«

Valentina runzelt irritiert die Stirn. »Aber ich habe es euch doch schon bei der Party gesagt! Der Vertrag war so gut wie unter Dach und Fach. Ich gestehe, ich war zwar ein *klitzekleines b*isschen beschwipst, aber mit Büchern scherze ich nicht. Ich verspreche nichts, was ich nicht halten kann. Summer sagte mir, Sie beide hätten sich entschlossen, eine ganz andere Richtung einzuschlagen. Aber dann auch noch ausgerechnet ins Fernsehen zu gehen, das hat mir fast das Herz gebrochen. Ich dachte, Sie und ich, wir beide seien uns einig! Das braucht Ihnen jetzt nicht peinlich zu sein, Jess. Man kann nicht alles haben. Wobei ich meistens«, sinniert sie, »bekomme, was ich will …«

Ich fasse es nicht. Summer hat mich echt aufs Kreuz gelegt. Southbank hat uns *tatsächlich* einen Buchvertrag für *Summer in the City* angeboten, aber sie hat dankend abgelehnt. Für das Buch hätte sie mich gebraucht. Was bitte sollte das? Die Enttäuschung schlägt ihre scharfen Klauen in meinen leeren Magen. Und was das Ganze noch schlimmer macht, ich kann überhaupt nichts dagegen tun.

»Jessica, du bist Schriftstellerin?«, fragt meine Großmutter und beugt sich neugierig aus ihrem Sessel nach vorne.

»Eine, die fast mal was veröffentlicht hätte«, brumme ich düster. Blöde Summer.

»Jessica ist eine großartige Autorin«, erklärt Valentina fröhlich und unterbricht sich dann. »Moment mal. Wussten Sie das etwa nicht, Matilda? Sie sind doch ihre Großmutter.«

»Das ist eine lange Geschichte«, entgegnen Großmama und ich wie aus einem Mund.

»Ich liebe lange Geschichten. Schade, dass ich dringend weg muss. Vielleicht sehen wir uns demnächst mal auf einen Gin Tonic, und Sie erzählen mir alles in Ruhe, Jess? Schreiben Sie mir eine Mail, dann schieben wir das ein.« Dann wendet sie sich an meine Großmutter. »Und noch einmal, Matilda, es tut mir sehr leid, aber ich kann Ihnen kein Angebot für eine Neuveröffentlichung machen.«

Großmutter steht auf und wringt besorgt die dünnen Hände. »Miss Smith, ich *flehe* Sie an, es sich noch mal zu überlegen.

Die jungen Frauen heutzutage könnten wirklich sehr von meinen Büchern und meiner langjährigen Erfahrung profitieren. Wie die sich alle aufführen! Keine Anmut! Keine Manieren! Keine hausfraulichen Qualitäten! Wie um alles auf der Welt wollen sie da einen anständigen Mann finden …« Sie bricht ab, und ihr Blick geht zu dem grellrosa BH an meinem Handgelenk. Rasch wickele ich ihn ab und stopfe ihn unter meinen Allerwertesten.

»Ach, Jess, helfen Sie mir doch, es der lieben alten Matilda zu erklären«, fleht Valentina und schaut dabei unauffällig auf die große Standuhr. »Vielleicht hört sie ja auf Sie. Southbank Press kann ihre ›Die gute Frau‹-Handbücher aus den 50er-Jahren nicht neu auflegen, weil sie sich im Jahr 2014 nicht verkaufen würden. Mir sind die Hände gebunden.«

Großmamas große Augen hinter der roten Schmetterlingsbrille glitzern vor Tränen. Sie wirkt so verzweifelt. Und sie tut mir richtig leid. Aber Valentina hat recht.

»Tut mir leid, Matild… Großmama. Aber die jungen Frauen, die ich kenne, würden sicher keine uralten Selbsthilferatgeberschinken lesen«, versuche ich ihr schonend beizubiegen. »Die interessieren kein Schwein. Ich meine, wir denken heutzutage ganz anders.«

Großmutter seufzt und schlägt verzweifelt die Hände über dem Kopf zusammen. »Du, meine Liebe, bist eine Frau von beinahe dreißig Jahren, und du hast immer noch keinen Mann! Das ist einfach unvorstellbar. Es ist … *bemitleidenswert*.«

»Hey, ich bin doch nicht bemitleidenswert!«, rufe ich und springe empört vom Sofa auf. »Und ich bin auch nicht ›beinahe dreißig‹. Ich bin achtundzwanzig. Und davon abgesehen, dass ich die Ehe für eine überkommene überflüssige Angelegenheit halte, bin ich *freiwillig* Single. Ich lebe gerne allein. So bin ich nun mal. Jung, alleinstehend, zu allen Schandtaten bereit. Ich bin Feministin und eine unabhängige Frau, und ich finde es toll. Ich arbeite hart, und genauso amüsiere ich mich auch, und ich tue, was ich will, okay? Das ist das Gegenteil von bemitleidenswert.«

»Bravo, Jessica!«, ruft Valentina und klatscht mir Beifall. »Bravo!«

»Oje. Oje, oje.« Großmama legt die runzligen Hände an die Wangen. »Soll das etwa heißen, du hast dich *freiwillig* für dieses Leben entschieden? Ich dachte, das seien alles Auswirkungen eines ... schlimmen Zusammenbruchs. Herrje. Heißt das etwa, deine Frisur war eine bewusste Entscheidung, kein stummer Hilfeschrei?«

Empört schnappe ich nach Luft. Aber Matilda Beam hat den tränenschwimmenden Augen und den sorgenvollen Blicken zum Trotz ihre ganz eigene Auffassung. Und sie ist noch lange nicht fertig mit mir. »Du hast keine Arbeit, Jessica. Du hast kein Zuhause. Du kommst her und bittest mich um Geld. Mir scheint, dass deine Art zu leben dich nicht gerade glücklich macht.«

»Ach Gottchen«, haucht Valentina, die sich allem Anschein nach köstlich amüsiert. »Ach Gottchen.«

»Lass bloß meine rattenscharfen platinblonden Haare aus dem Spiel!«, schimpfe ich. »Ich gebe zu, im Moment bin ich nicht unbedingt überglücklich. Es läuft augenblicklich alles ziemlich beschissen. Aber *im Allgemeinen* bin ich glücklich und zufrieden! Ich habe mehr Freiheit und Gleichberechtigung als du jemals hattest. Das ist echt toll. Und du bist auch nicht gerade auf Rosen gebettet, oder? Du bist blank bis auf die Knochen, du hamsterst alten Plunder, *und* du hast ein ganzes Zimmer voller gruseliger Porzellanpuppen. Ich bin mir ziemlich sicher, dass deine guten Ratschläge nicht besonders gut ankommen würden bei den coolen, taffen jungen Frauen von heute.«

Großmama schnappt nach Luft, und ihre Wangen färben sich zartrosa.

»Ich kann dir versichern, meine Ratschläge sind immer und überall Gold wert«, bemerkt sie pikiert und verschränkt die Arme vor der Brust.

»Ähm, das glaube ich nicht«, gebe ich mürrisch zurück.

Valentina schaut zwischen uns hin und her, ein hocherfreutes Grinsen im Gesicht. »Die Ähnlichkeit zwischen Ihnen beiden ist wirklich *frappierend.*«

Mein ganzes Gesicht glüht. Ich muss dringend eine Runde laufen, duschen, den Kopf freibekommen und dann zusehen, dass ich verschwinde.

»Kann ich jetzt gehen?«, frage ich und weise auf die Tür.

»Ja, ich muss auch dringend los«, meint Valentina gut gelaunt. »Es war reizend, Sie beide zu sehen. Wirklich eine ganz wunderbare Überraschung, Jessica.«

Ich habe gerade die Tür geöffnet, Valentina dicht auf meinen Fersen, als meine Großmutter plötzlich vernehmlich nach Luft schnappt und ruft: »Moment! Wartet, alle beide! Nur einen kleinen Augenblick. Geht noch nicht! Ich kann euch *beweisen,* dass meine Tipps auch heute nichts von ihrer Gültigkeit verloren haben. Ich habe eine Idee! Ich werde … Ich werde es euch beiden *zeigen.*«

Valentina verzieht mitfühlend das Gesicht. »Es tut mir wirklich leid, Matildchen. Wirklich. Aber es geht einfach nicht. Ich hoffe, Sie werden …«

»Es geht doch!«, übertönt Großmama Valentina fieberhaft. »Und Jessica wird mir helfen, den Beweis dafür anzutreten!«

»Wie bitte?«, frage ich konsterniert.

»Die zuckersüße Jessica?« Valentina kneift die Augen zusammen und nickt dann. »Also gut, fahren Sie fort.«

Meine Großmutter macht einen Schritt auf Valentina zu.

»Würde es uns gelingen, Jessica mit Hilfe der Handbücher in den Inbegriff einer guten Frau zu verwandeln, wäre das doch der lebende Beweis, dass die Ratschläge Gold wert sind und man die Bücher unbedingt neu auflegen sollte.«

»Also, das ist ja wohl das Dämlichste, was ich je gehört habe«, spotte ich. »Und nebenbei bemerkt auch verdammt überheblich.«

Bei den Flüchen zuckt Großmama schmerzlich berührt zusammen, überhört meinen Einwurf aber geflissentlich und redet stattdessen weiter auf Valentina ein, als sei ich gar nicht da.

»Wir könnten Jessicas Aussehen verschönern, an ihren Manieren feilen und etwas für ihr inneres Gleichgewicht tun, ihre fraulichen Fähigkeiten entwickeln, ihr beibringen, wie man sich in Gegenwart eines Gentlemans benimmt …«

Manieren? Wenn hier einer Benimmnachhilfe braucht, dann ja wohl Matilda Beam!

»Ich sehe blendend aus!«, falle ich ihr schneidend ins Wort. »Und glaube mir, bei meinen fraulichen Fähigkeiten würde dir die Spucke wegbleiben. Garantiert!« Und dann drehe ich mich um und will schon wutentbrannt hinausstürmen, aber Valentina pfeift mich zurück.

»Augenblick mal, Jessica.« Nachdenklich legt sie den Zeigefinger ans Kinn. »Fahren Sie fort, Matilda, ich würde gerne hören, was Sie zu sagen haben.«

Mir klappt beinahe die Kinnlade herunter. Valentina will hören, was diese wirre alte Frau zu sagen hat? Ich schnaube ungläubig und schüttele den Kopf.

Großmama fährt fort. »Mit Hilfe meines ersten Buchs, *Matilda Beams Handbuch zu Liebe und Romantik*, würde Jessica sich einen anständigen jungen Mann angeln, der sich in sie verliebt.«

»Und dann schreibt ihr darüber ein Buch?«, überlegt Valentina laut. »So etwas wie … eine Dating-Bibel? Eine *Vintage*-Dating-Bibel, die Frauen beibringt, die Methoden aus Ihren alten Büchern in der Gegenwart anzuwenden?«

»Genau.« Großmama nickt bedächtig, als sie merkt, dass Valentina anbeißt. »Ganz meine Rede.«

»Himmel, nicht schon wieder dieser Vintage-Quatsch«, meckere ich und muss mich zusammenreißen, um nicht vollends die Geduld zu verlieren. »Nehmt's mir nicht übel, aber es weiß doch jedes Kind, dass Vintage bloß ein hippes Wort für ›altes Gerümpel‹ ist.«

»Also, Jess, ehrlich gesagt war unser letzter Sachbuch-Bestseller ein wunderhübsches Vintage-Nachmittagstee-Koch-und-Backbuch«, erklärt Valentina mit einem kleinen Lächeln.

*Ein Vintage-Nachmittagstee-Koch-und-Backbuch?* Das ist womöglich das widerlichste Niedlichkeitswort, das ich je gehört habe.

»Diese Vintage-Geschichte ist zurzeit sehr angesagt«, bestätigt sie. »*Sehr* gute Idee, Matildchen.«

Valentina lässt mich an der Tür stehen und nimmt wieder auf der Couch Platz. Sie scheint es plötzlich gar nicht mehr eilig zu haben. Geschäftig nimmt sie einen Bleistift und ein schwarzes Smythson-Notizheft aus der Handtasche. Sie schreibt allerdings nichts hinein, sondern wedelt mit dem nadelspitzen Bleistift in der Luft herum.

»Hmm. Wie wäre es mit … *Wie angelt man sich einen Mann à la 1955?*«, murmelt sie nach kurzem Überlegen.

Verständnislos glotze ich sie an. Meine Großmutter strahlt übers ganze Gesicht.

»Könnte funktionieren …« Valentina kneift die Augen zusammen. »Ein *niegelnagelneues* Buch voller Vintage-Datingtipps, geprüft und für gut befunden von einer hippen, modernen Frau wie Jessica Beam. Gefällt mir. Und würde genügend

Interesse bestehen, könnte man natürlich auch darüber nachdenken, die alten Bücher neu aufzulegen.«

»Ach!« Meine Großmutter fasst sich mit der Hand an den Hals, und ihre Wangen werden hochrot vor Freude. »Wunderbar!«

»Matildchen, wie lange würde es Ihrer Meinung nach dauern, bis ein Mann am Haken zappelt?«

»Wenn Jessica hier im Bonham Square bleibt und wir uns ausschließlich diesem Projekt widmen, sicher nicht länger als zwei bis vier Wochen.« Großmama mustert mich von Kopf bis Fuß. »Es gibt viel zu tun, aber wir könnten es auch ein bisschen forcieren, dann dauert es nicht so lange.«

»Moment mal – nicht so schnell«, unterbreche ich sie und schaue von einer zur anderen. »Wollt ihr mir damit sagen, ich soll hierbleiben, in diesem Haus, und zwar für zwei bis vier Wochen, und soll alles an mir ändern lassen, vom Aussehen bis zu meiner ganzen Art, wie bei einem durchgeknallten gesellschaftlichen Pygmalion-Experiment, nur damit irgendein dahergelaufener Kerl mit mir anbandelt?«

»Nein, er soll nicht mit dir ›anbandeln‹. Er soll sich ernsthaft in dich *verlieben*«, erklärt meine Oma gut gelaunt. Valentina lächelt zustimmend und kritzelt etwas in ihr Notizbuch.

Unwillig wedele ich mit der Hand. »Und dann wollt ihr, dass *ich* ein Buch darüber schreibe?«

»Genau«, jubeln beide im Chor, als sei das kein vollkommen absurder, rückständiger und nicht zuletzt entwürdigender Vorschlag.

Finster stiere ich die beiden an, als hätten sie nicht mehr alle Teetässchen auf dem Tablett. Allein die Vorstellung, auch nur einen Tag länger als gedacht hierzubleiben, mir Großmamas Vorstellung von Manieren und Stil anzueignen und mir dann einen Kerl zu angeln, der sich – kotz – auch noch in mich verliebt? Der blanke Horror und das genaue Gegenteil dessen, womit ich meine kostbare Zeit eigentlich verbringen möchte. Ja, ich möchte gerne Schriftstellerin werden. Ja, ich möchte gerne einen Buchvertrag. Aber doch nicht *so*. Alles in mir sträubt sich gegen den Gedanken, mich komplett umkrempeln zu lassen, nur um einem Kerl zu gefallen. Nee, danke. Bestimmt nicht.

Und dann geht mein Blick zu meiner Großmutter, die schon wieder hoffnungsvolle Tränen in den Augen hat, und mein Nacken fängt an zu kribbeln.

»Hört mal, ihr zwei«, sage ich und gehe rückwärts in Richtung Tür. »Herzlichen Dank für das nette Angebot und alles, aber ich muss leider dankend ablehnen. Ich wünsche euch alles Gute. Aber ich gehe jetzt. Ich muss dringend duschen und dann eine Runde laufen.«

»Aber du kommst doch gerade vom Laufen!«

»Ich laufe halt gerne.«

*

Zwanzig Minuten später bin ich frisch geduscht und trage mein Lieblingslaufensemble, bestehend aus bauchfreiem Lycratop und kuschelweicher grauer Jogginghose.

Gerade binde ich die Schnürsenkel meiner schönen quietschgelbem Laufschuhe, als es an der Schlafzimmertür klopft.

»Jessica, dürfen wir reinkommen?«

Es ist meine Großmutter.

»Jessica, du kleines freches Küken, jetzt lass uns schon rein. Wir müssen mit dir reden.«

Und Valentina.

*Was haben die bloß für ein Problem?* Ich habe ihnen doch eben klipp und klar gesagt, dass ihre verschwurbelte Idee mich nicht die Bohne interessiert. Warum nimmt Valentina diese

Schnapsidee überhaupt so ernst? Als wir uns bei Southbank Press kennengelernt haben, hielt ich sie noch für eine sehr kluge Frau, die mit beiden Beinen fest im Leben steht. Doch nun stellt sich heraus, dass sie genauso durchgeknallt ist wie meine Großmutter. Rasch springe ich ins Bett, verstecke mich unter den Laken und ziehe mir die Decke über den Kopf. Wenn sie glauben, dass ich ein Nickerchen mache, gehen sie vielleicht wieder. Schlafende Menschen soll man nicht wecken.

Aber das ist den beiden anscheinend egal.

Ich höre, wie die Tür leise aufgemacht wird und dann, wie Valentina und meine Großmama auf Zehenspitzen über den Teppich schleichen. Zum Teufel mit der Privatsphäre. Ja, ich weiß, ich wohne nicht hier, aber trotzdem, ich hätte doch gerade wer weiß was hinter der verschlossenen Tür machen können. Ich hätte meinen vernichtenden Blick im Spiegel üben oder gerade Hand an mich legen können. Herrje.

»Schläft sie?«, fragt Großmama neugierig.

Ich kneife fest die Augen zu und tue, als schlummerte ich selig den Schlaf der Gerechten.

»Hmm. Jedenfalls hat sie ihre Turnschuhe an«, entgegnet Valentina. »Tolle knallgelbe Laufschuhe. Finde ich abgefahren, Jess. Wirklich.«

Verdammt. Meine Füße gucken unten unter der Decke vor. Ich ziehe sie schnell ein wie die böse Hexe des Ostens im Zauberer von Oz.

»Ja, ich glaube, sie ist wach und will einfach nicht mit uns reden«, erklärt Valentina.

»Wie eigenartig.«

»Jess, wir wissen, dass Sie wach sind«, sagt Valentina streng. »Matilda und ich haben ein bisschen über unsere neue Idee geplaudert, und wir sind beide ganz aus dem Häuschen. *Wie angelt man sich einen Mann à la 1955* passt perfekt in unser Programm. Vor allem, nachdem *Summer in the City* nun bedauerlicherweise doch nicht erscheinen wird.«

»Und Miss Smith hat auch schon einen Herrn ausgeguckt, den wir uns angeln könnten«, fährt meine Großmutter fort. »Ein sehr angesehener Gentleman namens Leo Frost.«

Ich verschlucke mich und ersticke fast, was ich als Gähnen-Schrägstrich-schläfriges-Grunzen zu tarnen versuche. Leo Frost? Was zum Teufel hat Valentina Smith sich dabei gedacht? Der Kerl hasst mich. Und ich hasse ihn. Und Valentina hasst ihn auch. Außerdem erkennt der mich doch sofort.

»Natürlich müssten wir Sie verkleiden«, sagt Valentina, als könnte sie meine Gedanken lesen. »Und meinen persönlichen Animositäten zum Trotz glaube ich, er wäre die *perfekte* Wahl. Londons berühmt-berüchtigster ewiger Single, ein eingefleischter Junggeselle. Wenn Sie Leo Frost ein Geständnis wahrer Liebe entlocken könnten, das Buch würde ein Bestseller.«

»Und meine *Handbücher für die gute Frau* würden neu aufgelegt. Jessica, wir könnten das Haus retten! Wir könnten alles retten.«

Das nenne ich mal emotionale Erpressung.

Valentina räuspert sich. »Und natürlich gäbe es einen Vorschuss. Fünftausend Pfund vorab.«

Waaas? Fünftausend Mäuse? Ich muss an meinen derzeitigen Kontostand denken: dreiundzwanzig Pence. *Im Minus.*

Wie ein Erdmännchen strecke ich den Kopf unter der Bettdecke hervor. Großmutters Hände zittern vor freudiger Aufregung.

»Fünftausend Kröten?«, frage ich, nur um ganz sicher zu gehen, dass ich mich nicht verhört habe.

»Fürs Erste«, entgegnet Valentina mit einem zuversichtlichen Grinsen. »Wenn alles klappt wie geplant, ist da noch lange nicht Schluss.«

Vorsichtig schaue ich rüber zu meiner Großmama. Sie ist kurz davor, quietschend durch das Zimmer zu hopsen.

»Muss es unbedingt Leo Frost sein?«

»Mir fällt kein Besserer ein. Und Sie sehen doch sicher selbst, was für eine großartige Geschichte das wäre.«

»Muss es unter meinem richtigen Namen sein?«

»Ja. Matilda Beam und Jessica Beam. Die Familienbande müssen klar erkennbar sein.«

»Ähm … und darf ich die fünftausend Pfund Vorschuss behalten, auch wenn die ganze Sache grandios in die Hose geht?«

»Tja, ich hoffe zwar sehr, dass dem nicht so ist, aber ja. Den Vorschuss brauchen Sie nicht zurückzuzahlen.«

Wow. Die Hälfte von fünftausend Pfund *garantiert* für zwei bis vier Wochen Arbeit. Ganz gleich, wie dämlich ich die Idee auch finde – wenn man in meiner Situation ist, fallen die Gegenargumente kaum mehr ins Gewicht. Mit der Kohle käme ich locker bis nach Thailand. Ach, was sage ich, bis zu den Fidschi-Inseln. Das wäre die Starthilfe, der Grundstein für einen Neuanfang. Ich stelle mir vor, wie ich bei Sonnenuntergang in einem brandneuen Seidenoverall am Strand Birnen-Cider aus einer Kokosnuss schlürfe und zum Soundtrack von Pink Floyd's *Dark Side of the Moon* tanze. So ein Angebot kann man einfach nicht ausschlagen.

»Also gut. Ich mach's.«

Woraufhin meine Großmutter ganz und gar nicht ladylike in Tränen ausbricht und abwechselnd »Gott sei Dank!« und »Was für ein Tag!« murmelt, um dann aus dem Zimmer zu eilen und ihre *Handbücher für die gute Frau* zu holen. Valentina beugt sich bloß über das Bett und schüttelt mir die Hand.

»Die ersten zwanzigtausend Wörter brauche ich in vier Wochen«, sagt sie fröhlich.

Worauf zum Geier habe ich mich da bloß eingelassen?

# *Dreizehntes Kapitel*

Eine gute Frau hat stets einen taufrischen, ebenmäßigen Teint. Jeder Gentleman würde entsetzt vor trockener oder unreiner Haut zurückweichen, und das wäre doch wirklich zu schade!

– Matilda Beams Handbuch zu Liebe und Romantik, 1955

Großmama kommt mit einem großen Stapel kunterbunter Bücher herein und reicht sie mir, als übereichte sie mir den Schlüssel zum Weltfrieden. Dann wieselt sie gleich wieder hinaus, um sich überschwänglich von Valentina zu verabschieden. Ich bleibe am Fußende des Bettes sitzen und greife zum obersten Buch auf dem Stapel.

*Matilda Beams Handbuch zu Liebe und Romantik.*

Misstrauisch halte ich es an die Nase und schnüffele daran. Sofort muss ich niesen. Es riecht alt. Mit dem Finger fahre ich über den rauen altrosa Leineneinband und klappe es auf. Innen ist das Schwarzweißfoto einer Dame, die an einem Schreibtisch sitzt, in der einen Hand ein Glas Champagner, die andere Hand elegant zur Kamera hin ausgestreckt, sodass der Art-déco-Verlobungsring vorteilhaft funkelt. Das muss meine Großmutter sein. Sie sieht so jung aus, höchstens zwanzig oder so. Und ganz schön scharf! Sah man hinter die verbitterte Fassade, war auch meine Mum eine schöne Frau, aber mit der jungen Matilda Beam kann sie nicht mithalten. Die Haarfarbe ist auf dem Foto nicht genau zu erkennen, aber sie hat dunkle Haare, zu einer perfekten Welle frisiert, die ihr sanft auf die Schultern fällt. Eine Augenbraue hat sie leicht hochgezogen, und sie trägt ein Kleid, das unten ausgestellt ist. Die Taille wirkt darin unwirklich schmal. Unter dem Bild eine Kurzbiografie:

> Matilda Beam (geborene Miller) am Tag ihrer Verlobung mit Jack Beam, New Yorker Erbe des Delightex-Imperiums.

Delightex? Der amerikanische BH-Hersteller? Meinem Großvater gehörte Delightex? Wow. Warum hat meine Mum mir das denn nicht erzählt? So was sollte man doch wissen.

> Bevor sie sich in Beam verliebte, war Matilda der Star der New Yorker Debütantinnenszene. Mindestens drei der begehrtesten Junggesellen der Stadt haben um ihre Hand angehalten. Matilda Beam ist zweifellos eine gute Frau. Lesen Sie ihre Geschichte! Befolgen Sie ihre Ratschläge! Angeln Sie sich den Mann Ihrer Träume!

*Drei* Heiratsanträge? Der Star von New York?

Ich blättere ein paar Seiten weiter.

> Zu einer Verabredung trägt man als Dame keine Hose. Ein Gentleman weiß wohlgeformte Beine zu schätzen. Aber nicht zu viel Bein zeigen, damit er nicht glaubt, man sei leicht zu haben. Der Rock sollte stets die Knie bedecken.

Ich schnaube verächtlich in Gedanken an meine Röhrenjeans, die so eng ist, dass man sehen kann, was ich gestern zum Mittagessen hatte. Und die einzigen Kleider, die mir übers Knie gehen, sind meine Nachthemden. Und selbst die nicht immer.

> Niemand mag Schnatterliesen. Überlassen Sie Ihrer Verabredung die Gesprächsführung, und zeigen Sie ihm mit einem geheimnisvollen Lächeln und gelegentlichem wohlplatziertem und wohlklingendem Lachen, wie faszinierend Sie ihn finden. Und bald schon wird er nicht genug von Ihnen bekommen können!

Wie bitte? Das kann doch nicht ihr Ernst sein. Erwarten die wirklich, dass ich diesen Blödsinn durchziehe? Noch weiß ich nicht, ob ich es lachhaft finden soll oder schlichtweg zum Kotzen.

Ich greife zu den anderen Büchern und blättere auch sie kurz durch. Es gibt alles, vom *Handbuch für die gute Braut* über das *Handbuch für die gute Mutter* bis hin zum *Handbuch für die gute Hausfrau.* O Mann, Großmama war wirklich emsig wie ein Bienchen!

Mein Blick fällt auf das Bild im letzten Buch – *Matilda Beams Handbuch für die gute Frau.* Auch da wieder meine Großmutter. Sie sitzt neben einem großen, gut aussehenden Mann im Anzug und hat ein entzückendes pummeliges Kleinkind auf den Knien.

> Matilda Beam ist der Inbegriff der guten Frau! Seit 1955 ist die erfolgreiche Autorin der *Handbücher für die gute Frau* mit Jack Beam verheiratete. Matilda Beams Handbücher fehlen in keiner häuslichen Bibliothek, und das nicht nur in Großbritannien, sondern auch in Übersee, wo Matilda für ihren ungekünstelten Charme und ihren durchschlagenden Erfolg bekannt ist. Matilda Beam lebt mit ihrem

Mann Jack Beam, Vorstandsvorsitzender bei Delightex Unterwäsche, und ihrer kleinen Tochter Rose in New York.

Wow. Meine Mum hat in New York gelebt? Wie lange wohl? Ob sie in New York aufgewachsen ist? Ob sie *Cheerleaderin* war? Und wann sie wohl nach England gekommen sind? Wieder einmal muss ich einsehen, wie wenig ich über meine Mutter weiß, und über meine eigene Geschichte, und ich fühle mich schuldig, sie nicht danach gefragt zu haben, als ich noch die Gelegenheit dazu hatte. Aber wenn ich jetzt einen Monat lang hier festsitze, habe ich ja reichlich Zeit, etwas mehr über sie in Erfahrung zu bringen.

Aber bevor ich noch weiter darüber nachdenken kann, fliegt auch schon die Tür auf, und meine Großmutter stürzt herein, gefolgt von Peach mit einem ganzen Stapel flauschiger kornblumenblauer Handtücher.

»Ach, Jessica. Ich könnte gar nicht glücklicher sein. Meine Gebete sind erhört worden«, erklärt meine Großmama mit tränenerstickter Stimme. »Valentina hat mich gebeten, dass wir sie über den Fortgang des Projekts auf dem Laufenden halten. Ich glaube, sie mag dich wirklich sehr. Ach, was für eine wunderbare Wendung.«

Peach stimmt ihr mit einem kleinen, rosawangigen Lächeln stumm zu.

Und dann wird mein schlimmster Albtraum wahr. Die beiden fallen mir um den Hals und nehmen mich von allen Seiten in die Zange. Ich halte die Luft an, bis das unfreiwillige Rudelkuscheln vorbei ist, aber es dauert so lange, dass mein Gesichtsfeld an den Rändern bereits zu veschwimmen beginnt.

»Eine neue Freundin«, wispert Peach ganz aufgeregt.

»Was? Ach ja.«

»Ich habe dir so viel beizubringen, Liebes«, ruft Großmama

ganz atemlos. »Ich bringe dir alles bei, was ich weiß. Alles. Du wirst die perfekte gute Frau. Diesmal mache ich keine Fehler.«

Ich habe meine Laufschuhe an. Ich könnte einfach losrennen, zur Tür hinaus und ohne mich noch mal umzudrehen auf Nimmerwiedersehen verschwinden ... nur wüsste ich nicht, wohin, und ich habe keine Kröten, um dahin zu kommen. Noch nicht.

»Toll«, murmele ich schwach, als ich ihrem Knebelgriff schließlich entronnen bin. »Bestens. Super. Klasse. Hurra. Aber ... bitte keine weiteren Umarmungen, ja?«

Die beiden lachen, als hätte ich einen Witz gemacht. Dabei meine ich das todernst.

*

Nachdem sie mir einen Hausschlüssel gegeben hat und die Festnetznummer und mir – aufgrund meines strikt durchgesetzten Umarmungsverbots – ein dutzend Mal beinahe unter Tränen den Arm getätschelt hat, entlässt Großmama mich schließlich widerstrebend (aufgrund guter Führung) zum Joggen, und weist mich an, mich um Punkt ein Uhr mit ihr und Peach im Café Lucius in der Kensington High Street zu treffen.

Ich genieße es, durch die eleganten, sonnenbeschienenen Bilderbuchstraßen von Kensington und Chelsea zu laufen, und bin völlig baff, als mir irgendwann aufgeht, dass ich hier nicht ständig wie hypnotisiert auf den Boden starren muss, um nicht wie zu Hause in Manchester in einen der allgegenwärtigen Hundehaufen zu treten. Ich sage nur Silberstreif am Horizont und so.

Ich versuche nicht zu viel darüber nachzudenken, was mir im kommenden Monat bevorsteht; dass ich diesen Pimmelprinzen Leo Frost wiedersehen muss, dass ich in den nächsten vier Wochen zwanzigtausend Wörter schreiben muss oder dass meine Großmama lächelt wie meine Mum. Stattdessen stopfe ich mir die Stöpsel in die Ohren, drehe die Arctic Monkeys auf dem iPhone auf volle Lautstärke und denke an das Geld, das wir für dieses Projekt bekommen, und an die Freiheit, die es mir bringen wird.

Als mir schließlich die Puste ausgeht, schaue ich auf mein Handy. Zehn nach eins. Hoppla. Also jogge ich so schnell wie möglich, verschwitzt und außer Atem, zum Café Lucius. Großmama und Peach sitzen an einem Tisch draußen auf dem Gehweg. Es muss heute gut dreißig Grad heiß sein, und im Näherkommen sehe ich, dass Peach meiner Großmutter einen Schirm über den Kopf hält. Mit der freien Hand winkt sie mir schüchtern zu.

»Ach, da bist du ja endlich!«, sagt Großmama, als ich neben den beiden auf einen der gusseisernen Stühle sinke und versuche, wieder zu Atem zu kommen. »Du transpirierst recht stark. Aber egal, jetzt bist du ja hier. Wobei es dir gut zu Gesicht stünde, Jessica, immer daran zu denken, dass Zuspätkommen nie ›in‹ ist.« Und damit lächelt sie mir vielsagend zu.

»Was soll denn der Schirm?«, frage ich, wickele mir das Kopfhörerkabel vom Hals und knalle die Stöpsel auf den Tisch.

»Der Sonnenschirm schützt Mrs Beam vor schädlicher Sonneneinstrahlung«, erklärt Peach mir, als sei es vollkommen alltäglich, jemandem einen Sonnenschirm über den Kopf zu halten. Ich frage mich, wie lange die beiden wohl schon so da sitzen. Bestimmt fällt ihr bald der Arm ab.

»Ja, der Teint einer guten Frau sollte stets taufrisch und ebenmäßig sein«, erklärt Großmama. »Jeder Gentleman würde vor einer ungepflegten Erscheinung entsetzt zurückschrecken.«

Ich schnaube verächtlich. »Ein Kerl, der mich wegen ein, zwei Pickeln abserviert? Was für ein Arsch. Ich mag Sonne. Sehr sogar.« Und damit schließe ich die Augen, breite die Arme aus und aale mich zufrieden wie ein Katze im herrlich warmen goldenen Sonnenlicht. »Und außerdem gibt es heutzutage diese lichtreflektierenden Hightech-Grundierungen, weißt du. Darunter verschwindet alles.«

»Ein natürlich ebenmäßiger Teint ist die beste Grundierung«, entgegnet meine Großmutter beharrlich. »Du hast noch viel zu lernen«, brummt sie leise.

»Wahre Schönheit kommt von innen.« Ich verdrehe die Augen und setzte die beschlagene Sonnenbrille ab, um mir mit einer der steifen Stoffservietten vom Tisch das Gesicht trockenzutupfen. »Und außerdem, *Niveau ist keine Creme*.«

»Ach ja, Creme ist eine sehr gute Idee.« Großmama nickt zustimmend und überhört vollkommen meine kleine Anspielung. »Wenn wir wieder zu Hause sind, müssen wir uns sorgfältig eincremen.«

*Wir?* Wird Eincremen jetzt unversehens zum gesellschaftlichen Großereignis? Ich glaube, so weit bin ich noch nicht.

Aber ehe ich noch mal nachhaken kann, kommt eine Kellnerin aus dem umrankten Café und reicht uns die dicken cremefarbenen Speise- und Getränkekarten.

»Ah, die Weinkarte«, ruft Großmama strahlend. »Die Gelegenheit schreit nach einer Flasche meines Lieblingschampagners, wie ich finde. Man muss die Feste feiern, wie sie fallen.« Doch dann wandert ihr Blick auf der Karte nach unten, und ihre Nasenflügel beben ganz leicht.

Ich schaue in die Weinkarte. Herrje, ist das alles teuer! Nach allem, was Peach mir erzählt hat, kann Großmama sich das gar nicht leisten. Der Scheck von Valentina ist sicher erst in ein paar Tagen auf ihrem Konto, und dann braucht sie das

Geld dringend für die monatliche Kreditrate. Ihre Wangen färben sich zartrosa.

»Maaaann, ich finde Champagner völlig überbewertet«, schnaube ich abfällig und reiche der Kellnerin die Karte zurück. »Fändet ihr es schlimm, wenn wir etwas anderes bestellen?«

»Ich mag auch keinen Champagner«, pflichtet Peach mir schleunigst bei. »Aber eine hausgemachte Limonade wäre toll.«

Großmamas Unterlippe zittert. Sie schaut auf den Tisch, dann klappt sie die Karte zu und seufzt. »Ach, na ja, ich kann ja schlecht allein eine Flasche Champagner trinken. Dann nehme ich wohl auch eine Limonade.«

»Möchten Sie auch was essen?«, fragt die Kellnerin mit dem Bleistift im Anschlag.

Wir bestellen alle drei die günstigsten Gerichte auf der Karte – einen frischen Gartensalat für meine Großmutter und für Peach und für mich je eine Beilagenportion hausgemachter Fritten. Die Kellnerin bedenkt uns mit einem genervten Blick, dann dreht sie sich um und stiefelt wieder nach drinnen.

Großmama holt tief Luft und verschwindet fast in ihrer Handtasche – wie es aussieht, eine echte Chanel mit goldener Schließe. Als sie wieder zum Vorschein kommt, hat sie ein kleines ledergebundenes Notizbüchlein und einen silbernen Kugelschreiber in der Hand.

»Dalli, dalli, wir müssen anfangen«, erklärt sie voller Tatendrang. »Peach, du solltest Mr Frosts Sekretärin anrufen und diskret nachfragen, was in den nächsten Tagen in seinem Terminkalender steht. Wir müssen unbedingt herausfinden, wo er sich aufhalten wird, damit wir ein *zufälliges* Treffen zwischen ihm und Jessica arrangieren können.«

»Ach, das ist doch überhaupt nicht nötig.« Rasch tippe ich

auf meinem iPhone herum. »Das steht doch alles bei Twitter – Moment, ich hab's gleich.«

»Twitter?«, fragt Großmama stirnrunzelnd. »Ist das ein Telefonverzeichnis?«

»Nein«, entgegne ich glucksend und zeige ihr mein Handy. »Twitter ist ein soziales Netzwerk. Siehst du! Alle paar Stunden posaunen die Leute hier ihre Gedanken über Gott und die Welt heraus. Sie schreiben, was sie gerade vorhaben, was sie gefrühstückt haben und posten lustige Tierbilder.«

Meine Großmutter schüttelt nur verständnislos den Kopf. »Klingt schrecklich selbstverliebt.«

»Das ist gerade sehr angesagt, Mrs Beam«, erklärt Peach, während die Kellnerin die Limonade an unseren Tisch bringt. »Martha Steward ist auch bei Twitter, wissen Sie.«

»Die liebe Martha ist ein Twitter?«, Großmama scheint verwirrt. »Wieso denn das?«

Ich zucke die Achseln. »Schwer zu erklären, warum das so populär ist. Aber es ist genial, glaub mir. Aha! Da ist er ja schon. Leo Frost, siehst du?«

Ich klicke auf sein Profil. Man sieht gleich auf den ersten Blick, dass sein Avatar ein Profifoto ist. Schwarzweiß und mit einem dieser hyperkontrastierenden Instagram-Filter bearbeitet. Auf dem Bild trägt Leo Frost einen gutgeschnittenen schwarzen Anzug und raucht Zigarre. Hinter ihm ragt die Skyline von Manhattan in den Himmel.

»Ein äußerst gut aussehender junger Mann«, stellt meine Großmama anerkennend fest.

Peach quiekt entzückt. »Ooh, der ist aber wirklich zum Anbeißen. Er sieht aus wie dieser eine Schauspieler ... Tom Hiddleston.«

»Gar nicht wahr. Jedenfalls nicht aus der Nähe. Und außerdem ist er ein Vollidiot.«

Beim Lesen von Leo Frosts Twitter-Kurzbio überkommt mich eine Welle des Widerwillens: *Leo Frost. Woolf Frost Werbeagentur. Künstler. Denker. Mann.*

Würg. Was für eine Pissnelke. Ich fasse es nicht, dass ich jetzt tatsächlich meine kostbare Lebenszeit auf diesen unerträglichen Vollpfosten verschwenden soll und schlimmer noch, vorgeben soll, ihn zu *mögen.* »Bäh«, zische ich angeekelt das Display an. Dann scrolle ich an den Hyperlinks und den Unterhaltungen und den Retweets vorbei bis zu einem vier Tage alten Tweet.

»*Ich hab's*«, rufe ich wie ein FBI-Agent, der einen vielgesuchten Verbrecher ausfindig gemacht hat. »Leo Frost besucht morgen Abend einen Jahrmarkt. Im Regent's Park ist ein Retro-Rummelplatz aufgebaut, und wie es aussieht, ist die Veranstaltungsagentur, die das Ganze auf die Beine gestellt hat, ein wichtiger Kunde von Frosts Werbeagentur.« Blitzschnell habe ich alles ergoogelt; ich bin schließlich Profi. »Morgen ist die Eröffnung, und Leo steht auf der Gästeliste.«

»Wunderbar. Ein Rummelplatz ist die perfekte Gelegenheit für eine unverfängliche erste Begegnung. Vor allem an so einem herrlich lauen Sommerabend. Der Duft nach Zuckerwatte, das fröhliche Kinderlachen …« Großmama seufzt schwer und schaut versonnen in die Ferne. »Als Kind hat meine liebste Rose Jahrmärkte *geliebt*. Sie war ganz verrückt nach dem Karussell …« Sie bricht ab und schwelgt wohl in seligen Erinnerungen.

Ich blinzele. Meine Mum mochte Jahrmärkte? Ich muss an ihr immer blasses, eingefallenes Gesicht denken. Nicht mal in meinen kühnsten Träumen kann ich sie mir auf einem Kettenkarussell oder mit Zuckerwatte in der Hand vorstellen. Beim Arzt, beim Sozialamt, weinend im Bett, bei Morrisons, ja. Aber doch nicht auf einem Rummelplatz. Und zu hören, wie

Großmama sie als glückliches kleines Mädchen beschreibt? Mum war so ziemlich *das Gegenteil* von glücklich.

Ich beiße mir auf die Lippe und sehe zu, wie Großmama eifrig in ihr Notizbüchlein kritzelt. Wieder einmal kommt mir der Gedanke, dass Mum ein ganz anderes Leben gelebt haben muss, bevor sie mich bekam. Ein langes, reiches, ganz eigenständiges Leben mit Rummelplatzbesuchen und allem Drum und Dran, von dem ich nicht das Geringste weiß. Für mich war sie einfach nur meine Mum; der Mensch, der mich (an guten Tagen) zur Schule brachte und der mir Bücher aus dem Sozialkaufhaus mitbrachte und in Geschenkpapier verpackte, auch wenn ich gerade nicht Geburtstag hatte oder Weihnachten war. Die Frau, die ich so gern hatte und die ich so gerne zum Lachen bringen wollte, oder wenigstens zum Lächeln. Die ich glücklich sehen wollte. Aber das ist mir leider nicht gelungen.

»Warum bist du nicht zu ihrer Beerdigung gekommen?«, platze ich heraus, ehe ich mir auf die Zunge beißen kann.

Großmama schaut ruckartig von ihrem Notizbuch auf. Eine Strähne ihrer krisseligen silbernen Haare löst sich aus dem Dutt. Sie blinzelt hektisch hinter ihrer großen roten Brille und macht den Mund auf, als wollte sie etwas sagen. Dann klappt sie ihn wieder zu. Hilfesuchend schaut sie sich nach den anderen Tischen um und macht dann den Mund wieder auf.

»I-ich hatte … eine ganz schlimme … Bronchitis«, erklärt sie gedehnt. »Leider ging es mir so schlecht, dass ich nicht kommen konnte.« Mir fällt auf, dass ihre Hände ganz leicht zittern. Sie sieht, dass ich es sehe, und legt die Hände unter dem Tisch in den Schoß. »Jessica, das ist jetzt weder die richtige Zeit noch der richtige Ort für dieses Thema.« Sie schürzt die Lippen. »Wir haben viel zu tun und viel zu wenig Zeit.«

Wirklich eine seltsame Antwort auf meine Frage. Stirnrunzelnd schaue ich meine Großmutter an. Kurz erwidert sie meinen Blick – ihr Gesicht verrät keine Regung – dann wendet sie sich ab und macht sich weiter Notizen.

Ich trinke einen großen Schluck Limonade und versuche, wieder einen klaren Kopf zu bekommen. Ich denke nicht gern an Mum. Ich bekomme davon Kopfschmerzen. Und Bauchweh.

Ob es wohl noch zu früh ist, nach einem Glas Birnen-Cider zu fragen?

Was frage ich da so blöd? Es ist *nie* zu früh für Birnen-Cider. Entschieden winke ich die Kellnerin heran.

## Rose Beams Tagebuch

*26. April 1985*

*Was für ein Abend! Das Allerwichtigste zuerst – Thom Trueman und ich haben uns geküsst. Und es war besser als in meinen wildesten Träumen. Er hat einen Dreitagebart, und ich habe noch nie einen Mann mit Bartstoppeln geküsst. Es fühlte sich alles sehr erwachsen an. Bevor er mich geküsst hat, hat er mir ewig lange auf den Mund gestarrt – mir kam es wie ein ganzes Jahr vor, aber bestimmt waren es nur ein paar Sekunden. Wow. Vor dem Kuss habe ich ihn im Old Vic auf der Bühne gesehen. Er war großartig. Viel, viel ausdrucksstärker als die Träne, die den Romeo gespielt hat. Danach sind Victoria und Thoms Freund John (grandios als Mercutio) in einen Pub gegangen. Natürlich bin ich auf dem Campus schon in etlichen Pubs gewesen, aber der hier war anders. Er lag versteckt in einer Seitenstraße, und an der Tür standen bullige Typen. Jeder schien Thom zu kennen. Und nicht nur das, sondern auch zu mögen. Ich glaube nicht, dass die Gäste große Shakespeare-Enthusiasten waren, also muss es wohl an dem natürlichen Charisma liegen, das er versprüht. Zu mir als seiner Begleitung waren die Leute auch alle sehr freundlich. Thom ist den ganzen Abend nicht von meiner Seite gewichen und hat sich rührend um mich gekümmert und dafür gesorgt, dass ich immer etwas zu trinken habe. Später sind ein paar von uns zum Kartenspielen in einen anderen Raum gegangen. Die Atmosphäre war sehr ernst und angespannt, und ich war ganz nervös und aufgeregt. Thom hat gewonnen, und da hat er mich geküsst. Er meinte, ich sei sein »Glücksbringer«. Und vielleicht ist er ja auch meiner.*

*R x*

## *Vierzehntes Kapitel*

Eine gute Frau gibt sich dem Mann nicht hin, bis sie einen Ehering am Finger trägt. Warum soll der Mann die ganze Kuh kaufen, wenn er die Milch auch umsonst bekommt?

– Matilda Beams Handbuch zu Liebe und Romantik, 1955

Nach meiner unangebrachten Bemerkung über Mums Beerdigung verläuft das restliche Lunch in eher gedrückter, betretener Stimmung. Stumm essen wir den Teller leer, und zu Hause angekommen entschuldigt Großmama sich gleich, um sich zum Mittagsschlaf auf ihr Zimmer zurückzuziehen. Peach wird zu verschiedenen Besorgungen für unser anstehendes Projekt in die Stadt geschickt, und ich bekomme die Order, die ersten beiden Kapitel von *Matilda Beams Handbuch zu Liebe und Romantik* zu lesen, mit besonderem Augenmerk auf ein Kapitel namens »Neue männliche Bekanntschaften schließen«. Ich gehe nach oben in mein Schlafzimmer, schleife den Clubsessel auf den Balkon und setze mich mit dem ersten Handbuch in die Sonne. Schnell blättere ich vor zu dem entsprechenden Kapitel und überfliege den Text. Bei einigen besonders lächerlichen Ratschlägen muss ich laut schnauben.

Erregen Sie die Aufmerksamkeit des Mannes, indem Sie »versehentlich« einen Handschuh fallen lassen und ihm gestatten, ihn für Sie aufzuheben.

Sprechen Sie mit einem guten Mann niemals über Kleidung – er interessiert sich nicht für Ihr neustes Kleid. Finden Sie stattdessen heraus, was ihn interessiert, und sprechen Sie ausschließlich darüber.

Sprechen Sie mit leiser, vertraulicher Stimme mit Ihrem Liebsten, so als vertrauten Sie ihm ein köstliches kleines Geheimnis an.

Ich weiß nicht, soll ich lachen oder das Buch vor Wut an die Wand werfen? So ein ausgemachter Blödsinn. Man kann sich auch einfach wie ein hirnamputiertes Dummchen anstellen und gut ist's. Ich lege das Buch beiseite, drehe das Gesicht zur Sonne und schließe genüsslich die Augen. Ich versuche angestrengt, nicht daran zu denken, aber meine Gedanken kreisen immer wieder um den Grund, den Großmutter für ihre Abwesenheit bei der Beerdigung meiner Mum genannt hat. Ich war zwar nur teilweise ansprechbar vom vielen Tequila, und Summer musste mich förmlich an den Haaren dorthin schleifen, aber ich war da. Eine Beerdigung kann man doch nicht einfach schwänzen. Jedenfalls nicht wegen einer blöden Bronchitis. Und darum drängt sich mir der Verdacht auf, dass meine Großmutter mir etwas verheimlicht. Sie war danach so in sich gekehrt und verärgert. Aber warum sollte sie mir etwas verheimlichen? Und wo wir gerade dabei sind: Wenn sie doch angeblich so hocherfreut war, mich zu sehen, warum hat sie bisher nie versucht, mich ausfindig zu machen? Und *warum* – wo wir gerade bei seltsamen Unstimmigkeiten sind – hat eine Frau in ihrem Alter ein ganzes Zimmer voller Porzellanpuppen?

Ich nehme mir fest vor, sie bei passender Gelegenheit danach zu fragen. Nicht unvermittelt damit herausplatzen, so wie vorhin im Café – das war unangebracht, und danach war sie verschlossen wie eine Auster – nein, subtiler, ganz beiläufig, wenn sie guter Laune und in Plauderstimmung ist. Obwohl mir schon allein beim Gedanken an tiefschürfende Gespräche das Hirn kribbelt, muss ich gestehen, meine Neugier bezüglich des Verhältnisses zwischen meiner Mum und meiner Großmutter ist geweckt.

Ich setze die Brille ab und lege die Füße auf das Balkongeländer. Gleich lese ich dieses dämliche Kapitel zu Ende. Aber jetzt muss ich erst mal die Sonne genießen. Ist fast wie im Urlaub. Wenn ich doch nur …

*

»Jessica? Alles okay? Jessica?«

Unsanft aus süßen Träumen gerissen schrecke ich unvermittelt auf. Ich hatte gerade einen wunderbaren, fast hypnotischen Tagtraum und habe mir vorgestellt, welche fernen, exotischen Länder ich bereisen könnte, wenn dieser ganze Quatsch erst mal vorbei ist. Ich schlage die Augen auf und sehe in Peachs aufgeregtes rundes Gesicht, das sich vor die Sonne geschoben hat. Mit dem Handrücken wische ich mir den Sabber aus dem Mundwinkel.

»Hey, Peach«, murmele ich verschlafen. »Wie geht's, wie steht's?«

»Ich habe dir die Kontaktlinsen besorgt, genau wie du gesagt hast«, erklärt sie und reicht mir die Tüte von Specsavers.

»Super, vielen Dank. Ich glaube, ich bin ein bisschen eingenickt. Wie spät ist es denn?«

»Vier.«

»Ach, schon? Dann warst du ja ewig in der Stadt!«

»Matildas Liste war lang.«

Und dann schlurft sie hinter mir her, als ich den Sessel wieder ins Zimmer zurückschleppe. Es dauert einen Moment, bis meine Augen sich an das Dämmerlicht drinnen gewöhnt haben. Mit einem schläfrigen Seufzen lasse ich mich in den Sessel fallen. Peach weist auf das Fußende des Bettes. »Darf ich mich setzen?«

»Klar – du brauchst doch nicht erst zu fragen. Was gibt's?«

Peach starrt angestrengt auf ihr T-Shirt und fummelt verlegen am Saum herum. »Ich habe ein bisschen nachgedacht.«

»Okay.«

»Ich habe mir überlegt, weil du ja jetzt hier wohnst und weil du gesagt hast, alle deine Freunde hätten dich im Stich gelassen, und weil ich in Alabama nicht viele Freunde hatte und hier irgendwie auch noch keine neuen gefunden habe – ich bin ein bisschen schüchtern, weißt du …«

»Was du nicht sagst.«

»Also hatte ich gehofft …«

»Was denn?«

»Na ja, ich hatte mir gedacht, v-vielleicht könnten wir ja Freunde sein?«

»Ach so.« Ich nicke. »Klar. Gute Idee. Dann sind wir also jetzt Freunde.«

»Echt?«

»Ja, warum nicht? Freunde. Ganz offiziell.«

Peachs Wangen färben sich fleckig rot. Sie steht vom Bett auf und geht langsam zur Tür. »Das ist toll. Ich freue mich. Keine Sorge, Jess, ab jetzt nehme *ich* die Sache in die Hand.«

Und damit verschwindet sie aufgeregt wie ein flatterndes Huhn aus dem Zimmer.

Moment. *Die Sache in die Hand nehmen?* Welche Sache denn?

»Welche Sache denn?«, rufe ich ihr hinterher, aber es kommt keine Antwort. »Peach? … Peach? … *Peach?*«

Nein. Sie ist weg.

Dass die Leute sich aber auch immer so seltsam aufführen müssen!

*

Beim Abendessen wirft Peach mir ständig eigenartig aufgeregte, verschwörerische Blicke zu, die ich mit einem eher unverbindlichen Lächeln erwidere. Großmama scheint nach ihrem Nickerchen wesentlich besserer Laune zu sein und unterhält uns mit weitschweifigen, fabelhaften Erzählungen ihrer aufregenden Jugendjahre in New York: ihr Debüt in der besseren Gesellschaft, die vielen Bälle, die sie besucht hat, und die Kleider, die sie dabei getragen hat, und wie jeder Mann, der sie sah, sich unsterblich in sie verliebte und sie vom Fleck weg heiraten wollte, und wie viel ich noch zu lernen habe, wenn ich auch nur halb so unbeschreiblich werden will wie die unvergleichliche Matilda Beam. Also ehrlich, und ich fand ja Summer schon überheblich – aber die ist nichts gegen meine Großmama. Mit Tränen in den Augen schwärmt sie uns von der Erneuerung ihres Ehegelöbnisses mit Opa Jack vor, und es kommt mir höchst seltsam vor, dass ich keine der beteiligten Personen kenne, obwohl sie allem Anschein nach allesamt zur Familie gehören. Ich gebe mir größte Mühe, aufmerksam zuzuhören, aber am Ende schweifen meine Gedanken doch ab, und als die Türklingel läutet, springe ich auf und ergreife freudig die Gelegenheit für eine kleine Gesprächspause.

»Ich geh schon!«

Rasch flitze ich durch den Flur zur Wohnungstür. Davor steht Doktor Jamie von gestern Abend (und heute Morgen – hehe), die Hände tief in die Taschen seines weißen Kittels vergraben, und scharrt nervös mit den Füßen.

»Hallo«, murmelt er und rollt das »R« zu einem weichen

schottischen Akzent. »Ich habe ja gesagt, ich frage nach dir. Hier bin ich. Und wollte nach dir fragen.«

Ich muss lächeln. Er ist schnuckeliger, als ich ihn in Erinnerung hatte. Was womöglich auch daran liegt, dass er mich dreimal zum Schreien gebracht hat. Hmmm. Hätte nichts dagegen, das bei Gelegenheit zu wiederholen – schließlich habe ich heute Abend nichts Besseres vor, außer vielleicht mit den beiden schrägen Gestalten da drin auf der Couch zu sitzen.

»Wollen wir runtergehen in die Praxis?«, frage ich ohne große Umschweife.

»Das geht leider nicht«, entgegnet er und fährt sich mit der Hand über die Bartstoppeln. »Doktor Qureshi ist noch da. Er macht Überstunden. Ich dachte, wir könnten vielleicht, ähm, was essen gehen. Ganz in der Nähe gibt es einen tollen Griechen.«

Angewidert verziehe ich das Gesicht. Das klingt doch etwas zu sehr nach einer Verabredung. Und ich verabrede mich nicht. Aus Verabredungen werden Beziehungen, und aus Beziehungen wird Liebe, und wie meine Mum immer sagte, aus Liebe wird ein verbittertes Herz, und das will ich auf gar keinen Fall riskieren.

»Ich habe schon gegessen«, meine ich achselzuckend.

»Dann vielleicht ein kleiner Spaziergang?«, fragt er lächelnd. »Kensington Square?«

»Wie wäre es …«, sage ich und senke die Stimme, »wenn du in den Supermarkt gehst und ein bisschen Alkohol besorgst – meine Großmutter hat nur Sherry im Haus, und der ist vermutlich seit Jahren abgelaufen. So oder so nicht unbedingt mein Geschmack – und dann treffen wir uns auf dem Balkon. Nicht dem großen, der führt in den Salon. Der darüber, links davon. Von dem geht es in mein Schlafzimmer.«

»Wie soll ich denn da hochkommen?«

»Keine Ahnung. Klettern? Ist ja nicht hoch. Der links, okay?«

»Klingt gefährlich. Kann ich nicht einfach durch die Wohnungstür kommen?«

»Kennen Sie meine Oma, Doc?«

»Ähm, na ja, eigentlich nicht. Wir grüßen uns höflich, wenn wir uns gelegentlich im Treppenhaus begegnen.«

»Schön, und würdest du aufgrund dieser kurzen Begegnungen annehmen, dass diese Frau es gutheißt, wenn irgendein dahergelaufener Kerl ungebeten in ihre Wohnung spaziert, um ihre Enkelin zu vögeln?«

»Sie wirkt schon etwas altmodisch …«

Unwirsches Schnauben meinerseits auf diese gnadenlose Untertreibung.

Jamie wirkt etwas verunsichert. »Trotzdem, dafür gleich an einer Häuserfassade hochzuklettern erscheint mir doch etwas …«

»Jetzt stell dich nicht so mädchenhaft an, du Weichei. Das ist wie bei Rapunzel. Oder das Ende von *Pretty Woman.*«

»Jetzt komm mir nicht mit sämtlichen Balkonszenen, die dir spontan einfallen.«

»Oder *Romeo und Julia* …«

»Also gut. Und dann, was machen wir dann?«

Ich wackele vielsagend und wie ich hoffe verheißungsvoll mit den Augenbrauen.

Er nickt kurz. »Bin in zehn Minuten wieder da.«

*

Schnell flitze ich wieder ins Esszimmer und stammele eine fadenscheinige Entschuldigung, um den Tisch verlassen zu dürfen.

»Mann, bin ich satt!«, erkläre ich überschwänglich und

klopfe mir auf den Bauch. »Und hundemüde. Hundemüde nach der ganzen … Aufregung heute. Ich glaube, ich gehe am besten gleich ins Bett.«

»Aber es ist doch gerade mal acht Uhr«, wendet Peach ein, und ihre rotblonden Augenbrauen sacken traurig nach unten. »Ich dachte, wir beide … quatschen noch ein bisschen. Ich … Ich dachte, wir könnten noch einen Eistee in meinem Zimmer trinken.«

»Können wir das vielleicht auf morgen verschieben? Ich bin wirklich total kaputt.«

»Oh. Klar. Also gut«, murmelt sie enttäuscht und senkt den Blick auf die Tischplatte.

»Wer war denn an der Tür?«, fragt Großmama, legt Messer und Gabel auf den Teller und mustert mich durchdringend mit zusammengekniffenen Augen.

»Ach, das … bloß die Zeugen Jehovas.«

»Um diese Zeit?« Verwundert geht ihr Blick zu der großen Standuhr im Esszimmer – der einzigen Uhr in diesem Haus, die meines Wissens richtig geht.

»Die Tageszeit spielt keine Rolle, wenn es Millionen Seelen zu retten gilt«, erkläre ich ernst.

»Ach herrje. Also gut, dann ruh dich aus, Jessica. Ein ausgiebiger Schönheitsschlaf ist das A und O im Leben einer guten Frau!«

»O ja und wie! Da hast du vollkommen recht«, pflichte ich ihr überschwänglich bei. »Nacht!«

*

Oben öffne ich Doktor Jamie die Balkontür und kann mir das Lachen nicht verkneifen, als ich höre, wie er sich ächzend und schnaufend an der Hauswand hochhangelt. Amüsiert spaziere ich hinaus in die lodernden Strahlen der Abendsonne und beobachte grinsend, wie er über das Balkongitter klettert, am Handgelenk eine gestreifte Plastiktüte und im leicht bärtigen Gesicht den entsetzten Ausdruck nackter, schierer Angst.

»Ach, verflucht«, keucht er, als er endlich die Beine über das Gitter geschwungen hat und schwerfällig auf den Balkon plumpst.

»Geschmeidig. Wirklich sehr geschmeidig«, ziehe ich ihn auf.

»Das war lebensgefährlich«, schimpft er mit hochrotem Gesicht. »Ich trage Halbschuhe. In Halbschuhen sollte man keine Häuserwände hochklettern.«

»In Halbschuhen sollte man *gar nichts* machen.«

»Hey, nichts gegen meine Schuhe. Und, lässt du mich jetzt rein?«

»Hereinspaziert, Joey Potter«, sage ich glucksend und führe ihn durch die Balkontür ins Schlafzimmer.

Er klopft sich den Schmutz von der Kordhose und reicht mir die Plastiktüte. »Bitte sehr, Dawson. Hallo, Katze.« Und damit bückt er sich nach Mr Belding, der seinen pelzigen kleinen Körper gegen Jamies Beine drückt, und krault ihn sanft hinter dem Ohr.

Ich klettere auf das Bett und verschwinde halb in der Tüte. Zum Vorschein kommt eine Flasche Rotwein, an der ich mich gleich mit dem Mini-Korkenzieher des Schweizer Messers zu schaffen mache, das Doktor Jamie am Schlüsselbund trägt.

Derweil öffnet er die Schnürsenkel, streift die Schuhe ab und setzt sich zu mir aufs Bett. Schaudernd betrachtet er die unzähligen Porzellanpuppen. »Grundgütiger, das ist ja wie in einem Horrorfilm.«

»Gruselig, was?« Ich trinke einen großen Schluck aus der Flasche.

»Die sind überall. Und sie … sie starren mich alle an.«

»Stimmt genau. Und bestimmt brüten sie gerade einen abgrundtief bösen Plan aus.«

Jamie dreht den Puppen den Rücken zu, zieht sein Handy aus der Tasche und tippt darauf herum, bis schließlich blechern und scheppernd geschmacklose Fahrstuhlmusik herauswabert.

Stirnrunzelnd schaue ich ihn an. »Was machst du da?«

»Das ist die ›Sounds of the Saxophone‹-Playlist auf Spotify«, erklärt er lächelnd. »Für die richtige Stimmung.«

»Was glaubst du, was das hier werden soll? *9 ½ Wochen?*«

Er zuckt bloß die Achseln und zieht am Ausschnitt seines T-Shirts. »Mir gefällt's.«

»Also gut. Aber bitte mach es ein bisschen leiser.« Mein Blick huscht besorgt zur Tür. »Meine Großmutter darf auf keinen Fall mitbekommen, dass du hier bist. Wir arbeiten zusammen an einer Art Geheimprojekt, und eigentlich soll ich gerade meinen ›Schönheitsschlaf‹ halten. Wenn sie uns hört, ist die sprichwörtliche Kacke am Dampfen.«

»Ein Geheimprojekt?«, fragt er und zieht fragend die dunklen Augenbrauen hoch. »Wie interessant.«

Hmm. Ob ich es ihm erzählen soll? Kann ich ihm vertrauen? Was, wenn er es weitererzählt?

Ach, was mache ich mir da groß Gedanken? Der Kerl ist bloß ein verkopfter Dr. Streberjunge mit einem Faible für offene Herzen und Halbschuhe. Wem sollte er bitte davon erzählen?

»Also gut, ich verrate es dir.«

Und dann erzähle ich ihm von unserem Projekt, von Valentina Smith und den Ratgeberbüchern, und von Leo Frost, und dass Großmama allen Ernstes glaubt, mit Hilfe ihrer altmodischen Romantiktipps werde er sich in mich verlieben.

Als ich schließlich fertig bin, zieht Jamie eine Grimasse.

»Blöde Idee, oder?«, meine ich glucksend. »Geradezu lächerlich.«

»Ja, ziemlich irre. Und ziemlich gemein diesem armen Kerl gegenüber. Diesem Frost.« Er klingt sehr abschätzig.

»Ach, mach dir um den mal keine Sorgen.« Mit einer abfälligen Handbewegung wische ich jedes Mitgefühl für Leo Frost beiseite. »Der Kerl ist eine fiese, miese kleine Arschgeige. Er hat das alles mehr als verdient, glaub mir.«

»Hmm.« Jamie scheint nicht so recht überzeugt. Er nimmt mir die Weinflasche aus der Hand und trinkt einen Schluck. »Und wenn er sich doch, du weißt schon, ernsthaft in dich verliebt? Das wäre doch sicher ein schwerer Schlag – zu erfahren, dass du nicht die bist, für die du dich ausgegeben hast. Dass es nur ein zynisches Experiment war für einen Beziehungsratgeber. Ich finde, das klingt ziemlich herzlos.«

»Herrje, der *verliebt* sich schon nicht in mich!«, schnaube ich lachend. »Das wird ganz sicher *nicht* funktionieren, Doc. Ich habe mich nur darauf eingelassen, weil ich dafür zweieinhalbtausend Pfund bar auf die Kralle bekomme und ich mir in meiner derzeitigen finanziellen Lage diese einmalige Gelegenheit nicht entgehen lassen kann. Der Kerl ist sowieso ein Weiberheld, ein eingefleischter Junggeselle. *Er* ist der herzlose Egoist. Mal ehrlich, um Leo Frost brauchst du dir wirklich keine Sorgen zu machen!«

Jamie zuckt nur etwas steif die Schultern. »Wenn du meinst.«

Ein ärgerliches Kribbeln überkommt mich. Pfft. Warum rechtfertige ich mich eigentlich vor diesem wildfremden Menschen?

Ein etwas unbehagliches Schweigen macht sich breit. Ich habe eigentlich nichts gegen Schweigen, aber wir haben nicht allzu viel Zeit.

Um das Eis zu brechen, ziehe ich schon mal das Top aus. Der Trick zieht. Jamie stürzt sich sofort auf mich.

*

Mein Leben mag zwar gerade ziemlich seltsam und ätzend sein, aber immerhin habe ich wirklich guten Sex, und dafür danke ich dem Himmel. Doktor Jamie hat mich mit dem Gürtel seiner Kordhose an den Bettpfosten gefesselt und eins meiner Beine auf seine Schulter gelegt. Das kommt ganz gut. So gut sogar, dass ich den kleinen Entzückensschrei, der meinen Lippen entfährt, nicht unterdrücken kann.

»Himmel, Jess«, murmelt Jamie heiser, beißt mir in die Innenseite des Oberschenkels und bewegt sich mit allerhöchster Konzentration. »Gütiger Himmel.«

Dann lässt er mein Bein los, fährt mit beiden Händen unter meinen Po, hebt mich ein kleines bisschen hoch und dringt noch tiefer in mich ein.

O Gott!

Das wollte ich eigentlich gar nicht laut sagen. Tue ich aber. Sehr laut sogar. Und zu meinem allergrößten Entsetzen geht plötzlich die Schlafzimmertür auf, und herein kommt meine Großmutter. In der einen Hand hat sie eine Dose Feuchtigkeitscreme, in der anderen ein Glas Milch, und der Mund steht ihr vor Schreck weit offen. Aber das Schlimmste, das Hochnotpeinlichste ist, Jamie merkt es nicht mal. Panisch versuche ich, mich ihm zu entwinden und vom Bett zu krabbeln, aber mir sind im wahrsten Sinne des Wortes die Hände gebunden. Jamie macht derweil unverdrossen weiter und rackert sich ab wie ein buckelndes Wildpferd! Entsetzt taumelt meine Großmutter rückwärts aus dem Zimmer und knallt hinter sich die Tür zu.

»Jamie, sofort runter von mir!«

Er hört auf zuzustoßen und springt entsetzt auf. »Was ist? Ist alles okay? Bin ich … bin ich … zu groß?«

Ich bedenke ihn mit einem vernichtenden Blick. »Meine Großmutter ist gerade reingeplatzt und hat uns gesehen. Binde mich sofort los!«

Ungeschickt löst er die lederne Gürtelfessel. Ich springe vom Bett und bedecke meine Blöße mit dem Federbett.

»Was? Die alte Lady Beam hat meinen nackten Hintern gesehen?«

»Sie hat *alles* gesehen! Eier, Ärsche, Titten. Sämtliche bösen Sachen. *Einfach alles.*«

»Na toll. So ein Mist.«

»Verdammt.« Ich vergrabe das Gesicht in den Händen. Eigentlich dachte ich, ich sei gar nicht in der Lage, tiefe, echte Scham zu empfinden – so kenne ich mich sonst gar nicht. Aber andererseits habe ich es auch noch nie erlebt, dass eine siebenundsiebzigjährige verlorengeglaubte Verwandte mich in flagranti bei einem kleinen Bondage-Spielchen erwischt. Es ist mir wirklich äußerst unangenehmen.

Dann höre ich ein seltsames Geräusch und nehme die Hände von den Augen.

Das seltsame Geräusch kommt von Jamie. Der steht splitterfasernackt vor dem riesengroßen Schrank, ketchuprot im Gesicht, und seine Schultern zucken. Der lacht sich halb tot.

»Hör sofort auf zu lachen!«, zische ich erbost. »Du bist Arzt. Du müsstest doch ein bisschen mehr Einfühlungsvermögen besitzen. Ich fasse es nicht, dass die Frau einfach ohne Anzuklopfen in mein Schlafzimmer platzt. Und dann auch noch mit einem Glas Milch in der Hand. O Gott!«

»Tut mir leid!«, stammelt Jamie keuchend zwischen zwei Lachattacken, klaubt die graue Boxershorts vom Boden auf und schlüpft hinein, während er laut prustet. »Es – ha-ha-ha – es tut mir wirklich leid, aber du musst zugeben, das wäre eines Tages – ha-ha! – eine famose ›Weißt du noch‹-Anekdote. Ha-haa!«

Eine *Weißt du noch*-Anekdote?

Ähm, was genau will Doktor Jamie damit andeuten? Ich dachte, das hier sei reiner Gelegenheitssex … oder etwa nicht?

Ich nehme ihn scharf ins Visier.

»Ähm, ich möchte dir ja nicht die gute Laune verderben, aber du weißt schon, dass diese Sache zwischen uns bloß Sex ist und nichts weiter, oder?«

Woraufhin er nach Luft schnappt und in gespielter Empörung die Hand vor den Mund schlägt. »Willst du damit sagen … d-du willst nur meinen Körper?«

»Tja, genau genommen ja. Sexuelle Gefälligkeiten, Stressabbau und so weiter und so fort. Mehr nicht. Nimm das nicht persönlich, du scheinst ein netter Kerl zu sein, und ich muss zugeben … du hast einiges drauf. Ich will mich bloß nicht auf mehr einlassen … keinen *Gefühlskram* und so, verstehst du? So bin ich nicht. Das solltest du wissen, wenn wir uns weiter sehen wollen.«

»Das war bloß ein Scherz, Jess«, brummt Jamie mit leicht heruntergezogenen Mundwinkeln. »Ich wollte dich doch nur ein bisschen auf den Arm nehmen. Alles ganz unverbindlich, schon kapiert.«

»Gut«, sage ich und nicke sehr bestimmt. »Dann ist es ja gut.«

## *Fünfzehntes Kapitel*

Der Mann Ihrer Träume weiß eine zarte Wespentaille, die er mit beiden Händen umfassen kann, zu schätzen. Die stärkste Stelle der Brust sollte der stärksten Stelle der Hüften entsprechen, und die Taille sollte mindestens fünfzehn Zentimeter schmaler sein als diese beiden!

– Matilda Beams Handbuch zu Liebe und Romantik, 1955

Großmama verliert am nächsten Morgen kein Wort über den vergangenen Abend und die Tatsache, dass sie womöglich meine Vagina gesehen hat, sondern weicht meinem Blick geflissentlich aus. Was mir nur recht ist. Heute Abend findet der Jahrmarkt im Regent's Park statt, wo ich Leo Frost in 50er-Jahre-Verkleidung kennenlernen und versuchen soll, ihn mit meinem geballten Charme solange zu bezirzen, bis er sich mit mir verabreden will. So wenig habe ich mich selten auf etwas gefreut – höchstens auf das Abtauen meines Gefrierschranks letzten Februar.

Großmama will den gesamten Tag zur Vorbereitung nutzen, weil sie mich komplett umkrempeln möchte. Normalerweise habe ich nichts gegen ein gepflegtes Umstyling – ganz besonders nicht in 80er-Jahre-Filmen, wo eine zünftige Dauerwelle unbedingt mit dazu gehört. Aber dieser bevorstehenden Aktion sehe ich mit Schrecken entgegen. Ich will meinen Typ nicht verändern; ich finde mich nämlich auch so schon ziemlich ansehnlich, besten Dank. Aber was sein muss, muss sein, und ich werde es wohl nehmen müssen wie eine Frau.

Die Verwandlung beginnt mit dem, wie Großmama es so nett formuliert, »Schreckensszenario auf meinem Kopf«, sprich, meinen Haaren. Sie und Peach habe mich in Großmamas großzügigem Badezimmer vor dem großen Hollywoodspiegel mit dem glühbirnenverzierten Rahmen platziert, der den ganzen Raum in ein schwüles Schummerlicht taucht. Mein Blick geht zu meinen langen platinblonden Extensions, und mir rutscht das Herz in die Hose. Ich liebe meine grellen, weißblonden, fast-schon-bläulich-schimmernden Haare: Selbst in der größten Menschenmenge bin ich nicht zu übersehen, und die Sonne spiegelt sich auf meinem Kopf und verleiht mir eine geheimnisvoll schimmernde, strahlende Aura. Das wird mir fehlen. Aber ich bekomme jetzt keinen trotzigen Tobsuchtsanfall. Es hat noch keine *America's Next Top Model* gewonnen, die sich beim Umstyling wie ein trotziges Kleinkind aufgeführt hat. Tyra ist da unbarmherzig. So etwas vergisst sie nicht.

Peach angelt in einer der Plastiktüten von ihrem ausgedehnten Utensilieneinkauf, und zum Vorschein kommt eine Packung Haarfarbe. Gestern wurde nach einer angeregten Diskussion beschlossen, mir ein feuriges Rotblond zu verpassen. Großmama hatte zwar für brünett plädiert, weil sie als junge Frau diese Haarfarbe getragen hat und sie der Ansicht war, das sei der Gipfel der Eleganz, aber da habe ich nicht mitgespielt. Seit meinem siebzehnten Lebensjahr hatte ich kein braunes Haar mehr auf dem Kopf, und das soll auch so bleiben. In dieses alte Leben will ich ganz bestimmt nicht mehr zurück. Nur über meine Leiche. Also einigten wir uns auf Rotblond. Der Kontrast wird immer noch stark genug sein, um Leo Frost zu täuschen.

Zu dritt machen wir uns an die mühselige Arbeit, vorsichtig die Haarverlängerungen herauszufummeln. Aber vorher müssen wir den Kleber mit dem Azeton lösen, das Peach besorgt hat. Ein ganz schön trauriger Anblick, meine ehemalige Haarpracht so lieblos weggeworfen im Mülleimer liegen zu sehen. Ein ganzes Monatsgehalt ist für dieses prächtige Haar einer wildfremden Frau draufgegangen. Peach und Großmama verziehen angewidert das Gesicht, während sie die einzelnen Strähnen vorsichtig herausziehen und die klebrigen Enden ihnen an den Fingern festpappen. Zugegeben, das ist ziemlich eklig, aber diesen Teil der ganzen Chose sollte eigentlich kein Außenstehender mitbekommen. Haarverlängerungen sind eigentlich Privatsache.

Die beiden wuseln eifrig herum, streifen dicke Gummihandschuhe über und machen sich dann daran, sorgfältig die Farbe anzurühren. Ganz vorsichtig spritzen sie mir die Matschepampe auf den Kopf und massieren sie ein. Fasziniert beobachte ich uns drei im Spiegel und frage mich, wie um alles auf der Welt ich nur in diese eigenartige Situation geraten konnte, dass zwei so komische Gestalten mir derart emsig den Kopf reiben. Wie viele falsche Entscheidungen musste ich treffen, um am Ende hier zu landen?

»Ich darf doch davon ausgehen, dass du das Kapitel über neue männliche Bekanntschaften durchgegangen bist, ja?«, fragt Großmutter ganz beiläufig und weicht meinem Blick im Spiegel aus.

Wenn sie mit durchgehen meint, einmal flüchtig durchblättern, um es Jamie zu zeigen und herzhaft darüber zu lachen, und es dann in die Ecke zu pfeffern, damit er mich verwöhnen kann, dann ja. Ja, das habe ich.

Ich nicke.

»Gut. Dann ist es ja gut.« Großmutter lächelt schwach, und mich piekst das schlechte Gewissen. Ich sollte unbedingt vor heute Abend einen Blick in das Buch werfen. Normalerweise schreibe ich mir so etwas ja auf die Hand, damit ich es nicht vergesse, aber ich habe gerade keinen Stift in Griffweite. Also ziehe ich das iPhone aus der Tasche meines Bademantels, öffne die »Notizen«-App und erstelle ein neues Dokument mit dem Titel »FROST«.

Dann tippe ich ein: *JESS, NICHT VERGESSEN: Kapitel über neue Männerbekanntschaften lesen.*

Dann spülen wir die Haarfarbe ab, und die Spannung im Badezimmer steigt. Peach pustet mir die Haare mit einem alten lindgrünen Föhn trocken, und dann schaue ich in den Spiegel. Ich bin ein Rotschopf. Meine Haare schimmern in einem blassen orange-goldenen Rot. Was meine haselnussbraunen Augen sehr schön betont und meine falsche Sonnenbräune besonders hervorhebt. Gefällt mir.

Großmama schaut Peach an und sagt: »Die braune Farbe muss runter.«

Wie bitte?

»*Neeeeeein!*«, kreische ich entsetzt. »Ihr könnt mir meine Freiheit nehmen, ihr könnt mir meine Haare nehmen, aber Finger weg von meiner falschen Sonnenbräune!«

Peach muss sich das Lachen verkneifen, während meine Großmutter mich kopfschüttelnd anschaut, staunend, mit großen Augen und heruntergeklappter Kinnlade. »O weh«, krächzt sie. »Komisches Kind.«

Sie dürfen mir meine Bräune nicht nehmen! Die braune Haut, das bin *ich*. Würde ich gebeten, mich in einem Wort zu beschreiben, würde ich sagen: »Ein Wort reicht nicht! Ich brauche zwei Worte, und die lauten *goldbraun, verdammt*!«

Traurig verziehe ich das Gesicht, während Peach hinauswieselt und mit einem Netz Zitronen zurückkommt, die sie wie eine Waffe in den ausgestreckten Händen hält. Mit Zitronen kenne ich mich aus. Zitronen sind der Tod jeder Selbstbräunerbräune.

»Zieh bitte den Bademantel aus, Jessica«, kommandiert meine Großmutter und deutet auf den Morgenmantel. Mürrisch lasse ich ihn von den Schultern gleiten und überhöre geflissentlich das entsetzte Japsen meiner Großmama, als sie den silbernen Wonderbra und das farblich nicht dazu passende türkise Höschen mit dem Wort »Juicy« in lila Strass auf dem Po sieht.

Engelsgleich lächele ich sie an. Schnell wendet sie den Blick ab und hastet aus dem Zimmer, wobei sie irgendetwas von anständiger Unterwäsche murmelt.

Peach drückt den Zitronensaft auf einen Schwamm, mit dem sie mir dann Arme und Beine gründlich abschrubbt. Autsch. Nach und nach verblasst mein wunderschöner gebräunter Teint. Adieu, perfekte Bräune. Ich fühle mich nackt und bloß.

»Und ich dachte, wir sind Freundinnen«, zische ich Peach an, dank deren doofer Zitronen ich bald so blass sein werde wie ein Nachtgespenst.

»Du wirst bildhübsch aussehen, warte nur ab«, quiekt sie und bearbeitet unerbittlich meine Knöchel. »Und Jess … wo wir gerade bei Freundschaft sind …« Sie unterbricht das wilde Gerubbel und schaut mich scheu von der Seite an. »In den Filmen verbringen Freundinnen immer viel Zeit zusammen und machen DVD-Abende und so. Mit Popcorn und Wein und Gesichtsmasken und so was. Ich dachte, wenn du heute Abend nach Hause kommst, könnten wir uns vielleicht zusammen einen Film anschauen …«

»Klar«, meine ich achselzuckend. »Klingt gut. Filme anschauen ist super.«

Woraufhin Peach mich anstrahlt und zart errötet und mir

dann ein Handtuch reicht, damit ich mir die Zitronenpampe vom Körper wischen kann. Meine Großmutter kommt mit drei Stoffstücken und einem Kleidersack zurück.

Misstrauisch beäuge ich die Sachen und stelle fest: Es muss sich um Unterwäsche handeln.

»Unterwäsche? Warum das denn?« Mit beiden Händen fasse ich mir an den Po und das supercoole »Juicy«-Höschen. »Hieß es nicht, ich solle mich ganz brav und sittsam geben? Dann wird Leo Frost doch unmöglich mein Höschen zu Gesicht bekommen!«

»Jessica«, sagt meine Großmama, mit einer Ruhe, die ihr größte Selbstbeherrschung abzuverlangen scheint, »Unterwäsche ist die Kleidung *unter* der Kleidung. Sie soll deine Silhouette formen.«

»Meine Silhouette? Was hast du denn gegen meine Silhouette?«

Großmama mustert mich von Kopf bis Fuß und schürzt die Lippen. »Du bist etwas *drahtig*. Kommt sicher vom Laufen. Das« – und damit hält sie ein Stück elastischen cremefarbenen Stoff hoch, der aussieht wie ein Bauch-weg-Hemdchen – »ist der Spirella 206 Hüfthalter. Er formt die Figur und macht einen knackigen Apfelpo. Und das« – sie reicht mit etwas, das aussieht wie ein sehr breiter Gürtel – »ist ein stäbchenverstärktes Mieder. Das zaubert Kurven, wo gar keine sind, und macht eine Sechzig-Zentimeter-Wespentaille.« Großmama sagt das so beiläufig, als sei das nicht anatomisch vollkommen unmöglich. »Bei meiner Hochzeit hatte ich eine Sechzigertaille«, fügt sie ganz stolz hinzu.

»Tja, na ja, Kylie Minougue hat auch eine Sechzigertaille«, gebe ich schnippisch zurück. So.

»Einundsechzig, genau genommen«, entgegnet Großmama ohne mit der Wimper zu zucken.

Woher weiß sie das?

Vorsichtig steige ich in den Hüfthalter und muss hilflos mit ansehen, wie Peach und Großmama sich abmühen, das Ding über meine Hüften abzurollen wie ein viel zu kleines Kondom. Als es endlich sitzt, greift meine Großmutter zum Mieder und legt es mir um die Taille.

Es ist ein bisschen eng. Ziemlich eng sogar.

»Verflucht!«, schimpfe ich, als sie das Korsett immer enger ziehen und ich merke, wie es mir langsam die Luft abschnürt. »Hast du nicht gesagt, ich bräuchte *mehr* Kurven?«, ächze ich unter Schmerzen. »Das Ding macht all meine Kurven platt!«

»Eine gute Frau benutzt keine so krude Sprache, Jessica«, tadelt Großmama mich und zieht unerbittlich an den Korsettschnüren. »Du wirst dich schnell daran gewöhnen. Es lohnt sich. Du wirst schon sehen. Wer schön sein will, muss leiden.«

Für gewöhnlich hätte ich ihr da zugestimmt – ich hatte schon mehr als einmal Wimpernkleber im Auge –, aber irgendwie erscheint mir das alles hochgradig absurd.

»Jetzt schließen wir oben noch die Häkchen«, sagt Großmama und keucht vor Anstrengung, während sie an dem Korsett zieht und zerrt. »Peach, du musst mir helfen. Es muss noch ein bisschen enger sitzen.«

»Häkchen schließen? Noch enger? Die sind noch gar nicht *zu*? Ach, Grundgütiger.«

»Mit etwas mehr Vorbereitungszeit hätten wir das vorher ein paarmal geübt, damit deine Rippen sich an den Druck gewöhnen.«

»Urgs. Diese Zwangsjacke ist einer der vielen Gründe, weshalb ich froh bin, dass ich hier und heute lebe. Frau sollte *überhaupt nichts* tragen, woran ihre Rippen sich erst gewöhnen müssen.«

Alle Farbe weicht aus meinem Gesicht als Peach und Großmama das Korsett noch enger schnüren und das letzte Häkchen schließen. Mein Körper wird in eine Form gepresst, für die er einfach nicht vorgesehen ist.

»BH auch noch?«, schnaube ich, als meine Großmutter mir das letzte Kleidungsstück reicht – ein seltsamer, spitzer Eistüten-BH. »Es geht doch nichts über einen Wonderbra, oder?« Womit ich auf mein herrlich hochgepushtes Dekolleté weise, das so hochgestemmt ist, dass es aussieht, als hätte ich Kojak und seinen Zwillingsbruder darin versteckt.

»Das ist nicht bloß irgendein BH«, sagt meine Großmutter und klingt dabei ein bisschen wie die Stimme der Marks & Spencer-Werbung. »Das ist der stützende, formende Original Delightex-Spitz-BH.«

»Klingt gefährlich«, brumme ich und winde mich vor Rippenschmerzen.

»Er hat mir viele Jahre treue Dienste geleistet«, erklärt Großmama mit einem Ausdruck fröhlicher Nostalgie auf dem runzligen Gesicht.

Das ist *Großmutters* BH? Igitt. Nein. Das geht doch nicht.

»Woher willst du wissen, dass der mir überhaupt passt?«, protestiere ich mit einem entsetzten Blick auf die beiden spitzen Eiscremehörnchen des BHs.

»80C«, erklärt Großmama vollkommen ungerührt. »Wie alle weiblichen Beams.«

Und sie hat recht. Ich trage *wirklich* 80C. Lieber Gott, bitte nicht. Das ist doch total krank.

Widerstrebend öffne ich den Verschluss meines heißgeliebten silbernen Wonderbras, und die beiden drehen sich dezent um, um mir jegliche Peinlichkeit zu ersparen. Was bei mir allerdings noch nie nötig war und auch jetzt nicht nötig wäre. Ich ziehe den seltsam spitzen BH an und schließe die Häkchen im Rücken. Dann drehe ich mich wieder um, und mit einem Mal scheine ich die Dimensionen meiner Oberweite eklatant zu unterschätzen, denn ich erwische Peach mit der linken Brust und schleudere sie rücklings gegen die Wand.

»Heiliger Himmel.«

»Mist, tut mir leid, Peach. Ich bin ganz außer Form geraten! Lass mal sehen – ich muss mir das anschauen.«

Bestimmt sehe ich inzwischen aus wie eine Gestalt aus einem Kuriositätenkabinett. Titten wie Pylone und eine Taille schmaler als mein Hüftumfang.

»Nur noch einen kleinen Moment, Jessica, Liebes. Du musst perfekt aussehen. Nur eine *geduldige* Frau ist eine gute Frau.«

Und damit zieht Großmama einen Strumpfhalter aus der großen Schublade und klippst ihn mir um die Taille. Herrje, ich bin mittlerweile in unzählige Textillagen gewickelt und noch immer nicht fertig angezogen. Großmama öffnet den Reißverschluss des Kleidersacks und zieht ein Sommerkleid aus leichtem Baumwollstoff heraus, weiß mit hellblauen Punkten. Der Rockteil ist gigantisch – plissiert und mächtig ausgestellt.

»Das ist mein liebstes Victor-Josselyn-Kleid. Das habe ich zu meinem allerersten Sommerpicknick mit Jack getragen. Einfach *perfekt* für den Rummelplatz. Darin kommt deine Figur sehr vorteilhaft zur Geltung, und gleichzeitig wirkt es luftig leicht, frühlingshaft und zurückhaltend.«

Ich schaue mir das Kleid etwas genauer an. Es duftet ganz zart nach Chanel No.5. Das Parfüm, das Mum immer benutzt hat. Mir wird ein bisschen schwindelig. *Nicht daran denken, Jess.*

Ich atme tief durch und reiße mich zusammen, dann hebe ich die Arme, damit Peach und Großmama mir das Kleid über den Kopf ziehen können.

Nachdem sie die Trillionen Knöpfchen im Rücken geschlossen hat, umkreist meine Großmutter mich wie ein Haifisch, die großen Augen zur genauen Begutachtung kritisch zusammengekniffen.

»Darf ich jetzt gucken?«, quengele ich und verschränke die Arme vor der Brust.

Woraufhin Großmama nur einmal nickt und auf den Spiegel weist. »Bitte schön.«

Etwas steif stiefele ich zu dem großen Badezimmerspiegel, bemüht, mich nicht allzu sehr zu verausgaben, weil schon ein tiefer Atemzug in diesem abstrusen Aufzug ein unkalkulierbares Risiko darstellt. Bestimmt sehe ich aus wie ein Clo…

Oh.

Wow.

Das bin ich.

Vor mir steht keine monströse Witzfigur, sondern eine etwas elegantere Version von Jessica Rabbit. Meine Taille ist wespengleich schmal, sieht aber alles andere als seltsam aus. Nein, dadurch wirken meine Hüften und meine Oberweite nur umso rundlicher – eine echte Sexbombenfigur. Die schmalen Träger des Sommerkleidchens betonen meine nun cremig-weißen Schultern und das Dekolletee, und obwohl meine Brüste züchtig bedeckt sind, habe ich immer noch, ziemlich sprichwörtlich, Hammertitten.

»Also gut«, erkläre ich schließlich. »Vielleicht hattest du doch recht.«

»Natürlich hatte ich recht, Jessica, Liebes«, meint Großmama mit einem nonchalanten Schulterzucken und schiebt die rote Brille geziert etwas höher auf die Nase. »Ich bin schließlich Matilda Beam.«

## Rose Beams Tagebuch

*5. Mai 1985*

*Diese Woche habe ich mich jeden Tag mit Thom getroffen. Mum und Dad denken, ich mache Überstunden in der Galerie, dabei war ich bei Thom zu Hause, in seiner Wohnung nicht weit vom Theater. Er wohnt in einer WG mit drei weiteren Schauspielern, und die Wohnung ist eine einzige Bruchbude. An den Fenstern fehlen die Vorhänge, und der Aschenbecher sieht aus, als sei er seit Monaten nicht mehr geleert worden. Aber irgendwie strahlt sie auch so eine rohe Energie aus. An den Wänden hängt jede Menge expressive Kunst, und immer läuft angesagte Musik. Thoms Zimmer ist unter dem Dach. Meistens liegen wir im Bett, trinken Rotwein und reden über Zukunftspläne und unsere Träume. Er kommt aus Manchester und hat immer davon geträumt, nach Hollywood zu gehen und dort als Schauspieler zu arbeiten. Das könnte mir auch gefallen. Vielleicht können wir eines Tages gemeinsam dorthin gehen und große Filmstars werden! Unmöglich, ich weiß, aber ein schöner Traum, nicht wahr? Donnerstagabend habe ich Mum erzählt, ich ginge mit Claire-Marie zu einem Bach-Konzert, dabei war ich mit Thom im Casino. Ich war noch nie in einem Casino. Es hat einen Riesenspaß gemacht, bis Thom beim Roulette einhundert Pfund verspielt hat. Zum Glück habe ich mehr als genug Geld auf dem Konto, um ihm ein bisschen unter die Arme zu greifen. Wobei es ihm natürlich sehr peinlich war, Geld von mir anzunehmen. Aber er hat es ja nur verloren, weil er mich groß ausführen wollte, und ich weiß, dass er es mir wieder zurückzahlt. Geld ist unwichtig, wenn man sich liebt.*

*R x*

# *Sechzehntes Kapitel*

Puder stets großzügig auftragen. So fest wie möglich festdrücken und den Überschuss mit weichen Wattebällchen abtupfen. Wie glatt und strahlend Sie nun aussehen!

– Mathilda Beams Handbuch zu Liebe und Romantik, 1955

Der Nachmittag vergeht wie im Flug. Das Kleid muss angepasst, die Fingernägel müssen lackiert (mit einer Nagellackfarbe mit dem passenden Namen *Cotton Candy*) und die Haare gewellt werden. Mir wurde unter Strafandrohung strikt verboten, das Korsett auch nur für einen kurzen Moment abzulegen, und so langsam gewöhne ich mich daran – solange ich ganz flach atme und mich so wenig wie möglich bewege, wird dieses Folterinstrument mich hoffentlich nicht umbringen. Um vier Uhr verzieht Peach sich schließlich widerwillig, um sich um den Haushalt zu kümmern, während Großmama sich daran macht, mich für den Abend zu schminken.

Kaum hat sie den ersten Strich der zähflüssig, muffigen Grundierung aufgetragen, suchen ihre wässrigblauen Augen zum ersten Mal für heute meinen Blick im Spiegel.

»Jessica, Liebes, jetzt, wo wir beide ungestört sind, möchte ich mit dir gerne etwas unter vier Augen besprechen.«

O Mann, und ich hatte schon gehofft, sie hätte vergessen, dass sie mich gestern Abend auf frischer Tat ertappt hat, oder es wäre ihr zumindest so abgrundtief peinlich, dass sie dieses unangenehme Thema tunlichst vermeidet.

»Ich, äh, es tut mich schrecklich leid, dass du das mit ansehen musstest«, entschuldige ich mich aufrichtig. »Beim nächsten Mal hänge ich vorsichtshalber etwas an die Türklinke. Oder besorge ein Schloss. Genau, ich kümmere mich gleich diese Woche darum.«

Mit geübten Handgriffen verteilt Großmutter gekonnt die Grundierung in meinem Gesicht.

Sie zieht die Nase kraus. »Ich finde, du solltest diesen jungen Mann nicht wiedersehen, Jessica.«

*Ähm, wie bitte?*

»Verzeihung?« Mit zusammengekniffenen Augen starre ich ihr Spiegelbild an. »Soll das ein Scherz sein?«

Energisch schüttelt sie den Kopf. »Ich bin keine Dame, die zu *scherzen* beliebt. Ich bin nur der Ansicht, wenn wir uns diesem Projekt widmen möchten, dann braucht es unsere volle Aufmerksamkeit. Einen anderen Mann zu umwerben, obwohl du dich bereiterklärt hast, Mr Frost auf dich aufmerksam machen zu wollen, erscheint mir eine ganz und gar unglückliche Idee.«

»Aber ich *umwerbe* Jamie doch gar nicht. Wir schlafen bloß miteinander. Ganz zwanglos und unverbindlich. Und keine Sorge, ich werde mich trotzdem voll und ganz auf unser Projekt konzentrieren.«

Großmama bekommt ganz große Augen. »Aber eine gute Frau sollte bis zur Ehe keusch bleiben«, japst sie entsetzt.

Woraufhin ich nur abfällig schnaube. »Dazu ist es jetzt ein bisschen zu spät.«

Großmama schürzt missbilligend die Lippen. »Jessica, es wäre besser, du wärst nicht so impulsiv. Und würdest nicht gleich jedem Bedürfnis und jeder Begierde nachgeben – so bringt man sich nur in Schwierigkeiten.«

Ich habe diese Frau vor nicht mal drei Tagen kennengelernt,

und nun will sie mir schon vorschreiben, was ich tun und lassen soll? Was soll der Scheiß? Ich atme tief durch und versuche, mich zu beherrschen, was mir allerdings nicht ganz gelingt.

»Ich bin eine erwachsene Frau, und ich weiß, was ich tue, okay? Einigen wir uns einfach darauf, dass mein Zimmer mein Zimmer ist, und ich in meiner Freizeit tun und lassen kann, was ich will. Wenn es darum geht, *sich einen Mann zu angeln à la 1955*, halte ich mich strikt an deine Anweisungen. Entschuldige bitte, aber es geht dich wirklich überhaupt nichts an, mit wem ich meine Zeit verbringe und wie. Herrje.«

Kaum habe ich ihr das an den Kopf geworfen, lässt Großmama die Tube mit der Grundierung auf die Schminkkommode fallen und bricht in Tränen aus.

Ach Gott.

Mist.

Ich kann es nicht mit ansehen, wenn Menschen in meiner Gegenwart weinen. Mum hat ständig geweint, und ich wusste nie, was ich tun sollte, um sie zu trösten, damit sie aufhört. Was soll ich bloß machen? Mir schnürt es die Brust zu.

»Matilda?«, haspele ich unsicher. »Was ist denn los? Warum weinst du? Soll ich, ähm, soll ich Peach rufen?«

Ihre großen Rehaugen quellen über vor Tränen, die von den dicken Brillengläsern noch vergrößert werden. »Ich möchte dir doch bloß helfen, Jessica. Du bist jetzt hier bei mir, und du gehörst zur *Familie*. Ich mache mir *Sorgen* um dich.« Und damit verzieht sie das Gesicht, und ein Anflug von Schuldbewusstsein huscht über ihr tränennasses Gesicht. »Deine ... Deine Mutter war auch so ein leidenschaftlicher, gefühlsbetonter Mensch, ist blind und ohne nachzudenken ihren Impulsen gefolgt, und du siehst ja, wo das hingeführt hat. Hätte ich sie bloß dazu bringen können, auf mich zu hören. Hätte ich ihr mit meinem Wissen zur Seite stehen können, hätte ich sie mit Rat und Tat begleiten können, ich hätte ihr gezeigt, wie man sich als Frau am besten verhält, und dann hätte sie sich vielleicht ...« Schwer seufzend bricht sie ab.

»Was dann?«, frage ich. Mir dreht sich der Magen um. »Dann hätte sie sich vielleicht nicht umgebracht?«

Großmama schnappt entsetzt nach Luft. Mir schlägt das Herz bis zum Hals.

»Hör mal ... es war ja nicht deine Schuld, oder?«, sage ich und streichele ihr unbeholfen den Arm. »Sie war immer megadepressiv, weil dieser Mistkerl ihr das Herz gebrochen hat. Weil Dad sie verlassen hat. Darüber ist sie nie hinweggekommen. Dass sie sich in den falschen Mann verliebt hat. Das hatte überhaupt nichts mit dir zu tun.«

Großmutter schnieft leise und zieht dann ein besticktes Baumwolltaschentuch aus der Blusentasche, um sich geziert die Nase zu schnäuzen.

»Jessica, du ahnst ja nicht ...«

Mit zitternden Händen fummelt sie an der Spitzenborte des Taschentuchs herum.

»Was ahne ich nicht?«

Großmama scheint innerlich mit sich zu ringen und atmet schließlich tief aus.

»Du ahnst ja nicht ... wie froh ich bin, dich bei mir zu haben. Versprich mir nur, dass du dich nicht mehr mit dem jungen Dr. Abernathy von unten triffst. Zumindest nicht, bis wir mit unserer Arbeit fertig sind. Das ist *so* eine unglaubliche Chance für uns beide. Wir dürfen das Ziel nicht aus den Augen verlieren. Eine gute Frau ruht stets in sich selbst.« Da allerdings könnte ich ihr nicht weniger zustimmen. Aber Großmama hat wohl gerade nahe am Wasser gebaut.

Hmmm ... Ich kann mich ja immer noch heimlich mit

Jamie zum wilden Äffchensex treffen. Ich meine, was Großmama nicht weiß, macht sie nicht heiß, und wenn sie dann aufhört mit der Heulerei …

»Okay, Großmama. Dann treffe ich mich nicht mehr mit ihm.«

Großmutter atmet erleichtert auf.

»Braves Mädchen, Jessica.«

*

Großmutter bemalt mir weiter hochkonzentriert das Gesicht und murmelt dabei gelegentlich Sätze wie: »Ein Teint, appetitlich wie Pfirsich mit Schlagsahne«, »*Flamenco* von Elizabeth Arden passt im Sommer perfekt zu einer Frau mit rotblondem Haar« und das Beste: »Lidschatten so federleicht auftragen wie der Hauch eines Schmetterlingsflügels.« Das murmelt sie mit seltsam melodiöser Stimme, als notierte sie sich diese kleinen Anweisungen währenddessen im Kopf. Als sie schließlich fertig ist, reicht sie mir ein Paar scheußlicher weißer Handschuhe, die am Saum mit winzig kleinen Perlchen besetzt sind. Ich finde sie grässlich. Um nicht zu sagen grottenhässlich.

»Diese entzückenden Handschuhe haben mir im Leben schon so viel Glück gebracht. Meine Mutter hat sie mir am Abend meines Debütantinnenballs geschenkt. Es würde mir sehr viel bedeuten, wenn du sie nun trägst.« Großmama schaut mich hoffnungsvoll an. Was wohl passieren würde, wenn ich die Handschuhe ausschlüge? Ob sie dann wieder anfängt zu weinen?

Unwillig knurrend ziehe ich die Handschuhe an. Unten im Eingangsbereich treffen wir Peach, die mit dem in ihre Ellbogenbeuge gekuschelten Mr Belding am Treppengeländer lehnt. Als sie mich sieht, quiekt sie los. »Du siehst aus wie Rita Hayworth!«

»Wirklich?« Mit Storchenbeinen stakse ich über einen alten Filmprojektor und einen Stapel *Good Housekeeping*-Zeitschriften, und marschiere zu dem bodentiefen goldgerahmten Spiegel gleich neben der Wohnungstür.

Wow. Es stimmt. Alles in allem – Wespentaille unter dem Sommerkleid, hellrotblondes Haar mit extremem Seitenscheitel und dicken Wellen (die Frisur sitzt dank Unmengen Haarspray wie Beton), das gleichzeitig dezente und doch sehr gekonnt mein Gesicht betonende Make-up – rosarote Lippen, gebogene Wimpern und zartrosa Wangen – wirkt das Ergebnis wirklich umwerfend.

Ich bin kaum wiederzuerkennen.

Würde ich mich nicht gleich auf den Weg machen, um mich mit dem Pimmelprinzen zu treffen, würde ich mich vielleicht sogar freuen auf einen lauen Sommerabend auf dem Rummel.

»Und denk daran, Liebes: Willst du was gelten, mach dich selten«, weist Großmutter mich beim Verlassen des Hauses an. »Sinn und Zweck des ganzen Abends ist nur, Mr Frost so zu bezirzen, dass er dich um deine Telefonnummer bittet. Weiter nichts. Keine langen Gespräche, Jessica. Darauf müssen wir dich erst ausführlich vorbereiten. Zunächst genügt es, wenn du hübsch anzusehen bist und anziehend und geheimnisvoll wirkst.

»Ja, schon gut. Klappe halten und hübsch aussehen. Als hätte es die Frauenbewegung nie gegeben. Schon verstanden. Mach nicht so einen Wind.«

»Es steht alles in dem Kapitel, das du dir durchlesen solltest. Also wirst du sicher alles richtig machen.«

Ach verflucht, das Kapitel.

Ich hab's doch *gewusst*, dass ich irgendetwas vergessen habe.

# *Siebzehntes Kapitel*

Eine Dame sollte nie zu selbstsicher oder keck auftreten, wenn sie einen Gentleman kennenlernt. Am besten ist es, sie wird ihm formell vorgestellt. Wenn nicht, kann man auch ein wenig über das Wetter plaudern, um ein nettes Gespräch zu beginnen.

– Matilda Beams Handbuch zu Liebe und Romantik, 1955

In der U-Bahn sehe ich ein paar ultracool aussehnende Mittzwanziger in aufwendiger Aufmachung. Ein muskulöser blonder Kerl im Ghostbusters-Outfit winkt mir zu, wohl in dem Glauben, ich sei auch unterwegs zu ihrer Kostümparty. *Schön wär's.* Er tut, als wollte er mich mit seinem Protonenstrahl abschießen und zwinkert mir aufreizend zu. Hmm. Kann ich diese Leo-Frost-Geschichte heute Abend nicht einfach sausen lassen, mich mit den netten Jungs anfreunden und mit ihnen zu ihrer feucht-fröhlichen Party wer weiß wohin gehen? Das wäre sicher viel unterhaltsamer und wesentlich weniger durchgeknallt als das, was ich vorhabe …

Nein.

Kann ich nicht.

Ich habe mich auf diese Geschichte eingelassen. Und wir brauchen das Geld *ganz dringend.* Nicht bloß, damit ich mich in den sonnigen Süden absetzen kann, sondern auch für Matilda – als ich aus dem Haus ging, ist mein Blick auf etliche ungeöffnete Mahnungen im Poststapel gefallen. Großmama hat meinen Blick gesehen, und sofort fing ihre Unterlippe wieder an zu zittern.

Also lächele ich den kostümierten Jungs schweren Herzens zum Abschied zu und steige am Picadilly aus der Bahn. Am Regent's Park angekommen ist es noch hell, aber die Sonne steht schon tief und leuchtet himbeerrot. Eine sanfte Brise weht mir den herrlich süßen Duft von Zuckerwatte in die Nase.

Gemächlich schlendere ich über das trockene, knisternde Gras und mitten ins Herz des Rummels, hinein in ein Rauschen aus Kirmesmusik, aufgedrehtem Lachen und verlockenden Spielständen. Fast auf Anhieb entdecke ich Leo Frost. Mit seiner hochgewachsenen Figur überragt er die meisten anderen Besucher und sticht damit deutlich aus der Masse hervor. Die glänzenden kupferroten Haare leuchten wie ein Warnblinker, und er trägt einen hellgrauen Anzug mit feschem weinrotem Einstecktuch in der Jackettasche. Die Hose sitzt ziemlich eng. Wirklich zie-hiem-lich eng.

*Leo Frost. Künstler. Denker. Mann. Schmalhans in Strumpfhosen.*

Um ihn herum Anzugsträger – ganz offensichtlich hohe Tiere des Eventveranstalters, die ihn beflissen herumführen.

Seine arrogante Visage, beleuchtet von den bunt blinkenden grellen Lichtern des Rummels, verstärkt nur meine Abneigung gegen diesen Kerl. Man braucht sich doch nur mal anzuschauen, wie er da steht – die lange Nase in der Luft, die Brust herausgestreckt – das reicht schon. Der findet sich selbst unglaublich toll. Hätte er sich bei der Buchparty von Arthur Davis Montblanc nicht als solches Sackgesicht entpuppt, hätte Summer mich sicher nicht gefeuert und vor die Tür gesetzt – dann wäre alles, wie es vorher war, und ich wäre jetzt nicht in dieser vollkommen absurden Situation. Ich werde wirklich alles an Selbstbeherrschung brauchen, was ich aufbringen kann, um mir nicht anmerken zu lassen, wie sehr mich seine bloße Existenz ankotzt. Geschweige denn zu tun, als fände ich ihn auch nur ansatzweise *attraktiv*.

Also gut. Konzentrier dich, Jess. Großmama hat gesagt, heute Abend geht es nur darum, dass Frost mich um meine Telefonnummer bittet. Also brauche ich nur ganz süß und damenhaft seine Aufmerksamkeit zu erregen. Und *wie* man das anstellt, steht im ersten Kapitel von *Matilda Beams Handbuch zu Liebe und Romantik*.

In dem ich leider nur flüchtig geblättert habe.

Ehrlich gesagt kann ich mich nur daran erinnern, dass es irgendwo hieß, man solle einen Handschuh fallen lassen, damit man dem betreffenden Herrn auffällt. Schien eine ziemlich wichtige Geschichte zu sein …

Unauffällig folge ich Leo Frost, während er mit den Organisatoren über den Jahrmarkt spaziert, und achte dabei darauf, mindestens zwei, drei Meter Sicherheitsabstand zu wahren, damit ich keine ungewollte Aufmerksamkeit errege. Mit der Hand streiche ich über die steif gelackten Locken, streife einen weißen Handschuh ab und genieße die kühlende Brise auf meiner schon ganz verschwitzten Hand. Das Grüppchen bleibt neben der Kokosnusswurfbude stehen, und alle lachen unbändig über eine Bemerkung, die Frost macht. Pah. Als ob irgendetwas, das dieser Mann sagt, *so* witzig sein könnte.

Also gut, Jess. Zeit, die heutige Aufgabe hinter dich zu bringen.

Ich atme tief durch, recke das Kinn und stolziere durch das Gras zur Kokosnusswurfbude. Als ich an Leo vorbeigehe, lasse ich den Handschuh zu Boden gleiten und gehe weiter, als hätte ich nicht gemerkt, etwas verloren zu haben.

Keine fünf Sekunden, nachdem ich den Handschuh habe fallen lassen, tippt mir jemand von hinten auf die Schulter.

Jawoll! Es hat funktioniert! *Unglaublich.* Großmama ist echt ein Genie.

Ich wirbele auf dem Absatz herum, bereit, Leo Frost mit einem mädchenhaften und doch aufreizenden Lächeln zu verzaubern.

Oh.

Tatsächlich hat jemand den Handschuh aufgehoben. Aber es war nicht Leo Frost. Nein, da steht ein stämmiger mittelalter Kerl mit buschigem schwarzem Bart. In der Hand hat er ein Seil, und daran führt er ein kleines Karusselleselchen. Die beiden riechen ziemlich durchdringend nach Mist.

»Hey, Liebchen, du hast deinen Handschuh verloren.« Der Mann grinst übers ganze Gesicht und reicht mir das verlorene Accessoire. »Bitte sehr.«

Tja, es stimmt also. Der Trick funktioniert. *Großmama, ich möchte dir meinen neuen Verehrer vorstellen: der Mann mit dem Kirmesesel.*

Mit einem höflichen Lächeln bedanke ich mich bei ihm, nehme den Handschuh entgegen und sehe dabei, dass er einen kleinen braunen Schmutzfleck abbekommen hat. Ich versuche mir einzureden, dass es ganz sicher kein Eselsmist ist, aber im Grunde meines Herzens weiß ich, es ist genau das.

Dann drehe ich mich wieder um und sehe, dass Leo Frost und seine Kumpane das Kokosnussbüdchen verlassen haben und nun an einer Schießbude hinter der Walzerfahrt stehen, wo Leo gerade ein Gewehr gereicht bekommt mit der Anweisung, auf die markierten Zielscheiben zu schießen. Er trifft dreimal hintereinander ins Schwarze. War ja klar.

Langsam, ganz langsam, bahne ich mir den Weg durch die Menschenmenge, immer näher an die Schießbude, und warte geduldig auf eine kleine Pause in ihrem angeregten Gespräch. Dann schleiche ich abermals unauffällig vorbei und lasse den Handschuh fallen.

Der prompt auf einem Donutwagen landet.

Neeeeein!

So unauffällig wie möglich – was angesichts meiner aufgedonnerten Erscheinung keine einfache Aufgabe ist – stürze ich hin und schnappe mir das kleine Stoffstückchen, das nun auch noch ein Grasfleck und eine Ölschliere zieren! Während ich den Schaden begutachte, höre ich Leo Frost hinter mir reden.

»... ja, hat geschnurrt wie ein Kätzchen, und diese Kurven ... Mann, ich hätte wirklich nichts dagegen, mit der noch mal richtig Gas zu geben, bevor Martin sie mit nach Hause nimmt.«

Sämtliche Männer lachen beifällig, und einer klopft ihm sogar anerkennend auf die Schulter.

Igitt. Welcher Fiesling redet denn so abfällig über Frauen? Das ist ja ekelhaft. So ein sexistisches Schwein. Unglaublich, das Valentina sich mit diesem Armleuchter abgegeben hat.

Energisch schüttele ich das überwältigende Verlangen ab, das ganze Projekt in den Wind zu schießen und Frost kräftig gegen das Schienbein zu treten, und widme mich stattdessen dem letzten Versuch, den Handschuh fallen zu lassen.

Hochkonzentriert kneife ich ein Auge zusammen und ziele – das Ding *muss* genau vor seiner Nase landen, damit er es sieht –, aber just bevor ich das vermaledeite Ding fallen lassen kann, stolpern zwei unverschämte Teenager an mir vorbei und rempeln mich rücksichtslos an. Der Handschuh rutscht mir aus den Fingern und segelt im hohen Bogen durch die Luft, um sich dann mit einer perfekten Punktlandung auf der Schulter von Leo Frosts schickem grauem Anzug zu drapieren.

Es geht aber auch wirklich alles schief!

Ehe jemand merkt, dass ich die flinke Handschuhwerferin bin, ducke ich mich hinter einen Zuckerwattewagen und flüchte schleunigst vom Tatort.

Leo Frost und die ihn umringenden Eventmanager sind vollkommen entsetzt. Verwirrt schaut Leo sich um und pflückt dann das anstößige Objekt mit spitzen Fingern von seinem Anzug. Den Handschuh des Anstoßes zwischen Daumen und Zeigefinger lächelt er den anderen steif zu und wirft ihn angewidert in den nächsten Mülleimer. Dann zieht er das weinrote Einstecktuch aus der Jackentasche und tupft sich damit den Schmutz von der Schulter.

Na toll. Operation Handschuh ist grandios gescheitert. Abbruch. Abbruch. Großmama hat gesagt, ihre Mutter – meine Urgroßmutter – habe ihr diese Handschuhe geschenkt, und jetzt ist einer davon im Müll gelandet! Verdammt. Den *muss* ich einfach retten, aber das geht jetzt nicht. Ich werde Leo Frost wohl kaum den Kopf verdrehen, wenn ich vor seiner Nase in einem Mülleimer herumwühle.

Was zum Teufel soll ich denn jetzt bloß tun? Ich kann mich nur noch daran erinnern, dass in dem Buch irgendetwas von einer angenehmen, ruhigen Stimme stand. Wie war das noch? Dass man mit leiser, einschmeichelnder Stimme sprechen sollte? Klingt ehrlich gesagt ziemlich bescheuert. Und außerdem, wie soll ich mich an Leo Frost ranmachen, wenn er die ganze Zeit von diesen Jahrmarktorganisatoren umzingelt ist?

Aha!

Wie durch eine göttliche Fügung wird meine Bitte erhört, und ich sehe, wie Leo selbstbewusst zu einem großen Autoscooter mitten auf dem Rummelplatz spaziert. Dort reicht er dem Angestellten ein grünes Billet und klettert dann mit den langen Beinen in ein limettengrünes Gefährt. Mir wird augenblicklich klar, dass dies womöglich meine einzige Chance ist, ihn anzusprechen, also flitze ich los wie ein geölter Kugelblitz – im Mieder gar nicht so einfach, mein Lauf ähnelt eher zügigem Watscheln als einem gestreckten Galopp – und noch ehe einer seiner Begleiter mit einsteigen kann, habe ich mir den Weg freigerempelt und stürze mich auf den Wagen, um neben Leo auf den Fahrersitz zu plumpsen.

Erschrocken weicht er zurück und blinzelt mich an, als sei ich ein Schreckgespenst.

Unter den langen Wimpern schaue ich zu ihm auf. Bitte, mach, dass er mich nicht wiedererkennt. Wobei, das dürfte ihm eigentlich schwerfallen – ich trage weder eine Brille noch einen Plüschoverall, und Frisur und Make-up sind *völlig* anders als bei der Buchpräsentation. Ich bin kaum wiederzuerkennen. Aber trotzdem … *bitte* lass ihn mich nicht erkennen.

Gespannt halte ich den Atem an.

Kein Entsetzensschrei. Kein Ruf nach den Wachleuten.

Puh.

Erleichtert atme ich aus und reiche Leo Frost die Hand, wobei ich ihm, wie ich hoffe, einen geheimnisvollen Blick zuwerfe. Aber er hat gar keine Gelegenheit, meine dargebotene Hand zu schütteln. Plötzlich blinken ringsum die Lichter – das Signal loszufahren. Aus den gigantischen Boxen dröhnt ohrenbetäubend laute Musik. »Driving in My Car« von Madness.

Wie passend! Okay, das kriege ich hin.

Vorsichtig trete ich mit dem Fuß aufs Gaspedal und wir gleiten gemächlich ums Rund.

»Hii«, sage ich mit angenehmer, tiefer, sonorer Stimme zu Leo. »Ich bin …«

Verflixt! Wer bin ich eigentlich? Meinen *richtigen* Namen kann ich ihm wohl kaum nennen. Wir sind uns zwar erst einmal begegnet, aber wer weiß, vielleicht hat er ein Elefantengedächtnis – schließlich habe ich ihm Champagner ins Gesicht gekippt. Schwanzschnitzel, warum ist mir das nicht schon früher eingefallen? Jetzt muss ich mir ratzfatz einen neuen falschen Namen ausdenken. Hektisch schaue ich mich auf der Suche nach einem Geistesblitz auf dem Rummelplatz um. *Riesenrad, Wahrsagerin, Hüpfburg, Looping … Lu …*

»Lu, ähm, ich meine … Lucille«, erkläre ich mit gesenkter Stimme. »Ich heiße Lucille.« Mein Blick fällt auf einen kleinen hölzernen Maronenwagen, auf dem in großen Buchstaben steht: *Darlings geröstete Esskastanien!*

»Darling! Lucille Darling. Sehr nett, Sie kennenzulernen.«

»Ja, hi, Lucille«, entgegnet Leo Frost geistesabwesend. Ich schaue ihm in die Augen, um zu sehen, ob er meinem unwiderstehlichen Charme bereits erlegen ist. Sein Blick hängt an meinen Brüsten, die so spitz sind, dass sie beinahe das Lenkrad des Autoscooters berühren. Spitze Brüste vor!

Also gut. Zeit für eine lockere kleine Gesprächseröffnung. Ich räuspere mich. »Der Jahrmarkt ist einfach *entzückend*, nicht wahr? Ich liebe die …«

RUMMS!

Von hinten rammt uns ein anderer Wagen. Leo und ich werden heftig nach vorne geschleudert.

»WIIII …«, brülle ich ohne nachzudenken und kann mich gerade noch beherrschen. Ich beiße mir auf die Zunge und kreische »Wi-wa-wackelalarm!« und wackele dabei neckisch mit den Schultern. Leo macht große Augen, als meine Brüste lustig mithüpfen. Erbost drehe ich mich um nach dem Übeltäter, der uns so mitleidlos gerammt hat, und bedenke ihn mit meinem finstersten Blick. Das waren wieder die beiden Teenager von eben – die beiden, die mich beiseitegeschubst haben, als ich gerade den Handschuh fallen lassen wollte. Einer der beiden – der dürre Hansel mit dem ärmellosen T-Shirt, unter dem ein Stacheldraht-Tattoo hervorblitzt – macht eine abfällige Handbewegung. Trottel. Sie lachen nur, als sie mein wütendes Gesicht sehen. Am liebsten würde ich ihnen einen Vogel zeigen, aber das steht so sicher nicht in Großmutters Handbuch.

Also atme ich tief durch, um mich wieder zu beruhigen, und fahre noch eine Runde um den Autoring. Dann wende ich mich Leo zu und bedenke ihn mit einem dümmlich anhimmelnden Lächeln. *Und plötzlich klingelt sein verdammtes Handy.* Er schaut auf die Nummer in der Anzeige und geht sofort dran. Wie unhöflich. Er wendet sich etwas ab und redet ins Telefon. Ich höre, wie er »Autoscooter« sagt und »Account« und »gute Show«, aber so richtig verstehe ich ihn nicht durch das aufgeregte Kreischen der anderen Fahrer und die Rummelplatzmusik, die blechern aus den Boxen scheppert.

RUMMS!

Wieder werden wir von den beiden Teenagern nach vorne katapultiert, und diesmal knallt meine linke Brust gegen das Lenkrad.

Autsch. *Verflucht.*

Also gut, jetzt reicht es aber!

Mit einem Seitenblick vergewissere ich mich, dass Leo abgelenkt ist – er ist noch immer in sein Telefongespräch vertieft und achtet überhaupt nicht auf mich. So vorsichtig und unauffällig wie möglich wende ich den Scooter, sodass *ich* den blöden Lümmeln jetzt auf den Fersen bin.

»Sie ist eine fette Kuh. Und uralt«, höre ich Leo neben mir ins Handy sagen. »Die braucht keiner mehr. Die kann weg, die hat ihren Dienst getan.«

Was zum Kuckuck? Ich traue meinen Ohren kaum. Lässt er gerade eine Angestellte vor die Tür setzen, bloß weil sie nicht mehr die Jüngste ist und ein paar Pfund zugelegt hat? Übel!

Feuriger Zorn steigt in mir auf wie eine dunkle Flamme und bringt mich dazu, etwas heftiger als gewollt auf das Gaspedal zu treten. Ich versuche, die Worte dieses ekelhaften Leo Frost zu überhören und mache mich auf die Jagd nach den beiden ätzenden Teenagern.

RUMMS!

Freudestrahlend ramme ich seitlich ihr Fahrzeug. Die beiden Jungs zucken erschreckt zusammen.

»Das geschieht euch recht, ihr kleinen Wichser!«, will ich am liebsten schreien. Aber das würde eine gute Frau niemals sagen. Also sage ich es mit einem Blick. Einem unmissverständlichen Blick.

Die Schnösel zucken vor Schreck zusammen. O ja. Die komisch kostümierte Tante mit der Wespentaille zeigt euch jetzt mal, was passiert, wenn man sich mit einer Beam anlegt.

Blitzschnell sause ich noch eine Runde um die Bahn – Leo ist immer noch ganz in sein sexistisches Machogespräch vertieft – und knalle dann wieder mit Karacho in den Scooter der Teenies. Ich liebe Autoscooter! Ich kann mir ein entzücktes Freudengekicher nicht verkneifen. Bestimmt klingt es ziemlich irre.

Einer der Schnösel wimmert: »Muuuuuum.«

Okay. Das sollte reichen. Bestimmt haben sie ihre Lektion gelernt. Die beiden machen für den Rest der Fahrt einen großen Bogen um mich, und erst als die Wagen allmählich langsamer werden, beendet Leo sein Telefongespräch und steckt das Handy wieder in die Jackentasche. Aus dem Augenwinkel sehe ich die Eventplaner schon wieder heranschwirren, um mit Leo die scheinbar endlose Tour über den Rummel fortzusetzen. Verdammt. Jetzt habe ich die Gelegenheit verpasst, ihn mit meinem Charme zu bezirzen und um den Finger zu wickeln. Verdammt.

»Lucille, ja?«

Erstaunt schaue ich auf und sehe direkt in Leos selbstzufriedene Visage.

»Ähm, genau. Lucille. Lucille Darling«, hauche ich mit tiefer Stimme.

»Ich bin Leo. Und ich muss schon sagen, beim Autoscooterfahren macht Ihnen so schnell keiner was vor.« Mit hochgezogenen Augenbrauen grinst er mich an. »Den beiden Würstchen haben Sie es ganz schön gezeigt. Das war leider ein sehr wichtiges Telefonat, aber innerlich habe ich Sie die ganze Zeit lauthals angefeuert.«

Ich kann nicht anders, ich muss laut lachen.

»Sie waren etwas ungezogen«, sage ich mit gespielter Scheu und streiche mir bescheiden die perfekt frisierten Haare glatt.

»Das auch. Aber allein die Tatsache, dass einer von ihnen ein Stacheldraht-Tattoo hatte, wäre schon Grund genug gewesen für Ihren Wutausbruch.«

Er reicht mir die Hand und hilft mir beim Aussteigen. Was ich dankbar annehme, wobei mir nicht entgeht, wie er mir währenddessen auf den Po starrt, den der Spirella-Hüfthalter sehr vorteilhaft betont. Woraufhin ich ihn anlächele – ein Lächeln, das sagt, vor dir steht eine geheimnisvolle, interessante, gute, wohlerzogene, attraktive, anziehende Frau, in die du dich möglicherweise verlieben könntest. Nicht einfach, so zu lächeln. Ob es funktioniert oder ob ich völlig bescheuert aussehe? Ich glaube, es funktioniert. Jedenfalls erwidert Leo Frost mein Lächeln, und seine grünen Augen blitzen belustigt.

»Das mag jetzt vielleicht etwas ungewöhnlich sein, aber … möchten Sie mich vielleicht aufs Riesenrad begleiten?«, fragt er schließlich mit einem Blick auf seine schicke teure Armbanduhr. »Vielleicht etwas trinken? Ich habe geschäftlich noch ein bisschen zu tun, aber danach hätte ich Zeit für … ein bisschen Spaß.«

Wie bitte? Es hat funktioniert? Muss wohl an den Titten und der Taille liegen. Oder womöglich an meiner sanften, beruhigenden Stimme. Wie auch immer, er hat den Köder ganz eindeutig geschluckt.

Und dann fällt mir der Rat ein, den Großmama mir im Weggehen mitgegeben hat: *Willst du was gelten, mach dich selten. Sinn und Zweck des ganzen Abends ist nur, Mr Frost so zu bezirzen, dass er dich um deine Telefonnummer bittet. Weiter nichts.*

»Ich bedauere sehr, aber ich bin heute Abend leider schon anderweitig involviert«, entgegne ich, als sei ich untröstlich angesichts dieses lästigen anderen Termins. »Aber ich gebe Ihnen gerne meine Telefonnummer zur Vereinbarung einer Ihnen genehmen Verabredung.« Und dann klimpere ich mit den Wimpern und lege den Kopf ganz leicht schief.

*Zur Vereinbarung einer Ihnen genehmen Verabredung?* Wo zum Teufel kam das denn her?

Er grinst nur. »Wie bitte?«

Woraufhin ich mir eine nicht vorhandene Strähne hinter die Ohren streiche und mir auf die Unterlippe beiße. »Möchten Sie gerne meine Telefonnummer haben, Mr Frost?«

Leicht irritiert blinzelt er mich an, mustert mich dann interessiert, wobei sein Blick über meinen ganzen Körper wandert, an meinen Brüsten hängenbleibt und schließlich wieder zu meinem Gesicht zurückkehrt. Igitt. Ich muss mich zusammenreißen, um mich nicht vor Ekel zu winden wie ein Wurm.

Mit zusammengekniffenen Augen reicht er mir sein Handy, als wisse er selbst nicht so genau, warum er das tut. »Okay. Tippen Sie Ihre Nummer ein, Lucille«, sagt er. »Ich melde mich dann bei Gelegenheit.«

»Wunderbar! Ich würde mich freuen«, zwitschere ich kichernd. Ein total verdrehtes albernes Kichern. Widerlich.

Er grinst übers ganze Gesicht und zeigt die makellosen weißen Zähne mit der kleinen Lücke vorne. Ich muss schon zugeben, grinsen kann er. Ich kann gut nachvollziehen, dass so manch ahnungslose, naive Frau darauf hereinfällt und bei diesem Anblick dahinschmilzt.

Ich tippe meine Nummer ein und schaue ihn dabei ganz ruhig und gelassen an.

*Leo Frost, mit dir werde ich so was von Schlitten fahren.*

## Rose Beams Tagebuch

*18. Mai 1985*

*Letzte Nacht haben Thom und ich zum ersten Mal miteinander geschlafen. Eigentlich ist es viel zu intim, um irgendwas darüber zu schreiben, aber so viel kann ich dir verraten: Es war perfekt. Sollte ich je einen Zweifel gehabt haben, ob Thom der Mensch ist, durch dessen Augen ich die Welt sehen will, dann sind sie jetzt endgültig verflogen. Danach haben wir beide geweint und uns gesagt, dass wir uns lieben. Thom hat mir gesagt, wenn wir zusammen sind, kommt es ihm vor, als sei die ganze Welt plötzlich viel heller. Das fand ich wunderschön.*

*Er hat gesagt, er möchte Mum und Dad kennenlernen. Woraufhin ich meinte, das sei noch zu früh, dabei liegt das Problem ganz woanders. Meine Eltern werden ihn nicht ausstehen können, und das nur aufgrund seiner Herkunft und seines Berufs. Dieser Snobismus ist mir peinlich. Sie dürfen mir das nicht verderben.*

*R x*

# *Achtzehntes Kapitel*

Fasse Sie sich kurz, wenn er anruft – Sie möchten den Gentleman schließlich nicht mit endlosem Geplapper langweilen! Das Gespräch sollte locker gehalten werden und schnell zum Punkt kommen. Dabei sollte Ihre Stimme stets sanft, anziehend und interessiert klingen.

– Matilda Beams Handbuch für die gute Frau, 1959

Während die letzten puderrosa Strahlen der untergehenden Abendsonne London in weiches Licht tauchen, mache ich mich auf den Weg zurück nach Kensington, mit vor Freude über den mit Bravour erfüllten Auftrag beschwingtem Schritt. Die Sache mit dem Handschuh habe ich zwar grandios vermasselt (den habe ich eben noch unauffällig aus dem Mülleimer gefischt, verunstaltet mit Ketchupflecken und getränkt in Hotdogsaft), und jede Minute, die ich in Gegenwart dieses ekelhaft sexistischen Leo Frost verbringen musste, war die reinste Folter, aber ich habe getan, was ich tun musste: Ohne erkannt zu werden habe ich es geschafft, ihm meine Telefonnummer zu geben. Und dazu brauchte ich noch nicht einmal das ganze Kapitel aus Großmamas Buch zu lesen! Gut gemacht!

Am Bonham Square angekommen sehe ich, wie Jamie aus dem Haus stapft und dabei angeregt auf sein Handy einredet. Den Arztkittel hat er sich über den Arm gelegt, und er trägt ein altes, verwaschenes Khaki-T-Shirt mit der Aufschrift »Abernathy Canal Centre« und darunter das Bild eines Kahns.

Als ich schließlich vor ihm stehe, tut er sehr überrascht angesichts meiner Aufmachung und signalisiert mir, er sei gleich fertig mit telefonieren.

»Also gut, du Rotzlöffel.« Er lächelt ins Telefon. »Ich hab dich ganz doll lieb. Bis bald.«

»Rotzlöffel?«, frage ich mit hochgezogener Augenbraue, sobald er aufgelegt hat.

»Mein Neffe Charlie. Er ist sieben.« Seine Augen leuchten. »Hier.« Und damit hält er mir das Handy vor die Nase, auf dem ein hagerer kleiner Junge in Leeds-United-Fußballkluft zu sehen ist. »Er besucht mich am Wochenende. Tolles Kerlchen, findest du nicht?«

»Entzückend«, versichere ich, obwohl Charlie in meinen Augen genauso aussieht wie jeder andere siebenjährige Junge dieser Welt.

»Der Kleine ist ein kleiner Wissenschaftsfreak«, gluckst Jamie stolz. »Letztes Jahr habe ich ihm so einen Kinderchemiekasten zum Geburtstag gekauft, den liebt er über alles. Na ja, abgesehen von seiner Wii. Und Pupsen.«

»Ach. Cool.«

Jamies Lächeln verliert etwas an Strahlkraft. Nicht, dass ich nichts von seinem kleinen Neffen wissen möchte. Wobei, Moment, nein, eigentlich will ich wirklich nichts von ihm wissen. Ich frage mich bloß … warum soll ich mir das anhören? Familiengeschichten sind etwas für Pärchen, ein soziales Bindemittel aus gemeinsamen Erlebnissen und intimen Details, die man miteinander teilt. Und darum geht es hier nicht.

»Schicke Aufmachung«, erklärt Jamie und mustert mich pointiert.

Woraufhin ich mich etwas affig im Kreis drehe. »Ist für Großmutters Buchprojekt. Däääämlich, ich weiß. Ich trage ein *Korsett*, verdammt.«

»Ein Korsett, echt? Hm, das ist wirklich albern. Und irgendwie … verdammt sexy.« Er kommt einen Schritt näher, bis uns nur noch wenige Zentimeter trennen.

»Ehrlich gesagt tut es ziemlich weh«, schnaufe ich. »Und außerdem, Herr Doktor, sollten wir hier keine Verbrüderungsszenen veranstalten. Meine Großmama hat mir *verboten*, mich weiter mit dir zu treffen …« Er runzelt die Stirn. Ich muss grinsen. »Aber ich finde, was sie nicht weiß, macht sie nicht heiß.«

»Aha.« Er kommt noch etwas näher und schlingt einen Arm um meine eingeschnürte Taille. »Soll das heißen, wir müssen uns ab jetzt heimlich treffen? Wir beginnen eine verbotene Affäre?«

»So ungefähr …« sage ich und wackele vielsagend mit den Augenbrauen. »Könnte doch ziemlich heiß sein …«

»Wie wäre es, wenn wir gleich damit anfangen?« Mit einer warmen Hand fährt er mir über den Rücken und jagt mir einen Schauer bis in den Bauch. »In der Praxis ist niemand mehr. Wir könnten dir schon mal das Korsett ausziehen, wenn du willst?«

»O Gott, bitte, ja.« Vorfreudig reibe ich mir den Bauch und muss an den herrlichen Augenblick denken, wenn ich endlich wieder frei durchatmen kann.

»Na dann komm«, flüstert Jamie, reicht mir die Hand und schaut mit gespielt sorgenvollem Blick erst nach links und dann nach rechts die Straße hinunter. »Bevor uns hier noch jemand sieht.«

Was für ein Knallkopf. Lachend ergreife ich seine Hand und zerre ihn hinter mir her in die Praxis.

*

Den Arm voller Vintage-Unterwäsche (darunter auch die Strümpfe, die Jamies übereifrigem Versuch zum Opfer gefallen sind, sie mir möglichst schnell vom Leib zu reißen), schleiche ich mich um Mitternacht nach oben in Großmutters Wohnung und versuche, heimlich, still und leise die Tür zu öffnen, damit ich bloß niemanden wecke. Im ganzen Haus riecht es durchdringend nach Popcorn. Komisch. Ich bin viel zu müde, um mich abzuschminken, also lasse ich mich einfach in voller Montur aufs Bett fallen und bin binnen Sekunden tief und fest eingeschlafen.

Es kommt mir vor, als hätte ich die Augen gerade erst zugemacht, da werde ich von einem energischen Klopfen an der Schlafzimmertür geweckt.

Ist es schon Morgen?

Neeeein.

Großmutters Stimme schallt frisch und munter aus dem Flur ins Schlafzimmer.

»Jessica, Liebes, Zeit zum Aufstehen! Wir können es kaum erwarten, dass du uns von gestern Abend erzählst! Das Frühstück ist fertig. Peach und ich warten schon auf dich. Beeil dich!«

»Mrgn.« Ich drehe mich zu Mr Belding um, der zusammengeringelt neben mir liegt und schnurrt, als wäre es ihm schnurzegal, zu einer so unchristlichen Uhrzeit geweckt zu werden. »Gehst du bitte runter und entschuldigst mich beim Frühstück, Mr Belding?«, bitte ich ihn. »Einer für alle, ja?«

Statt einer Antwort drückt er seine kalte Katzennase gegen meine und tatzt mir mit den Pfoten ins Gesicht.

Herrje, warum können die mich nicht einfach in Ruhe lassen? Warum? WARUM?

Seufzend und sehr widerstrebend krabbele ich schließlich aus dem Bett, schlüpfe in eine Jogginghose und ein blaues Baumwollunterhemd und schlurfe dann nach unten. Verschlafen tappe ich in die Küche, lasse mich am riesengroßen Eichentisch auf einen Stuhl fallen und gieße mir aus der Kanne eine Tasse schwarzen Kaffee ein.

»Wie ist es gelaufen?«

»Hast du Mr Frost mit deinem Charme bezirzt und um den Finger gewickelt?«

»Hat er dich nach deiner Telefonnummer gefragt?«

»Wo sind meine Handschuhe?«

Ich werde von allen Seiten mit Fragen bombardiert. Ich trinke einen großen Schluck Kaffee und reibe mir die Augen. Dann strecke ich mich ausgiebig und gähne wie ein Nilpferd, nur um sie noch ein bisschen mehr auf die Folter zu spannen.

»Wie war es, Jess?«

»Jetzt red schon, um Gottes willen!«

Mit hochgezogenen Augenbrauen schaue ich sie an. »Ach, ihr wisst schon«, sage ich nonchalant und stelle die Kaffeetasse wieder auf den Tisch. »Er hat nicht lockergelassen, bis ich ihm meine Nummer gegeben habe.«

Peach lacht vor Staunen laut auf. Großmama versucht ganz unbeeindruckt zu tun, was ihr allerdings grandios misslingt. Ihre Augen funkeln aufgeregt, und auf ihren sonst so blassen Wangen erscheinen zwei leuchtend rosarote Flecken. »Welcher meiner Ratschläge für die gute Frau war es, Jessica?«, fragt sie. »Welcher hat funktioniert?«

Ich beiße mir auf die Lippen. Unmöglich, ihr zu sagen, dass die Sache mit dem Handschuh gründlich in die Hose gegangen ist. Sonst bricht sie nur wieder in Tränen aus. Also sage ich einfach: »Der Handschuh! Ich habe ihn fallen gelassen und bin weitergegangen, genau wie im Buch beschrieben, und er ist mir hinterhergelaufen wie ein Hündchen. Es war, ähm, quasi Zauberei.«

Aufgeregt klatscht sie in die Hände. »Und du hast dir das Fluchen verkniffen?«

»Ich hab nicht mal Scheiße gesagt. Ich hab die prüde Schöne gespielt wie aus dem Bilderbuch.«

Und dann erzähle ich ihnen, was am Abend passiert ist. Dass ich mich Lucille Darling genannt habe, wie Leo mich auf einen Drink einladen wollte, und dass ich gesagt habe, ich sei schon »anderweitig involviert«. Wobei ich ihnen allerdings die Details erspare und den Mantel des Schweigens über meine Ausrutscher breite, mit denen ich die ganze Geschichte beinahe vermasselt hätte. Dass es reine Glückssache war, dass er sich meine Nummer hat geben lassen, und dass es überhaupt nichts mit Großmutters guten Ratschlägen zu tun hatte, sondern vielmehr mit meinen unübersehbaren Megabrüsten und meinen beeindruckenden Autoscooterfahrkünsten.

»Ich hoffe, er ruft dich bald an«, murmelt Peach und schaufelt sich die Tesco-Billigcornflakes löffelweise in den Mund.

»Ach, sicher ruft er sie an«, erklärt Großmama zuversichtlich. »Aber ein paar Tage werden wir wohl warten müssen.« Sie gluckst stillvergnügt in sich hinein. »Männer wollen sich nicht gerne die Blöße geben, gleich zum Hörer zu greifen. Sie möchten auf keinen Fall übereifrig erscheinen.«

Doch wie sich noch herausstellen wird, irrt Matilda Beam in diesem Punkt ganz gewaltig. Denn keine zwanzig Minuten später klingelt mein Telefon. Es ist Leo Frost.

*

Großmutter und Peach eilen herbei und setzen sich zu mir aufs Sofa, während ich den Anruf auf meinem iPhone annehme.

»Hallo?«

»Guten Morgen, Lucille. Hier spricht Leo Frost.«

*Leo Frost. Denker. Künstler. Mann. Am Telefon.*

»Hallo Leo«, schnurre ich mit tiefer, sanfter Stimme. »Wie

*wunderbar*, dass Sie sich melden. Ich hoffe, Sie hatten gestern einen schönen Abend auf dem Rummel …«

Ich unterbreche mich abrupt, als ich sehe, wie Großmama und Peach mich vollkommen entsetzt anstarren. Sie gestikulieren wie wild und wedeln wie verrückt mit den Händen. Was ist denn? Was wollen sie mir damit sagen?

»Entschuldigen Sie, Leo, könnten Sie bitte kurz dranbleiben?«

Ich drücke auf Anruf halten. »Was *ist* denn?«

»Deine Stimme! Was um alles auf der Welt ist mit deiner Stimme passiert?« Großmutters Kinn zittert.

»Ähm … ich sollte doch mit beruhigender, sanfter Stimme sprechen. Hast du das nicht gesagt? Ein bisschen rau und so?«

»Deine Stimme klingt viel zu tief! Du solltest vogelzart und beschwingt klingen!«

»Und wie klinge ich?«

Peach verzieht das Gesicht und weicht meinem Blick aus. »Du klingst bedrohlich – richtig diabolisch. Als wolltest du ihm hinterrücks die Kehle durchschneiden.«

Großmama tätschelt mir das Knie. »Ein bisschen sanfter noch, Liebes. Sprich mit ihm, als hättest du ein *köstliches* kleines Geheimnis.«

Nickend räuspere ich mich und versuche, etwas sanfter, höher und melodischer zu sprechen. Ich klinge wie ein hirnamputierter Vollpfosten.

»Entschuldigen Sie bitte, Leo«, hauche ich und schalte den Lautsprecher des Handys ein. Großmutter zeigt mir den gereckten Daumen. »Was kann ich für Sie tun?«

»Also, ich dachte, wir könnten uns heute Abend vielleicht sehen. Ich habe zwar noch eine Verabredung zum Essen, aber danach hätte ich alle Zeit der Welt. Ein Kaffee bei mir? Wie wär's? Gegen elf?«

Ach. Du. Liebes. Lieschen. Mit Lockanrufen kenne ich mich aus, und wenn das hier kein unverhohlener Lockanruf ist, dann will ich nicht Lucille Darling heißen. Dabei habe ich doch gestern gar keine Unverbindlicher-Sex-Schwingungen ausgesendet. Ganz bestimmt nicht. Vielleicht haben meine Brüste ihre ganz eigenen Schwingungen ausgesendet. Warum wundere ich mich eigentlich – Valentina hatte mich doch gewarnt, das sei Leos normaler Modus Operandi.

»Kleinen Augenblick, ich schaue eben mal in meinen Kalender.« Und damit hänge ich ihn wieder in die Warteschleife.

»Das ist ein Lockanruf«, zische ich Großmuter und Peach zu.

»Ein *Lockanruf?*«, fragt Großmutter verdattert. »Das verstehe ich nicht.«

Hm. Wie soll man einer Siebenundsiebzigjährigen, die ihre Filme auf VHS anschaut, erklären, was ein Lockanruf ist?

»Ähm … er möchte nicht mit mir ausgehen. Ich glaube, er möchte mich zu sich nach Hause locken … zum … *du weißt schon.*«

»Nichts weiß ich.«

»Ähm, also, na ja, sagen wir es mal so: Er möchte das mit mir machen, was Wildhüter Oliver mit Lady Chatterley macht.«

Großmama klappt die Kinnlade herunter. Entsetzt reißt sie mir das Handy aus der Hand und drückt mit den knochigen Fingern auf »Auflegen«.

»Was machst du denn da?«, kreische ich empört und reiße das Telefon wieder an mich. »Du hast einfach aufgelegt!«

»Der Kerl ist ein Wüstling, Liebes«, erklärt Großmutter und schiebt ganz ruhig die Brille zurück. »Ein sehr gut aussehender, sehr vermögender und charmanter Wüstling. Er ist es nicht gewohnt, dass Frauen einfach auflegen, wenn er anruft – allein die Tatsache, dass du das getan hast, wird ihn faszinieren, glaub mir. Wenn er gleich noch mal anruft, sagst du ihm, du würdest dich morgen Abend liebend gerne mit ihm zum Essen verabreden – er wird dich nicht über seine unehrenhaften Absichten aufklären, dazu ist er viel zu gut erzogen.«

»Der ruft ganz bestimmt nicht zurück!«, zetere ich und verdrehe die Augen. »Wir leben nicht in der guten alten Zeit, Großmama. Es ist nicht süß oder faszinierend oder kokett, einfach auszulegen. Das finden Männer heutzutage einfach bloß blöd.«

Das Handy klingelt wieder.

Es ist Leo.

Ungläubig blinzelnd schaue ich vom Telefon zu meiner Großmutter und wieder zurück. Die betrachtet ganz unbeteiligt ihre perfekt lackierten Fingernägel, als sei es das Normalste der Welt.

»Wow«, keucht Peach mit Blick auf das Telefon.

Ich gehe ran.

»Hallo?«

»Ach, Lucille, wir sind wohl unterbrochen worden«, sagt Leo mit tiefer vornehmer Stimme.

»Ach herrje, das tut mir so leid. Ich war gerade etwas abgelenkt und habe *vollkommen* vergessen, dass Sie noch in der Leitung waren!« Ich kichere herzig. Großmama strahlt über das ganze Gesicht.

»Ach«, hüstelt er. »Verstehe.«

»Also, was die Frage nach einem gemeinsamen Abendessen angeht. Morgen hätte ich am frühen Abend Zeit, das passt Ihnen hoffentlich? Ein *Gentleman* wie Sie kennt doch sicherlich die *wunderbarsten* Restaurant, um eine Dame wie mich auszuführen.«

Ich warte nur darauf, dass er mir erklärt, er wolle mich eigentlich gar nicht zum Essen einladen. Tut er aber nicht. Großmutter hatte recht. Sie hatte vollkommen recht! Er ist viel zu gut erzogen, um dieses »Missverständnis« zu korrigieren. Vor allem, weil ich ihn gerade als Gentleman bezeichnet habe.

»Ähm … also gut. Ich wollte eigentlich gar nicht … Ja, gut. Ich denke, am frühen Abend … könnte es gehen.«

»Wunderbar«, schnurre ich. »Ich freue mich schon.«

Wie. Eine. Schneekönigin.

Völlig ahnungslos, was für ein böser Streich ihm da gerade gespielt wurde, hat Leo Frost soeben zugestimmt, Lucille Darling morgen am frühen Abend zum Essen auszuführen.

Ich lege auf und hebe die Hand, um meine Großmutter abzuklatschen. Sie glaubt, ich wolle ihr zuwinken, und winkt mit einem etwas verwirrten Ausdruck im bebrillten Gesicht zurück. Zum Glück springt Peach ein und rettet den High Five. Puh.

Los geht's. Bitte einsteigen und die Türen schließen.

# Neunzehntes Kapitel

Eine Frau sollte sich nicht um die finanziellen Belange ihrer Familie kümmern müssen. Das ist Aufgabe des Mannes. Vertrauen Sie stets dem Urteil Ihres Ehemanns.

– Matilda Beams Handbuch für die gute Hausfrau, 1957

Die überschwänglich gute Laune nach Leo Frosts Anruf erhält einen herben Dämpfer, als es an der Tür klingelt.

»Ich geh schon«, rufe ich quer durch die Wohnung und hopse durch den vollgestellten Flur des Grauens, wobei ich nur knapp dem Tod durch einen gefährlich schwankenden Stapel japanischer Hackmesser entgehe, der auf einem Turm aus alten Brettspielen balanciert. Entnervt schnalze ich mit der Zunge und stelle den Messerblock auf den Boden zu dem anderen Gerümpel, dann drücke ich auf den Knopf der Gegensprechanlage.

»Yo.«

»Morgen. Ich habe hier ein Einschreiben.«

Ich drücke den Türsummer und lassen den Briefträger herein. Ich sehe, wie er die Treppe hinaufsprintet – ein stämmiger Kerl in kurzer Hose mit einer Postmütze auf dem Kopf. Er sieht mich, und das jungenhafte, gebräunte, lächelnde Gesicht wird vor Enttäuschung immer länger. Mein Gott. Ich weiß selbst, dass ich morgens zum Fürchten aussehe, aber er könnte sich doch wenigstens *etwas* mehr Mühe geben, seine offensichtliche Abscheu zu verbergen.

»Wo ist denn Peach?«, erkundigt er sich und reicht mir den an Matilda adressierten Brief. »Ist sie … nicht mehr da? Sind Sie ihre Nachfolgerin?«

»Ach was, Peach ist in der Küche, glaube ich. Soll ich sie holen?«

Er zieht sich den Schirm seiner Mütze ins Gesicht. »N-nein. Es sei denn … es sei denn, sie möchte mich sehen?«

»Keine Ahnung. Soll ich sie fragen?« Ich drehe mich um und will Peach herrufen.

»Nein! Nein, lieber nicht.« Er wischt sich ein paar Schweißperlen von der Stirn. »Ist schon okay. Bitte nur eine Unterschrift hier.« Und damit hält er mir ein kleines Gerät und einen digitalen Kuli zum Unterschreiben vor die Nase. Ich kritzele meinen Otto darauf und nehme den Brief entgegen.

»Soll ich Peach von Ihnen grüßen?«, frage ich mit hochgezogener Augenbraue.

»Ähm, nein. Wir sehen uns sicher morgen«, murmelt er und ist schon wieder auf dem Weg nach unten.

»Bye, bye!«, rufe ich ihm fröhlich nach, aber da ist er bereits verschwunden.

Eigenartig.

Schlapp in den Salon schlurfend werfe ich einen Blick auf den Brief an Matilda. Im Sichtfeld des Umschlags sind die Worte zu erkennen:

*Räumungsklage: Bonham Square.*

Verdammt. Das klingt ernst! Und sehr bedrohlich. Selbst die fette Schrifttype wirkt übellaunig. Ich reiche Großmama, die in ihrem blauen Sessel sitzt und den grauen Bleistiftrock enger näht, den ich morgen Abend bei meiner Verabredung mit Leo tragen soll, den Brief.

»Der ist gerade für dich gekommen!«

Sie schaut nicht mal richtig auf. »Danke, mein Liebes. Bitte lege ihn auf das Tischchen im Flur. Ich kümmere mich später darum.«

Ich muss an den Stapel ungeöffneter Post denken, der mir gestern Abend ins Auge gefallen ist.

»Ähm … vielleicht solltest du ihn lieber gleich öffnen. Scheint wichtig zu sein.«

»Ja, mache ich … nachher«, entgegnet sie abwesend.

»Aber …«

Streng schaut Großmama mich an und hat das Gesicht in missbilligende Falten gelegt, wie meine Mum es immer machte, wenn ich sie fragte, warum ich keinen Dad habe, oder wenn ich mein ganzes Taschengeld an einem Tag ausgegeben hatte. Ich halte den Mund und fahre mir über den Nacken. Warum mische ich mich überhaupt ein? Ist schließlich nicht *mein* Problem. In zwei bis vier Wochen bin ich hier raus und hoffentlich nicht mal mehr im Lande.

Aber … wenn man solche Briefe ignoriert, stehen früher oder später sehr unangenehme Menschen auf der Matte. Und das sollte einer alten Dame nicht passieren, Blutsverwandte hin oder her. Mir dreht sich bei dieser Horrorvorstellung der Magen um.

Schnell reiße ich den Brief auf.

Großmama fährt von ihrer Näharbeit auf, und die Kinnlade klappt ihr herunter. »W-was um alles auf der Welt tust du da? Das ist eine eklatante Verletzung der Privatsphäre! Es ist verboten, fremde Briefe zu öffnen! Hör sofort damit auf!«

»Du machst seit Ewigkeiten deine Post nicht mehr auf, und das hier kann nicht warten.« Energisch entfalte ich den knallroten Brief und fange an zu lesen. Beeindruckend, dieser bedrohlich passiv-aggressive Ton, die Begriffe »Räumungsbescheid«, »erhebliche Rückstände« und »Tilgungsplan«. Großmama legt den Rock beiseite, steht auf und reißt mir den Brief aus der Hand.

Ich lasse sie gewähren und beobachte traurig, wie sie ihn liest.

»Ach du lieber Himmel. Ich … Ich …«, setzt sie an und sinkt dann wieder in den Sessel. Mutlos lässt sie den Kopf hängen.

Das kann sie laut sagen.

»Hey, das kriegen wir schon wieder hin, okay«, sage ich und schlucke schwer. »Reg dich nicht auf. Da steht, ähm, dass du einer gewissen Mindestratenzahlung zustimmen musst. Wenn du dieser Zahlungsaufforderung nachkommst, verzichten sie auf ein gerichtliches Vorgehen.«

Großmama setzt die Brille ab und seufzt. Ihr steigen mal wieder die Tränen in die Augen.

»Wie um alles auf der Welt konnte es nur so weit kommen?«, murmelt sie leise und schaut mich dann an. »Ich darf gar nicht daran denken, Jessica. Ich … Ich hatte immer gehofft, wenn ich nicht daran denke, dann würde das Problem von selbst wieder verschwinden. Ich habe mir gesagt, ich kümmere mich darum, wenn meine Bücher neu aufgelegt werden, aber diese Leute« – mit zitternden Händen wedelt sie mit dem Brief – »sind so schrecklich ungeduldig. Und *äußerst* unhöflich.«

»Vielleicht rufst du einfach mal da an …«

»Aber Jack hat sich immer um unsere Finanzen gekümmert! Es ist die Aufgabe eines guten Ehemanns, sich um die finanziellen Belange seiner Familie zu kümmern. *Ich* weiß überhaupt nicht, was ich tun soll. Was soll ich denn bloß machen?«

Verdammt. Ich bin ja auch nicht unbedingt die große Finanzexpertin, aber meine arme altmodische Omi hat wirklich keinen Schimmer, wie sie diese Sache angehen soll. Wie kann man bloß so erfolgreiche Ratgeberbücher schreiben und nicht die Bohne von Geld und Krediten verstehen?

»Ich könnte mir vielleicht einen Halbtagsjob suchen?«, schlage ich zaghaft vor.

Während meiner Reisen habe ich oft gekellnert. Als Kellnerin findet man in London doch sicher an jeder Ecke einen Job.

»Nein«, schluchzt Großmama. »Wir müssen uns auf unser Projekt mit Valentina konzentrieren. Eine bessere Chance auf ein ordentliches Einkommen haben wir nicht. Und ich kann unter keinen Umständen zulassen, dass du für die Fehler deines Großvaters einstehst. Auf gar keinen Fall. Wo es doch unsere Schuld ist, dass …«

Aus dem Flur tönt ohrenbetäubendes Scheppern, als Peach über einen der zahllosen Gerümpelberge stolpert.

»Alles gut!«, ruft sie. »Ich bin bloß über einen Schneebesen gefallen!«

Einen Schneebesen? Warum zum Teufel liegt da draußen ein Schneebesen … Und dann trifft mich plötzlich ein Geistesblitz.

»Großmama«, sage ich und setze mich ihr gegenüber aufs Sofa. »Ich habe da so eine Idee. Ich glaube, wir könnten möglicherweise einiges von deinen Sachen zu Geld machen.«

»Wie bitte?«

»Das ganze Gerümpel im Flur und auf dem Dachboden. Das könnten wir doch verkaufen, meinst du nicht? Ich meine, das brauchst du doch alles nicht mehr.«

»Das ist mein Hab und Gut! Das hat alles einen … sentimentalen Erinnerungswert.« Stirnrunzelnd schaut sie mich an, als hätte ich gerade vorgeschlagen, sie solle sich ein Bein abschneiden und verkaufen.

Ich verdrehe die Augen. »Was nützen dir acht Kristalllüster, wenn du demnächst unter der Brücke schlafen musst?«

»Gütiger Himmel!« Großmama bricht wieder einmal in Tränen aus. Verdammt. Ich tätschele ihr die Schulter.

»War nur Spaß.« *Irgendwie.* »Aber Sentimentalitäten können wir uns nicht leisten. In so einer Lage muss man absolut skrupellos und kaltblütig sein. Willst du mir allen Ernstes weismachen, du bräuchtest *all* die Sachen da draußen? Neben der Wohnungstür liegen zwei Bowlingkugeln. Wann warst du das letzte Mal beim Bowling?«

Großmama schaut angestrengt auf ihre Knie. »Das war wohl 1978. Aber … vielleicht möchte ich ja mal wieder gehen. Eines Tages.«

»Tust du aber nicht! Und was ist mit dem alten Plattenspieler? Irgendein Musik-Freak würde dafür bestimmt ein Vermögen bezahlen.«

»Ich habe einen Plattenspieler?«, fragt Großmutter verwundert. »Ist mir gar nicht aufgefallen.«

»Siehst du! Bei der Hälfte von diesem Plunder weißt du nicht mal, dass er da ist. Wir könnten auch gleich die ganzen Porzellanpuppen in meinem Zimmer verscheuern. Die sind echt gruse…«

»Nein!«, unterbricht Großmama mich heftig. »Nein. Die nicht. Die bleiben, wo sie sind. Unter keinen Umständen rührst du diese Puppen an …«

»Okay, okay, schon gut! Also keine Puppen. *Du* bestimmst, was verkauft werden darf, und ich stelle es bei eBay ein. Ich bin ein eBay-Crack. Letztes Jahr habe ich mir so eine gute Produktbeschreibung für ein Paar Plateaustiefel aus den Fingern gesaugt, dass es einen regelrechten Bieterkrieg gab und sie am Ende für sechzig Pfund weggegangen sind. Ich habe nur fünfzehn dafür bezahlt, und das 2003.«

»*Ibäih?*«, fragt Großmama naserümpfend. »Ist das ein Flohmarkt? Wo findet der statt? In der Innenstadt?«

»Ach, meine Liebe, du hast noch so viel zu lernen«, ahme ich sie übertrieben hochnäsig nach. »Aber mal ehrlich. Ich zeige dir, wie das funktioniert. Ist supereinfach, und vielleicht können wir uns damit den Gerichtsvollzieher vom Hals halten, bis wir unser Projekt in trockenen Tüchern haben.«

Großmama nimmt einen tiefen, zittrigen Atemzug, und das Kinn sinkt ihr bis auf die Brust. »Lieber stecke ich den Kopf in den Sand.«

Woraufhin ich nur die Achseln zucke. »Keine Sorge, so eine Schei…, entschuldige, so ein Mist passiert manchmal. Aber jetzt, wo wir den Brief aufgemacht haben, haben wir das Schlimmste schon hinter uns. Wir schaffen das, okay? Alles wird gut.«

Statt einer Antwort beugt Großmama sich zu mir vor, legt mir eine altersfleckige Hand auf die Wange und lächelt zaghaft. »Meine wunderbare Jessica. Ich danke Gott, dass ich dich habe.«

*

Der Tag vergeht wie im Flug, während Großmutter mir altmodische Verhaltenstipps einbläut. Meine Verabredung mit Leo morgen und die hohe Wahrscheinlichkeit, mit der er mich in einen megavornehmen (sprich: protzig pompösen) Edelschuppen ausführt, nimmt sie zum Anlass, mir endlich »Tischmanieren« beizubringen. Laut ihrer Aussage esse ich »wie ein wild gewordener Neandertaler«. Was nun wirklich nicht stimmt. Ich esse wie ein ganz normaler erwachsener Mensch. Der gelegentlich ein bisschen auf seine Brüste kleckert. Aber sie meint, ich soll nur ganz kleine Bissen in den Mund stecken und ganz geziert kauen, wie ein armes kleines Vögelchen oder eine magere Französin. Einfach lachhaft. Dann geht es weiter mit »korrekter Besteckhandhabung«, und ich erkläre meiner Großmutter, dass ich *Pretty Woman* mindestens eine Trillion Mal gesehen habe und die »Messer und Gabeln von außen nach innen«-Regel in- und auswendig kenne. Aber sie besteht darauf, sämtliche relevanten Punkte aus ihren Ratgebern abzuarbeiten, in denen natürlich auch nichts anderes steht, als dass »man mit dem Besteck stets außen beginne und innen ende«.

Zu den etwas absurderen Ratschlägen, die ich bekomme, gehören:

> Um den Gentleman nicht zu kränken, überlasse man ihm das Begleichen der Rechnung.
>
> Man warte stets, bis die Begleitung oder der Kellner den Stuhl zurechtgerückt hat. Eine gute Frau nimmt nicht einfach selbst Platz.
>
> Man wende sich nie an den Kellner. Stattdessen schaue man stets sein Gegenüber an und überlasse es ihm, die Bestellung beim Kellner aufzugeben.

Ich weiß nicht so recht, ob ich laut losprusten oder mich wutschnaubend abwenden soll. Gegen siebzehn Uhr gibt sie sich schließlich damit zufrieden, mich mit genügend unnützem Wissen vollgestopft zu haben, damit Leo Frost sich beim Essen Hals über Kopf in mich verliebt (denn wenn er erst mal sieht, wie gut ich mich in Löffeletikette auskenne, wird er sicher nicht mehr zu halten sein). Großmama zieht sich zurück, um den Rock fertig zu nähen, und ich setze mich mit meinem Laptop an den Küchentisch.

Dann öffne ich ein neues Word-Dokument und tippe »Wie man sich einen Mann angelt à la 1955«, was ich dann dick unterstreiche.

Dann starre ich auf die ansonsten leere Seite.

Ziemlich lange.

In den vergangenen zwei Jahren habe ich nichts anderes mehr geschrieben als die Blogposts für *Summer in the City*. Während meiner Reisen habe ich ausführliche Reisetagebücher und Essays und Kurzgeschichten verfasst, die mir nur so aus der Feder zu fließen schienen. Aber nachdem ich so lange nur noch über Cocktailrezepte und Designhotels und Summers Top-Fünf-Liste ihrer Lieblingsröcke … aller Zeiten! geschrieben habe, bin ich leider völlig aus der Übung, was ein wenig tiefgründigere Texte angeht.

Zwanzigtausend Wörter in nicht mal vier Wochen ist genau genommen doch ein ziemlich großer Brocken. Verfüge ich überhaupt über einen Wortschatz von zwanzigtausend Wörtern? Und was, wenn ich durch ein vollkommen unwahrscheinliches Wunder auch noch die übrigen sechzigtausend Wörter für das Buch schreiben muss? Wie lange ich *dafür* wohl brauchen würde? Ob ich die ganze Zeit hierbleiben müsste? Jeden Tag im Korsett herumlaufen, während meine Taille schmaler und immer schmaler wird, bis sie eines Tages verschwunden ist und ich tot bin? Unter einem Dach mit meiner nahe am Wasser gebauten Großmutter und ihren unberechenbaren Gemütsschwankungen? Und der Erinnerung an meine Mutter? Bei dem Gedanken dreht sich mir der Magen um, und ich schiebe diese beunruhigenden Gedanken in die hinterste Ecke meines Gehirns.

Fünfmal ändere ich die Schrifttype des Dokuments, bis ich mich schließlich für die gute alte Times New Roman entscheide.

Dann koche ich eine Kanne Tee. Ganz langsam.

Dann singe ich ein Shakira-Cover, nur so zum Spaß.

Dann schaue ich aus dem Fenster und denke an Summers Fernsehshow und überlege, ob sie wohl die neue Lena Dunham wird.

Während ich noch so darüber nachdenke, kommt Peach in die Küche gestapft, Mr Belding fest an die Brust gedrückt. Sein winziges Köpfchen hat er eng an ihren Busen geschmiegt. Mit verzücktem Lächeln schaut sie ihn an. Die beiden haben sich angefreundet. Der wird ganz schön blöd gucken, wenn er erst wieder in Manchester ist und sich für Summers Internetauftritte in bescheuerte Kostüme stecken lassen muss. Vielleicht schiebe ich es noch ein bisschen auf, ihr zu sagen, dass ich ihn heimlich mitgenommen habe …

»Hey, Jess«, quiekt Peach.

Mir ist jede Ablenkung recht, um nicht gleich wieder an den Computer zurückzumüssen, also falle ich ihr vor Dankbarkeit fast um den Hals.

»Hey, Lady P. Was geht ab? Erzähl, was gibt's Neues? Raus damit. Willst du einen Tee? Marmeladenkekse? Was hast du gestern Abend gemacht?« Ich gieße ihr eine Tasse Tee ein.

Peach setzt sich an den Tisch und setzt sich Mr Belding auf den Schoß. »Ich, ähm, ich habe mir einen Film angeschaut. Schade, dass du so spät nach Hause gekommen bist. Ich hatte mich so auf unseren Filmabend gefreut.«

Was? *Ach*. Stimmt. Ich hatte ihr versprochen, dass wir uns eine DVD ansehen! *Darum* roch es beim Heimkommen im ganzen Haus nach Popcorn. Bestimmt hatte sie sogar zwei Gesichtsmasken rausgelegt. Verflixt, daran hatte ich überhaupt nicht mehr gedacht! Hätte ich mir wohl besser auf die Hand geschrieben.

»Mist, tut mir leid, Peach.«

Woraufhin sie knallrot wird und abwehrend abwinkt. »Ach, nicht so schlimm. Ich weiß, du hast alle Hände voll zu tun mit dem Buchprojekt ... Aber vielleicht hast du ja heute Abend Zeit?«

Aus den Augenwinkeln linse ich auf das leere Word-Dokument auf meinem Rechner. »Hmm ... Was würdest du denn gerne machen?«

»Weiß nicht, vielleicht zusammen Kaffee trinken gehen? Wie bei *Friends?* Die haben immer zusammen Kaffee getrunken. Und Spaß gehabt und Witzchen gemacht.«

Ich zucke die Achseln. »Hmm, wie wäre es, wenn wir gleich einen drauflegen? Wir könnten was trinken gehen. Vielleicht auch tanzen?« Mit wackelnden Schultern unterstreiche ich meinen Vorschlag.

Es blitzt in Peachs blassgrauen Augen, aber dann schüttelt sie mutlos den Kopf. »Klingt nicht gerade billig.«

»Der Scheck von Valentina ist angekommen ...«

»Nein, das geht nicht. Du brauchst das Geld.«

»Das stimmt ... aber auf ein paar Pfund mehr oder weniger kommt es wirklich nicht an. Sieh es einfach als kleine Entschuldigung für gestern Abend. Und wenn es um viel Spaß für wenig Geld geht, bin ich Expertin.«

»Wann soll's denn losgehen?«

Mein Laptop bekommt noch einen Seitenblick. Dann schließe ich ihn behutsam mit der Spitze des Zeigefingers.

»Wie wäre es mit jetzt gleich?«

*

Großmama scheint gute Laune zu haben, denn sie hat nichts dagegen, dass Peach und ich tanzen gehen wollen.

»Du hast hart gearbeitet, und jede gute Frau sollte sich hin und wieder ein wenig amüsieren.« Wohlwollend schaut sie mich an. »Tanzen ist ganz wunderbar, um auf elegante und damenhafte Art fit und in Form zu bleiben.«

Ich frage mich, was sie wohl glaube, zu welcher Art von Tanzveranstaltung wir gehen? Womöglich Bossanova oder so was. Aber ich belasse sie in dem Glauben. Großmama hat zwar grundsätzlich nichts dagegen, dass wir ausgehen, aber sie besteht auf zwei Dingen: Erstens, dass wir die Cinderella-Nummer machen und allerspätestens um Mitternacht wieder zu Hause sind, damit ich vor meiner Verabredung mit Leo morgen den nötigen Schönheitsschlaf bekomme, und zweitens, dass ich meine Vintage-Unterwäsche trage, damit ich lerne, mich darin *»anmutiger zu bewegen«*.

Peach hilft mir in Mieder, Hüfthalter und BH zu steigen, und obwohl es höllisch wehtut, als ich die Röhrenjeans und das enge rote Ramones-T-Shirt darüberziehe, ist der Effekt doch umwerfend sexy. Peach schlüpft in eine süße grüne Tunika und schwarze Leggins, wirft sich einen durchscheinenden schwarzen Paschmina über, und dann machen wir uns zusammen auf den Weg.

»Wohin soll's denn gehen?«, frage ich sie, als wir durch die dunstige Abendsonne zur U-Bahn-Station South Kensington gehen. »Wo hängen die hippen jungen Leute in London so ab?«

Peach schaut mich an, als hätte ich sie gefragt, warum das Promi-Turmspringen auf iTV immer noch so ein Quotenrenner ist. »Woher soll ich das denn wissen?«

»Ähm, arbeitest du nicht schon seit, was, fünf Jahren in London? Gehst du nicht gelegentlich mal auf die Piste?«

Woraufhin sie den Paschmina noch etwas enger um die Schultern zieht und mich beschämt von der Seite anguckt. »Normalerweise sitze ich auf meinem Zimmer und stricke oder lese. Vielleicht ist es dir noch nicht aufgefallen, aber ich bin ein bisschen ...«

»Schüchtern? Neeeein. Du machst Witze!« Ich schaue sie aus den Augenwinkeln an. Die Schultern hat sie hochgezogen, den Kopf gesenkt, und das freundliche, rundliche Gesicht verschwindet hinter den wirren, mausgraublonden Locken. »Peach, warst du *überhaupt* schon mal in einer Bar? Einem Club?«

Verlegen schüttelt sie ganz leicht den Kopf.

Woraufhin ich nur verdutzt nach Luft schnappe. »Wie alt bist du?«

»Sechsundzwanzig.« Sie seufzt. »Zu meiner Verteidigung: Ich bin auf einer Farm in Alabama aufgewachsen, und als ich die USA verlassen habe, war ich noch zu jung, um offiziell ein Lokal zu betreten, das Alkohol ausschenkt. Und dann war ich hier und habe irgendwie nie neue Leute kennengelernt. Einmal war ich in einem Pub. Aber da habe ich bloß eine Kleinigkeit gegessen.«

Ich fasse es einfach nicht. Die Frau ist sechsundzwanzig und war noch nie in ihrem Leben in einer Bar oder einem Club!

Plötzlich scheint es, als hätte ich mein ganzes Leben lang auf diesen Augenblick gewartet. Ausgehen ist mein Daseinszweck. Partymachen mein Lebensinhalt. Ich könnte Peach unter meine Fittiche nehmen. Sie ist jung. Ihr bleiben noch ein paar gute Jahre, bis sie irgendwann auf die dunkle Seite wechselt, mit einer festen Beziehung und Kindern und Ideen für eine eigene Fernsehshow und *Farrow and Ball*-Farbe an den Wänden. Ich könnte ihr alles beibringen und mir dabei ganz nebenbei die beste Ausgehfreundin aller Zeiten heranziehen! Zumindest für die kommenden zwei bis vier Wochen.

Aufgeregt nehme ich sie an die pummelige Hand und marschiere freudig in Richtung U-Bahn.

»Pass gut auf und lerne, meine Kleine«, sage ich mit einem Grinsen, das wahrscheinlich ein bisschen irre wirkt. »Pass auf und lerne.«

## *Zwanzigstes Kapitel*

Mit einem Mann zu tanzen ist eine hervorragende Gelegenheit, ein unverbindliches Gespräch zu beginnen und dabei eine gute Figur zu machen. Eine gute Frau schwebt elegant und anmutig über das Parkett. Sie vermeidet allzu komplizierte oder ausgefallene Figuren und überlässt immer und unter allen Umständen dem Herren die Führung.

– Matilda Beams Handbuch zu Liebe und Romantik, 1955

Auf Birnen-Cider!«, rufe ich überschwänglich und proste Peach mit meiner Flasche zu.

»Und auf die Vereinigten Staaten von Amerika!«, fügt Peach hinzu und stößt fröhlich mit mir an.

Zuerst haben wir uns ein gutes, günstiges Abendessen gegönnt, haben dann eine kleine Kneipentour durch Soho gemacht, und nun sitzen wir an einem winzigen Tisch im Twisted Spin, einem angesagten Kellerclub, den Love/London, ein sehr beliebter Insider-Blog, »Londons frischeste Indie- und Rock-Location« nennt. Die Musik ist eine gute Mischung und schön laut – allerdings nicht so laut, dass man sein eigenes Wort nicht mehr versteht – der Cider ist nicht überteuert, und der Laden hat so eine düstere, sexy Industrial-Atmosphäre, bei der man die Außenwelt mit ihrem ganzen Mist einfach vergisst. Ich bin in meinem Utopia.

Peach hat ein bisschen gebraucht, um in Stimmung zu kommen – zuerst war das Gespräch etwas angestrengt und drehte sich hauptsächlich um die gegenwärtige Hitzewelle und was für ein Wetter wir beide mögen, respektive nicht ausstehen können. Im dritten Pub angekommen hatte das Bier seinen Zweck erfüllt, und Peach wurde langsam ein bisschen lockerer. Nach und nach entpuppt sie sich, genau wie erhofft, als ideale Begleiterin, wenn auch als *etwas* schräge.

»Jess!«, brüllt sie mir durch das Gewummer von Arcade Fire zu, das aus den Boxen dröhnt. »Wollen wir uns für dich auch einen Spitznamen ausdenken?«

»Was?«, frage ich mit zusammengekniffenen Augen.

»Einen Spitznamen für dich.« Sie unterdrückt ein Rülpsen. »Wie beste Freundinnen. In *Die Goonies* hatte auch jeder einen Spitznamen, und die waren beste Freunde. Chunk. Mouth. Data. Ich bin Lady P. Wie wollen wir dich nennen?«

Vorhin hat Peach mir kleinlaut gestanden, wie schwer es ihr durch ihre soziale Scheu und ihre Schüchternheit fällt, neue Menschen kennenzulernen – weshalb sie sämtliche Informationen über Freundschaften statt aus eigenen Erfahrungen aus Film und Fernsehen bezieht. Nachdem sie sich ein bisschen Mut angetrunken hat, und weil sie unbedingt Freundschaft mit mir schließen will, versucht sie nun, mittels eines ganzen Fragenkatalogs herauszufinden, »wie ich ticke«. Darunter die Frage nach meiner Lieblingsfarbe (Grün), ob ich als Kind ein Haustier hatte (nein – Mum sagte immer, das sei nur Arbeit und zusätzliche Verantwortung, die wir nicht brauchen) und nach dem Schönsten und Schlimmsten, was mir je passiert ist (die Beantwortung dieser Frage umging ich elegant, indem ich vorgab, dringend aufs Klo zu müssen). Und nun möchte sie also, dass wir uns Spitznamen ausdenken. Alles schon ziemlich schräg. Aber von ihren seltsamen Fragen und den hochgezogenen Schultern mal abgesehen ist Peach witzig und klug und liebenswert. Es tut mir fast ein bisschen leid, dass ich nicht lange genug hier sein werde, um mich wirklich mit ihr anzufreunden, was sie sich offensichtlich sehnlichst wünscht. Und außerdem, selbst wenn ich es wollte – und ich will es nicht – bin ich mir nach allem, was Summer mir angetan hat, nicht sicher, ob ich überhaupt mehr sein könnte als eine »supercoole Gute-Laune-Party-Freundin«. Aber wenn Peach an mir üben will, wie man neue Freunde findet, dann habe ich nichts dagegen. Vor allem, wenn ich mich dadurch vor unserem *Wie angele ich mir einen Mann à la 1955*-Projekt drücken kann.

»Spontan fällt mir nichts ein, aber ich denke mal darüber nach. Aber eins weiß ich ganz genau, Peach«, meine ich grinsend und trinke einen großen Schluck aus meiner Flasche. »Es ist Zeit zu tanzen.«

Ich habe den Satz noch nicht zu Ende gesprochen, da ist Peach schon aufgesprungen und wackelt mit ihrem beachtlichen Hinterteil auf die Tanzfläche. Ein Song von den Klaxons dröhnt durch den Club. Woraufhin sie den Lockenkopf schüttelt und mit den Händen begeistert ein unsichtbares Schlagzeug bearbeitet. Johlend feuere ich sie an, ziemlich beeindruckt von ihrer unerwartet coolen Performance, und flitze zu ihr auf die Tanzfläche, und dann hopsen wir beide ausgelassen herum wie wildgewordene Handfeger.

*Wusste* ich es doch. Die Frau hat Potential.

*

Wir tanzen bis zum Umfallen, und obwohl es nicht ganz einfach ist, sich im Würgegriff meiner Unterwäsche frei zu bewegen, ist es trotzdem ein wunderbares Gefühl, sich gehen zu lassen und zu lachen und ohne doofe Blicke albern und laut und ausgelassen zu sein. Irgendwann geht uns die Puste aus, und Peach muss mal aufs Klo. Ich besorge derweil zwei von diesen köstlichen kleinen Wodkashots mit Aroma, die heute Abend im Angebot sind. Mit den Gläsern in der Hand steuere ich auf eine Sitzbank gleich neben der Tanzfläche zu, und lasse sie dann vor Schreck beinahe fallen – denn plötzlich sehe ich, keinen Meter entfernt und in ein angeregtes Gespräch mit einem Grüppchen aufgerüschter Leute vertieft, die hier vollkommen fehl am Platz wirken, Summer.

*Meine* Summer.

Was zum verf*** Geier? Was hat die denn im Twisted Spin zu suchen? Und was zum Kuckuck macht sie überhaupt in *London?* Im selben Moment hat Summer mich ebenfalls entdeckt und stutzt. Ihr fallen fast die Augen aus dem Kopf, als sie mich vollkommen verdattert anstarrt. Vermutlich mache ich ein ähnlich dämliches Gesicht.

»Jess?« Ich höre sie nicht, sehe aber, wie sie mit den Lippen meinen Namen formt. Steif stöckelt sie zu mir herüber, einen eiskalten Mojito in der Hand, und sieht in dem winzigen weißen Playsuit und den gigantischen nudefarbenen Lackleder-Highheels einfach umwerfend aus. Mit den Ellbogen bahnt sie sich den Weg durch die Meute der Feierwütigen.

Na toll.

Bis eben habe ich mich prächtig amüsiert. Was zum Geier soll ich denn zu ihr sagen? Können wir den höflichen Smalltalk einfach überspringen, und ich kneife sie stattdessen? Ich meine, genau das hätte sie doch eigentlich verdient, nachdem sie sich aufgeführt hat wie ein echter Kackfrosch.

Nein. Gewalt darf nie die Lösung sein.

Als Summer schließlich vor mir steht, wirft sie rechts und links an meinen Ohren vorbei ein Küsschen in die Luft, was sie eigentlich nur macht, wenn sie schon ein paar Drinks intus hat, und auch dann nur bei Leuten, die sie kaum kennt. Früher haben wir uns mit einer coolen Faust-auf-Faust-Geste begrüßt.

»Ich fasse es nicht. Du hier! Wie schön dich zu sehen!«, zirpt sie und wackelt ganz beiläufig mit dem beinahe preisgekrönten Hinterteil zum Takt der Musik. Sie tut so, als hätte sie nicht kürzlich mein ganzes Leben ruiniert, als hätte sie mich *nicht* übers Ohr gehauen, nur um ins Fernsehen zu kommen, und mich dann eiskalt abserviert. »Was machst du denn in London? Wie lange bist du schon hier? Ich habe hier ein Meeting für meine Show.« Und damit weist sie mit dem Daumen auf die Glamour-Clique hinter sich. »Das sind die Leute von der Produktionsfirma. Die sind *toll. Total* clever, und die haben einen Haufen Ideen für die SITC-Marke.«

»Ach«, murmele ich tonlos und wackele im Takt zur Musik mit dem Kopf, in der Hoffnung, ihr damit zu zeigen, dass es mir scheißegal ist, was sie macht, und dass ich *überhaupt nicht* neidisch bin.

»Ja, aber ich weiß nicht, ob der Club das Richtige für sie ist.« Sie verzieht das Gesicht. »In Love/London stand, Twisted Spin sei 2014 eine der angesagtesten Indie- und Rock-Locations, aber es ist doch eine ziemliche Absteige, findest du nicht?«

Ich verdrehe nur die Augen.

»Vermutlich landen wir am Ende doch wieder im Soho House. Da hängen die ganzen Film- und Fernsehtypen ab. Anderson hat immer gesagt, das ist sein Lieblingsladen, um ihn London gechillt was trinken zu gehen. Er ist übrigens gerade in der Stadt, weißt du? Nächste Woche hat er einen Auftritt bei Graham Norton, also könnte es sein, dass er heute Abend auch da ist. Wobei mir das natürlich schnuppe ist. Ich bin ja jetzt mit Holden zusammen.«

Warum erzählt sie mir das? Ich schaue sie verständnislos an und stürze meinen Shot herunter. Und dann gleich auch noch den von Peach hinterher.

»Du hast dich verändert«, stellt sie mit einem Blick aus zusammengekniffenen Augen auf meine rotblonden Haare und die Wespentaille fest. Ein seltsames Flackern huscht über ihr hübsches Gesicht – blitzt da womöglich etwas Neid auf?

»Das ist für das Projekt, an dem ich gerade arbeite«, erkläre ich steif.

»Ein Projekt? Was denn für ein Projekt?« Erstaunt sieht sie aus. Was hatte sie denn erwartet? Dass ich mich in eine Ecke setze und mir die Augen aus dem Kopf heule?

Das Intro von »Do I Wanna Know?« von den Artic Monkeys dröhnt durch den Club, und wir passen unsere Stehtanzgeschwindigkeit entsprechend an.

»Ach, nicht der Rede wert«, erkläre ich. »Bloß ein bisschen Schreiben.«

Als würde ich ihr auf die Nase binden, dass ich mit meiner Großmutter zusammenarbeite. Das hätte sie wohl gerne.

»Ach, *wie schön für dich*. Freut mich, dass du zu tun hast.« Ihre gespielte Begeisterung ist durch und durch unglaubwürdig. »Ich hab mir wirklich Sorgen um dich gemacht. Du bist einfach abgehauen, ohne dich zu verabschieden. Wo wohnst du denn je...«

»Ja, ich war ganz geplättet von deinen vielen besorgten Anrufen und Nachrichten, es war unglaublich, es hörte ja gar nicht mehr auf«, knurre ich kopfschüttelnd mit vor Ärger zusammengebissenen Zähnen.

Was will die überhaupt von mir? Weiß sie denn gar nicht, was sie mir angetan hat? Wie kann sie bloß so tun, als sei alles in bester Ordnung?

»Hör zu, Summer«, sage ich und bedenke sie dabei mit einem wahrlich vernichtenden Blick, zumindest so vernichtend, wie ich es in meinem ziemlich beschickerten Zustand hinbekomme. »Ich bin mit einer Freundin unterwegs, und wir haben gerade eine Menge Spaß, also bin ich jetzt mal weg ...«

»Mit wem denn? Du hast doch überhaupt keine Freunde.«

*Kneif sie nicht. Kneif sie nicht.*

»Eine neue Freundin. Also, du weißt schon … Bye. Viel Glück mit deiner Fernsehshow. Nimm's mir nicht übel, wenn ich sie mir nicht ansehe.« Und damit drehe ich mich auf dem Absatz um und will gerade einen dramatischen Abgang hinlegen, da hält Summer mich am Ärmel fest und zieht mich zurück.

»Das mit der Show war reiner Zufall, Jess«, versichert sie mit weit aufgerissenen Augen. »Das habe ich nicht geplant. Es hat sich einfach so ergeben. Die Gelegenheit konnte ich mir doch nicht entgehen lassen. Ich meine, das hätte dir doch sowieso keinen Spaß gemacht – das bedeutet eine *Menge* Verantwortung. Genau genommen habe ich dir einen Gefallen getan, dich nicht mit ins Boot zu nehmen. Wieso kannst du dich da nicht einfach mit mir freuen?«

Erbost schüttele ich sie ab. »Du Lügnerin!«, zische ich fassungslos. »Ich habe mit Valentina Smith geredet. Ich weiß, dass du den Buchvertrag abgelehnt hast. Du hast Seth Astrow bei der Buchvorstellung kennengelernt, und du wusstest ganz genau, was du willst. Du hast mich eiskalt abserviert! Du solltest also jetzt wenigstens den Anstand haben, dazu zu stehen.«

Ganz kurz wirkt sie etwas betreten, aber noch bevor sie etwas erwidern kann, kommt Peach auf uns zugestolpert und platzt mitten in unser Gespräch.

»Entschuldige, dass es so lange gedauert hat! Ich habe auf der Toilette eine unheimlich nette Dame getroffen, und wir haben uns ein bisschen verquatscht. Sie hat auch ein kleines Kätzchen!« Sie hickst ganz leise. »Sie hat mir ein Foto auf ihrem Handy gezeigt, aber sie schielt ein bisschen und ist nicht halb so süß wie Mr Belding.«

Erwischt.

»Entschuldige, was redest du da von Mr Belding?«, fragt

Summer stirnrunzelnd und mustert Peach von Kopf bis Fuß. »Wer bist du eigentlich?«

»Ich bin Peach Carmichael«, entgegnet Peach fröhlich. »Die beste Freundin von Jess. Schön dich kennenzulernen.«

»Jess?«, fragt Summer und funkelt mich wütend an. »Warum redet diese seltsame wildfremde Person über Mr Belding? Wo ist er? Weißt du, wo er hin ist?«

Jetzt schaue ich etwas schuldbewusst aus der Wäsche.

»Okay, erwischt. Ich geb's zu, Mr Belding ist bei mir, Summer«, gestehe ich. »Ich … habe ihn mitgenommen, als ich gegangen bin.«

»Was?« Summers Gesicht verzieht sich zu einer hässlichen Fratzenversion desselben, und alle vorgebliche Freundlichkeit ist mit einem Schlag verschwunden. »Du hast ihn *mitgenommen?* Du hast unsere Katze mitgenommen? Wer macht denn so was, Jess? Wer zum Teufel klaut eine Katze?« Sie kichert hämisch. »Ganz schön krank, selbst für deine Verhältnisse. Ich meine, ich weiß ja, dass du ernste Probleme hast, aber … *wow*. Ich habe Holden schon überall nach ihm suchen lassen. Du solltest ihn so schnell wie möglich zurückbringen. Meine Instagram-Zugriffe sind dramatisch zurückgegangen, seitdem er nicht mehr da ist. Ich hatte mehr Follower als die dämliche Carol Vorderman, und jetzt schmelzen meine Zahlen wie Eis in der Sonne.«

Die Frau ist einfach nicht zu fassen.

»Mr Belding kann dich nicht ausstehen!«, brülle ich aufgebracht. »Du zwängst ihn gegen seinen Willen in alberne Klamotten, und dann muss er stundenlang für irgendwelche Fotos posieren. Das ist doch kein Leben für ein Kätzchen. Das ist überhaupt kein Leben.«

»Ja«, mischt Peach sich plötzlich mit Piepsstimmchen ein. »Ihm gefällt es bei uns!«

Sie hat recht. Mr Belding gefällt es wirklich bei uns, oder vielmehr bei Peach. Und ich finde es schön, wenn er nachts neben mir auf dem Kopfkissen schläft. Sehr sogar.

»Das glaube ich kaum.« Summer bedenkt Peach mit einem eisigen Blick. »Coole neue Freundin hast du da, Jess.« Und dann grinst sie höhnisch.

Peach schnappt empört nach Luft, und ihre rundlichen Wangen werden knallrot.

Summer betrachtet mich mit einem spöttischen Grinsen, eine Mischung aus Mitleid und Überlegenheit. Diesen Blick kenne ich nur zu gut. Und in dem Augenblick geht mir auf, dass Summer mich immer schon so angesehen hat. Als sei sie was Besseres. Als sei ich ihr dummer kleiner Hofnarr, der die Drecksarbeit für sie macht, über den sie die Augen verdrehen, den sie übers Ohr hauen und dem sie sich überlegen fühlen kann.

Aber das war einmal.

»Wer hat Mr Belding aus dem Tierheim geholt, Summer?«, frage ich sie so ruhig wie irgend möglich.

»Das tut doch nichts zur Sache. Er *gehört* uns beiden.«

»Ich war das. Ich habe ihn da rausgeholt. Du hattest keine Zeit, weil du dir die Haarspitzen färben lassen musstest, wenn ich mich recht entsinne. Du hast mich vom Friseur aus angerufen und mir eingebläut, ungedingt das fotogenste Kätzchen zu nehmen. Und wer hat wohl den Schutzvertrag unterschrieben?«

»Das heißt gar nichts!«

»Ach nein? Ich hatte auch keinen Anspruch auf *Summer in the City*, weil ich keinen Vertrag unterschrieben hatte, schon vergessen? Aber ich habe den Vertrag für Mr Belding unterschrieben. Also gehört er *offiziell* mir. Und ich … schenke ihm die Freiheit.«

Trotzig recke ich das Kinn. Ich bin Jessica Beam – mutige und unerschrockene Retterin gequälter Internetkatzen.

»Das kannst du nicht machen!«, stammelt sie.

Ich zucke bloß die Achseln. »Weißt du was, Summer? Ich glaube, ich habe es schon getan.« Und damit drehe ich mich zu Peach um und hake mich bei ihr unter. »Komm, Lady P. Machen wir die Biege.«

Noch nie im Leben habe ich so einen Klischeesatz gesagt, aber ich habe das mal in einem Film gehört, und für diesen Anlass ist es genau das Richtige. Peach schaut mich mit unverhohlener Bewunderung an. Und damit marschieren wir aus dem Club, während Summer uns schäumend vor Wut hinterherschaut.

*

Um die Stimmung irgendwie noch zu retten, landen Peach und ich schließlich in einer Karaoke-Bar und jaulen bis in die frühen Morgenstunden 80er-Jahre-Power-Balladen ins Mikrofon. Es funktioniert hervorragend – es gibt nichts, was eine aus vollem Hals gegrölte Version von »Love Is a Battlefield« nicht richten könnte. Unsere Sperrstunde ich längst vorbei, als wir schließlich wieder am Bonham Square ankommen, in der Hand einen fettigen Döner vom Imbiss um die Ecke. Kichernd erzählen wir uns mit vollem Mund unsere Lieblingswitze aus der Sitcom 30 Rock. Um Großmama nicht zu wecken bei dem Versuch, uns einen Weg durch den Flur des Grauens zu bahnen, klettern wir von der Fensterbank im Erdgeschoss hoch zu meinem Balkon. Wir klammern uns an die schmiedeeisernen Gitterstäbe, als hinge unser Leben davon ab. Jamie hatte recht. Das ist viel schwieriger und gefährlicher als es aussieht. Ein Glück, dass Peach mich mit ihren kräftigen Bauernmädchenarmen einfach hochzieht.

»Isch glaube, das war der beschte Tag meinesch Lebensch«, wispert sie, als wir gemeinsam in das stille, dunkle Schlafzimmer stolpern und versuchen, uns das alberne Schulmädchenkichern zu verkneifen. Die einzige noch funktionierende Standuhr hallt durch das Haus und schlägt drei, und Peach muss noch lauter lachen. »Drei Uhr morgens«, haucht sie in staunendem Unglauben. »Ich fühle mich so lebendig! Als könnte ich einfach alles tun! Was für ein Abend!«

Grinsend schaue ich sie an. Trotz des unerwarteten und äußerst unerfreulichen Zusammentreffens mit Summer – oder womöglich auch gerade deshalb – war das alles in allem ein verdammt guter Abend.

Als Peach schließlich angeschwipst zu ihrem Bett gewankt ist, nehme ich Mr Belding aus dem gestreiften Clubsessel, wo er sich gemütlich neben Felicity ausgestreckt hatte, der gruseligsten Puppe der Welt.

Selig lächelnd schaue ich ihn an. »Jetzt bist du meine Katze«, sage ich zu ihm und trage ihn schwankend zu seinem Platz auf dem Kopfkissen. »Und mit Felicity als Zeugin verspreche ich dir, Mr Belding: Du musst nie, nie wieder bescheuerte Katzenkostüme tragen. Ich ...« Ich hole tief Luft. »Ich schenke dir die Freiheit.«

Mr Belding reagiert darauf zunächst nicht gerade begeistert, aber ich glaube, ein zufriedenes kleines Lächeln über sein Katzengesicht huschen zu sehen.

Ich bin echt hackedicht.

# *Einundzwanzigstes Kapitel*

Eine gute Frau zeigt stets Begeisterung. Selbst angesichts einer unerfreulichen Situation macht sie immer gute Miene zum bösen Spiel.

– Matilda Beams Handbuch für die gute Frau, 1959

Am nächsten Morgen ist Großmama geradezu ekelhaft guter Laune und voller Tatendrang, und sie erwartet, dass Peach (blass um die Nase und womöglich noch nicht wieder ganz nüchtern) mit ihrem flotten Tempo Schritt hält. Nachdem sie sich schweren Herzens dazu durchgerungen hat, einiges von ihrem alten Gerümpel zu verkaufen, möchte sie jetzt *auf der Stelle* den Flur in Angriff nehmen und alles aussortieren, was sich irgendwie auf eBay zu Geld machen lässt.

Einerseits ist das natürlich prima, denn das heißt, dass meine Gardinenpredigt von gestern nicht auf taube Ohren gestoßen ist und wir uns den Gerichtsvollzieher vielleicht noch eine Weile vom Hals halten können. Aber andererseits ist es auch ganz großer Mist, denn Peach und ich haben einen solchen Mordskater, dass wir eigentlich mucksmäuschenstill in einer dunklen Ecke liegen und uns für sehr lange Zeit nicht rühren sollten, während ein netter Mensch uns mittels Strohhalm mit eiskalter Fanta versorgt und dabei gelegentlich leise mitfühlende Geräusche ausstößt.

*Wie gerne* wäre ich zuerst eine Runde joggen gegangen, bevor wir mit der Arbeit anfangen – die beste Medizin, wenn man schon nicht den ganzen Tag reglos herumliegen darf – aber Großmama bestand darauf, ich solle nicht mehr laufen, weil man davon dicke Waden bekommt und aussieht wie ein Mann, sondern lieber nur ein paar leichte Dehnübungen machen. Was natürlich völliger Schwachsinn ist. Leichte Dehnübungen sind was für Weicheier. Ich liebe Joggen, und ich würde für nichts und niemanden damit aufhören, ganz gleich, wie muskulös meine blöden Waden auch werden. Aber ich habe versprochen, mich für *Wie angelt man sich einen Mann à la 1955* an Großmutters Regeln zu halten, also muss ich ihr wohl in Zukunft nicht nur meine Schäferstündchen mit Jamie verheimlichen, sondern auch meine Rennrunden.

Gegen Mittag hat Peach sich bereits zweimal übergeben, ich bin einmal kurz eingenickt, aber wir haben es allen widrigen Umständen zum Trotz geschafft, fast den gesamten Krempel im Flur zu sortieren, zu beschriften und zu fotografieren. Dabei sind uns ein paar richtige Schätzchen in die Hände gefallen, darunter drei prächtige Kupfertöpfe, ein antikes Turnbridge-Schachspiel und jede Menge alter Retro-Schallplatten. Abgesehen von einer silbernen Taschenuhr, die wohl Jack gehört haben muss, hat meine Großmutter die ganze Aufräumaktion im Grunde recht gelassen über sich ergehen lassen. Über die Uhr hat Großmama allerdings gut fünfundzwanzig Minuten lang bittere Tränen vergossen, und dann verkündet, die werde sie mit ins Grab nehmen. Insgesamt bin ich aber offen gestanden beeindruckt, mit welchem Gleichmut sie das alles erträgt. Wobei ich es schon etwas seltsam finde, in all dem Gerümpel rein gar nichts von Mum zu entdecken – schließlich hat sie doch Jahre ihres Lebens hier verbracht. Aber ich frage nicht nach, damit Großmama nicht wieder unvermittelt zu weinen anfängt. Mit flauem Magen und dröhnendem Kopfschmerz wäre das nicht auszuhalten.

Als es schließlich Zeit wird, mich für die Verabredung mit Leo zurechtzumachen, bin ich völlig verstaubt, habe das Gefühl, mich gleich übergeben zu müssen, und bin total kaputt. Noch nie habe ich mit einem Kater so gerackert. Wie schön wäre es jetzt, die Verabredung einfach abzusagen, Toast mit Bohnen in Tomatensoße zum Abendbrot zu essen und dann mit Peach und Mr Belding auf dem Sofa herumzulümmeln. Ich habe keinen Schimmer, wie ich in meinem bemitleidenswerten Zustand lange genug wach bleiben soll für meine Mission, geschweige denn mich an die zahllosen Ratschläge für die gute Frau erinnern, die Großmama mir einzuhämmern versucht hat. Ein Glück, dass Leo so ein herzloser Mistkerl ist – den wird es sicher nicht stören, wenn ich ein bisschen wortkarg bin. Bestimmt steht er eher auf die stillen Schönheiten. Deshalb gehe ich auch davon aus, solange ich rattenscharf aussehe und total beeindruckt tue und Interesse heuchele für alles, was er sagt, wird ihm nicht auffallen, dass ich platter bin als ein überfahrenes Eichhörnchen, und ich kann den Abend ohne besondere Vorkommnisse hinter mich bringen.

*

The Strand wimmelt nur so vor Menschen, die gerade von der Arbeit kommen. Die Krawatten gelockert, die Haare zerzaust und die verknitterten Sakkos über dem Arm hasten sie die geschäftige Londoner Straße entlang, und ich falle mit meiner extravaganten Garderobe vollkommen aus dem Rahmen. Heute Abend hat Großmama mich in einen hyperkratzigen anthrazitgrauen Bleistiftrock gesteckt, zu dem ich eine blassrosa Bluse trage, die fest in den Rockbund gestopft ist, damit meine eingeschnürte Taille auch gut zur Geltung kommt. Die Haare sind in weiche Femme-Fatale-Wellen gelegt, die mir immer wieder über das linke Auge fallen und ständig im

Weg sind. Um den Hals trage ich ein bedrucktes geknotetes Liberty-Tuch in dunkelrosa und violett, das mich zu erdrosseln droht, und um dem Ganzen die Krone aufzusetzen, hat Großmama mich gezwungen, einen Hut aufzusetzen. Einen Hut, verdammt. So ein kleines mauvefarbenes Käppchen mit einem kleinen Tüllpuschel vorne. Die ganze Aufmachung ist eng und unbequem und viel zu heiß (im Bezug auf die Temperatur, nicht in sexueller Hinsicht).

Ich bin zu früh bei Woolf Frost und drücke mit einem müden, durch und durch selbstmitleidigen Grummeln die schweren Türen zu dem Bürogebäude auf. Die Agenturräume sind weitläufig und riechen förmlich nach altem Geld – mit all den Eichenholzpaneelen, dem gedämpften Licht und den hässlichen weinroten Sofas. Gemächlich schlendere ich zum Empfang, wo eine junge Dame ihre Siebensachen zusammensucht und offensichtlich gerade Feierabend machen will. *Die* geht jetzt sicher mit ihrer coolen Clique auf die Piste, wie jede normale zwanzigjährige Frau an einem Freitagabend.

»Leo Frost erwartet mich«, erkläre ich und versuche, ein Gähnen zu unterdrücken. »Ich bin wohl etwas zu früh dran.«

Die Empfangsdame verdreht die Augen. »Dritter Stock, zweite Tür links«, rattert sie monoton herunter, als hätte sie das schon tausenden von erbarmungswürdigen Häschen vorgebetet, die hier standen und nach Leo Frost fragten. Wie gerne würde ich ihr sagen, dass ich *keine* seine Eroberungen bin, dass ich nicht so dämlich bin wie die anderen Frauen, denen er das Herz gebrochen und darauf herumgetrampelt hat – und ich kann es absolut nicht ausstehen, wie mitleidig sie mich anschaut.

Aber ich sage bloß: »Besten Dank.«

Vor seinem Büro angekommen atme ich tief durch und versuche das flaue Gefühl im Magen zu ignorieren, dann setze ich ein faszinierendes Lächeln auf. Zeit für ein bisschen Lucille. Juchu.

Leise klopfe ich an. Keine Antwort.

Ich klopfe abermals, diesmal ein bisschen lauter.

Noch immer keine Antwort.

Woraufhin ich kurzentschlossen die Tür aufmache und unversehens in einem großen, hellen Büro stehe. Die Wände sind mit großformatigen gerahmten Werbeplakaten gepflastert, die ich allesamt aus Zeitschriften und von Plakatwänden kenne. Durch Leos Arbeit zieht sich erkennbar ein roter Faden – es ist alles hypermacho, mit vielen dunklen, mechanisch anmutenden Farbtönen und einer schreienden, aggressiven Typografie. Die bescheuerte DRIVE ALIVE-Anzeige hängt gut sichtbar über dem teuren Schreibtisch aus Nussbaumholz, und die Dame im Diamantbikini schmollt dümmlich auf mich herab, als könne sie sich beim besten Willen nicht erklären, warum um Himmels willen sie morgens vergessen hat, sich etwas Ordentliches überzuziehen. Frost sitzt nicht hinter seinem Schreibtisch, sondern an einem schräggestellten Zeichentisch vor dem sonnendurchfluteten Fenster. Den breiten Rücken hat er der Tür zugewendet, und ein silberner Kopfhörer von Bang & Olufsen zerdrückt seine rote Tolle. Der Bleistift fliegt nur so über das Papier, und mit dem Fuß klopft er den Takt zur Musik aus den Kopfhörern. Er hat keine Ahnung, dass ich hinter ihm stehe.

»Hiii«, flöte ich, so laut ich kann, und versuche gleichzeitig krampfhaft, möglichst sanft und beruhigend zu klingen.

Natürlich hört er mich nicht. Also schlendere ich zu ihm hinüber und mache große Augen, als ich sehe, was er da gerade malt. Eine fein gezeichnete Skizze eines alten Mannes in einem abgewrackten alten Fischerboot, den Kopf müde in eine Hand gestützt.

Wow.

Ich gebe es nur ungern zu, aber es ist wirklich großartig; ganz anders als der gerahmte Müll an den Wänden.

Hmm. Vielleicht sollte ich mich irgendwie bemerkbar machen, ehe er sich umdreht und mich dabei erwischt, wie ich nur ein paar Zentimeter hinter ihm stehe und ihn mit dem Hut auf dem Kopf beäuge.

»Hallo, Leo?« Behutsam tippe ich ihm auf die Schulter.

Erschrocken zuckt er zusammen. Der Bleistift fällt ihm aus der Hand und landet klappernd auf dem Boden.

»*Fick die Henne!* Ach … ja, Lucille. Hi.« Rasch reißt er sich wieder zusammen, nimmt den Kopfhörer ab und ersetzt die entsetzt-überraschte Grimasse durch ein diabolisch selbstsicheres Grinsen. Mit einem leicht amüsierten, aber eindeutig begehrlichen Blick mustert er meine Aufmachung. Widerlich.

»Ich wollte Sie nicht stören«, gurre ich. »Ich war ein bisschen zu früh dran, und die Empfangsdame hat mich zu Ihnen nach oben geschickt. Ich hoffe, ich komme nicht ungelegen.«

»Ganz und gar nicht«, entgegnet er aalglatt und wischt meine Bedenken mit einer Handbewegung vom Tisch. »Wie wäre es mit einem kleinen Drink vor dem Essen?«

»Mmmm, ja, gerne«, antworte ich begeistert.

Ich weiß nicht, ob Großmama genauso begeistert wäre, dass ich vor dem Essen Alkohol trinke, aber mir ist hundeelend, und vielleicht hilft mehr vom selben gegen die latente Übelkeit und bringt mich wieder auf die Beine.

Leo spaziert zu dem Barwagen in der Ecke, der genauso aussieht wie der von Don Draper in *Mad Men*. Darum hat er ihn sicher gekauft, der Trottel. Schnell hat er zwei Martinis gemixt und reicht mir einen davon. Ich nehme das Glas, und dann setzen wir uns nebeneinander auf das dunkelgrüne Chesterfield-Sofa.

Ich klimpere ein bisschen mit den Wimpern und lächele ihn an.

Er lächelt zurück.

Ich lächele noch strahlender zurück.

Wir nippen an unseren Drinks und grinsen wie zwei manische Honigkuchenpferde.

Er rutscht ein bisschen näher heran, und sein Blick wandert über mein ganzes Gesicht, als könne er sich an diesem Anblick gar nicht satt sehen. Was will der bloß? *Ich* soll doch hier Interesse heucheln. Er starrt mich bloß durchdringend an, und obwohl ich sonst die Königin sämtlicher Blickduelle bin – ich kann meinem Gegenüber zwei Minuten lang in die Pupille starren, ohne mit der Wimper zu zucken – würde Großmama mir sicher raten, ihm den Sieg zu überlassen. Also ziehe ich den Schwanz ein und wende als Erste den Blick ab.

Irgendwie liegt dieses Schweigen und In-die-Augen-Gucken ziemlich schwer in der Luft, und ich fühle mich alles andere als wohl dabei.

Bestimmt ist das eine Masche von ihm. Ich wette, Leo Frost ist davon überzeugt, damit sexuelle Spannung zu erzeugen. Aber das ist *keine* sexuelle Spannung. Ich weiß einfach nicht, was ich sagen soll. Aber *irgendetwas* muss ich sagen, ein Gespräch mit ihm anfangen, damit er diese Verabredung nicht bloß als Mittel zum Sex missversteht. Aber ich habe keinen Schimmer, worüber ich mit ihm reden soll – meine Großmutter hat bisher nicht viel Wert auf den Inhalt von Gesprächen gelegt und mir nur den Rat gegeben, bei allem, was er sagt, Begeisterung zu zeigen und mich für alles zu interessieren, was ihn interessiert. Wobei ich mich vage daran erinnere, dass sie beiläufig erwähnte, das Wetter sei ein gutes Thema für einen Gesprächseinstieg.

Okay.

»Himmel, ist es heiß draußen …«, setze ich an.

Ich werde unterbrochen von der Bürotür, die plötzlich aufgestoßen wird und donnernd gegen die Wand knallt, dass das ganze Zimmer bebt. Mein Martini schwappt über den Gläserrand und tropft mir auf die Hand. Ein großer, silbergrau melierter, teuer gekleideter Mann marschiert mit großen Schritten in Leos Büro. Er trägt einen schneidigen marineblauen Blazer, eine beige Hose und einen ziemlich angepissten Ausdruck im distinguierten Gesicht.

»Leonardo, verdammt noch mal, Sasha aus der Repro nervt mich schon die ganze Zeit wegen der dämlichen Markenkonzepte für Longchamps. Bist du damit noch nicht fe…« Der Mann unterbricht sich, als er mich da sitzen sieht. »Ach. Ich wusste nicht, dass du Besuch hast.«

Und dann mustert er mich mit demselben begehrlichen Blick wie Leo, als wir uns auf dem Rummelplatz begegnet sind.

Würg.

»Das ist Lucille Darling«, stellt Leo mich steif vor und setzt sich etwas aufrechter hin. »Lucille, das ist mein Vater, Rufus Frost.«

Der große und mächtige Rufus Frost, Inhaber von Woolf Frost.

»Ach, ich kann gar nicht sagen, wie ich mich freue, Sie kennenzulernen«, säusele ich affektiert und reiche Rufus Frost geziert die Hand zum Gruß.

»Na, wen haben wir denn da? Sie sind aber ein ganz schön flotter Käfer, was?«, schleimt er, und statt mir die Hand zu geben, drückt er mir einen dicken feuchten Schmatz auf die dargebotene Rechte. Er riecht nach Zigarren. Und jetzt riecht meine Hand sicher auch nach Zigarren. Maaann. »Ein ausnehmend hübsches Exemplar«, erklärt er, nachdem er mich ausgiebig gemustert hat wie ein Viehhändler eine Milchkuh, um dann zufrieden zu nicken.

Wo sind wir denn hier? Sein Dad ist ja noch schlimmer als Leo selbst! Dabei hätte ich mir eben schon auf die Schuhe kotzen können.

Unter Aufbietung sämtlicher Selbstbeherrschung gelingt es mir, wenn auch mit Mühe, mir ein kleines »geschmeicheltes« Kichern abzuringen, statt dem Kerl umstandslos in die Eier zu treten. Es fällt mir nicht leicht. Ich trinke einen großen Schluck Martini.

Leo hüstelt. »Entschuldige, Vater, Sasha hat die Markenkonzepte spätestens morgen Mittag auf dem Schreibtisch, ja?«

Rufus gibt keine Antwort. Er hat den Blick auf Leos Zeichentisch geheftet und greift dann mit einem spöttischen Grinsen nach dem Bild.

»Ach, du *kritzelst* mal wieder. Verstehe!« Missbilligend schüttelt er den Kopf, dreht sich mit seinem höhnischen Grinsen zu mir um und hält mir das Bild zwischen Daumen und Zeigefinger unter die Nase. »Wie finden Sie das, Miss Darling? Ein Mann in einem Boot! Ein Rembrandt ist er nicht gerade, was?«

Wow, wie fies.

»Wir gehen jetzt besser, Lucille«, sagt Leo und fährt sich mit der Hand über den Nacken.

»Sie irren, Mr Frost«, blaffe ich Rufus an, ehe ich mir auf die Zunge beißen kann. »Ich finde die Zeichnung ehrlich gesagt krass gut.«

Upps. Eine gute Frau platzt nicht einfach so mit ihrer Meinung heraus. Und ich glaube, sie verwendet auch keine Wörter wie »krass«.

Mr Frost verrutscht ganz leicht das Lächeln. »Tja, nun, einen Laien mag es vielleicht täuschen. Nett, Sie kennenzulernen, Herzchen, schönen Abend noch.« Mit einem höflichen Lächeln entlässt er mich und wendet sich dann stirnrunzelnd an Leo. »Bis morgen, Junge.« Er deutet auf die Zeichnung. »Die Firma bezahlt dich nicht fürs Herumtrödeln.«

Und damit marschiert er durch die Tür, und ich schaffe es nur mit Mühe, mir meine Empörung nicht anmerken zu lassen. Ich meine, *ich* mag ihn ja auch nicht, aber das war wirklich très unangenehm.

Leo leert in einem Zug sein Glas und knallt es dann auf den Barwagen.

»Wollen wir?«, fragt er und fährt sich mit geweiteten Nasenlöchern durch die Tolle. »Wir können am Strand ein Taxi nehmen.«

»Gut«, stimmt ich ihm zu und folge ihm aus dem Büro nach draußen. »Klingt nach einer *tollen* Idee.«

*

»Sie dürfen meinen Vater nicht so ernst nehmen«, erklärt Leo gepresst, als wir gleich darauf vor der Tür stehen und er ein Taxi heranwinkt. »Er ist manchmal ein bisschen …«

*… ein bisschen arschig?*

»… streng«, beendet Leo seinen Satz mit einem freudlosen Lächeln. »Wohl einer der Gründe, dass er Inhaber einer der angesehensten Werbeagenturen von ganz London ist. Er ist kein böser Mensch. Vielleicht manchmal etwas tyrannisch.«

»Ach, aber ja doch, das verstehe ich«, versichere ich ihm und nicke mit dem Kopf wie ein übereifriger Wackeldackel.

»Es passiert eher selten, dass jemand anderer Meinung ist als er …«

»Und es ihm ins Gesicht sagt«, brumme ich und verdrehe die Augen.

Mist. Das ist mir einfach so rausgerutscht. Was ist denn

heute Abend bloß los mit mir? Dieser blöde Kater vermasselt mir noch die ganze Tour. Mein Blick geht hinauf zu Leo, und ich will mich schon entschuldigen, da sehe ich, wie er mich angrinst und seine grünen Augen belustigt blitzen.

»Dann … Dann hat Ihnen die Zeichnung wirklich gefallen?«, fragt er ganz beiläufig.

»Hat sie«, versichere ich und unterstreiche meine Worte mit einem tief beeindruckten Blick.

»Warum?«

Hmm … Ich glaube, »sie gefällt mir einfach«, wird wohl als Antwort nicht ausreichen. Ich denke kurz nach, was mir daran gefallen hat.

»Sie ist so … klar«, antworte ich nach kurzem Überlegen und zucke die Schultern.

Leo starrt mich mit einem unlesbaren Ausdruck in seinem hochnäsigen Gesicht an. Dann schaut er auf die Tag-Heuer-Angeberuhr, die sicher genauso viel gekostet hat wie ein Kleinwagen.

»Wie wäre es mit einem Kaffee, Lucille?«, fragt er schließlich und fährt sich mit der Hand leicht über die Bartstoppeln am Kinn, den Blick in den Himmel gerichtet, als käme ihm gerade eine Idee.

»Sehr gern!«, entgegne ich fröhlich. *Eine gute Frau zeigt stets Begeisterung.*

»Prima, dann los.« Und damit nickt er mir kurz zu und stellt dann zu meinem Erstaunen seine Bemühungen ein, ein Taxi anzuhalten. Stattdessen gehen wir zu Fuß los.

Was machen wir denn jetzt? Ich dachte, wir nehmen ein Taxi zum Restaurant? Wir überqueren die vielbefahrene Straße und gehen noch ein bisschen weiter, bis wir vor einem kleinen Café stehen. Das blaue Neonschild im Fenster verkündet blinkend: *Little Joe's Java … Little Joe's Java.*

»Da wären wir«, verkündet Leo gut gelaunt.

Was? Das ist doch kein schickes Nobelrestaurant. Wo ist der Edelschuppen, in den er mich ausführen sollte?

»Hier?«, frage ich etwas verunsichert.

Leo grinst nur, lockert die Krawatte und hält mir dann die Tür auf, während er mit einer Hand rasch den obersten Hemdknopf öffnet.

Ich bleibe wie angewurzelt auf dem Bürgersteig stehen. Großmama hat prophezeit, er werde mich in ein piekfeines Restaurant einladen. Nur deshalb habe ich mir von ihr Tischmanieren einbläuen lassen! Aber wie man sich als gute Frau in einem Café verhält, davon habe ich doch überhaupt keine Ahnung!

Verdattert folge ich Leo nach drinnen, wo mich der überwältigende Duft frisch gerösteter Kaffeebohnen empfängt – eigentlich liebe ich diesen Geruch, aber heute Abend ist er mir mit dem flauen Gefühl im Magen eher unangenehm.

Little Joe's Java ist, wie der Name schon sagt, klein, kuschelig warm und brechend voll. Versprengt stehen niedrige, abgewetzte Samtsofas und dicke, ramponierte Sitzsäcke herum, auf denen dicht gedrängt wie Sardinen in der Büchse unkonventionelle Künstlertypen herumlümmeln. Alle schauen erwartungsvoll zu einer kleinen Bühne am anderen Ende des Cafés, die in helles Scheinwerferlicht getaucht ist. Ich folge den Blicken der Gäste und sehe einen Mann mit schütterem, kinnlangem Haar im engen schwarzen Rollkragenpullover, der ins Mikrofon spricht. Rezitiert der … Rezitiert der etwa gerade *ein Gedicht?*

»Ich stehe total auf die Open Poetry Night«, erklärt Leo grinsend, während wir uns zu einem kleinen freien Tisch in einer Ecke durchschlängeln. Er rückt mir den Stuhl zurecht und winkt die Kellnerin zu uns.

*Leo Frost. Denker. Mann. Lyrik-Fan?*

»Öhm, prima«, versuche ich Begeisterung zu heucheln. »Ich … liebe Gedichte. Sehr sogar.«

Erstunken und erlogen. Gedichte finde ich *zum Kotzen*, und das von jemandem mit einem Abschluss in englischer Literatur. Warum hat der mich hierhergeschleppt? Bäh. Mir ist speiübel, und der penetrante Kaffeegeruch macht es nicht besser. Der Abend läuft *überhaupt nicht* wie von Großmama vorhergesagt.

Just in dem Moment, als die Kellnerin zu uns an den Tisch kommt, um unsere Bestellung aufzunehmen, piepst mein Handy. Es ist eine Nachricht von Peach.

Bin todsterbenskrank! Meinst du, das lag an dem Döner von gestern Abend? ☹ Hoffe, es geht dir gut? Liebe Grüße, Lady P. x

Der Döner! Verdammt. Ob mir deswegen so schlecht ist? Ich meine, muss wohl so sein – sonst geht es mir nach einer durchzechten Nacht längst nicht so beschissen.

Wie zur Bestätigung rumort und gluckst es ganz gewaltig in meinem Magen.

*O nein.*

# *Zweiundzwanzigstes Kapitel*

Nähe schaffen Sie, indem Sie sich für dieselben Dinge interessieren wie Ihr Angebeteter. Anfangs mag das vielleicht noch etwas schauspielerisches Talent erfordern, aber mit der Zeit werden Sie seine Hobbys ebenso lieben lernen wie Ihre eigenen.

– Matilda Beams Handbuch zu Liebe und Romantik, 1955

Die nächste Dreiviertelstunde nippe ich hochkonzentriert an meinem Wasserglas, versuche mich nicht zu übergeben und tue, als sei ich schrecklich vernarrt in Poetry Slams. Sämtliche Gäste von Little Joe's Java scheinen begeisterte Lyrikenthusiasten zu sein, und Leo ist ganz vorne mit dabei. Er fiebert bei jedem Auftritt mit und klatscht anschließend begeistert, als *verstünde* er tatsächlich, was die da vorne brabbeln. Warum hat Valentina dieses eher ungewöhnliche Hobby mit keinem Wort erwähnt? Wusste sie überhaupt davon? Ich hätte ja mit einigem gerechnet, aber nicht damit. Melancholische Bleistiftzeichnungen und Lyrik bringt man nicht unbedingt mit arroganten selbstverliebten Machotypen in Verbindung. Ich bin etwas verwirrt.

Schließlich (endlich) gibt es eine kleine Pause, und ich beuge mich hinüber zu Leo.

»Kommen Sie öfter hierher?«, erkundige ich mich interessiert.

»Das tue ich«, entgegnet er und nippt an seinem Espresso.

»Aber sonst eigentlich nie in Begleitung, wie mir gerade auffällt.«

*Womit zur Hölle habe ich das verdient?*

Ich lege die Hand an die Brust.

»Wie komme ich denn zu dieser Ehre?«

Woraufhin er mich nachdenklich mustert. »Ich weiß nicht so genau. Sie erscheinen mir etwas … *anders* als die anderen Frauen, mit denen ich sonst ausgehe … Ein bisschen *alternativ*.« Sein Blick wandert von meinem tüllverzierten Hut über das gepuderte Gesicht. »Ich dachte, Sie mögen es etwas unkonventioneller.«

Er meint, ich sei *alternativ*? Das war gar nicht meine Absicht. Blöder affiger Hut. Ich versuche mir nicht anmerken zu lassen, wie verdattert ich von diesem zweifelhaften Kompliment bin, und gebe mich so begeistert wie irgend möglich.

»O ja, ich finde es *ganz großartig*«, schnurre ich und schaue mich im Little Joe's Java um, als könnte ich mir keinen Ort der Welt vorstellen, an dem ich jetzt lieber wäre. »Poetry Slams sind *toll*. Ich … Ich gehe öfter zu solchen Veranstaltungen. Wie schön, dass Sie mich mitgenommen haben. Wunder-, wunderschön.« Und dann schaue ich unter gesenkten Wimpern zu ihm auf. Meine gespielte Begeisterung scheint ihm zu schmeicheln, also lege ich noch einen drauf. »Hätte ich gewusst, dass hier heute Abend Gedichte vorgetragen werden, dann, ähm, hätte ich mich auch angemeldet! Das ist so … mutig und, öhm, ausdrucksvoll, auf die Bühne zu gehen und vor aller Welt seine Seele zu entblößen. Eine, äh, Verbindung mit wildfremden Menschen zu schaffen. Das ist so … ähm …« Wie hieß es immer in den Lyrikvorlesungen an der Uni? »… so Avantgarde!«

Leo nickt langsam und bedächtig, als hätte ich etwas unglaublich Tiefsinniges gesagt. Seine Hand legt sich um meine Taille, bleibt auf meinem Brustkorb liegen, und dann beschreibt er mit dem Daumen kleine Kreise, wogegen sich mein Körper irritierenderweise nicht instinktiv sträubt.

»Lucille Darling«, murmelt er und mustert mich mit einem eigenartigen, abschätzenden Blick. »Sie sind wirklich ein unerwartetes Vergnügen.«

»Ja, das bin ich«, entgegne ich mit einem aufreizenden, geheimnisvollen heiseren Lachen. »Das … bin ich.«

Und damit zieht er mich noch näher zu sich heran, während vorne der nächste Möchtegernpoet die Bühne erklimmt.

Und obwohl ich einen Mordskater habe, völlig in der Luft hänge und mich zusammenreißen muss, um ihm nicht vor die Füße zu kotzen, scheint es mir irgendwie gelungen zu sein, unter diesen widrigen Umständen Leo Frosts Interesse zu wecken.

*

Die Verabredung läuft bisher eigentlich ganz gut. Die Bühnenshow bietet genug Unterhaltung, sodass wir kaum Gelegenheit haben zu reden. Also versuche ich mich ein bisschen auszuklinken, nippe an meinem Wasserglas und atme durch die Rippen, in der Hoffnung, dass es schnell vorbeigehen möge und ich mich im Bett verkriechen und mir den armen Bauch streicheln kann. Aber just in dem Moment, als ich schon denke, ich habe die Katze im Sack, schieße ich einen kapitalen Bock.

Und was für einen.

»Und nun kommen wir zum Impro-Teil des Abends«, nuschelt der spitzbärtige Ansager ins Mikro. Die Menge antwortet mit einem geraunten »Ooooh«. »Dafür bitten wie Zuhörer aus dem Publikum auf die Bühne, um ein bisschen Spontanlyrik mit uns zu teilen.«

O Mann, *noch* mehr? Wir haben schon so viele schlechte Gedichte gehört. Angewidert schaue ich mich um und schnaube so diskret wie möglich. Diese Leute scheinen völlig versessen zu sein auf Gedichte. Die bekommen einfach nicht genug davon. Es gibt kein Entrinnen. Ich bin in der Lyrikhölle.

Der Ansager zieht einen kleinen Papierschnipsel aus dem Hut.

»Okay, also, die Erste, die uns mit einem kleinen Impro-Gedicht erfreuen wird ist … Lucille Darling.«

Weil ich eigentlich gar nicht Lucille Darling heiße, dauert es einen Moment, bis der Penny fällt.

Was. Zum. Teufel.

Nein.

Entsetzt drehe ich mich zu Leo um. Der grinst hocherfreut über das ganze Gesicht. »Ich habe dich vorgeschlagen, als du dir die Nase pudern warst. Du sagtest vorhin, hättest du das gewusst, hättest du auch mitgemacht. Das ist deine Chance.« Hochzufrieden wie eine Katze, die gerade eine Maus gestellt hat, schaut er mich an. Als hätte er mir einen riesengroßen Gefallen getan. Dieser Vollpfosten!

*Leo Frost. Künstler. Denker. Mann. Vollpfosten.*

Was mache ich denn jetzt bloß? Mein Blick sucht hektisch einen Fluchtweg. Aber ich kann wohl kaum die Beine in die Hand nehmen und einfach Hals über Kopf türmen, oder? Vor allem nicht, nachdem ich mich schon den ganzen Abend hindurch zusammenreißen musste, um mir nicht anmerken zu lassen, wie speiübel mir eigentlich ist. Wenn ich mich jetzt aus dem Staub mache, war alles umsonst. Der ganze Affentanz. Mist.

Leo steht auf und animiert das Publikum fast wie damals bei der Buchpräsentation des *Imkers,* als er die übrigen Gäste zum Klatschen brachte.

»Begrüßen wir Lucille mit einem herzlichen Applaus!«, ruft er mit seinem tiefen, weichen Bariton.

»Ich kann nicht …«

»Schließ einfach die Augen, Lucille«, sagt er ganz ernst. »Lass es raus, du kannst das.«

Mäusedreck.

Das Publikum klatscht und trampelt lautstark seinen Beifall.

Auch wenn man beim besten Willen nicht behaupten kann, ich sei schüchtern, zittern mir die Knie wie Wackelpudding. Leo scheint ganz aus dem Häuschen bei der Vorstellung, dass ich auf die Bühne gehe. Und Großmama hat gesagt, ich soll möglichst viel Begeisterung für seine Hobbys zeigen.

*Stell dich nicht so mädchenhaft an, Jess. Tu's einfach.*

Ganz langsam stehe ich auf und streiche mir den Bleistiftrock glatt, wobei ich mir alle Mühe geben muss, die übel gluckernde Säure im Magen zu ignorieren. Dann trotte ich zur Bühne und reiche dem Ansager die Hand, damit er mir hinaufhilft.

Ich greife zum Mikro und blinzele in das grelle Scheinwerferlicht, das mich blendet.

Okay. Nur ein Gedicht. Ein einziges kleines Gedicht. Ich muss bloß wahllos irgendwelche Wörter aneinanderhängen und tun, als ergäbe das Ganze für mich irgendeinen Sinn. Und danach kann ich nach Hause gehen und mich ins Bett verkriechen, wo ich hingehöre. Also gut. Irgendwelche Worte …

Ich hole tief Luft und versuche mich zu konzentrieren.

»Ähm … Hackey Sack«, wispere ich ins Mikro.

Verdammt. Nein. Das sagt Freddie Prinze Junior doch in *Eine wie keine*. Da kann *mein* Gedicht doch nicht auch von einem Hackey Sack handeln. Das Publikum glaubt, das Ganze sei ein unglaublich witziges ironisches Zitat und brüllt vor Lachen.

»Ha-ha«, stimme ich in das Gelächter ein.

Okay. Ein Gedicht.

*»Regennasser Himmel«*, krächze ich heiser. Meine Kehle ist plötzlich rau und staubtrocken. Leo lächelt und nickt mir aufmunternd zu, und seine rostroten Haare leuchten über die Köpfe der Zuschauer hinweg wie ein Signalfeuer.

*»Warum nur ... Warum. Warum blieb sie stumm?«*

Was rede ich da überhaupt? Blinzelnd schaue ich ins Publikum. Die Leute scheinen gänzlich unbeeindruckt. Ich kann es ihnen nicht verdenken. Das ist *übel*.

Ich versuche, die Augen zu schließen, wie Leo mir geraten hat.

Ähm ... *»Leerer Raum«*, fahre ich fort. *»Eichenbaum, Albtraum. Nicht mehr weinen. Lass es sein.«*

Ich hüstele.

*»Es ist ... öhm, ein Rätsel, das ich nicht lösen kann. Unerreicht, unverstanden, nicht vorhanden. Lässt mich hier allein zurück ... mein Glück. Rose.«*

Rose. Meine Mum. Flatternd öffne ich die Lider. Ich schlucke schwer. Wie *zum Geier* komme ich denn darauf?

Das Publikum ahnt wohl, dass ich fertig bin, und klatscht halbherzig.

Mir ist schlecht.

Es ist heiß.

Ich habe gestern Abend zu viel getrunken.

Der Döner hat getrieft vor Fett.

Mir platzt gleich der Schädel. Der Kaffeegeruch ist einfach zu viel ...

Ich glaube, ich muss mich ...

»Übergeben«, flüstere ich.

Hastig flüchte ich von der Bühne und reiße dabei den Mikrofonständer um, dann stürze ich an Leo Frost vorbei, der mir verdattert nachschaut, und renne zur Damentoilette. Gerade noch rechtzeitig erreiche ich das nächste Klo und kotze mir fast die Seele aus dem Leib. Ich kotze wie noch nie im Leben.

Plötzlich höre ich Leos Stimme auf der anderen Seite der Tür.

»Lucille?«

Verdammt!

Schnell reiße ich etwas Klopapier von der Rolle und tupfe mir damit den Mund ab, wobei ich versuche, den rosaroten Lippenstift nicht zu verschmieren, den Großmama vorhin mit so viel Liebe und Sorgfalt aufgetragen hat. Mir ist hundeelend. Nie wieder werde ich aromatisierten Wodka trinken oder Döner aus zweifelhaften Quellen essen.

»Alles gut«, flöte ich, so munter ich kann, was nicht besonders überzeugend klingt. »Ich hab wohl was Falsches gegessen!« Meine Stimme zittert. Ob Leo Frost mich kotzen gehört hat?

Mit zittrigen Händen greife ich nach der Türklinke, öffne die Tür und spähe vorsichtig hinaus. Er verzieht das Gesicht. Jawoll. Er war definitiv unfreiwilliger Ohrenzeuge.

Verdammt. *Verdammt.*

Tja, jetzt habe ich es vermasselt. Ich bin mir nämlich ziemlich sicher, dass eine gute Frau sich niemals nicht in Anwesenheit ihres Auserwählten übergeben darf.

Es ist aus. Das Spiel ist aus. Nie und nimmer kann ich das wiedergutmachen.

Seufzend reiße ich mir Großmamas albernen Hut vom Kopf und reibe mir mit den Händen durchs Gesicht.

»Hör zu … Leo, du kannst ruhig gehen. Ich nehme es dir nicht übel«, seufze ich tief und falle völlig aus meiner Lucille-Rolle. Warum noch weiter schauspielern? Ich meine, nach dieser grandiosen Vorstellung, bei der ich mich auf der Bühne zum Affen gemacht und dann vor ihm gereihert habe, wird er mich sicher nie wieder sehen wollen.

Mann, ist mir schlecht.

Leo Frost tritt auf mich zu und füllt mit seiner hochgewachsenen Figur dabei das halbe Toilettenabteil aus. Dann bückt er sich und löst vorsichtig das fest verknotete Liberty-Tuch um meinen Hals, nimmt es mir ab, faltet es ordentlich und steckt es in seine Hemdtasche.

»Damit es dir nicht in die Quere kommt«, erklärt er nüchtern.

Noch ehe ich etwas darauf erwidern kann, krampft sich mein Magen schon wieder schmerzhaft zusammen. Ich drehe mich um und muss mich wieder übergeben. Himmel, das muss wohl das schlimmste Scheindate in der Geschichte der Menschheit sein.

Doch dann passiert etwas Seltsames. Leo beugt sich zu mir herunter, nimmt meine Haare und hält sie mir behutsam aus dem Gesicht. Geduldig wartet er, bis ich wieder aufhöre.

Als ich meinen Mageninhalt schließlich in der Toilette heruntergespült habe, sinke ich matt gegen die Wand und atme langsam und tief durch. Ohne ein weiteres Wort geht Leo los und holt mir ein Glas Wasser. Als er zurückkommt, zieht er die Hosenbeine etwas hoch und hockt sich zu mir auf den gefliesten Boden. Der zum Glück immerhin sauber ist.

Ich reibe mir den Bauch und blase mit aufgepusteten Backen Luft durch die Lippen und lasse mir mit einem gemurmelten Dank von ihm das Wasser reichen.

»Noch mehr kannst du *unmöglich* im Magen haben«, sagt er und schaut mich mit hochgezogenen Augenbrauen an.

Großmama wäre entsetzt, wenn sie sähe, dass meine tolle erste Verabredung mit Leo auf dem Boden einer Damentoilette geendet ist. Bestimmt würde sie in Tränen ausbrechen.

»Wir gehen wohl besser nach Hause«, sagt Leo leise. »Wenn wir noch lange auf dem Caféklo rumhängen, bist du sonst bis zu unserer nächsten Verabredung nicht wieder auf den Beinen. Wobei, was Klos angeht ist das hier nicht das Schlechteste. Die Lektüre ist recht ansprechend.«

Und damit weist er auf das Gekritzel an den Wänden.

Moment … sagte er gerade *nächste Verabredung?*

Das verstehe ich nicht …

Es sei denn … Himmel, das lag sicher an meiner Lyrikbegeisterung. Großmama hatte wohl doch recht. Weil ich so getan habe, als würde ich total auf das stehen, worauf er steht, zappelt er jetzt am Haken. So hilflos, dass ihn nicht mal ein Brechanfall abschrecken kann. Wow. Matilda Beams Ratschläge sind die reinste Hexerei.

Verdutzt blinzele ich ihn an. Dann … Dann ist das Projekt also noch *nicht* gestorben?

Ich räuspere mich und schaue ihn schmachtend an. »Ach, Leo«, säusele ich mit meiner verführerischsten Lucille-Stimme. »Du bist ja soooo nett.«

Und damit bin ich wieder im Rennen.

*

Leo lässt mich von einer Woolf Frost-Limousine zum Bonham Square bringen. Dort angekommen werde ich schon von meiner Großmutter erwartet.

Kaum komme ich in den Salon, springt sie vom Sessel auf, und *Lady Chatterley* plumpst unsanft zu Boden. Hoppla. Sie lässt sich wirklich Zeit mit diesem Buch. Ob sie die versauten Stellen mehrmals liest, so wie ich?

»Wie war es, Liebes?«, fragt sie ungeduldig.

Vollkommen erledigt lasse ich mich auf die Couch fallen.

»Frost war mit mir in einem Café.«

Großmama blinzelt irritiert. »Nicht zum Essen? Wie … ungewöhnlich.«

»Da war heute Lyrikabend.«

»Lyrik?«, fragt Großmutter und verzieht das Gesicht. »Du Ärmste.«

Wäre mir nicht so schlecht, ich würde lachen.

»Hat er versucht dich zu küssen?«, erkundigt sie sich hoffnungsvoll.

Hmm. Hätte er vielleicht, wenn ich nicht gereihert hätte. Aber das braucht Großmama nicht zu erfahren. Das würde sie nur unnötig aufregen.

»Hat er«, schwindele ich. »Aber ich habe den Kopf weggedreht, weshalb er nur meine Wange erwischt hat, genau wie in deinem Ratgeber empfohlen. Am Dienstag will er mich wiedersehen.«

»Ach, wunderbar!«, ruft Großmama und klatscht begeistert in die Hände. »Ich freue mich ja so, Jessica. Du machst das ganz großartig. Wirklich großartig. Denk dran, alles genau aufzuschreiben. Je früher wir Valentina die ersten Kapitel schicken können, desto besser.«

Ach ja. Die ersten zwanzigtausend Wörter. Die hatte ich schon ganz vergessen. Börks. Großmama schaut mich besorgt durch die dicke rote Brille an. »Geht es dir gut? Du bist ein bisschen blass um die Nase.« Sie streckt die Hand nach mir aus und legt mir den kalten Handrücken auf die Stirn.

»Mir ist ein bisschen komisch«, sage ich – die Untertreibung des Jahrhunderts.

»Hmm«, brummt Großmama. »Peach geht es heute auch nicht gut. Vielleicht ein Virus.« Mitfühlend tätschelt sie mir das Knie. »Geh am besten gleich ins Bett, Liebes. Bestimmt geht es euch beiden morgen früh schon *viel* besser. Am nächsten Morgen sieht immer *alles* besser aus.«

## Rose Beams Tagebuch

*8. Juni 1985*

*Ich weiß gar nicht, ob ich schon erwähnt habe, dass Mum und Dad ihr Ehegelöbnis erneuern wollen … Tun sie jedenfalls, und je näher der große Tag rückt, desto mehr kommt Mum in ihren Gute-Hausfrauen-Modus. Man müsste doch eigentlich annehmen, die Frau hat genug zu tun mit ihren offiziellen Werbeauftritten für die Matilda-Beam-Handbücher und den ständigen Einmischungen in mein Leben. Wobei ich gestehen muss, dass sie mich zwar schrecklich nervt mit ihrer hektischen Betriebsamkeit, aber ich mich trotzdem sehr auf die Feier freue. Die beiden lieben sich wirklich von Herzen, und es wird ganz sicher die stylishste Party, die London seit langem gesehen hat. Eins muss man Mum lassen, sie weiß, wie man feiert. Ihre Hochzeitsfeier findet in dem privaten Park gleich gegenüber von unserem Haus statt, an einem lauen Sommerabend. Dad war heute zur Anprobe für seinen neuen Anzug, und er wirkte so aufgeregt und fröhlich und sah einfach blendend aus. Ich wünschte, ich könnte den beiden von Thom erzählen, aber es ist wohl noch zu früh, und bestimmt würden sie vollkommen ausflippen. Ich weiß, eigentlich können sie mir nicht verbieten, mich mit ihm zu treffen, schließlich bin ich eine erwachsene Frau. Aber ich könnte es nicht ertragen, sie unglücklich zu machen. Auch wenn sie mich manchmal in den Wahnsinn treiben, sie haben mich schrecklich lieb. Ich weiß auch nicht. Vielleicht unterschätze ich sie. Womöglich würden sie ja sehen, wie glücklich Thom mich macht, und dass wir beide füreinander bestimmt sind.*

## *Dreiundzwanzigstes Kapitel*

Es geht doch nichts über eine erholsame Nacht und einen guten Schlaf. Am nächsten Morgen sieht die Welt schon ganz anders aus!

– Matilda Beams Handbuch für die gute Mutter, 1959

Großmama irrt. Am nächsten Morgen geht es mir nicht besser. Eigentlich hätte ich das überhaupt nicht für möglich gehalten, aber es geht mir noch schlechter als gestern Abend. Die halbe Nacht habe ich mit höllischen Bauchschmerzen wachgelegen, und jetzt liege ich ächzend und stöhnend im Bett, während Großmama geschäftig um mich herumwuselt, Fieber misst und mir jede Stunde kleine Brausetütchen mit Mineralien bringt, damit ich nicht dehydriere.

Peach geht es genauso schlecht. Wir schicken uns aus unserem jeweiligen Krankenlager abwechselnd Nachrichten und verfluchen den Inhaber des fiesen Döner-Imbisses. Vor allem wünschen wir ihm, er möge einen seiner eigenen Döner essen.

Ich kann Kranksein nicht ausstehen. Wenn man krank ist, muss man ruhig im Bett liegen bleiben. Und dann gibt es keine Ablenkung und keinen Spaß, und dann haben Gedanken leichtes Spiel, die man überhaupt nicht denken will. Langsam sickern sie ein und übernehmen die Kontrolle über das wehrlose Gehirn. Als Kind war ich nie krank. Man hat keine Zeit zum Kranksein, wenn man sich ständig um die kränkelnde Mutter kümmern muss.

Um mich abzulenken gehe ich online. Ich öffne die Facebook-App und schaue nach, ob irgendjemand, irgendwer, sich fragt, wo ich abgeblieben bin oder was ich gerade mache. Aber ich habe weder Posts auf meinem Profil noch Nachrichten, nur eine Freundschaftsanfrage von Peach Carmichael, die ich natürlich annehme. Ich schaue in die Neuigkeiten. Es gibt eine Statusmeldung von Betty in Didsbury – sie plant gerade Henrys Geburtstagparty. Ach, und da sind ein paar Fotos von Amy Keyplass – mit ihren frisch gestrichenen Sockelleisten. Ich scrolle weiter nach unten und sehe, dass Summer einige passiv-aggressive Statusmeldungen gepostet hat.

SUMMER SPENCER: Manche Leute sind wirklich nicht zu fassen. #stinksauer

SUMMER SPENCER: Man gibt und gibt, und manche Menschen nehmen und nehmen. Habe meine Lektion gelernt. #schaunachvorn #glückskind

SUMMER SPENCER: findet, dass manche Menschen bekommen, was sie verdienen. Karma ist eine Bitch, Leute. #keinereue #karmachameleon #diekatzegehörtmir

Entnervt verdrehe ich die Augen, logge mich aus und gehe zu Google, wo ich spontan »Leo Frost« eingebe. Offen gestanden bin ich ein bisschen beunruhigt von den Vorkommnissen gestern Abend. Leo war überhaupt nicht so, wie ich es erwartet hatte. Der Abend war eine einzige große Überraschung. Ja, im Großen und Ganzen ist er ein Honk – bei der Party vom *Imker* hat er sich versnobt und ekelhaft aufgeführt, und ich habe seine extrem widerlichen sexistischen Kommentare auf dem Rummelplatz nicht vergessen – aber diese Lyrikgeschichte und dass er so nett zu mir war, als ich mich übergeben musste, sein fieser Vater und diese atemberaubend schöne Zeichnung … Ich fand ihn jedenfalls nicht so abstoßend, wie ich befürchtet hatte.

Auf Google erscheinen ein paar Artikel über Leo Frost als Wunderkind der Werbewelt und seinen unaufhaltsamen Aufstieg an die Spitze des Unternehmens unter den gestrengen Augen des mächtigen, skrupellosen Rufus Frost, seine Nominierung für den Preis der Vereinigung der Londoner Werbeagenturen – als einer der jüngsten Nominierten aller Zeiten. Den Kram habe ich schon vor ein paar Tagen gelesen, als ich ein bisschen recherchiert habe, also überspringe ich das alles und gehe auf eine der zahlreichen Klatschseiten, die Leo regelmäßig in coolen Bars und auf angesagten Events und mit hippen Promis zeigen. Ich klicke auf die Google-Bilder. Da sind ein paar Fotos seiner Printanzeigen – minimalistische, reduzierte Motive, Werbung für Autos, Golfclubs, Bier, Männerkram! – aber hauptsächlich Paparazzi-Schnappschüsse von Leo mit diversen modelmäßigen Frauen am Arm. Ach, da schau an, sogar ein Foto von ihm mit Valentina. Sie kommen gerade aus einem Club, und sie drückt ihm einen Kuss auf die Wange, während er arrogant in die Kamera grinst.

Wie sich seine Mundwinkel auf dem Bild nach oben kräuseln, die Oberlippe verächtlich hochgezogen … Gestern Abend wirkte er so ganz anders.

Vielleicht hat er einen bösen Zwillingsbruder.

Eher nicht – wir sind ja hier nicht bei einer Daily Soap.

Verwirrt drücke ich auf den Anrufknopf und wähle Valentinas Nummer.

Es klingelt dreimal, dann geht sie dran.

»Jess? Bist du's?«

»Ich bin's.« Ich setze mich kerzengerade auf, stopfe mir ein Kissen in den Rücken und trinke einen Schluck Wasser.

»Jess, mein Sonnenscheinpudding, wie *geht* es dir? Wie läuft es mit meinem Lieblingsprojekt? Ich bin ja schon so aufgeregt.«

»Öhm, ganz gut, denke ich … Ich rufe an, weil ich gestern Abend mein erstes Date mit Leo Frost hatte.«

»Moment, ich bin gerade beim Mittagessen, ich gehe mal schnell vor die Tür.«

Ich höre, wie sie sich bei ihrem Gegenüber entschuldigt, und dann klappern ihre hohen Absätze über den Holzboden.

»So, da bin ich wieder. Erzähl weiter. Wie war's? Er ist die Widerlichkeit in Person, oder? So charmant. So ein Ekel.«

»Darum rufe ich eigentlich an, Valentina. Leo Frost ist ein Pfosten, ganz klar, gar keine Frage, aber er war kein, wie soll ich sagen, kein Ekel. Er war ganz anders, als ich erwartet hatte …«

»Bestimmt hat er sich mit einem extravaganten Essen und teuren Weinen eingeschleimt, oder? Hat er dir ein ausgefallenes Geschenk mitgebracht? Exotische Blumen? Handgemachte Pralinen? Dir ins Ohr gesäuselt, dein Gesicht sei süßer als Honigtau? Damit wickelt er einen spielend um den Finger, glaub mir, aber …«

»Tja, genau das ist es ja. Nichts davon hat er versucht. Er hat mich nicht zum Essen ausgeführt. Eigentlich wollte er wohl, aber dann hat er es sich anders überlegt und ist mit mir zu einem Lyrikabend gegangen. In ein winzig kleines Café.«

Am anderen Ende der Leitung wird es kurz still. »Lyrik? Herrgott.«

»Ich weiß, oder?«

»Hmmm.« Ich höre, wie sie mit den langen Fingernägeln gegen das Handy tippt. »Lyrik hat er nie mit einem Wort erwähnt, als wir noch zusammen waren. Aber er hat doch sicher versucht, dich ins Bett zu bekommen?«

»Ähm, nein. Igitt. Aber ich habe mich sehr bemüht, ganz

viele ›So eine bin ich nicht‹-Zeichen auszusenden, wie meine Großmutter es in ihrem Buch empfiehlt.«

»Ach … Dann probiert er wohl gerade eine neue Masche aus. Irgend so was muss es sein. Leo ist ein Haifisch, der nur ein Ziel hat: Frauen abschleppen und dann vollkommen gefühlskalt wieder abservieren, wenn er sich langweilt oder sich irgendwie eingeschränkt fühlt. Vielleicht ändert er gerade seine Vorgehensweise … Sehr seltsam. Du solltest dich vorsehen, meine süße, naive Jessica. Du musst ihm immer einen Schritt voraus sein. Halte dich strikt an Matildas Tipps, und vergiss nie, mit wem du es zu tun hast. Halte mich auf dem Laufenden, ja? Ich muss zurück zum Essen, aber wir hören uns bald, und Jessica, nicht vergessen … Leo Frost ist nicht zu trauen.«

Sie hört sich an, als zöge ich in eine Schlacht. Wow. Arme Valentina. Er muss ihr wirklich übel mitgespielt haben.

Ich verabschiede mich und lege auf.

*Leo Frost. Künstler. Denker. Mann. Nicht vertrauenswürdig.*

Dann ist das also alles nur Show? Er benimmt sich nur so, um mich ins Bett zu bekommen? Dann macht er ja im Grunde genommen genau dasselbe wie ich …

Und dann sehe ich, wie Leo mir das Tuch abnimmt und mir die Haare aus dem Gesicht hält. Das war so nett und fürsorglich. Wie er mir gesagt hat, ich soll einfach die Augen zumachen und »alles rauslassen«, als ich auf die Bühne gegangen bin. *Und Mann, das habe ich.*

Ach, ist der gut. Der ist wirklich verdammt gut.

*

Gegen fünf Uhr nachmittags geht es mir geringfügig besser, und auch Peach scheint sich ihren Nachrichten zufolge langsam zu erholen. Großmama flitzt von mir zu Peach und wieder zurück und versorgt uns mit reichlich frischem Wasser und tröstlichen Kalendersprüchen. Wenn ich nicht gerade aufs Klo renne oder mich in Selbstmitleid suhle, schaue ich mir *You've Been Framed* auf dem iPhone an.

Als es schließlich wieder an der Tür klopft, erwarte ich, dass Großmama mir das nächste Tütchen gegen die drohende Dehydrierung bringt, aber sie ist es nicht. Es ist Jamie. Im Schlepptau hat er einen kleinen Jungen in Leeds-United-Trikot mit einem Fußball unter dem Arm. Hinter ihnen stürzt meine Großmutter ins Zimmer und eilt zu mir, um zum tausendsten Mal meine Stirn zu befühlen, ob ich Fieber bekommen habe.

»Jessica, Liebes, die Praxis ist samstags nicht besetzt, aber ich war so frei und habe bei Dr. Qureshi unten angerufen. Er war leider nicht im Haus, aber unser junger Dr. Abernathy …«, bei seinem Namen rümpft sie ganz leicht die Nase, aber gut, immerhin hat sie seine Eier gesehen – »war so nett, gleich heraufzukommen. Er soll dich und Peach untersuchen, damit wir etwas Ernsteres ausschließen können. Dann lasse ich Sie mal, ähem, allein, Dr. Abernathy.«

Ihr Kinn zittert kurz, dann wieselt sie aus dem Zimmer.

Himmel.

»Ähm – hey?«, sage ich seufzend. »Es ist eigentlich alles okay. Tut mir leid, dass sie dich angerufen hat, wir haben bloß vorgestern Abend einen Döner gegessen, der nicht mehr gut war. Großmama kann ziemlich resolut sein.«

Der kleine Junge flitzt zur Balkontür und starrt hinaus in den großen Park auf der anderen Seite des Bonham Square. »Wow, von hier sieht man ja meilenweit!«, kreischt er begeistert.

»Das ist mein Neffe Charlie«, erklärt Jamie mit einem stolzen Grinsen.

Ach ja. Er sagte ja, dass sein Neffe dieses Wochenende zu Besuch kommt.

»Ich habe ihm gerade die Praxis gezeigt, als die alte Lady … äh, als Mrs Beam anrief und meinte, es ginge dir nicht gut. Sagst du Jess guten Tag, Charlie?«

»Hallo Jess«, sagt Charlie ein bisschen schüchtern und schlendert vom Balkon zum Bett, um mich in all meiner ausgekotzten Pracht und Herrlichkeit zu bewundern. »Was ist dein Lieblingsverein?«

»Oh, also. Na ja, ich weiß nicht …« Mein Blick geht zu seinem Trikot. »Leeds United?«

Die richtige Antwort. Charlie reckt eine Faust in die Luft, und Jamie lacht, weil ich so schnell geschaltet habe.

»Oh, coole Katze!«, ruft Charlie und hopst zu dem Clubsessel, in dem Mr Belding ausgestreckt neben der schrecklichen Felicity liegt. Er kniet sich auf den Teppich und nimmt ganz behutsam Mr Beldings Pfote in die eigenen kleinen Hände.

»Sei lieb zu der Katze, Charlie«, ermahnt Jamie ihn mit sanfter Stimme. »In der Zwischenzeit untersuche ich Jessica, damit wir sie gesund machen können.«

Charlie nickt ernst.

»Mir fehlt nichts, wirklich«, versichere ich und verdrehe die Augen. »Du hättest nicht …«

Jamie setzt sich zu mir aufs Bett und bringt mich zum schweigen, indem er mir ein Thermometer in den Mund steckt. Dann nimmt er das Stethoskop, das um seinen Hals hängt, und schiebt das kalte Metallding unter mein Nachthemd. Wirklich komisch.

»Okay, dein Puls ist etwas zu schnell, aber nicht schwach, also bist du schon mal nicht dehydriert.«

Er nimmt mir das Thermometer aus dem Mund und schaut darauf. »Kein Fieber.«

Mit der Hand drückt er mich an der Schulter sanft nach hinten, damit ich mich hinlege, dann legt er die flache Hand auf meinen Bauch und tastet mich gründlich ab. Ich muss daran denken, wie er mich das letzte Mal da unten berührt hat. Und gebe mich dieser sehr viel angenehmeren Erinnerung hin.

»Wie ist dein Stuhlgang?«, erkundigt er sich sachlich.

Womit ich krachend auf dem Boden der Tatsachen lande.

»Finger weg!« Empört setze ich mich auf und schiebe ihn weg. »Mir fehlt nichts. Ich habe dir doch *gesagt* – das war bloß ein Döner, und ein paar Bier zu viel.«

Er lacht, fährt sich mit der Hand über das bärtige Kinn und steht auf. »Stimmt, dir fehlt nichts. Wie du schon sagtest, eine recht harmlose Lebensmittelvergiftung. Viel trinken, ja? Und nur trockenen Toast, bis du nicht mehr spuckst.«

Ich schüttele den Kopf. »Schön gesagt, Doc. Okay. Okay. Ich tue alles, was du sagst.«

Er beugt sich über das Bett und gibt mir einen Kuss auf die Wange.

»Runter von mir«, knurre ich und schiebe ihn energisch beiseite. »Ich bin eklig.«

»Werde schnell wieder gesund, du. Sehen wir uns bald … heimlich?«, flüstert er und grinst mich vielsagend an. Und dann mit ganz normaler Stimme: »Komm mit, Charlie. Unsere nächste Patientin wartet schon.«

Wie der Blitz springt Charlie vom Sessel auf den Boden, was Mr Belding fast du Tode erschreckt, der daraufhin laut fauchend hochfährt und aus dem Stand einen Meter in die Luft springt und dabei Felicity aus dem Clubsessel wirft. Die geht ihrerseits zu Boden, wo ihr melancholisches Gesicht mit einem scheppernden Krachen in drei scharfkantige Stücke zerbirst. Bei dem Lärm fängt Charlie an zu weinen. Er heult wie ein Schlosshund.

Erschrocken setze ich mich im Bett auf. Jamie läuft zu Charlie. »Hey, Vorsicht, Großer!«, ermahnt er ihn, nimmt den kleinen Kerl in die Arme und schaut ihn so liebevoll an, dass es mir im Nacken kribbelt.

»Tut mir leid«, sagt Jamie und verzieht schuldbewusst das Gesicht, als Charlie sich schließlich nach einer langen Umarmung und vielen Trostlauten endlich beruhigt hat. »Du weißt ja, wie Kinder sind.«

Nein, das weiß ich nicht.

»Ach, halb so wild.« Mit einer abwehrenden Handbewegung wedele ich seine Bedenken beiseite und setze mir den angefressenen Mr Belding auf den Schoß. »Ich räume das nachher weg. Geht ihr mal rüber zu Peach. Danke, dass du da warst. Ich fand es auch *gar nicht* komisch.«

Im Türrahmen bleibt er noch mal stehen, und sein besorgter Blick geht zu der kaputten Puppe.

»Geh schon! Alles okay. Ist doch bloß eine Puppe!«, erkläre ich achselzuckend. »Ehrlich, ist kein Ding.«

*

Und was für ein Ding das ist. Ein *riesengroßes* Ding sogar. Als Großmama Felicity in Scherben auf dem Boden liegen sieht, geht sie beinahe neben ihr auf die Knie. Eigentlich hatte ich gedacht, Großmamas schlimmste Gefühlsausbrüche schon miterlebt zu haben, aber das stimmt ganz und gar nicht.

»Verdammt, ich räume das gleich weg, ja?« Entsetzt krabbele ich aus dem Bett, so schnell ich kann. »Ich wollte bloß, na ja, ich wollte bloß auf einen kleinen Energieschub warten, bevor ich aufstehe. Nein! Nicht weinen! Das war nur ein kleiner Unfall.«

Großmutter nimmt den Puppenkörper behutsam in die Arme, drückt ihn fest gegen die Brust und blubbert hilflos wie ein kleines Kind. Sie hat nicht mal gemerkt, dass ich geflucht habe.

Scheiße.

»Ich kauf dir eine neue«, versuche ich sie zu trösten. »Ich bezahle alles. Ich kauf dir gleich nachher eine neue.«

Ganz langsam setzt Großmama sich hin. Zitternd holt sie Luft.

»Es gibt keine *neuen* mehr«, murmelt sie und streicht zärtlich Felicitys Kleidchen glatt.

»Argos hat bestimmt welche«, entgegne ich bemüht zuversichtlich. Argos hat immer solchen Nippeskram. »Ich schau mal schnell nach, ja?« Und damit nehme ich das Handy vom Nachtisch und klicke auf das Internetsymbol.

»Du verstehst das nicht. Die Puppe hat Rose gehört ...«

»Was?« Vor Schreck lasse ich das Telefon auf die Bettdecke fallen. Das sind die Puppen meiner Mutter? Ich wusste ja, dass sie nicht alle Tassen im Schrank hatte, aber ... Porzellanpuppen?

»Das sind alles ihre Puppen«, schluchzt Großmama und weist auf die vielen gruseligen Porzellanpuppen, die überall im Zimmer drapiert sind. »Jack und ich haben ihr jedes Jahr eine zum Geburtstag gekauft. Das hier war die letzte, die wir ihr geschenkt haben, bevor sie ...«

Großmama bricht wieder in Tränen aus.

»Bevor sie was?«

»Bevor sie gegangen ist. Und nun ist sie hin. Kaputt, und ich kann sie nicht wieder heil machen. Ich kann es nie wieder heil machen.«

Mein Blick geht durch den großen Raum, und ich zähle insgeheim die Puppen. Mit Felicity sind es insgesamt fünfundzwanzig. Eine jedes Jahr, fünfundzwanzig Jahre lang.

Mum war fünfundzwanzig, als sie mit mir schwanger wurde.

Das kann doch kein Zufall sein. Verdammt, dann hatte es also mit mir zu tun, dass sie von zu Hause abgehauen ist?

Ich weiß gar nicht, ob ich die Antwort wissen will. In der Vergangenheit herumzustochern ist nicht gut. Aber jetzt bin ich doch mit einem Mal sehr, sehr neugierig geworden.

»Ähm, warum ... Warum ist Mum eigentlich damals weggegangen?«, frage ich leichthin und habe dabei das ungute Gefühl, als würden Ameisen gleich scharenweise unter meiner Kopfhaut herumkrabbeln. Ich balle die Hand zur Faust und ignoriere das unangenehme Gefühl. »Ich meine, sie hat nie von ihrem Leben hier bei euch erzählt, von dir oder Opa Jack. Hatte es ...« Meine Stimme wird ganz leise und brüchig. Ich schlucke. »Hatte es mit mir zu tun? War ich schuld, dass sie gegangen ist? Weil sie, du weißt schon, weil sie mit mir schwanger war?«

Großmama schaut mir in die Augen und blinzelt, als hätte sie ganz vergessen, dass ich da bin. Sie holt tief Luft, nimmt die Brille ab und wischt sich energisch mit dem bestickten Taschentuch die Tränen aus dem Gesicht.

»Natürlich nicht, Jessica«, erklärt sie, tupft sich hastig die Nase und bemüht sich, möglichst unbekümmert zu tun. »Deine Mutter ist von zu Hause weggegangen, weil sie ... weil sie endlich selbständig sein wollte. Mit dir hatte das *überhaupt nichts* zu tun. Gar nichts. Denke das bloß nicht.«

Ich runzele die Stirn. Eigentlich will ich sie nicht bedrängen, und ich möchte ganz sicher nicht, dass sie wieder in Tränen ausbricht, aber ... irgendwie ergibt das alles keinen Sinn.

»Aber ... wenn sie zu Hause ausgezogen ist, weil sie auf eigenen Beinen stehen wollte, warum habt ihr dann den Kontakt abgebrochen? Warum haben *wir* uns gerade erst kennengelernt? Warum ...«

Großmutter schnappt vernehmlich nach Luft und unterbricht mich. »Ach je, habe ich da gerade Peach gehört? Hat sie … Hat sie nach mir gerufen?«

Angestrengt verziehe ich das Gesicht. Ich höre keinen Pieps.

»Ja. Ja, ich glaube, ich habe Peach rufen gehört.« Großmama sammelt die Scherben von Felicitys Gesicht ein und drückt sie fest an die Brust. »Sicher ist ihr nicht gut. Ich gehe lieber rasch zu ihr und kümmere mich um sie.«

»Moment …«

Aber Großmama überhört geflissentlich meinen Einwand und flitzt wieselflink aus dem Zimmer. Aus dem Flur ruft sie mir zu: »Ruh dich schön aus, Liebes. Es wird eine anstrengende Woche. Wir haben noch so viel zu tun!«

Wäre ich nicht ohnehin schon misstrauisch gewesen und hätte vermutet, mein Großmutter könnte mir etwas über meine Mutter verheimlichen, dann wäre ich spätestens jetzt auf den Gedanken gekommen.

Und ich werde herausfinden, was es ist.

## Rose Beams Tagebuch

*12. Juni 1985*

*Mum hat die Pembertons zur Erneuerung ihres Ehegelöbnisses nächsten Samstag eingeladen. Und ich weiß ganz genau, sie wird mich anpreisen wie eine preisgekrönte Milchkuh – sie hat mir sogar ein Paar Handschuhe gegeben, die sie angeblich mal bei ihrem albernen Debüt vor gut hundert Jahren getragen hat. Handschuhe im Sommer. Himmel. Und ich kann auch keinen Aufstand anzetteln, weil sie sich schon so auf die Feier freut und ich ihr die Laune nicht verderben will. Aber aus mir und Nigel wird nichts. Nicht in hundert Jahren. Das habe ich ihr schon eine Million Mal gesagt, aber sie will unbedingt, dass ich Nigel eine Chance gebe, weil er »der perfekte Gentleman« ist, und die fixe Idee von Liebe auf den ersten Blick sei einfach lächerlich. Tja, ich weiß allerdings, dass es überhaupt nicht lächerlich ist, denn ich habe mich auf der Stelle in Thom verliebt, als ich ihn zum ersten Mal gesehen habe, und er sich in mich. Und in meinem Herzen weiß ich längst, dass wir beide zusammengehören. Und darum habe ich ihn auch als meinen Gast zur Feier meiner Eltern eingeladen. Früher, als mir lieb ist, aber mir bleibt keine andere Wahl. Denn ich denke, das ist die beste Gelegenheit, ihn meinen Eltern vorzustellen. Bei so einer wichtigen Feier werden sie keine Szene machen. Sie werden höflich sein müssen und ihn so erst mal ein bisschen kennenlernen. Thom ist schon sehr nervös, der Arme. Am liebsten möchte ich ihm sagen, dass es gar keinen Grund zur Sorge gibt, aber das wäre gelogen. Ich bin auch schrecklich nervös.*

## *Vierundzwanzigstes Kapitel*

Ein Mann muss das Gefühl haben, seine geheimsten Gedanken und Sehnsüchte mit seiner Liebsten teilen zu können. Erweisen Sie sich als vertrauenswürdig, indem Sie ihn ermutigen, über sich zu sprechen. Achten Sie auf seine emotionalen Bedürfnisse, und noch ehe Sie »Diamantring« sagen können, sieht er Sie als seine engste Vertraute!

– Matilda Beams Ratgeber zu Liebe und Romantik, 1955

In den folgenden Tagen versuche ich immer wieder, meine Großmama auf Mum anzusprechen. Am Sonntagnachmittag zeige ich ihr, wie man Artikel bei eBay einstellt, und frage sie ganz beiläufig, warum sie und Mum so lange nicht mehr miteinander gesprochen hatten. Großmama drückt sich um die Antwort, indem sie einen Migräneanfall vortäuscht, der bestimmt »von dem grässlich grellen Computerlicht« kommt. Am Montagnachmittag versuche ich sie nach dem Mittagsschläfchen zu übertölpeln. Geduldig warte ich vor ihrer Tür, bis sie schließlich wach wird, und als sie dann ganz verschlafen aus dem Zimmer tappt, stelle ich sie und frage sie, was an dem Tag passiert ist, als Mum das Haus verlassen hat. Mit großen Augen und zerzausten Haaren stammelt sie, sie könne sich nicht mehr genau erinnern, das sei jetzt nicht der richtige Moment, darüber zu reden, ich solle mir keine Gedanken machen und sie sei plötzlich sehr, sehr müde und müsse sich »ganz dringend noch mal hinlegen«. Und damit verzieht sie sich heftig blinzelnd rückwärts auf ihr Zimmer und schließt sehr bestimmt die Tür hinter sich.

Ich versuche, die unbeantworteten Fragen beiseitezuschieben – was ich sonst eigentlich ganz gut kann –, aber meine Gedanken kehren immer wieder zurück zu den offenen Fragen und wirbeln in meinem Kopf herum wie billiger Glitzer in einer Schneekugel, die man ordentlich durchgeschüttelt hat. Montagabend, als alle im Bett sind, schleiche ich mich nach unten und durchstöbere das Haus nach Hinweisen. Ich schnüffele in Schubladen und Kommoden und Schränken auf der Suche nach alten Briefen oder Fotos, irgendwelchen Beweisen für Mums Existenz in diesem Haus und für das, was vorgefallen sein muss, dass sie den Kontakt zu ihren Eltern so rigoros abgebrochen hat. Aber abgesehen von den Puppen und einem einzelnen gerahmten Bild von meiner Mum als Teenager in einem spießigen Partykleid entdecke ich rein gar nichts. Wieder einmal wünsche ich mir, ich hätte Mum danach gefragt, als sie noch lebte. Hätte ich mehr über ihre Vergangenheit gewusst, hätte ich sie gezwungen, mir zu erzählen, was passiert war, und ihr geholfen, es wiedergutzumachen. Dann hätte ich vielleicht verhindern können, dass sie so krank wird.

Am Mittwoch beschließe ich schließlich, meine Detektivarbeit einzustellen, weil ich mit unserem Buchprojekt alle Hände voll zu tun habe, und offen gestanden bin ich heilfroh über die Ablenkung von diesen verstörenden Gedanken an Mum. Nachdem wir den ganzen Trödel aus dem Flur bei eBay eingestellt haben, werden wir (meinen herzerwärmenden Beschreibungen sei Dank) regelrecht überschwemmt mit Geboten. Morgens stehe ich in aller Herrgottsfrühe auf, um heimlich eine Joggingrunde zu drehen, abends schleiche ich mich unbemerkt nach unten, um mich mit Doktor Jamie zu einem kleinen versauten Schäferstündchen in der Praxis zu treffen, und dazwischen verbringe ich meine Zeit damit, unsere Auktionen zu betreuen, Fragen zu beantworten und die verkauften Artikel einzupacken, damit Peach sie zur Post bringen kann. Wann immer es geht, lese ich ein paar Kapitel aus *Matilda Beams Handbuch zu Liebe und Romantik*, schaue mit Peach alte Grace-Kelly-Filme und lerne unter Großmamas gestrengen Augen, wie eine Dame zu gehen – Schultern zurück, Po eingezogen, Nase nach oben, kleine, zierliche Schritte. Ich muss aussehen wie ein Storch im Salat.

Ich gebe mir große Mühe, ein paar Wörter für *Wie angelt man sich einen Mann à la 1955* zu schreiben, aber die Zeit zerrinnt mir zwischen den Händen, und ich schaffe nicht mehr als ein einleitendes Kapitel.

Aber bald.

Ganz bestimmt.

Die Tage vergehen wie im Flug, und am Dienstag habe ich schon die nächste Verabredung mit Leo. Obwohl ich wiederholt nachgefragt habe, will er mir partout nicht verraten, was er an dem Abend vorhat. Er sagt nur so viel: dass wir uns um sechs Uhr am vierten (dem leeren) Sockel am Trafalgar Square treffen. Weil ich schon bei unserer letzten Verabredung keinen Schimmer hatte, worüber ich mit Leo reden soll, bitte ich Großmama, die mich gerade zurechtmacht, um Rat.

»Ziel des Abends ist natürlich, dass Mr Frost sich dir gegenüber öffnet«, erklärt Großmutter, während sie meine blassroten Locken aufdreht und jede einzelne mit einer lila Haarklammer feststeckt. »Er soll in dir von Anfang an jemanden sehen, dem er von seinen Hoffnungen und Träumen erzählen kann. Eine Vertraute. Eine Partnerin!«

Hoffnungen und Träume, verdammt? Wow. Klingt ganz schön bedeutungsschwer. Ich weiß ja nicht viel über zweite

Dates, weil ich noch nie im Leben eins hatte, aber das erscheint mir doch ein ziemlich tiefgründiges Gesprächsthema. Sollten wir uns nicht lieber über angesagte Kochshows unterhalten oder, keine Ahnung, unser Lieblingsspielzeug, als wir klein waren?

Stirnrunzelnd schaue ich Großmama im glühbirnengerahmten Badezimmerspiegel an. »Wirkt das nicht viel zu aufdringlich? Ich meine, jage ich ihn damit nicht eher in die Flucht?«

Großmutter lacht laut auf, und ihre Hand bleibt auf meinem Kopf liegen. »Eine gute Frau *ist* von Zeit zu Zeit etwas forsch, Liebes. Männer wissen nicht, was sie wollen oder was sie brauchen. Deine Aufgabe ist, es ihnen zu zeigen. Subtil, natürlich.« Und damit schaut sie mich wohlwollend an. »Menschen reden gerne über sich, Jessica. Eigentlich wollen wir doch alle bloß gehört werden.«

Aber … das gehört nicht gerade zu meinen Stärken. Ich bin nicht gut in Gefühligkeiten und im Zuhören und im Ernstsein. Noch nie gewesen. Wenn Menschen ihre innersten Gefühle offenbaren, erwarten sie im Gegenzug, dass der andere ebenfalls die eigenen innersten Gefühle offenbart. Ins Vertrauen ziehen, nennt man das wohl auch. Und dann muss man über den eigenen Gefühlsmüll nachdenken, und dann wird es unweigerlich deprimierend und kompliziert.

»Wenn ich es mir genau überlege, kann ich dann nicht einfach weiter so tun, als wäre ich völlig hingerissen von ihm?«, versuche ich mich aus dieser Nummer herauszulavieren. »Scheint ihm bisher ganz gut zu gefallen.«

Woraufhin sich meine Großmutter eine drahtige weiße Haarsträhne hinters Ohr streicht und mit einem kleinen Glucksen anmutig den Kopf schüttelt. »Natürlich gefällt ihm das. Aber ich befürchte, uns bleibt nicht viel Zeit, und heute

Abend müssen wir die Sache ein wenig forcieren. Du *musst* ihn dazu bringen, sich dir zu öffnen, Jessica. Stell ihm persönliche Fragen. Lass ihn von seinen innigsten Sehnsüchten erzählen. Sei eine gute, aufmerksame Zuhörerin, und schon sieht er dich als ernsthafte Anwärterin.«

Angewidert verziehe ich das Gesicht. »Anwärterin? Für was?«

»Nun, für die *Liebe,* was denn sonst? Vertrau mir einfach.« Und damit tätschelt Großmama mir die Schulter und nimmt einen Tiegel Pond's Cold Cream aus dem Regal, um mir zum hundertsten Mal für diese Woche das Gesicht einzucremen. »Millionen Frauen haben meinen Rat befolgt, wie man einen Mann dazu bringt, dass er sich in sie verliebt. Ich weiß *ganz genau,* was ich tue.«

Ich verschränke die Arme und schaue grummelnd in den Spiegel. Ein ganzer Abend, nur dem Erforschen von Leo Frosts Hoffnungen und Träumen gewidmet. Ganz toll.

Absolut gar nicht toll nämlich.

*

»Wow.« Leo strahlt mich an, als ich mit meinem neuen geschmeidigen »Damengang« zu unserem Treffpunkt am vierten Sockel stolziere, wo er mich bereits erwartet. Auf dem Sockel steht derzeit die Metallskulptur eines Hahns, der Ultramarinblau in die gleißende Sonne kräht.

»*Wow*«, sagt er abermals und zieht das Wort in zwei Silben lang. Die grünen Augen wandern unverhohlen lüstern über jeden Zentimeter meines Körpers. Wobei man zugeben muss, dass Großmama sich heute Abend glatt selbst übertroffen hat. Ich trage wieder ein leichtes Sommerkleid, diesmal in einem satten Korallenrot, mit schmaler Taille und kleinen überschnittenen Ärmeln statt Spaghettiträgern. Meine Füße stecken in türkisblauen Riemchenpumps, und auf der Nase habe ich eine riesengroße Schildpattbrille in Schmetterlingsform. Mit der Pin-Curl-Frisur, die das dezent geschminkte Gesicht umrahmt, sehe ich aus wie eine Sexbombe aus den Fünfzigern – weniger brave Doris Day, mehr verruchte Ava Gardener.

»Du siehst aber auch nicht schlecht aus«, schnurre ich und schiebe die Sonnenbrille mit dem Zeigefinger etwas nach unten. Es stimmt. Leo ist ganz lässig gekleidet. Er trägt ein gut sitzendes marineblaues Poloshirt, in dem seine breiten Schultern besonders gut zur Geltung kommen, und eine beige Khakihose, die seinen zugegebenermaßen äußerst wohlgeformten Po betonen. Die Tolle ist wie immer perfekt frisiert und wirkt trottelig wie eh und je, aber ohne schicken Anzug sieht er ganz anders aus. Nicht so … gediegen.

Ich klammere mich an die Erinnerung von Valentinas eindringlicher Warnung. Leo Frost darf man *nicht* über den Weg trauen. Bestimmt hat er die Sachen nur angezogen, weil er *weiß*, wie unwiderstehlich er darin wirkt. Tja, ich habe dich durchschaut, wer ist hier also der Doof?

*Leo Frost. Künstler. Denker. Mann. Doof.*

»Ich habe dir etwas mitgebracht«, erklärt er grinsend und greift in die Gesäßtasche seiner Chino.

Aha! Genau wie Valentina gesagt hat. Kommt mit extravaganten Geschenken um die Ecke, um mich ins Bett zu locken. Muss etwas ziemlich Kleines sein, wenn es in die Hosentasche passt. Schmuck? Ein Eurostar-Ticket nach Paris? Ein kleines selbstgebasteltes Origamiherz?

Leo zieht die Hand aus der Tasche und reicht mir … eine kleine weiße Papiertüte?

Zögerlich nehme ich sie und schaue hinein. Sie ist leer. Er hat mir eine leere Papiertüte geschenkt.

Hä?

*Oh!*

Und plötzlich fällt der Penny, und ich verstehe den Witz. Eine Kotztüte aus dem Flugzeug. Doch kein extravagantes Geschenk. Leo Frost hat mir eine Spucktüte mitgebracht! Ich muss laut lachen vor Verwunderung und verstaue die Tüte mit großer Geste umständlich in meiner Handtasche. *Guter Schachzug,* denke ich misstrauisch. Leo erwidert fröhlich mein Lachen und reicht mir dann den Arm.

»Wo gehen wir denn heute Abend hin?«, erkundige ich mich und hake mich vorsichtig bei ihm unter, während wir an den Brunnen in der Mitte des Platzes vorbeischlendern. »Ich freue mich schon die ganze Woche auf diesen Abend.«

Leo weist drüben auf die National Gallery.

»Da hin«, erklärt er und führt mich dann vorfreudig zu den Treppenstufen. »Es gibt eine Privatführung rund um den neu erworbenen Van Gogh, und ich habe zwei Karten.«

Van Gogh?

Verdammt. Wenn es eins gibt, wovon ich noch weniger verstehe als von Lyrik, dann ist es Kunst.

Warum kann er nicht wie jeder normale Mensch mit mir Essen gehen? Oder zu einem Rockkonzert? Bei Rockkonzerten kenne ich mich aus – da macht mir so leicht keiner was vor. Bis auf das eine Mal natürlich, als ich Crowdsurfen wollte, aber leider nicht viel Publikum da war, weshalb ich bloß kurz von einem stämmigen Kerl in die Luft gestemmt wurde.

Unauffällig verziehe ich das Gesicht. Leo Frost hat mich mal wieder völlig überrumpelt. Und dabei habe ich mich doch gerade erst durch die Lyriklesung gemogelt, ohne allzu sehr aus der Lucille-Rolle gefallen zu sein und die Jess dahinter zu enthüllen.

Wie zum Teufel soll ich nun diesen Abend überstehen?

# *Fünfundzwanzigstes Kapitel*

Eine gute Frau ist gebildet und kultiviert. Sie kennt sich aus mit den schönen Künsten, mit klassischer Musik und hoher Literatur. Ein Gentleman weiß es zu schätzen, wenn die Frau an seiner Seite seinen Gedanken über die Welt nicht nur hingerissen lauscht, sondern sie auch versteht.

– Matilda Beans Handbuch für die gute Hausfrau, 1957

Ich schwimme. Bei der Ausstellung wimmelt es nur so vor hochnäsigen Intellektuellen, die am teuren Jahrgangschampagner nippen und sich über die Van-Gogh-Gemälde unterhalten. Sie beschreiben sie mit Wörtern wie »dynamisch« und »rhythmisch« und »eindringlich«. Die Gemälde sind wirklich unglaublich, das muss ich schon zugeben, aber diese Leute tun, als bekämen sie beim bloßen Anblick multiple Orgasmen. Ich glaube, die Dame mit den rosa Wangen vor den *Sonnenblumen* hatte wirklich gerade einen. So weit bin ich allerdings noch nicht.

Langsam spazieren wir von einem Bild zum nächsten, und ich versuche, Großmamas Rat zu befolgen und Leo etwas tiefergehende Fragen zu stellen. Aber wir werden immer wieder von irgendwelchen Leuten unterbrochen, die ihn ansprechen: Klienten von Woolf Frost, vielen, vielen Frauen – manche scheinen ganz vernarrt in ihn, andere scheinen ihn zu verabscheuen, aber alle sind aberwitzig schön – und sogar ein Reporter vom *Telegraph*, der über die Veranstaltung berichtet und unbedingt ein Foto von mir und Leo schießen möchte, auf dem man sieht, wie unbeschreiblich wir die Ausstellung finden.

»Neeeein!«, jaule ich auf, als der Fotograf mit seiner Riesenkamera auf mein Gesicht zielt.

Wenn ein Foto von mir in einer überregionalen Tageszeitung erscheint, wird mich ganz sicher irgendwer erkennen. Und dann wäre die Katze aus dem Sack, und das ganze Projekt wäre in Gefahr. Das darf ich nicht riskieren. Noch nicht.

Aber mein Verzweiflungsschrei kommt zu spät, denn der Fotograf hat längst auf den Auslöser gedrückt. Verflixt. Großmamas aufwendige Scharade mag Leo Frost getäuscht haben, aber was ist mit den Leuten zu Hause in Manchester? Den Menschen, die mich aus dem wahren Leben kennen? Die durchschauen doch sicher auf den ersten Blick die Kostümierung und erkennen mich auch mit neuer Frisur und anderen Klamotten und spitzen Brüsten.

Leo sieht mich mit hochgezogenen Augenbrauen an. »Lässt du dich nicht gerne von der Presse fotografieren?«

Nervös nestele ich am Kragen meines Sommerkleids herum. »Ähm, nein. Ich, äh … nein, gar nicht.«

Woraufhin er die Augen zusammenkneift und mich anerkennend anlächelt. »Wie erfrischend.«

Und damit nimmt er einem der vorbeieilenden Kellner zwei Champagnergläser vom Tablett und reicht mir eins davon. Kleinlaut nippe ich daran und tue, als sei auch ich Teil der Champagnerverschwörung. Auf der anderen Seite des Raums hat gerade ein Mann mit weißem Haar und knallroter Hose Leo entdeckt. Freudig winkt er ihm zu und versucht, sich den Weg durch die Menschenmassen zu uns zu bahnen. Bevor Leo ihn sieht und ich wieder danebenstehen und hübsch aussehen und mir ein weiteres todlangweiliges Gespräch über Golf und Ausfalter und seinen Arsch von einem Vater anhören muss, stelle ich mich direkt vor Leos Nase und schaue ihn unter gesenkten Wimpern schmachtend an.

»Hier drin ist es so heiß und voll, findest du nicht? Wollen wir nicht irgendwo hingehen, wo es ein bisschen … ruhiger ist?« Und dann beiße ich mir auf die Lippe. »Das wäre wirklich schön.«

Leo schaut mich besorgt an. »Aber natürlich. Ist alles okay? Oben ist es bestimmt ziemlich leer. Gehen wir.«

Und damit nimmt er mich an die Hand, und wir schlängeln uns durch die Besucher, hinaus aus dem Van-Gogh-Raum und zu den Aufzügen. Als die Türen sich hinter uns schließen, fragt Leo mich: »Gute Idee, aus dem Getümmel zu verschwinden. Gibt es einen bestimmten Maler, den du gerne sehen würdest? Die haben hier wirklich eine ganz wunderbare Sammlung.«

Mein Kopf ist vollkommen leer.

Mir fällt *kein einziger* Maler ein. Keiner!

Ich kenne natürlich welche, aber jetzt, wo er mich danach fragt, kann ich mich einfach an keinen Namen mehr erinnern. Außer Van Gogh, den wir gerade gesehen haben.

Ich werde stocksteif und tippe mir mit dem Finger gegen das Kinn. »Hmmmmm, mal überlegen …«

Und dann, gerade ehe ich mich vollends zum Idioten mache, kommt mir der mirakulöse Geistesblitz. Teenage Mutant Ninja Turtles. *Teenage Mutant Ninja Turtles.* Waren die Kampfschildkröten nicht alle nach berühmten Malern benannt?

»Donatello!«, platze ich erleichtert heraus.

Turtle Power.

»Ach, ich glaube, von Donatello haben sie leider nichts«, entgegnet Leo.

Enttäuscht ziehe ich eine Schnute. »Wie schade. Tja, dann … ähm, Leonardo.«

Leo grinst und drückt sofort den Knopf für den Sainsbury-

Flügel im zweiten Stock. »Da Vinci, mein Namensvetter. Gute Wahl. Die National Gallery hat eine fantastische Renaissancekunstsammlung.«

»Toll«, hauche ich. »*Ganz toll.* Renaissancekunst ist meine *Lieblings*kunst.«

Leo macht große Augen vor Freude. »Geht mir genauso!«

Dann öffnen sich die Aufzugtüren, und wir werden von einem bebrillten Anzugträger mit einem langen Gelehrtengesicht unterbrochen. Vermutlich die Museumsversion eines Türstehers.

»Hi, Terence«, sagt Leo und schüttelt dem Mann herzlich die Hand. »Ich bin's nur. Wir wollten kurz raus aus dem Getümmel unten.«

»Du könntest auch gleich hier einziehen, Junge«, bemerkt Terence augenzwinkernd. Leo zwinkert gut gelaunt zurück.

Wie unverschämt! Hätte ich es mir doch denken können. Natürlich nimmt Leo all seine Frauen mit hierher und spielt den sensiblen Künstler. Irgendein Dummchen wird schon darauf hereinfallen. Aber so ein Dummchen bin ich nicht! Der Kerl verschwendet seine Zeit und ahnt es nicht einmal.

Terence führt uns durch einen großen runden Türbogen in einen hohen, weiß gestrichenen Raum mit goldgerahmten Gemälden. Er schaut auf seine Armbanduhr. »Mehr als eine Viertelstunde ist heute Abend leider nicht drin, Meister. Ich bin ganz allein hier oben.«

Sobald Terence verschwunden ist, führt Leo mich zu einem der Gemälde. Mit großen, selbstbewussten Schritten durchmisst er den Raum, und ich trippele mit meinen Mary Janes hinterher, bemüht, mit ihm Schritt zu halten. Wie ich meine bequemen Turnschuhe vermisse.

Also gut. Endlich allein. Niemand, der uns stört. Fünfzehn volle Minuten lang. Jetzt muss ich mich beeilen.

Zeit für Hoffnungen und Träume. Also los.

Aber … ich kann ihn doch nicht einfach wahllos mit Fragen bombardieren, oder? *Hey, Leo, was sind die größten Wünsche und Träume in deinem Leben?* Das wäre wohl etwas zu durchschaubar. Und gruselig.

Ich muss mit etwas Unverfänglichem anfangen.

»Leo«, schnurre ich mit sanfter Stimme. »Erzähl mir doch ein bisschen mehr über deine Arbeit. Ich weiß, dass du in der Werbebrache bist, aber was machst du eigentlich genau bei Woolf Frost?«

»Na ja, ich bin Artdirector«, entgegnet Leo gut gelaunt, und seine Stimme hallt durch den großen leeren Saal. »Was im Grunde bloß eine aufgeblasene Bezeichnung dafür ist, dass ich mit Textern und Grafikern zusammen Konzepte für Kundenpräsentationen und Ähnliches erarbeite. Ich habe mich auf Printmedien spezialisiert. Nicht mehr ganz so populär wie früher, aber ich mag es, etwas Greifbares in der Hand zu haben, wie ein Blatt Papier.«

Ich nicke verständnisvoll, so wie Großmama es mir beigebracht hat. Soooo interessiert.

*Leo Frost. Künstler, Denker, Mann. Sooo interessant.*

»Und wie lange bist du schon dort?«, frage ich und nippe am Champagner. Börks.

»Ach Gott, eine Ewigkeit. Ich habe gleich nach der Uni angefangen, nachdem ich meinen Abschluss am St Andrews gemacht habe – die Agentur gehört ja meinem Vater, das war also meine Eintrittskarte.« Er reckt ganz leicht das Kinn. »Aber ich habe mich von unten hochgearbeitet und die jüngste Mercedes-Kampagne ganz allein verantwortet. *Drive Alive.*«

Drive Alive. Schon wieder diese bescheuerte Deppenwerbung. Igitt.

Als ich nichts sage, hakt Leo nach.

»Kennst du sie? Die Drive-Alive-Kampagne?«

Hmm. Ich weiß nicht, ob meine schauspielerischen Fähigkeiten ausreichen um vorzugeben, die Kampagne sei in meinen Augen etwas anderes als gefälliger, sinnfreier Müll. Der heilige Zorn würde sicher aus mir leuchten, so wie E. T.s Herz in *ET: Der Außerirdische.* Also schüttele ich nur stumm den Kopf.

»Nein, leider nicht«, säusele ich und lächele ihn entschuldigend an. »Aber ich würde sie sehr gerne sehen.«

»Ich zeige sie dir bei Gelegenheit. Mich würde deine Meinung sehr interessieren – die Reaktionen waren ziemlich gemischt.« Und damit lacht er still in sich hinein, als fiele ihm dabei etwas äußerst Amüsantes ein. »Weißt du, kürzlich war ich bei einer Buchvorstellung, und da kommt plötzlich so eine wildgewordene Furie auf mich zu und kreischt mir ins Gesicht, wie dämlich sie die ganze Kampagne findet!«

O Gott. *Er meint mich bei der Buchvorstellung von* Der Imker.

Ich halte die Luft an und höre auf zu atmen.

»Ach du Schreck«, quietsche ich und klinge dabei fast wie Peach. Unverschämtheit. Wie kann er mich als Furie bezeichnen? Ich habe ihn doch nicht angekreischt … oder? »Wie schrecklich unangenehm!«, säusele ich. *»Aber …«*

»Ja, ich habe völlig die Fassung verloren und die arme Frau richtig fertiggemacht. Nachher tat es mir leid – ich hatte an dem Tag einen wichtigen Kunden verloren, und eine Erkältung war im Anflug, ich war also miserabelster Laune. Das Lustige dabei ist, das, was sie an der Anzeige am meisten gestört hat – nämlich dass das Model einen diamantbesetzten Bikini trägt –, war nicht mal meine Idee, sondern die meines Vaters! Und insgeheim musste ich ihr recht geben, dass das tatsächlich ziemlich lächerlich wirkt.«

Mir klappt die Kinnlade herunter. Ich fasse es nicht. Leo Frost hat es leidgetan, dass er mich bei der Party so fertiggemacht hat. Er hatte eine Erkältung. Der Diamantbikini war gar nicht seine Idee.

»Ach, ich bin mir ganz sicher, deine Anzeigen sind alle ganz *wunderbar*«, erkläre ich und versuche, meine Überraschung zu verbergen.

»Drive Alive funktioniert zumindest«, meint Leo achselzuckend und bleibt vor dem *Bildnis eines Musikers* stehen. »Und immerhin hat sie mir eine Nominierung für einen Preis der London Advertising Association eingebracht, also kann sie so schlecht nicht sein.«

Das mit der Nominierung weiß ich aufgrund meiner Recherche ja bereits, tue aber trotzdem ganz erstaunt und freudig überrascht, wie begabt dieser Mann doch ist.

»Wow!«

Leo zuckt betont bescheiden die Schultern. »Das wird wieder einer dieser absurd angeberischen Abende mit Smoking, Ball und großem Dinner. Aber ich bin zum ersten Mal nominiert, darum ist das alles, na ja, doch ziemlich aufregend.«

»Ich bin beeindruckt«, erkläre ich und klatsche begeistert in die Hände. »Dein Vater ist sicher stolz wie Oskar auf dich.«

Bei der Erwähnung seines Vaters schluckt Leo schwer und wechselt schnell das Thema. »Erzählst du mir ein bisschen was über *deine* Arbeit, Lucille?«

Meine Arbeit? O Gott. Ich kann Leo wohl kaum erzählen, dass ich Schriftstellerin bin. Sonst zählt er womöglich zwei und zwei zusammen und kommt darauf, dass wir uns von der Buchpräsentation kennen und ich das Mädel bin, das ihn als Pimmelprinzen tituliert hat. Dieses Thema ist zu heikel und zu wichtig, um mir einfach auf die Schnelle etwas aus den Fingern zu saugen – darüber muss ich vorher unbedingt mit Großmama reden.

Ich tue, als lenkte mich eins der Bilder ab.

»Das ist wirklich wunderschön«, sage ich und betrachte hingerissen das Gemälde mit dem Titel *Felsgrottenmadonna.* Bei genauerem Hinsehen geht mir auf, dass es wirklich fantastisch ist. Atemberaubend schön sogar. Ich weiß nicht warum – vielleicht liegt es an der Komplexität, der Detailverliebtheit oder daran, dass die Haut der Dargestellten wie Perlmutt zu schimmern scheint; mir fehlen die Worte, es zu beschreiben. Ich bin einfach kein affektierter Kunstkenner wie Leo Frost.

»Ich finde es zauberhaft«, murmele ich.

Leo schaut mich von der Seite an. »Das war das Lieblingsbild meiner Mutter.«

»*War?* Hat sie ihre Meinung inzwischen geändert?«, kichere ich leichthin.

»Ich meine, es war ihr Lieblingsbild, bevor sie gestorben ist. Sie hat mich Leonardo genannt, nach Leonardo Da Vinci. Ich komme oft her, um es mir anzuschauen. Wahrscheinlich öfter als gut ist.«

Mir schnürt es die Kehle zu.

Leos Mum ist tot?

Damit hatte ich nicht gerechnet. Das passt nicht so recht zu meiner Theorie des reichen, vom Leben verwöhnten Schnösels aus gutem Hause, die ich mir zurechtgelegt hatte.

»O Gott, das tut mir leid«, platze ich heraus. Es klingt nichtssagend und hohl und reicht nicht ansatzweise um auszudrücken, dass ich ganz genau weiß, was er fühlt. Fast unmerklich zuckt er mit den Schultern, und in seinen Augen flackert etwas auf, das ich auf Anhieb erkenne. Ich habe es oft genug gesehen, wenn ich in den Spiegel geschaut habe. Verlustschmerz.

»Meine Mum ist auch gestorben«, murmele ich und lasse mich auf die Sitzbank hinter uns sinken. »Als ich achtzehn war.«

Das hätte ich ihm nicht sagen dürfen.

Das erzähle ich sonst nie.

Ich kenne ihn doch gar nicht.

»Ach, Scheiße, es tut mir leid, das zu hören, Lucille. Ich war auch noch sehr jung – fünfzehn.« Er setzt sich neben mich und lächelt grimmig. »Ganz schön ätzend, was?«

Und damit nimmt er meine Hand und drückt sie kurz. Sie ist warm und stark. Mir ist, als schnürte man mir die Brust noch fester zusammen. Ich weiß, ich sollte heute Abend bei Leo etwas tiefer graben, aber das ist einfach viel zu viel. Und auch wenn er womöglich der einzige Mensch ist, der auch nur ansatzweise versteht, wie es sich anfühlt, die Mutter zu verlieren, so ist er am Ende doch immer noch ein wildfremder Mann. Und ich sollte ihm keine wahren Geschichten über mich erzählen. Also ziehe ich die Hand weg und lege sie fein artig in meinen Schoß. Irgendwie muss ich versuchen, die melancholische Stimmung etwas aufzulockern, die sich über den Raum ergossen hat wie zähflüssiges Öl. Aber ich weiß nicht, was ich sagen soll. Was zum Geier soll man auch sagen, wenn jemand einem gerade von der toten Mutter erzählt hat? Noch nie war ich auf der *anderen* Seite eines solchen Gesprächs. Unter normalen Umständen würde ich mich jetzt einfach aus dem Staub machen. Aber hier geht es um einen Job. Ich habe versprochen, mich zusammenzureißen und die Sache durchzuziehen.

»Sie wäre bestimmt stolz, dass du für den Werbepreis nominiert worden bist«, sage ich lächelnd.

Leo fingert am Stiel seines Champagnerglases herum. »Weißt du, ich bin mir da gar nicht so sicher. Sie hat meinen Vater abgöttisch geliebt, aber kommerzielle Kunst konnte sie auf den Tod nicht ausstehen. Sie sagte immer, sie sei seelenlos …« Er dreht sich zu mir um. »Willst du noch etwas Verrücktes hören?«

»Immer.«

»Manchmal glaube ich, meine Mutter wäre schrecklich enttäuscht, wenn sie wüsste, dass ich in die Werbeagentur meines Vaters eingestiegen bin. Als hätte ich sie damit irgendwie verraten.«

»Das ist doch nicht verrückt«, entgegne ich kopfschüttelnd. »Mütter haben das so an sich. Sie bleiben immer präsent, auch wenn sie nicht mehr da sind. Und du machst deine Arbeit doch gerne, oder nicht?«

»Ich mache meine Arbeit *gut*. Weißt du, meine Mutter wollte immer, dass ich Künstler werde. Bevor sie gestorben ist habe ich in der Schule einen Zeichenwettbewerb gewonnen, und sie war so stolz auf mich wie noch nie.« Einen Moment geht sein Blick wehmütig in die Ferne. Ich muss an die Zeichnung mit dem Boot denken.

»Und warum machst du diese Neigung dann nicht zum Beruf?«, frage ich achselzuckend. »Werde Künstler. Wenn es das ist, was du wirklich willst. Talent hast du jedenfalls genug.«

Leo lacht laut auf, er prustet so unvermittelt los, dass ich erschrocken hochfahre. Dann fährt er sich mit der Hand durch die Haare und verzaust dabei die Tolle, die nun nicht mehr ganz so akkurat sitzt. »Ach was, das sind bloß Hirngespinste; Gedanken, die einem kurz vor dem Einschlafen in den Sinn kommen. Nichts für das wahre Leben. Meine Zeichnungen sind bloß Spielereien, und bei Woolf Frost läuft es wirklich gut. Dad will mir eines Tages die Leitung der Agentur übertragen, und, na ja, so ein Angebot schlägt man nicht einfach aus. Ich habe ausgesorgt. Ich kann mich wirklich glücklich schätzen.«

Selbstbewusst grinst er mich an. Das ist das Grinsen, das ich von den Paparazzifotos kenne. Aber es wirkt ein bisschen schief.

»Nur, weil man dir etwas anbietet, musst du es noch lange

nicht annehmen«, sage ich leise. »Und wir wissen beide, das Leben ist viel zu kurz und viel zu unberechenbar, um sich nicht das zu nehmen, was man wirklich will.«

Ich denke kurz darüber nach, was ich wirklich will. Eine schöne Strandvilla, irgendwo weit weg. Aber das Bild verschwimmt ein bisschen vor meinem inneren Auge und ist nicht mehr ganz so lebendig und greifbar wie sonst.

Leo nickt langsam und bedächtig.

Ich schaue ihn an, schaue in sein hochmütiges Gesicht mit der langen geraden Nase, den hohen Wangenknochen, dem Filmstarkinn, den lang bewimperten klugen grünen Augen, alles etwas verzerrt durch die sorgenvolle Falte zwischen den Augenbrauen. Hmm. Gehört das zu seiner Masche? Spielt er den gequälten Künstler, um mich rumzukriegen? Nach dem, was Valentina mir erzählt hat, ist dem Kerl alles zuzutrauen … Aber er würde doch ganz sicher nicht mit dem Tod seiner Mutter hausieren gehen. Nicht mal der allerübelste abgebrühteste Scheißkerl würde so tief sinken.

Leo lehnt sich zu mir rüber und stupst mich leicht an die Schulter. »War Rose deine Mum?«, fragt er ganz leise. »Die Rose aus deinem Gedicht?«

Mein Herz schlägt plötzlich schneller. Viel zu schnell. Auf die Frage war ich nicht gefasst. Und ausgerechnet mit Leo Frost über meine Mutter zu sprechen ist nun wirklich das Letzte, was ich will.

»Man glaubt es kaum, unsere Viertelstunde ist schon um!«, rufe ich so nachdrücklich, dass der Satz von den Wänden regelrecht abzuprallen scheint und als dreifaches Echo zu uns zurückkommt. Mit einem umwerfenden Lächeln erhebe ich mich von der Bank. »Wir sollten wohl lieber wieder nach unten gehen«, sage ich etwas sanfter. »Wir wollen ja nicht Terences Zorn auf uns ziehen!«

»Ach.« Leo wirkt etwas verdattert. Langsam steht er auf und folgt mir durch den Türbogen. »Ja, aber ja. Terence kann ganz schön furchteinflößend sein, wenn man sich nicht an die Regeln hält. Dann wird er zum Hulk. Vielleicht führen wir das Gespräch ein anderes Mal weiter?«

*Wenn es nach mir geht, ganz bestimmt nicht.*

Aber das sage ich natürlich nicht. Stattdessen nicke ich nur zustimmend und spiele weiter die Rolle der aufrichtigen Vertrauten, die stets ein offenes Ohr hat.

Im Aufzug nach unten grübele ich über das Ziel des heutigen Abends nach, nämlich Leo Frost dazu zu bringen, mir von seinen Hoffnungen und Träumen zu erzählen.

Wie zum Teufel soll ich das anstellen, wenn er anscheinend gar keine hat?

## Rose Beams Tagebuch

*21. Juni 1985*

*Die Feier zur Erneuerung von Mums und Dads Eheversprechen heute Abend war wunderschön. Zu sehen, wie innig und aufrichtig Mum und Dad sich nach all der Zeit immer noch lieben, zeigt mir nur, wie richtig es war, ehrlich zu Thom zu stehen. Er kam in einem steifen, offensichtlich eigens ausgeliehenen Smoking zu der Party. Es war seltsam, ihn so unbunt zu sehen, und man merkte auf den ersten Blick, wie unwohl er sich dabei fühlte. Ich stellte ihn meinen Eltern als meinen Freund vor, und obwohl Mum die Nasenlöcher blähte, war es genau, wie ich es mir gedacht hatte, und sie machten keine Szene. Thom war heilfroh und ich auch. Dad gab Thom die Hand und lud ihn für morgen zum Dinner ein. Nigel Pemberton hat mir den ganzen Abend vielsagende Blicke zugeworfen. Was Thom zum Schießen fand. Wir haben uns beide schiefgelacht. Armer alter Nigel.*

# *Sechsundzwanzigstes Kapitel*

Wenn Sie meine Ratschläge wie empfohlen befolgt haben, ist es nicht unwahrscheinlich, dass sich mehr als nur ein Mann um Sie bemüht, weshalb Sie womöglich dem einen oder anderen Verehrer einen Korb geben müssen. Tun Sie dies taktvoll, freundlich und respektvoll. Das Herz ist zerbrechlich und mit Sorgfalt zu behandeln.

– Matilda Beams Ratgeber zu Liebe und Romantik, 1955

Nach dem Van-Gogh-Abend schlendern wir hinaus in die warme Nacht, über den Trafalgar Square und auf die belebte Straße, wo wir auf die Limousine warten, die Leo bestellt hat, um mich nach Hause zu bringen. Während wir dastehen und warten, betrachte ich den Brunnen ganz in der Nähe, der zu dieser Zeit in bunten Farben angestrahlt ist. Das glitzernde Wasser hat beinahe etwas Hypnotisches, und der Champagner, den ich getrunken habe, um die unangenehmen Gefühle herunterzuspülen, die unser bedeutungsschweres Gespräch in mir aufgewühlt haben, tut sein Übriges. Ich seufze, doch die abendliche Brise verschluckt das Geräusch zum Glück.

Leo dreht mich auf dem Absatz zu sich herum und schnappt sich die Sonnenbrille, die ich mir in die Haare gesteckt habe, und setzt sie sich selbst auf die Nase. Er sieht reichlich albern damit aus.

»Und, Lucille, sehe ich heiß aus?«, fragt er affektiert. »Ich fühle mich jedenfalls sehr heiß.«

»Du siehst heiß aus«, entgegne ich schmunzelnd.

»Wusste ich es doch.« Und damit wackelt er ein bisschen die Straße entlang, mit übertrieben maskulinen Schritten, die große Chanel-Schmetterlingsbrille auf der Nase. Ein Touripärchen mittleren Alters kommt vorbei. »'n Abend«, sagt Leo mit tiefer, übertrieben tuntiger Stimme. »Schönen Abend zu haben.«

Das Pärchen sieht zu, dass es schnell weiterkommt, und murmelt irgendwas von London und abartigen schrägen Vögeln.

Ich muss kichern. Eigentlich wollte ich ja nicht über Leos Scherze lachen, aber … Ich muss zugeben, er ist schon ziemlich komisch. Und nach dem deprimierenden Gespräch oben im Da-Vinci-Saal tut es gut zu lachen.

Leo nimmt die Sonnenbrille wieder ab, reicht sie mir und bleibt dann genau vor mir stehen.

»Ich mag dich«, sagt er ganz nüchtern, während ein roter Bus an uns vorbeisaust.

»Ach Leo, ich mag dich auch!«, gebe ich sofort mit hauchiger Stimme zurück.

Er grinst, und seine Augen werden schmal. »Du bist anders. Ich meine … anders als alle anderen Frauen, die ich …«

*Aufs Kreuz gelegt habe?*

»… bisher kennengelernt habe. Ich finde es toll, wie sehr du du selbst bist. Du bist einzigartig und … und *alternativ*.«

Alternativ. Schon wieder dieses Wort. Verdammt, bloß weil ich Vintage-Klamotten trage und mich so geziert und altmodisch benehme, meint er wohl, ich sei so ein durchgeknalltes Feenkind mit einem Einhorn im Kleiderschrank. Ein zuckersüßer Zooey-Deschanel-Typ im abgefahrenen Kleid und mit Hütchen auf dem Kopf. Wäre das nicht so abwegig, es wäre zum Schießen.

Bescheidenheit heuchelnd schaue ich zu ihm auf. »Danke. Das ist *wirklich* süß von dir.«

Er tritt noch etwas näher heran und streicht mir eine Locke hinters Ohr. »Ich meine das ganz ernst, Lucille. Mir gefällt, wie … wie echt du bist. Es gibt in dieser Stadt so viele Heuchler, Leute, denen es nur um Geld und Status geht, ums Sehen und Gesehenwerden, und darum, wer dein Daddy ist. Du … du bist anders. Du bist einfach du. Weißt du, wie erfrischend das ist?«

Ach du lieber Himmel.

»Und ich will jetzt keine Tom-Cruise-auf-dem-Sofa-Nummer abziehen«, fährt Leo fort und steckt die Hände tief in die Taschen seiner Chino, »vor allem, weil wir uns erst dreimal gesehen haben, aber … ich dachte, ich sollte dir das sagen, na ja, du weißt schon, wie sehr ich dich mag. Und, also, das geht mir nicht oft so. Eigentlich … nie. Das war's schon.«

Und dann nimmt er die Hände wieder aus den Taschen und nimmt meine Hand und streicht mir mit dem Zeigefinger über die Handfläche. Schließlich zuckt er leicht die Schultern und schaut mich etwas verlegen an. »Findest du das absurd?«

Entweder Leo Frost ist der beste Schauspieler der Welt oder … ist er etwa gerade nervös? Er wirkt jedenfalls ziemlich nervös.

Irgendwie habe ich ein seltsames Gefühl in der Brust. Ein Flattern. Wie Sodbrennen, aber nicht so unangenehm.

Zaghaft beugt Leo sich zu mir nach vorne und legt den Kopf etwas schief. Sein schelmischer Blick geht zu meinen Lippen, und er grinst ganz leicht. Ich schaue auf *seine* Lippen, arrogant und voll, rot und … leider sehr einladend. Er legt einen Arm um mich und zieht mich entschlossen an sich, bis wir Hüfte an Hüfte dastehen, und mit der anderen Hand umfasst er mein Kinn und hebt es an. Ich recke das Gesicht zu ihm, näher und immer näher, und dann … drehe ich im allerletzten Moment den Kopf weg, sodass sein Kuss mitten auf meiner Wange landet.

Gerade noch mal gut gegangen. Puh.

*Puh*. Definitiv puh. Oder?

Mein Rücken wird stocksteif, als ich mir eingestehen muss, dass nicht alles »puh« ist beim Gedanken daran, seinem Kuss ausgewichen zu sein.

*Wollte* ich ihn etwa küssen? Nein. Ganz bestimmt nicht. Der Kerl ist ein Vollpfosten. Ein sexistisches Schwein. Ein gemeiner Klatsch-Anstifter. Ein Valentinas-Herz-Brecher.

Leo steckt die Abfuhr erstaunlich gut weg, nimmt sein Handy heraus und erkundigt sich, wo die Limousine bleibt.

Mein Blick geht zu seinem Mund, während er am Telefon spricht.

Ein schöner Mund. Arrogant, ja, aber auch ziemlich, na ja, begehrenswert.

Verdammt.

Warum kann ich nicht aufhören, auf Leo Frosts Mund zu starren?

*Sei doch nicht so dumm, Jess. Der Kerl ist ein Blender. Er sieht gut aus in seinem blauen Poloshirt, wir haben eine Hitzewelle, du hast Champagner getrunken, vielleicht ist er auch nicht ganz so ekelhaft, wie du dachtest, und vielleicht hat er ein bisschen mehr Tiefgang, als du erwartet hättest, aber das heißt ja noch lange nicht, dass du auf ihn stehst. Heißt es nicht, verdammt.*

Leo erwischt mich dabei, wie ich hingerissen an seinen Lippen hänge, und grinst über das ganze Gesicht. Schnell wende ich mich ab und tue, als suchte ich in meiner Tasche nach etwas nicht Vorhandenem.

Als er das Handy wieder in die Tasche gesteckt hat, fragt er: »Hast du morgen Abend schon was vor, Lucille? Heute Abend hat sich alles um mich gedreht, und ich würde so gerne mehr über dich erfahren.«

»Nein, noch nichts«, entgegne ich prompt.

Aber ob als Lucille oder als Jess weiß ich nicht so genau.

Und auf einmal werde ich auch nervös.

*

In der schwarzen Limousine lasse ich mich mit einem sehr kribbeligen Gefühl im Bauch zum Bonham Square chauffieren. Es fühlt sich an wie Schmetterlinge, aber gar nicht angenehm. Aber ich habe auch jede Menge Champagner getrunken, und vielleicht muss ich bloß mal herzhaft aufstoßen. Hoffentlich.

Ich muss an Leo Frost denken und daran, wie traurig er in der Galerie ausgesehen hat, als er von seiner Mutter erzählte. Und dann muss ich daran denken, wie es wohl gewesen wäre, ihn zu küssen …

Nein.

*Ich kann Leo Frost nicht ausstehen.*

Angewidert verziehe ich das Gesicht. Mein Hirn ist ein mieser Verräter. Schluss jetzt, Hirn.

Ich muss mich zusammenreißen. Vielleicht verströmt Leo Frost einfach mehr Testosteron und Pheromone als normale Männer, und das habe ich erschnüffelt, und nun reagieren mein Körper und mein Gehirn darauf. Das ist ganz natürlich. Wieso hätte ich ihn wohl sonst küssen wollen? Oder … vielleicht bin ich ohne es zu merken in die Falle getappt und Leo Frosts unwiderstehlichem Charme verfallen? Jener magnetischen Energie, von der Valentina und Summer auf David Arthur Montblancs Party schwadroniert haben. Vielleicht ist das Leo Frosts Geheimwaffe – nach außen selbstbewusst und charismatisch, nach innen sensible, gequälte Künstlerseele. Vielleicht ist das seine *Masche*, mit der er Frauenherzen im Sturm erobert, um sie dann durchzukauen und wieder auszuspucken.

Ich nehme mir vor, Valentina gleich morgen früh anzurufen und sie ein bisschen zu löchern, wie er so war, als er mit ihr zusammen war. Ich muss da mal nachhaken.

Vor Großmutters Haus angekommen bedanke ich mich bei dem Fahrer und steige aus. Hocherhobenen Hauptes stolziere ich über die Straße.

Kurz vor der Haustür sehe ich, dass in der Praxis noch Licht brennt. Jamie ist da.

Siehste. Das mag ich. Ich mag Jamie. Mit Jamie habe ich unverbindlichen Sex. Ich werde nicht aberwitzig nervös, wenn Jamie in meiner Nähe ist, und so sollte es auch sein. Das ist das Sicherste.

Irks. Mir ist ganz komisch. Das Herz schlägt mir bis zum Hals. Das gefällt mir nicht. Diese unangebrachten Gefühle muss ich im Keim ersticken, und zwar schleunigst.

Da gibt es nur eins.

Rasch laufe die die Treppe hinauf, stürme in die Lobby und hämmere gegen die Praxistür. Jamie macht sofort auf, fast als hätte er mich schon erwartet.

»Hallo, Jess«, begrüßt er mich mit einem herzlichen Lächeln. »Hattest du einen schönen A…«

»Lass uns vögeln«, unterbreche ich ihn, dränge ihn in die Praxis und knalle die Tür hinter mir zu. »Sofort.«

*

Na also. Besser. Jetzt kann ich wieder frei durchatmen. Wunderbarer, zwangloser Sex mit Jamie ohne zwanghaftes Analysieren und ohne sich in die falschen Leute zu vergucken. Gerade ziehe ich mir das Kleidchen wieder über, als Jamie meint: »Wie wär's mit einem kleinen Spaziergang?«

Ich zucke die Achseln. »Klar, warum nicht?«

Einmal um den Park zu laufen hilft bestimmt auch, wieder runterzukommen. Heute habe ich es nicht geschafft meine Joggingrunde zu laufen; und außerdem ist mir gerade überhaupt nicht danach, Großmama und Peach detailliert Bericht erstatten zu müssen. Am liebsten will ich gar nicht mehr an diesen Abend denken.

Jamie und ich streifen gemächlich durch den dicht belaubten privaten Park am Bonham Square und genießen die angenehm kühle Brise auf der erhitzten, verschwitzten Haut. Ich sehe bestimmt völlig derangiert aus mit den zerzausten Pin Curls, der verschmierten Wimperntusche und dem achtlos zugeknöpften Kleid. Das ist das Coole an Jamie – bei ihm ist es schnurzpiepegal, wie ich aussehe. Er ist bloß ein Kumpel. Mein Sexkumpel.

»Gestern bin ich auf einen Drink eingeladen worden«, erklärt Jamie glucksend, während wir an einem Rosenstrauch in voller Blüte vorbeispazieren. »Von einer Patientin!«

Siehste? Eine Frau hat ihn angemacht, und er erzählt es mir. Coole, zwanglose Freunde mit gewissen Vorzügen. Das sind wir.

»Scharf!«, meine ich neckisch und stupse ihn mit dem Ellbogen an. »Sieht sie gut aus?«

Er stopft die Hände in die Hosentaschen. »Sie sieht gut aus. Und sie heißt Kiko.«

»Cooler Name.«

»Sie ist Japanerin. Sie kommt alle paar Monate zur Routinekontrolle, weil sie eine leichte Herzrhythmusstörung hat. Ich habe meinen Ohren nicht getraut, als sie mich gefragt hat, ob ich mit ihr was trinken gehen möchte. Vorne an der Rezeption, vor den anderen Patienten!«

Nun muss ich auch lachen. »Und … was hast du gesagt?«

»Ähm, nein. Ich habe nein gesagt.«

»Ach, wie schade. Warum, magst du sie nicht?«, frage ich.

»Ich habe ihr gesagt, dass ich schon vergeben bin.«

»Hä?« Mit hochgezogenen Augenbrauen schaue ich ihn an. Jamie bleibt stehen, direkt unter einer riesengroßen alten Eiche, deren Blätter sanft im Wind rascheln. »Was ist los, Dummie, warum bleibst du denn steh…«

»Ich wollte mich nicht mit Kiko treffen, weil … deinetwegen.«

Ich schnaube abfällig. »Du hast mich als Ausrede benutzt? Nicht schlecht, mein Lieber.«

Er sagt gar nichts. Schaut mich nur durchdringend an, und die Brise spielt mit seinen dunklen Locken.

Das war kein Scherz.

Ich schüttele den Kopf. »Aber das zwischen uns ist doch nur Spaß, oder? Keine Verpflichtungen, keine Hintergedanken. Schon vergessen? Du kannst dich treffen, mit wem du willst. Ich habe damit überhaupt gar kein Problem.«

Wobei es natürlich schade wäre, ihm nicht mehr nach Belieben und Bedarf an die Wäsche gehen zu können, aber … ich könnte damit leben. Ganz bestimmt.

Jamie nimmt meine Hand. »Das glaubst du doch nicht im Ernst, Jess. Dass das mit uns nur was Unverbindliches ist.«

Verdattert ziehe ich die Hand weg. »Was redest du denn da, Fremder?«

Jamie zieht die Stirn kraus – er findet das überhaupt nicht witzig. »Vor zwei Wochen hast du gesagt, keine Hintergedanken, keine Verpflichtungen. Aber seitdem haben wir uns fast jeden Tag gesehen. Also *haben wir was miteinander.* Das ist doch ganz eindeutig mehr als bloß Sex. Ich weiß, dass du es weißt. Ich weiß, dass du es *fühlst.*«

Was zum Geier geht hier ab? Aus den Augenwinkeln schiele ich hinüber zu Jamie, um mich zu vergewissern, dass er mich nicht gerade auf den Arm nimmt, dass das kein dämlicher Scherz auf meine Kosten ist, und er sich insgeheim schlapp lacht, weil ich so dumm aus der Wäsche gucke. Aber er wirkt vollkommen ernst. Todernst.

Ach, verflucht.

Jetzt hat der blöde Kerl sich in mich verknallt.

Jamie Abernathy hat sich in mich verknallt wie ein sabbernder kleiner Teenager. Dabei dachte ich, ich hätte mich klar ausgedrückt. Habe ich ja auch.

Mit einem entnervten Schnauben drehe ich mich auf dem Absatz um und marschiere in großen Schritten durch den Park, vorbei an einem Beet mit verkrüppelten Osterglocken, und schnurstracks auf Großmutters Haus zu.

»Wo willst du hin?«, fragt er und rennt mir nach.

»Doc, als ich sagte, ich will keine Verpflichtungen, da meinte ich das auch so. Und ich meine es immer noch.« Empört puste ich Luft aus den aufgeblasenen Wangen. »Es hat sich nichts verändert. Der Sex ist klasse, wir haben viel Spaß miteinander, aber mehr auch nicht.«

»Warum nicht mehr? Mehr wäre doch dasselbe wie jetzt, außer vielleicht mit ein bisschen mehr reden. Ich verstehe nicht, warum du nicht ...«

»Ich ... Ich habe zu tun. Alle Hände voll.«

Jamie hat mich eingeholt und stolpert fast über eine Rinne im Weg. »Mit deinem Projekt? Du willst es nicht mal mit mir versuchen, weil da dieser andere Kerl ist, mit dem du dich dauernd triffst? Dieser Frost? Heißt er nicht so? Der Kerl, den du *aufs Kreuz legen willst?*«

Wieder bleibe ich stehen und stemme die Hände in die Hüften. »Nein, damit hat das überhaupt nichts zu tun! Und selbst wenn – was nicht der Fall ist –, ginge dich das einen feuchten Kehricht an.«

Wir stehen vor der Haustür. Jamie will sie für mich aufmachen, aber ich stürze an ihm vorbei und reiße sie wutentbrannt auf. Dann wirbele ich herum und schaue ihn an.

»Sag Kiki zu«, sage ich seufzend. »Vielleicht kann sie dir geben, was du brauchst.«

»Kiko.«

»Dann eben Kiko. Hör zu, ich mag dich wirklich, Jamie. Und ich finde den Sex mit dir *großartig*. Aber das« – und damit weise ich von ihm zu mir – »ist … nicht mehr … und das wird es auch nie sein. Schalte mal einen Gang zurück.«

Jamie steht da. Er sagt keinen Ton. Aber er ist hochrot im Gesicht. Vor Wut? Scham? Hohem Blutdruck? Ich weiß es nicht.

Ich halte es einfach nicht mehr aus und will nichts mehr von diesem Seelenstriptease wissen. Ich habe ein schrecklich schlechtes Gewissen und bin vollkommen verwirrt.

»Du – du hast dich nicht an die Regeln gehalten, du Arsch«, zische ich, und meine Stimme bricht ganz unerwartet.

Und dann renne ich zwei Stufen auf einmal nehmend die Treppe hinauf, stolpere zweimal mit den hohen Absätzen und stürze in Großmamas Wohnung, während Jamie verloren wie ein kleiner Junge dasteht und mir hilflos nachschaut.

Was ist denn bloß los? Zuerst vergucke ich mich in Leo Frost, und dann verguckt Jamie sich in mich.

Bestimmt ist Vollmond. Vielleicht hat dieses ganze wirre Gefühlschaos mit den Gezeiten zu tun und dem Stand der Sterne oder so ein Kram. Schnell laufe ich zum Fenster im Flur und spähe in den Himmel. Aber da ist kein Vollmond. Da hängt bloß eine doofe schmale Sichel.

Vorsichtig schleiche ich den Flur des Grauens entlang, der jetzt vollkommen gerümpelfrei und gar nicht mehr grauenhaft ist, die Treppe hinauf und in mein Zimmer. Wütend ziehe ich

Klamotten und Unterwäsche aus, springe rasch unter die Dusche, frottiere mir die Haare und steige dann zu Mr Belding ins Bett. Je schneller ich einschlafe, desto eher verschwinden diese ganzen verstörenden Gefühle.

Aber der Schlaf lässt ewig auf sich warten. Irgendwann tappe ich sogar noch mal nach unten und mache mir eine warme Milch mit Honig, aber auch die hilft nicht. Dann höre ich mir auf dem iPhone beruhigende Wellenklänge an, doch nicht mal die zeigen die erhoffte Wirkung. Am Ende liege ich hellwach im Bett, drehe und wende mich und denke und grübele bis in die frühen Morgenstunden.

# *Siebenundzwanzigstes Kapitel*

Sich in den richtigen Mann zu verlieben fühlt sich wie Fliegen an – genießen Sie das Gefühl der Schwerelosigkeit, Sie haben es sich verdient. Aber verlieren Sie dabei nicht den Kopf. Eine gute Frau darf das Ziel nicht aus den Augen verlieren.

– Matilda Beams Handbuch zu Liebe und Romantik, 1955

Nach geschätzten zwei Stunden Schlaf bin ich um sechs Uhr morgens schlagartig hellwach und rufe unverzüglich Valentina an.

»Hallo?«, meldet sich eine verschlafene Stimme. Valentina klingt, als sei sie noch im Halbschlaf. Ich dachte, erfolgreiche Menschen stehen alle mit den Hühnern auf? Das behauptete Summer jedenfalls immer, wenn ich mal länger als bis zehn in den Federn geblieben bin.

»Yo, Valentina, hier ist Jess. Ich wollte dich nicht wecken. Ich rufe einfach später noch mal an.«

»Jess, ich bin hellwach, hiergeblieben.« Dann höre ich es rascheln, und Valentina räuspert sich. »Jess Beam, mein entzückendes kleines Kätzchen. Wie schön, von dir zu hören. Wie läuft's?«

»Gestern Abend habe ich mich wieder mit Leo Frost getroffen.«

»Prima. Und, ist er diesmal mit dir in einem teuren Restaurant gewesen? Im Ivy? Er liebt das Ivy …«

»Nein, wir waren in der National Gallery.«

»Ach! Echt? Zu unserer Zeit ist er da immer allein hingegangen …«

»Hör zu, ich muss dich was fragen, Valentina. Hat Leo je mit dir über seine Mum gesprochen?«

»Nein, nein, hat er nicht. Er hat überhaupt wenig von seiner Vergangenheit erzählt. Warum fragst du … Moment … hat er … hat er mit *dir* über seine Mutter geredet?«

»Hat er.« Ich stelle das Handy auf Lautsprecher und lege es neben mich auf die Bettdecke.

Am anderen Ende der Leitung höre ich Valentina nach Luft schnappen. »Himmel, das ist wirklich bemerkenswert. Er ist sonst ein Buch mit sieben Siegeln.«

»Hat er mit dir über seine Ambitionen als Künstler gesprochen?«

»Künstler? Was für eine Kunst soll das sein? Meinst du seine Anzeigen?«

»Nein, seine Zeichnungen.«

»Leo *zeichnet?* Was zeichnet er denn?«

»Ich weiß nicht, bisher habe ich nur eine seiner Zeichnungen gesehen. Ein alter Mann auf einem Boot.«

»Ein Mann auf einem Boot? Und, war sie gut?«

»Sie war großartig.«

»Himmel, Jess. Himmel. Mir hat er nie erzählt, dass er gerne malt, kein Wort, in den ganzen sechs Wochen nicht. Und dir hat er es gesagt? *Bei eurer zweiten Verabredung?*«

Ich nicke, auch wenn sie das nicht sehen kann. »Wir haben uns ein bisschen darüber unterhalten, ja. Und dann hat er mir gesagt, dass er mich mag. Er findet mich *erfrischend*. Und er habe noch nie eine Frau wie mich kennengelernt. Macht er das immer?«

Es ist still. Und dann sagt Valentina ganz aufgeregt: »Das

macht er *nie*. Dieses außergewöhnliche Verhalten kann nur eins bedeuten.«

»Nämlich?«

»Matilda Beams Flirttipps aus den Fünfzigern sind alles andere als verstaubt. Sie sind besser als jeder Zaubertrick. Ich hatte das ja schon fast vermutet, aber das übertrifft meine kühnsten Erwartungen! Matilda ist sicher ganz außer sich vor Freude. Wow. Mach schön weiter so, meine kluge kleine Jessica«, zwitschert Valentina hocherfreut. »Leo Frost, dieser Mistkerl, hat es nicht besser verdient.«

»Hat er nicht? Ganz sicher nicht?«, frage ich und spüre das schlechte Gewissen wie einen spitzen Pfeil in der Brust.

Valentina lacht vielsagend, und ihr Lachen dröhnt aus dem Lautsprecher und hallt durch das ganze Zimmer. »Ach, mag sein, dass er sich dir gegenüber jetzt von einer anderen Seite zeigt, Jessica, aber denk nur an all die vielen Frauen vor dir. Die Frauen, die er eiskalt abserviert, wie Trophäen herumgezeigt, denen er seine Zeichnungen *nicht* gezeigt hat. Du tust das für sie. Für die gesamte weibliche Bevölkerung von London. Bleib stark. Du bist eine unerschrockene Kriegerin, Jessica. Eine *Kriegerin.*«

Ich muss an die zahllosen Herzen denken, die Leo Frost gebrochen hat. Ein gebrochenes Herz ist sehr gefährlich. Ich muss an meine Mum denken und an ihr gebrochenes Herz.

»Okay«, erkläre ich entschlossen und schlage mit der geballten Faust auf die Bettdecke.

*Ich bin Jessica Beam – edle und wahrhaftige Jägerin grausamer, hartherziger Drecksäcke mit sehr sinnlichen Lippen.*

»Und schreib«, drängt Valentina mich. »Schreib alles für mich auf. Einfach alles. Schreib wie der Wind, meine Liebe!«

»Ja, versprochen, ich schreibe wie der Wind. Danke, Valentina.«

»Es war mir ein Vergnügen. Halte mich auf dem Laufenden, mein Häschen.«

»Wird gemacht.«

»Und Jess?«

»Ja?«

Ihre Stimme wird ganz tief und klingt fast wie ein Grollen.

»Mach die Ratte fertig.«

»Jawohl. Zu Befehl. Ich tue, was ich kann.«

Und dann lege ich auf und drehe mich zu Mr Belding um, der sich genüsslich am Bettende ausgestreckt hat.

»Wo zum Teufel bin ich da nur wieder hineingeraten?«, frage ich ihn und hebe ratlos die Hände.

Statt einer Antwort fängt er an, sich das Hinterteil zu lecken.

»Du bist auch zu nichts zu gebrauchen«, knurre ich und gehe zum Pinkeln ins Badezimmer.

*

Die Nervosität von gestern Abend ist wieder da, und ich muss unbedingt den Kopf freibekommen. Und da gibt es nichts Besseres als eine heimliche Joggingrunde.

Rasch schlüpfe ich in meine Trainigsklamotten und schleiche mich so leise wie irgend möglich nach unten. Inzwischen weiß ich, welche Bodendielen knarzen, und hopse und springe geschickt darüber. Für einen unbeteiligten Beobachter sieht es sicher aus, als tanzte ich einen irischen Volkstanz.

Unten im Flur stoße ich beinahe mit Peach zusammen, die gerade aus der Küche kommt. Sie trägt ihren blassgelben Morgenmantel und hält eine Tasse Kaffee in beiden Händen, Aus dem Mundwinkel hängt ihr eine Scheibe Toast. Verflixt. Und ich dachte, alle anderen sind noch im Bett.

Peach schnappt vor Staunen nach Luft. »Jess, bist du aber

früh auf! Was ist passiert? Stimmt was nicht? Geht es dir nicht gut?«

Und dann fällt ihr Blick auf mein Lycra-Outfit und die Turnschuhe, und sie legt die Stirn in Dackelfalten.

»Du gehst joggen? Aber Matilda hat dir doch verboten zu laufen, weil du sonst zu maskuline Waden bekommst.«

Woraufhin ich nur entnervt die Augen verdrehe und ein paar leichte Dehnübungen mache und mich dabei am Treppengeländer festhalte. »Meine Waden sind perfekt, okay, die sind genau richtig, wie sie sind. Nach dem Laufen geht es mir besser. Sag ihr nicht, dass du mich beim Rausschleichen erwischt hast, ja, bitte?«

»Du willst, dass das unser kleines Geheimnis bleibt?«

»Wäre das sehr schlimm? Großmama regt sich bloß wieder unnötig auf, wenn sie es herausfindet. Und in den letzten zwei Tagen hatte sie schon genug tränenreiche Zusammenbrüche. Es wäre cool, wenn wir es dabei belassen könnten.«

»Unser erstes offizielles Geheimnis«, wispert Peach und lächelt in sich hinein. Dann stellt sie die Kaffeetasse auf einen kleinen Beistelltisch und atmet durch die Nase ein. »Ich *werde* es für mich behalten, Jess. Und ich komme sogar mit dir zum Joggen. Ich *mache mit* bei deinem kleinen Schwindel.«

»Oh, nein, das brauchst du nicht. Ich vertraue dir.«

»Ich würde aber gerne.«

»Aber … ich laufe immer allein. Ich laufe schnell.«

»Aber du *brauchst* nicht mehr allein zu laufen«, erklärt Peach ganz sachlich. »Jetzt hast du doch Lady P. Ich laufe mit dir. Ich ziehe mich gleich um. In fünf Minuten bin ich fertig.«

Verzweifelt durchforste ich mein Hirn nach einer guten Ausrede, warum ich unbedingt alleine laufen muss, aber die Hälfte meiner Gehirnzellen scheint noch zu schlafen, und so will mir partout nichts einfallen. Also nicke ich bloß, und

Peach flitzt an mir vorbei und poltert die Treppe hinauf, um sich umzuziehen.

*

Wir sind noch keine fünf Minuten unterwegs, da sprudelt mein Kopf nur so über vor Gründen, warum ich am liebsten allein laufe. Ganz oben auf der Liste steht, dass ich beim Joggen Zeit für mich habe, und das genieße ich sehr. Stille und Einsamkeit, Zeit zum Nachdenken und Musikhören und um mich nur auf meinen gleichmäßigen Herzschlag und den Wind auf meiner Haut zu konzentrieren. Peach hat ganz andere Vorstellungen vom Joggen. Zu allererst glaubt sie wohl, »laufen« sei ein Euphemismus für mittelschnelles bis langsames Gehen mit einer kleinen Pause für einen Milchkaffee to go. Zweitens möchte Peach beim Laufen reden. Viel und ununterbrochen. Seit unserem Abend im Twisted Spin kommt es mir fast so vor, als hätte ich die Büchse der Pandora geöffnet, und heraus krabbelt eine neue, gesprächigere Peach wie ein Schmetterling aus seinem Kokon. Was ja eigentlich ganz toll ist. Es ist prima, dass sie etwas selbstbewusster wird – sie zieht die Schultern nicht mehr so hoch, sie murmelt nicht mehr in ihren Bart, es ist unglaublich. Leider bin ich der einzige Mensch, in dessen Nähe sie so ungezwungen plappert, weshalb sie alles, was sie laut sagen möchte, mir sagt. Und nachdem sie sechsundzwanzig Jahre lang kaum jemanden zum Reden hatte, hat sie eine Menge nachzuholen. Auf der Kensington High Street klinke ich mich langsam aus dem Gespräch aus.

»... und beim Abschlussball hatte ich alles genau geplant, aber dann hat Lyle den Schlüssel verloren, und das hat der Stimmung den Todesstoß versetzt. Und so ist es irgendwie nie dazu gekommen. Und deshalb bin ich immer noch Jungfrau. 2004 habe ich dann beschlossen ...«

Unvermittelt klinke ich mich wieder ein. »Moment – wie bitte?« Ich bleibe vor Marks & Spencer's stehen und schaue Peach ungläubig an. »Was hast du da gerade gesagt? Du bist noch Jungfrau?«

Peach nickt. »Bin ich. Nicht, weil ich es so wollte. Mehr aus Mangel an Gelegenheit, denke ich.«

»Wow«, hauche ich. Ich habe meine Jungfräulichkeit mit achtzehn verloren. An Summers und meinem ersten Partyabend an der Uni, und nur eine Woche nachdem meine Mum gestorben ist. Es will mir nicht in den Kopf, wie man sechsundzwanzig Jahre alt werden kann, ohne es zu tun. Sex ist toll. Wie entspannt sie sich wohl? Was macht sie, wenn es ihr schlecht geht? Neugierig schaue ich sie an.

»Ich habe da jemand ganz Bestimmten im Auge«, erklärt Peach grinsend und trinkt einen großen Schluck aus der Wasserflasche.

»Was? *Wen?*«

Verlegen spielt sie an ihrem Pferdeschwanz aus Krissellocken. »Gavin.«

»Welcher Gavin?«

»Der Briefträger, Dummchen!«

Aha, der stämmige blonde Kerl.

»Der ist süß«, meine ich anerkennend, während wir die Straße überqueren.

»Ich weiß.« Peach lächelt etwas wehmütig, und ihre runden Wangen färben sich zartrosa. »Aber er ist auch etwas schüchtern. Ich habe den ganzen eBay-Kram zur Post gebracht, darum habe ich ihn in den letzten Tagen ziemlich oft gesehen, aber wir wechseln nie mehr als ein paar Worte miteinander. Darum wollte ich dich um einen Gefallen bitten.«

»Schieß los.«

»Ich … Ich würde mich viel sicherer fühlen, wenn du dabei

wärst. Verstehst du, was ich meine? Dann fällt mir das Reden nicht ganz so schwer.«

Ehrlich gesagt habe ich keine Ahnung, was sie meint, aber als ich das höre, breitet sich plötzlich ein wohlig warmes Gefühl in meiner Brust aus.

»Ich dachte, wenn Gavin das nächste Mal die Post bringt, könntest du mit mir zur Tür gehen. Ich will ihn fragen, ob er sich mit mir verabredet, und ich weiß nicht, ob ich das schaffe, wenn du nicht dabei bist.«

Ich muss lachen. »Du willst ihn fragen, ob ihr euch trefft? Das ist ja super.« Ich gebe ihr einen High-Five. »Es wäre mir ein Vergnügen, diesem besonderen Augenblick als prusselige Gouvernante beizuwohnen. Ach du lieber Himmel, Peach, du musst Gavin unbedingt sagen, dass du seinen Expressservice in Anspruch nehmen möchtest. Ooh, noch besser, frag ihn, ob er ein großes Paket für dich hat. *Bitte* frag ihn das.«

»Soll ich ihn das wirklich fragen?« Peachs sanfte Augen weiten sich in großem Ernst.

»Ähm, nein. Nein, das war nur ein Spaß, Peach. Sag das nicht – zumindest noch nicht.«

»Du bist echt komisch.« Peach gluckst ganz seltsam, als sei *ich* der Freak von uns beiden.

»Können wir jetzt bitte ein bisschen laufen?«, stöhne ich und hüpfe ungeduldig auf der Stelle. »Wir haben nicht mehr viel Zeit, Matilda steht sicher bald auf.«

»Klar«, keucht Peach und ahmt meine Strecksprünge nach. Dann bleibt sie stehen. »Aber zuerst erzähle ich dir, was 2004 passiert ist. Es war am 15. Januar, dem ersten Tag von Alabamas weltberühmtem nationalem Erdnussfestival …«

Ich sprinte los.

*

Etwas später an diesem Morgen sitzen Großmama und ich im Salon und rechnen den Erlös unserer eBay-Verkäufe zusammen. Ich habe es mir auf dem Sofa gemütlich gemacht, den Laptop auf den Knien, und rufe Großmama die einzelnen Posten zu. Die sitzt in ihrem blauen Lieblingssessel und addiert mit Hilfe einer tonnenschweren alten Rechenmaschine die Beiträge.

Beim letzten verkauften Artikel angekommen – einer alten Tiffany-Lampe – schaue ich meine Großmutter erwartungsvoll an. Ich beobachte ihr Gesicht, in der Erwartung, dass sich darauf ein Lächeln ausbreitet und die Erleichterung ihre ausgezehrten, alten Gesichtszüge etwas weicher zeichnet. Aber ich warte vergebens.

»Es reicht nicht«, flüstert sie leise mit niedergeschlagener Stimme.

»Waaas?« Ungläubig springe ich vom Sofa auf und stürze zu der Rechenmaschine. »Wie? Wir haben doch so viel verkauft. Die Leute waren ganz verrückt nach dem Kram. Die Rechenmaschine ist eine Antiquität – die funktioniert bestimmt nicht mehr richtig!«

»Das liegt nicht an der Rechenmaschine. Es reicht einfach nicht für die kleinstmögliche Anzahlung.« Großmamas Unterlippe beginnt zu zittern. Verdammt. Gleich heult sie wieder.

Hektisch überprüfe ich noch mal alle Zahlen und zähle sie selbst zusammen. Großmutter hat recht. Wir haben zwar ein hübsches Sümmchen eingenommen, aber nicht annähernd genug für die exorbitante Forderung der blöden Bank.

»In zehn Tagen zerren sie mich vor den Kadi«, schluchzt Großmama mit Panik in der Stimme. »Die setzen mich auf die Straße! Ich verliere mein Zuhause, meine Erinnerungen, alles, wofür ich je gearbeitet habe.«

Argh, und dann brechen alle Dämme. Nicht schon wieder.

»Hör sofort auf zu heulen!«, kommandiere ich streng. »Das hilft uns jetzt auch nicht weiter.«

Bei meinem unerbittlichen Tonfall schaut Großmama auf und runzelt die Stirn.

»Eine gute Frau ist nicht so kaltschnäuzig«, schnieft sie.

Ich schnaube.

»Tja, und eine moderne Frau wird mit dem Mist fertig, den das Leben ihr vor die Füße kotzt, ohne jedes Mal gleich in Tränen auszubrechen. Also, gehen wir die Sache doch mal ganz praktisch an.«

Es kommt nicht oft vor, dass *ich* die Vernünftige bin, und es kommt mir fast vor, als trüge ich ein Karnevalskostüm.

Großmutter lässt den Kopf hängen, und die dünnen Haare fallen ihr ins Gesicht.

»Du schaffst das«, ermutige ich sie und gieße ihr ein kleines Tässchen Tee vom Tablett auf der Ottomane ein, das ich ihr dann reiche. »Du bist Matilda Beam. Megabestsellerautorin und Romantikzauberin. Du hast es als einziger Mensch geschafft, dass ich mich von meinen Haarverlängerungen trenne. Wenn du *das* schaffst, ist alles andere ein Kinderspiel.«

Großmama nippt an ihrem Tee. »Deine Haare sind jetzt *viel* hübscher als vorher«, erklärt sie weinerlich.

»So weit würde ich nicht unbedingt gehen«, brumme ich und streiche mir über die rotblonden Locken. »Okay. Also. Peach sagte, auf dem Dachboden stünde auch noch allerhand Krempel. Wie wäre es, wenn ich hochgehe und mir alles anschaue und mal sehe, was wir davon noch verkaufen kö…«

»Nein!«, unterbricht Großmutter mich energisch und stellt die Teetasse nachdrücklich klappernd zurück auf die Untertasse. »Nein, nein. Der Dachboden ist leer. Da ist gar nichts mehr. Nichts.«

Ich weiß noch ganz genau, wie Peach meinte, der Dachboden sei so vollgestopft, dass man die Tür kaum noch aufbekommt.

Mit zusammengekniffenen Augen schaue ich meine Großmutter an. Sie weicht meinem Blick geflissentlich aus.

*Sie lügt.*

Ich nehme mir vor, heimlich einen Blick auf den Dachboden zu werfen, sobald sich eine günstige Gelegenheit ergibt.

»Weil es auf dem Dachboden *nichts* zu verkaufen gibt«, fährt Großmama fort, steht aus ihrem Sessel auf und spaziert zum Fenster. »Ich glaube, am besten sollten wir in der kurzen Zeit, die uns noch bleibt, unser *Wie angelt man sich einen Mann à la 1955*-Projekt forcieren.«

»Forcieren? Wie denn?«

»Leo hat bereits großes Interesse an dir gezeigt. Wir sollten dafür sorgen, dass ihr beiden mehr Zeit miteinander verbringt, damit wir schneller ans Ziel kommen und die Sache mit Valentina so schnell wie möglich unter Dach und Fach bringen können. Sobald der endgültige Vertrag unterzeichnet ist, kann ich der Bank einen Beweis für mein zukünftiges zu erwartendes Einkommen vorlegen. Vielleicht kann sie das erweichen. Du hast doch heute Abend eine Verabredung mit Leo, oder?«

Seit gestern Abend kann ich eigentlich an nichts anderes mehr denken vor lauter Sorge. Na ja, und daran, dass Doktor Jamie jetzt plötzlich auch noch sein Herz für mich entdeckt hat. Würg. Nickend nippe ich an meinem Tee.

Großmama geht langsam zurück zu ihrem Sessel, streicht ihren Rock glatt und nimmt Platz. »Dann wird es heute Abend Zeit für den ersten Kuss.«

Ich verschlucke mich fast am Tee. »Ich muss ihn heute Abend küssen? Aber im Ratgeber steht, ich soll ihn auf keinen Fall vor der fünften Verabredung küssen.«

Großmama schaut mich wohlwollend an. »Dann hast du

ihn also *doch* gelesen! Du hast vollkommen recht, in meinem Ratgeber empfehle ich das. Doch die Zeit wird leider knapp. Und der erste Kuss ist unsere Wunderwaffe. Der erste Kuss ist besser als zehn Verabredungen. Er stellt eine sehr innige Bindung her zwischen zwei Menschen.«

Allein beim Gedanken daran, Leo Frost zu küssen, fangen meine Wangen an zu glühen, und mein Nacken juckt wie verrückt.

*Ich kann Leo Frost nicht ausstehen.*

Mit einem Blick auf mein erhitztes Gesicht muss Großmama ein bisschen lächeln. »Ach, Jessica, ich weiß, der erste Kuss ist furchtbar wichtig. Aber keine Sorge. Ich zeige dir, wie es geht.«

Zum zweiten Mal spucke ich den Tee vor Schreck wieder in die Tasse zurück. »Ähm … wie bitte?«

Großmama wieselt zu ihrem Fernsehschränkchen und öffnet die Glastüren. Dann zieht sie einen Stapel Videokassetten aus ihrer Sammlung, darunter *Vom Winde verweht*, *Frühstück bei Tiffany* und *Verdammt in alle Ewigkeit*. Sie tippt auf die alte Plastikhülle einer der Kassetten. »Alles, was du wissen musst, steckt hier drin.«

# Rose Beams Tagebuch

*22. Juni 1985*

*Thom kam eine Dreiviertelstunde zu spät und mit einem dicken Veilchen zum Essen. Fast hätte ich ihn an der Tür wieder weggeschickt, aber Dad kam dazu und hat ihn gesehen. Ich hatte keine Gelegenheit zu fragen, was passiert ist, weil Mum gleich angewuselt kam und ihm den Mantel abgenommen hat, aber soweit ich es verstanden habe, schuldete er jemandem Geld und war mit der Rückzahlung im Rückstand, und deshalb haben sie ihn brutal zusammengeschlagen. Einfach barbarisch, wie manche Menschen sich aufführen. Mir wurde richtig schlecht, sein bildhübsches Gesicht so entstellt zu sehen. Mum und Dad vermieden es angestrengt, das Veilchen anzustarren, und ausnahmsweise war ich stolz auf sie und ihre tadellosen Manieren. Und auch wenn das Beef Wellington etwas kalt geworden war (mir machte das nichts – mir ist ohnehin schon seit Tagen übel vor Aufregung), war es alles in allem ein sehr angenehmes Essen. Dad bombardierte Thom mit Fragen, was sein Vater macht, welche Zukunftspläne er hat, und so weiter, und so fort. So was würden sie die Schmierwurst Nigel Pemberton nie fragen. Thom schlug sich wacker, und ich bin mir ziemlich sicher, dass er Mum mit seinen haarsträubenden Geschichten aus dem Theater um den Finger gewickelt hat. Wie sollte es auch anders sein? Er ist der charmanteste Mann der ganzen Welt, und klug noch dazu. Später zogen Dad und Thom sich zu einem Drink zurück, während Mum und ich den Abwasch machten.*

*Nachdem Thom gegangen war, war ich ganz hibbelig und aufgeregt und habe Mum und Dad gefragt, wie sie ihn finden. Dad meinte, er wirke sehr nett, und Mum fand ihn sehr gut aussehend, sagte aber, er habe so einen seltsam verschlagen Blick. Dann gingen beide ohne einen weiteren Kommentar ins Bett. Noch sind sie nicht verrückt nach ihm. Noch nicht! Aber ich werde sie schon noch überzeugen! Wenigstens reden sie nicht mehr ständig über den doofen Pemberton. Hurra!*

## *Achtundzwanzigstes Kapitel*

> Ladys, es gibt doch nichts Schöneres auf der Welt als den ersten Kuss einer frischen Romanze. Es ist ein entscheidender Moment in jeder gerade erblühenden Beziehung, und wenn man es richtig macht, kann er über die ganze weitere Zukunft entscheiden. Zeigen Sie sich leidenschaftlich, aber respektvoll. Zungenküsse oder Bisse sind an dieser Stelle unangebracht.
>
> – Matilda Beams Handbuch zu Liebe und Romantik, 1955

Als ich Leo an diesem Abend wiedersehe, schwirrt mir der Kopf vor Romantik und leidenschaftlichen Küssen und Burt Lancaster, der in seinen besten Zeiten wirklich megascharf aussah. Ich hatte nicht mal die Gelegenheit, mich heimlich auf den Dachboden zu schleichen und nach irgendwelchen Hinweisen auf Mums Leben Ausschau zu halten, weil wir den ganzen lieben langen Tag damit zugebracht haben, Großmamas Lieblingsschmachtfilme anzuschauen. Ständig hat sie zurückgespult und wieder und wieder den Moment abgespielt, in dem der Held und die Heldin sich küssen, damit ich lerne, wie man es richtig macht. Lächerlich. Ich bin die ungekrönte *Kusskönigin* von England. Bestimmt habe ich schon mehr geküsst als jeder andere in ganz London. Und selbst wenn ich kein Kussexperte wäre, heutzutage küsst man einfach anders. Nicht wie in *Hollywood*. Man knutscht und grabscht sich an den Po und steckt dem anderen die Zunge in den Hals.

Während ich vor der Ladbroke Grove Bahnstation stehe und auf Leo warte, wandern meine Gedanken zu Jamie. Heute Abend hat er versucht, mich beim Rausgehen abzupassen. Im weißen Arztkittel, mit baumelndem Stethoskop um den Hals, kam er aus der Praxistür gestürzt und flehte mit ungewohnt gepresster Stimme: »Jess, wir müssen reden.«

Aber ich tat einfach, als hätte ich ihn nicht gehört, und sah zu, dass ich weiterkam, schnell raus und auf die Straße, wo ich dann wie ein Hase bis zur U-Bahn-Station gehetzt bin. Das war der denkbar ungünstigste Moment, mich mit Jamie und seiner seltsamen Auffassung von »zwanglosem Sex« auseinanderzusetzen. Vor allem, weil wir uns jetzt ranhalten und unser Projekt vorantreiben müssen, damit die Bank Großmama nicht vor die Tür setzt.

Ich rieche Leo, noch ehe ich ihn sehe. Ein Duft von Ingwer und Rosenholz, gemischt mit frisch gewaschener Baumwolle.

Ganz cool bleiben, Jess. Denk an die anderen Frauen, auf denen er vor dir herumgetrampelt hat. Du bist eine Kriegerin, schon vergessen?

»Du siehst umwerfend aus«, begrüßt Leo mich grinsend und schüttelt ganz leicht den Kopf, als könne er es gar nicht fassen.

Heute Abend trage ich ein Kleid, das eindeutig maritim angehaucht ist und an eine Matrosenkluft erinnert. Ein weißes Kleid mit Faltenrock, goldenen Knöpfen und einem blauen Halstuch mit Ankermuster um den Kragen, der meine absurd hervorstehenden Brüste noch besser in Szene setzt. Die Haare habe ich mit einer weißen Schleife zu einem Pferdeschwanz zusammengebunden, der mit jeder Bewegung lustig hüpfend mitschwingt. Und da heute der bisher heißeste Tag des Jahres ist und ich unter gar keinen Umständen auch nur einen Hauch von Sonnenbräune abbekommen soll, hat Großmama darauf bestanden, dass ich ihren altmodischen weißen Sonnenschirm aus Spitze mitnehme, um mich vor den sengenden Sonnenstrahlen zu schützen. Einen Sonnenschirm, verdammt noch mal. Garantiert wird heute Abend irgendein Passant lachend mit dem Finger auf mich zeigen. Wenn nicht, mache ich mir wirklich Sorgen um den Zustand dieser Welt.

Leo zuckt beim Anblick des Sonnenschirms mit keiner Wimper. Bestimmt glaubt er, der gehört zu meinem »alternativen« Look.

»Hi.« Mit einem affektierten Winken versuche ich zu überspielen, dass er unter dem schicken marineblauen Blazer ein ausgewaschenes Van-Halen-T-Shirt trägt. Leo Frost mag also auch Van Halen? Und ich dachte, der steht auf soften Piano-Jazz oder Savage Garden oder so einen Schrott.

*Ich kann Leo Frost nicht ausstehen. Gar nicht. Absolut nicht.*

»Wo gehen wir denn hin?«, erkundige ich mich freundlich, als wir gemeinsam die Lancaster Road entlanggehen.

»Im Electric Cinema läuft *Grease 2*«, erklärt Leo mir. »Da gehen wir hin. Ich weiß, der Film ist eher was für ein Nischenpublikum, aber ich fand ihn immer viel besser als *Grease 1*. Und das Kino ist echt cool.«

Muss. Damenhaft. Bleiben.

*Grease* 2 ist die absolute Nummer eins meiner liebsten Lieblingsfilme aller Zeiten. Ich fasse es nicht, dass er mit mir in *Grease 2* gehen will.

»Ich stehe total auf 80er-Jahre-Filme«, sage ich und staune, wie viel netter dieser Abend zu werden verspricht als eine todsterbenslangweilige Essensverabredung, und bin dann ganz verwirrt, weil ich mich so darüber freue.

»80er-Jahre-Filme sind die besten«, pflichtet Leo mir bei, während wir die Portobello Street entlangschlendern. »Ich habe eine riesengroße DVD-Sammlung zu Hause.« Und dann macht er ein übertrieben fachmännisches Gesicht. »Man könnte sagen, ich bin Experte auf diesem Gebiet.«

»Ach, *was du nicht sagst*. Hast du *The Breakfast Club* gesehen?«, frage ich.

»Standard.«

*»Lanny dreht auf?«*

»Wegen dem Film habe ich Skifahren gelernt.«

»Okay …« Ich kneife die Augen zusammen. »Aber *Teen Witch* hast du ganz bestimmt nicht gesehen.«

*»Au contraire.«* Vergnügt reibt er sich die Hände. »Pass mal auf.« Und dann klappt mir beinahe die Kinnlade herunter, denn Leo Frost legt doch tatsächlich mit einer kaum auszuhaltenden Version vom »Top That«-Rap aus *Teen Witch* los und macht dazu sogar noch einige absolut lächerlicher Tanzschritte.

*»I'm hot, and you're not, but if you wanna hang with me, I'll give you one shot, top that!«*

Ach du liebes Lieschen. Was macht der denn da? Der macht sich ja völlig zum Affen!

Aber es ist wirklich umwerfend komisch.

Ich muss laut lachen während Leos überschwänglicher Rapeinlage. Arglose Passanten wechseln vorsorglich die Straßenseite und machen einen großen Bogen um ihn, und eine Schülerin zückt tatsächlich ihr Handy und filmt seinen Auftritt. Vor Lachen platzt mir fast das Korsett. Leo sieht, wie ich mir den Bauch halte, und ein stolzes kleines Lächeln huscht über sein Gesicht. Sein Ausdruckstanz wird noch ein bisschen übertriebener und absurder.

Ich versuche, mich zusammenzureißen, wieder ganz ernst zu werden und daran zu denken, was Valentina mir heute Morgen gesagt hat. Dass ich eine Kriegerin bin und an all die Frauen denken soll, die Leo Frost vor mir schon verarscht hat. Aber je länger er rappt und tanzt und sich vollkommen lächerlich macht, nur um mich zum Lachen zu bringen, desto unwichtiger wird ihre Warnung.

*

Leo kuschelt sich in einem der Pärchensitze ganz hinten im Electric Cinema an mich. Zuerst war es mir etwas unangenehm, so dicht an dicht neben ihm zu sitzen, aber auf der Leinwand läuft einer meiner Lieblingsfilme, und Leos Arm um meine Schulter fühlt sich gar nicht so schlecht an, also lasse ich es schließlich einfach geschehen. Während »Cool Rider« fährt Leo mir mit der Hand sachte über den Oberschenkel und weckt in mir sehr unangemessen begehrliche Gefühle.

*Ich kann Leo Frost nicht ausstehen. Auf den Tod nicht.*

Ich nehme seine Hand ganz fest in meine, damit sie nicht unbeaufsichtigt weiterwandert, doch dann streicht er mit dem Daumen sehr aufreizend über meine Handfläche, und auch das ist alles andere als unangenehm.

*Ich kann Leo Frost nicht ausstehen, verdammt noch mal.*

Für den Rest des Films bin ich ganz zappelig und unruhig, weil ich im Dunkeln an Leo gequetscht dasitze, und ich werde nervös beim Gedanken daran, ihn küssen zu müssen und es eventuell sogar zu genießen.

Als schließlich der Abspann läuft, springe ich erleichtert auf. Leo schlägt vor, einen schönen kleinen Spaziergang durch den Holland Park gleich um die Ecke zu machen, und ich stimme begeistert zu. Ein schöner harmloser Spaziergang im hellen Tageslicht. Wesentlich sicherer als ein kuscheliges, dämmriges Kino.

Auf dem Weg zum Park springt Leo rasch in einen kleinen Kiosk und besorgt eine Flasche Chianti und eine Packung Plastikbecher. Die Sonne steht immer noch recht hoch am

Himmel, also spanne ich den Sonnenschirm auf und drehe ihn lustig in den Händen, während wir in den Park schlendern. Unter einer großen alten Eiche tummelt sich eine putzmuntere Eichhörnchenfamilie, und eins der Kleinen versucht mit einer riesengroßen Nuss im Schnäuzchen, die ihm immer wieder herunterfällt, den Baumstamm hinaufzuflitzen. Wir amüsieren uns köstlich darüber und lachen das arme Eichhörnchen aus und spazieren dann an den jungen Familien und verliebten Pärchen vorbei, die die letzten sommerlichen Sonnenstrahlen genießen.

»Also«, setzt Leo fröhlich an, als wir nebeneinander eine baumbestandene Allee entlangflanieren. »Erzähl mir ein bisschen über dich, Lucille.«

Verdammt! Nach dem ganzen Drama mit Jamie gestern Abend und Großmamas Aufregung heute hatte ich ganz vergessen, sie zu fragen, für wen ich mich eigentlich ausgeben soll. Mist. Ich darf das jetzt nicht vermasseln!

Denk nach, Jess. Was zum Teufel könnte ein Mädchen aus gutem Hause mit tadellosen Manieren und Zeit für eine Frisur, für die man gut zweieinhalb Stunden vor dem Spiegel steht, wohl beruflich machen?

»Ich … Ich bin ein Society-Girl!«, platze ich heraus.

Warum? Warum habe ich nicht ein bisschen länger nachgedacht? Ein *Society-Girl*, ausgerechnet?

»Ach, echt?« Leo zieht vor Staunen die Augenbrauen steil nach oben. »Der Name Darling sagt mir gar nichts.«

Verdammt. *Natürlich* kennt man sich in der feinen Londoner Gesellschaft. Das sind alles gute alte Bekannte. Und Leo weiß, dass ich nicht dazugehöre.

»Ach, die Darlings kommen ursprünglich aus Lancashire«, erkläre ich übertrieben selbstbewusst. »Meine Familie ist in der Landwirtschaft. Ich …«

»Landwirtschaft? Mein bester Freund Alistair ist auch Landwirt! Welche Art von Landwirtschaft betreibt ihr denn genau?«

»… Kühe?«

»Alistair züchtet auch Kühe! Leider musste er seine Lieblingskuh kürzlich in Rente schicken. Sie ist einfach zu alt und gibt kaum noch Milch.«

Hmm. Da klingelt es doch irgendwie bei mir. Erinnert mich an den Satz von Leo auf dem Rummelplatz mit der »dicken alten Kuh«.

»War sie auch zu dick geworden?«, frage ich nach.

»Ja, genau! Woher weißt du das?«

»Ach, ähm, kommt öfter vor.«

Ach du lieber Himmel. Das war gar keine sexistische Bemerkung, die Leo da auf dem Jahrmarkt vom Stapel gelassen hat. Er hat mit seinem Freund *wirklich* über eine dicke alte Kuh gesprochen. Mit zusammengekniffenen Augen mustere ich ihn.

»Und was machst du so den ganzen Tag, Lucille?«, erkundigt er sich.

»Ach, na ja, ich lese viel und gerne«, entgegne ich. Stimmt ja auch. »Und …«

*Tanzen, Birnen-Cider, Knutschen, Rockkonzerte, Asia-Nudeln, Stand-up Comedy, Sex und Fummeln, Netflix, Party machen …*

Rasch gehe ich die Liste meiner liebsten Freizeitbeschäftigungen durch, aber keins meiner Hobbys wäre ein geeigneter Zeitvertreib für ein Society-Girl. Was zum Teufel treiben die oberen Zehntausend den ganzen lieben langen Tag? Angestrengt denke ich nach und zerbreche mir den Kopf, was ich als glaubwürdige Beschäftigung angeben könnte. Und dann fallen mir plötzlich Summers Promi-Klatschzeitschriften ein.

Society-Mädels treiben sich bevorzugt bei irgendwelchen schicken Charity-Events herum.

»Ich … Ich engagiere mich für den guten Zweck.«

Leo bleibt wie angewurzelt stehen und mustert mich verdutzt. »Wow. Wer hätte das gedacht. Das ist ja toll.«

»Ja«, erkläre ich und versuche, möglichst großherzig zu klingen. Leo ist total beeindruckt von meiner Menschenfreundlichkeit und meiner Selbstlosigkeit. »Ich bin *sehr* engagiert.«

»Für welchen Zweck denn?« Er nimmt meine Hand und schlenkert sie beim Gehen vor und zurück, während wir an einer jungen Familie vorbeispazieren, die sich zum Picknick auf dem Rasen niedergelassen hat.

»Ach … ähm …« Hektisch durchforste ich mein Hirn nach einer Idee. Aber mein Hirn hat sich abgemeldet. »Öh … na ja … also … für Eichhörnchen«, erkläre ich gedehnt und nicke bedeutsam.

Grütze. Da gibt es hunderte und aberhunderte wohltätiger Organisationen auf der Welt, und ich musste mir eine ausdenken. *Für Eichhörnchen.* Das lag nur an der blöden Eichhörnchenfamilie, die eben so putzig herumgetollt ist. Ich schaue nach hinten und bedenke die Hörnchen mit einem mörderischen Blick. Die flitzen unbeeindruckt den Baumstamm hinauf und würdigen mich keines Blickes.

»Eichhörnchen?«, wiederholt Leo und zieht eine rostrote Augenbraue hoch.

»Aber ja«, entgegne ich nachdrücklich. In meiner Brust breitet sich ein vages Panikgefühl aus. Ich habe nicht den leisesten Hauch einer Ahnung, wie ich aus der Geschichte wieder rauskommen soll. »Ich, ähm, ich bin davon überzeugt, dass Eichhörnchen sehr wichtig sind in … in diesem Leben. Die meisten Menschen finden sie süß und denken nicht weiter darüber nach. Aber Eichhörnchen … ähm … haben es nicht immer leicht.«

Was schwafele ich denn da?

»Nein?«, fragt Leo sehr interessiert. »Wie das?«

»Na ja, Eichhörnchen brauchen Nüsse zum Überleben, aber … im Winter liegt zu viel Schnee, um noch Nüsse zu finden. Unsere Organisation … na ja, wir verteilen tütenweise Nüsse, damit sie den Eichhörnchen nicht ausgehen.«

»Und wie heißt diese Organisation? Ich würde gerne etwas spenden.«

»Danke!«, hauche ich. »Sie heißt … also … sie heißt, äh … Eichhörnchen … Nüsse … Sack? Ähm, Eichhörnchennüsse im Sack.«

Ich schaue Leo von der Seite an, und sehe, dass er sich das Lachen verkneifen muss. Ich tue, als merkte ich es nicht.

Verdammter Mist, warum ist mein Hirn bloß so bescheuert? Warum fallen mir als Allererstes Nüsse im Sack ein? Ich bin echt widerlich.

»Ich muss schon sagen, das ist wirklich sehr speziell«, erklärt Leo und gluckst belustigt. »Ich wäre nie darauf gekommen, dass es so etwas gibt, aber Eichhörnchen brauchen wohl wie alle anderen Feld-, Wald- und Wiesenbewohner eine Lobby.«

»Ja, das stimmt. Diese Sache liegt mir sehr am Herzen.«

Leo lächelt mich von der Seite an. »Du bist wirklich einmalig, Lucille Darling.«

Woraufhin ich ihn gespielt schüchtern anlächele und geziert den Sonnenschirm drehe. Und dann zieht Leo mich völlig unerwartet hinter einen großen Kirschbaum. Was macht der denn da?

Er zieht mich fest an sich und bleibt dann stehen. Was kommt denn jetzt? Küssen wir uns jetzt? Hat meine Leidenschaft für Eichhörnchenschutz ihn heiß gemacht?

Das Herz schlägt mir bis zum Hals. Was hat er vor? Ich schaue zu ihm auf, ob Leo mich küssen will, aber er späht angestrengt hinter dem Baum hervor, das aristokratische Gesicht verzerrt vor schierem Entsetzen.

Irritiert runzele ich die Stirn und linse um den Baum, wo eine große, stattliche Frau mit atemberaubend blonden Haaren in Designerjoggingfummel und einem süßen kleinen Yorkshireterrier an der Leine vorbeiläuft.

Leo schiebt uns etwas weiter hinter den Baum und außer Sicht, während die Frau an uns vorbeijoggt. Erst als er ihr Gesicht sieht, verschwindet der erschrockene Gesichtsausdruck.

»Wer war das denn?«

Leo verzieht das Gesicht. »Gar niemand. Ich dachte, es sei eine Ex, aber da habe ich mich wohl geirrt.«

Aha. Er dachte, es ist eine Ex. Kein Wunder, dass er sich versteckt hat. Bestimmt hat er befürchtet, es sei eine der Frauen, die er skrupellos aufs Kreuz gelegt hat. Kch. Und ich hab weiche Knie bekommen beim Gedanken daran, ihn zu küssen.

»Ach«, sage ich ganz beiläufig. »Und warum hast du dich versteckt?«

Leo fährt sich mit der Hand über die Bartstoppeln. »Tja, das war eine ziemlich peinliche Situation, was? Tut mir leid. Ich …« Er bricht ab und es scheint, als sei ihm das alles sehr unangenehm.

»Du kannst es mir ruhig sagen«, schnurre ich. Ich will sehen, wie er sich da wieder herauslaviert. »Du kannst mir alles sagen. Wollen wir uns nicht setzen?«

Ich weise auf die nächste Parkbank. Wir gehen hin und setzen uns. Leo öffnet den Wein und schenkt uns zwei Plastikbecher ein.

»Ich dachte im ersten Moment, das sei meine Exverlobte Katie«, gesteht er schließlich und schaut der Frau hinterher, die inzwischen kaum noch zu sehen ist. »Und der hätte ich *wirklich* nicht begegnen wollen.«

Hä?

»Du warst *verlobt?*«

Dieses pikante Detail hat Google mir bisher verschwiegen. Und Valentina hat mir auch nichts davon erzählt.

Leo trinkt einen großen Schluck Wein. »Ist lange her.«

Neugierig schaue ich ihn an. »Und warum habt ihr nicht geheiratet?«

Er holt tief Luft.

»Ich ... also, ich habe sie in flagranti mit meinem Vater erwischt.«

Wie bitte? Igitt. Das ist so eklig, dass ich am liebsten laut fluchend meine Abscheu bekunden würde. Aber ich darf nicht aus der Rolle fallen. Besser, ich sage etwas Tröstliches.

»Oje!«, keuche ich entsetzt. »Das ist ja grauenhaft! Warum um alles auf der Welt *tut* jemand so was? Entschuldige, wie taktlos von mir. Du brauchst es mir natürlich nicht zu erzählen, wenn du nicht willst.«

»Nicht schlimm«, sagt er. »Ziemlich irre Vorstellung, was?«

»Ähm, könnte man sagen. Ziemlich irre«, stimme ich ihm zu, die Augen groß und rund vor Entsetzen.

»Das ist etliche Jahre her – es war im Sommer nach meinem Uniabschluss«, erklärt Leo und trinkt noch einen Schluck Wein. »Ich hatte die großartige Idee, durch ganz Europa zu reisen und mir ganz ohne das Geld meiner Familie eine Existenz als freischaffender Künstler aufzubauen.« Er verdreht die Augen und lacht freudlos auf. »Katie und ich waren schon über ein Jahr zusammen, und sie hat mich gedrängt, in die Agentur meines Vaters einzusteigen – sie war versessen auf Luxus und träumte von einem sorglosen ausschweifenden Lebensstil. Sie dachte, ich als Frost könnte ihr den finanzieren. Als ihr schließlich aufging, dass ich lieber Künstler werden und ein einfaches Leben führen wollte, ließ ihr Interesse an mir schlagartig nach. Sie dachte wohl, sie versucht es stattdessen mal bei meinem Dad.«

»Aber warum hat er ...«

»Mein Vater ist in vielen Dingen ein ganz Großer, aber nicht, was seine moralischen Standards angeht.«

Ich muss daran denken, wie Rufus Frost mich angestarrt hat, als wir uns in Leos Büro begegnet sind. Würg.

»Bei einer Grillparty habe ich die beiden erwischt, wie sie reichlich angetrunken auf der Gästetoilette rumgemacht haben«, erzählt Leo leise. »Ausgerechnet die beiden, denen ich von allem Menschen auf der ganzen Welt am meisten vertraut habe, haben mich schamlos hintergangen. Meinem Vater musste ich irgendwann verzeihen – so viel Familie habe ich nicht, dass ich ihm das lange nachtragen könnte – aber so richtig verwunden habe ich das nie.«

»Das ist so was von ekelhaft«, sage ich, nehme die Weinflasche und schenke uns beiden nach. Kein Wunder, dass er bei ihrem Anblick ins Gebüsch gesprungen ist.

Leos blasses Gesicht wird hochrot, und die Sorgenfalte zwischen den Augenbrauen wird noch tiefer. »Entschuldige, Luce. Damit hatte ich nicht gerechnet. Solche unerfreulichen Themen wollte ich heute Abend eigentlich nicht besprechen.«

»Himmel, dafür brauchst du dich doch nicht zu entschuldigen.« Ich lehne mich hinten an die Rückenlehne. »Die Reise hat dir sicher geholfen, ein bisschen Abstand zu gewinnen.«

»Ich bin gar nicht gefahren. Nach diesem Schock erschien mir die ganze Geschichte plötzlich sinnlos, idiotisch und kindisch.«

Ich nicke nachdenklich. »Und ... hattest du seit Katie viele Beziehungen?«

Leo schüttelt den Kopf und trinkt seinen Becher aus. »Eigentlich nicht.«

»Nicht?«

»Ich meine, ich habe natürlich viele Frauen kennengelernt. Sehr viele sogar. So viele, um ganz ehrlich zu sein, dass die Presse mich inzwischen als unverbesserlichen Weiberhelden darstellt.« Er unterbricht sich und lächelt mich schief an. »Ich weiß gar nicht, warum ich dir das eigentlich erzähle – rückt mich nicht unbedingt in ein günstiges Licht, was?«

Ich kichere mein Lucille-Kichern. »Ich finde es toll, dass du so ehrlich bist. Und ... *bist* du denn ein Weiberheld?«

Er zuckt die Achseln. »Blödes Wort. Aber ehrlich? Ja, war ich. Ich war ein ziemliches Arschloch. Seit Katie unterstelle ich jeder Frau, die ich kennenlerne, irgendwelche unehrenhaften Hintergedanken. Ob es um das Geld meiner Familie geht oder meinen bescheuerten Ruf als ›Playboy‹ oder eine Erwähnung in den Klatschspalten oder Sehen und Gesehenwerden bei wichtigen gesellschaftlichen Ereignissen. Herrje, klingt ganz schön arrogant, oder?« Er verzieht das Gesicht. »Ich meine bloß, es ist einfacher, meinem Ruf in der Presse gerecht zu werden und zu einer Karikatur meiner selbst zu verkommen, als mich noch mal in eine Situation zu bringen wie damals mit Katie.«

»Mir kommst du nicht vor wie eine Karikatur«, sage ich ehrlich.

Leo lächelt mich herzlich an, und das sonst so unnahbare Gesicht wird plötzlich weich. Er rückt ein bisschen näher an mich heran, ganz nahe, und ich sehe, dass er ein paar versprengte Sommersprossen auf der langen schmalen Nase hat. Wie süß. Mir wird flau.

»Weil du anders bist, Lucille.« Er nimmt mir den Becher aus der Hand und stellt ihn mit seinem zusammen auf den mit kleinen Zweigen bedeckten Boden neben uns. Dann lehnt er sich seitlich an die Bank und zieht mich an sich. »Als wir uns auf dem Rummelplatz kennengelernt haben, wusstest du nicht, wer ich bin«, sagt er mit heiserer Stimme. »Du wusstest nichts über mich. Du hattest keinerlei Erwartungen oder Hintergedanken.«

Schuldbewusst muss ich schlucken. Er hat ja keine Ahnung.

Und mir geht auf, dass Leo nicht deshalb so arrogant und unnahbar ist, weil er ein eitler, selbstverliebter Fatzke ist. Sondern weil er verletzt wurde. Er hat eine Geschichte, er hat etwas Schlimmes erlebt, er ist hart geworden und stößt die Menschen lieber weg, bevor sie ihm zu nahe kommen. Das kann ich nur zu gut verstehen. Das macht es zwar nicht besser, aber hätte Valentina davon gewusst, sie hätte ihn vielleicht besser verstehen können, wäre nicht so wütend auf ihn gewesen, hätte verstanden, warum er sich so verhält.

»Bei dir habe ich das Gefühl, ich kann einfach ich selbst sein«, murmelt Leo und fährt mir mit dem Finger über die Wange. »Als könnte ich dir mein wahres Ich zeigen. So etwas habe ich schon sehr lange nicht mehr erlebt.« Er streicht mir eine Strähne hinter das Ohr. Und dann legt er die andere Hand an meine Wange, beugt sich nach vorne und gibt mir einen zarten Kuss auf die Lippen.

Als unsere Lippen sich treffen, werden meine Augen ganz groß vor Staunen.

Oh.

Leo drückt sich gegen mich und fährt mir mit der Hand über den Rücken, und der Kuss wird inniger und tiefer.

*O nein.*

Ein entrücktes Seufzen entfährt mir, und Leo schmiegt sich noch enger an mich und küsst mich noch fester. In meinem blöden Kopf dreht sich alles, und jede bescheuerte Nervenendung in meinem Körper zischt und prickelt. Was zum Teufel ist hier los? Ich hatte ja schon befürchtet, es könnte mir gefallen, wenn er mich küsst, aber … doch nicht *so*.

Ich lege meine Hand in seinen Nacken, der warm ist und sich weich und verletzlich und zugleich stark unter meinen Fingerspitzen anfühlt.

Und dann bin ich verloren, und ich packe Leo, und er packt mich.

So küssen sich die Pärchen in Großmamas schnulzigen alten Filmen.

Das war womöglich der beste Kuss meines Lebens.

Ich weiche zurück, und es dauert einen Moment, bis ich wieder zu mir komme. Leo lacht laut auf.

»Woah«, sagt er, als sei das womöglich auch der beste Kuss seines Lebens gewesen.

Ach du Scheiße.

*Ich mag Leo Frost.*

## Rose Beams Tagebuch

*9. Juli 1985*

*Ich bin schwanger.*

*Ehrlich gesagt habe ich eine Scheißangst. Ich weiß nicht, was ich machen soll. Ich habe versucht Thom anzurufen, aber er geht nicht dran. Also bin ich heute nach der Arbeit bei ihm vorbeigegangen, aber er war nicht da. Ich hoffe, es ist ihm nichts passiert, vor allem, wo diese brutalen Typen doch Geld von ihm wollen. Ich kann kaum geradeaus denken, ich muss unbedingt mit jemandem reden. Moment, Mum ruft mich gerade nach unten …*

# *Neunundzwanzigstes Kapitel*

Gegen einen kleinen Kuss in der Öffentlichkeit ist nichts einzuwenden. Alles, was darüber hinausgeht, wie »Petting« und Ähnliches, ist ordinär.

– Matilda Beams Ratgeber zu Liebe und Romantik, 1955

Leo und ich machen zwanzig heiße, feuchte Minuten lang auf der Bank rum, und es ist *so* gut, dass ich alles um mich herum vergesse und nicht mehr weiß, wer ich bin und was ich da eigentlich tue. Oder vielmehr nicht tun sollte. Irgendwann werden wir von einem miesepetrigen Parkwächter gestört, der uns anpampt, weil eine vorbeiflanierende junge Familie sich von uns gestört fühlte. Das sei Erregung öffentlichen Ärgernisses. Blöde kichernd wie zwei Teeanger verlassen wir die unzüchtige Bank und spazieren durch den Park. Wir reden über Gott und die Welt, und alle fünf Minuten bleiben wir stehen und brechen ohne ersichtlichen Grund in schallendes Gelächter aus. Als könnten wir nicht fassen, was für unglaublich gute Küsser wir sind. Wie wahnsinnige gut sich das anfühlt. Adrenalin kursiert durch meinen ganzen Körper. Leo lässt meine Hand nicht mehr los. Es ist lächerlich. Ich bin lächerlich. Aber … wie sein Körper sich an meinem Körper anfühlt. Das war nicht bloß Geilheit, wie sonst, wenn ich mich in jemanden verguckt habe. Das war *karbumm*!

Als Leo mich für die nächste Runde gegen eine Platane drückt, bin ich nur allzu willig. Nichts anderes ist mehr wichtig, nur wie gut es sich anfühlt – ich zerfließe zu einer warmen, buttrigen Pfütze kribbeligen Wohlbefindens.

*Leo Frost. Künstler. Denker. Mann. Jess-Schmelzer.*

»Ach, Lucille«, stöhnt er und küsst meinen Hals.

Ich reiße die Augen auf.

Springe entsetzt zurück.

Lucille.

*Lucille.*

Das ist alles nicht echt.

Es ist alles nur gespielt.

Leo glaubt, er küsst eine ganz andere Frau. Er küsst nicht mich. Er küsst Lucille.

Innerlich schüttele ich mich. Ich muss mich zusammenreißen, und zwar schnell.

»Lucille, was ist denn?«, fragt Leo besorgt.

»Ich … Ich muss nach Hause. Ich bin spät dran«, murmele ich und nicke ihm kurz zu, während ich mich schon hektisch nach einem Fluchtweg umschaue. »Zeit zu gehen. Ich muss, ähm, meinen Schönheitsschlaf halten.«

Leo gluckst. »O nein, ist das so was Ähnliches wie *Ich muss mir die Haare waschen?*«

Ich lache ebenfalls, aber es klingt ziemlich irre.

Wieder nimmt Leo meine Hand. »Wir könnten auch zu mir gehen.« Und dann grinst er mich an wie der Wolf das Rotkäppchen.

Meine Vagina sagt Ja. JA.

»Nein!«, kreische ich. »Ich muss wirklich los, sonst … komme ich zu spät.«

»Zu spät, wofür?«

»Ähm, zur Arbeit. Ja. Auf mich wartet noch jede Menge Arbeit … für den guten Zweck. Für die Eichhörnchen. Dringende Eichhörnchenangelegenheiten. Bye. Bis später!«

Und noch ehe er mich mit seinen hirnverdrehenden Küssen vom anderen Stern überreden kann, doch zu bleiben, drehe ich mich auf dem Absatz um, klemme mir entschlossen Großmamas Sonnenschirm unter den Arm und flüchte Hals über Kopf aus dem Park.

*

Zur bitter benötigten Abkühlung beschließe ich, bis zum Bonham Square zu joggen. Nicht leicht in Highheels, weil ich darin immer wieder ins Stolpern gerate. Himmel, wie muss das aussehen: Aufgebrezelt bis zum Anschlag in dieser albernen Matrosenmontur mit spitzen Weltraumtitten stolpere ich durch Londons schickste Straßen, einen alten Spitzenschirm unter dem Arm und alle zwei Schritte »Dreck … Dreck … Dreck … Scheißdreck … Dreck« schimpfend.

Mein Kopf ist ein einziges Chaos. Ein wirres Durcheinander. Was ist hier los? Mein ganzes Leben lang habe ich sehr penibel darauf geachtet, niemanden an mich heranzulassen und mich von keinem Kerl kirre machen zu lassen. Mums eindringliche Warnungen, niemanden in mein Herz zu lassen, um nicht verletzt zu werden, haben mich nachhaltig geprägt. Und ich dachte, so blöde bin ich nicht, dass mir so was passiert.

Bin ich aber doch.

Ich bin ein Idiot. Ein Blödmann. Ein Loser. Ein Depp. Ein idiotischer blöder Loser-Depp.

Ich war felsenfest davon überzeugt, Leo Frost sei ein Arschgesicht, und war so damit beschäftigt, ihm was vorzuspielen, dass mein wahres Ich vollkommen schutzlos war, und jetzt habe ich … Gefühle.

Gefühle. Igitt. Ich kann sie fühlen, diese Gefühle. Wie sie in mir herumschwirren und wie sie mich völlig kirre machen. Sie machen mir Angst und Sorgen und machen mich spitz und wollen mir vorgaukeln, es gebe vielleicht etwas, worauf man sich freuen könnte.

Aber das ist eine Lüge. Es gibt nichts, worauf man sich freuen kann. Leo hat diese Gefühle für mich nur, weil er mich für eine »alternative« durchgeknallte Vintage-Prinzessin aus gutem Hause hält, die auf Lyrik und Renaissancekunst steht und ihm vollkommen fasziniert und bewundernd an den Lippen hängt.

Und trotzdem hat er mich überrascht und … ich *mag* ihn.

Aber es geht nicht. Nicht jetzt. Nicht, wo ich mein ganzes Leben so streng darauf geachtet habe, mich nicht in eine derartige Situation zu bringen.

Ich muss an Mum denken. Daran, was sie mir an dem Tag gesagt hat, als ich zur Uni gegangen bin, nur sechs Monate, bevor sie sich … na ja. Sie stand bei uns zu Hause in der Tür, mit Tränen in den Augen, und hat mir die Hände fest auf die Schultern gelegt.

*Verschenke bloß nie dein Herz, mein Liebling. Wenn du es verlierst, bekommst du es nie wieder, und dann bleibt dir nichts mehr. Sei nicht so dumm wie deine Mum. Vertrau mir.*

Die Hände fest zu Fäusten geballt renne ich weiter nach Hause.

Das ist gefährlich. *Gefühle* sind gefährlich.

Irks, ich habe mich im Park wie ein gefühlsduseliger Waschlappen aufgeführt. Ich habe mich kaum wiedererkannt, so bin ich geschmolzen. Was habe ich mir bloß dabei gedacht? Ich habe *überhaupt nichts* gedacht. Das darf ich nicht riskieren. Ich darf nicht riskieren, so zu enden wie Mum.

Ich atme kurz ein und puste die Luft bedächtig wieder aus, um mich zu konzentrieren.

Jetzt gibt es nur eins.

Ich darf Leo Frost nie wiedersehen.

Ich muss das Projekt abblasen.

*

Ich bin wild entschlossen, auf der Stelle in das Haus am Bonham Square zu stürmen und Großmama und Peach ultimativ mitzuteilen, dass das Projekt gestorben ist. Dass *Wie angelt man sich einen Mann à la 1955* ein Ding der Unmöglichkeit geworden ist, dass es unüberbrückbare kreative Differenzen gibt, dass sie ihre Probleme einfach ohne mich lösen müssen, dass ich nicht für alles verantwortlich bin, und überhaupt, warum sollte ich überhaupt für irgendetwas verantwortlich sein?

Vor dem Salon bleibe ich stehen. Die Tür steht einen Spalt offen. Peach und Großmutter sitzen einträchtig nebeneinander und schauen *Scott & Bailey* im Fernsehen.

Großmama nippt an einem kleinen Sherryglas und fingert am Kragen ihrer Bluse. Peach – mit Mr Belding auf dem Schoß, der es sich dort bequem gemacht hat – schaut immer wieder aus dem Fenster und fragt sich sicher, wann ihre Freundin endlich nach Hause kommt. Großmama schnappt nach Luft, als Susanne Jones auf dem Bildschirm einen ziegenbärtigen Kriminellen hopsnimmt. Peach kichert über Großmutters Reaktion und krabbelt Mr Belding den Bauch.

Das ist ihr Leben.

Mir wird übel, als ich mir plötzlich vorstelle, wie Großmama sich an das Geländer klammert, während der Gerichtsvollzieher mit seinen bulligen Helfern das Haus plündert und sie gnadenlos auf die Straße setzt. Und dann sehe ich Peach, wie sie sich für ein versifftes, abgeranztes, winziges WG-Zimmer in einem heruntergekommenen Stadtteil wie Peckham bewirbt, und wie furchtbar es für sie wäre, mit einem Haufen wildfremder Menschen zusammenzuleben.

Meine Schultern sacken nach unten, als es mir plötzlich wie Schuppen von den Augen fällt.

Ich glaube, ich habe auch für *diese* Menschen Gefühle.

Entsetzt schlage ich mir vor die Stirn. *Was* geht hier vor? Ich werde ein heulsusiges Weichei!

Ich sehe Großmama und Peach beim Fernsehen zu. Vor zwei Wochen waren sie noch Fremde. Und jetzt …

Ach, wem will ich was vormachen? Ich *kann* das Projekt gar nicht mehr absagen. Ich darf sie nicht enttäuschen. Und erst recht nicht, bloß weil es mir Angst macht, was für Gefühle ich für einen beinahe wildfremden Mann empfinde. Ich reibe mir den Nacken und hole tief Luft.

Verdammt.

Also gut. Planänderung. In dieser ätzenden Situation bleibt mir nur eins: Ich muss meine lachhaften Gefühle für Leo Frost, den Schlappschwanz, auf Eis legen. Muss die Ohren steif halten und als *Lucille* hart an unserem Projekt arbeiten, Leo so schnell wie möglich dazu bringen, dass er mir seine Liebe gesteht, den Buchvertrag unterschreiben, das Buch schreiben, die Welt retten und *dann* die Flatter machen. Vielleicht in die Karibik. Und dann schreibe ich Leo einen Brief und entschuldige mich dafür, dass ich ihn für Geld aufs Kreuz gelegt habe, und dann ist mein Herz in Sicherheit, und wenn sie nicht gestorben sind, lebt jeder glücklich und zufrieden bis an sein Lebensende für sich allein – ich bestenfalls an einem sonnigen Strand.

Ich seufze leise, und Peach schaut auf und sieht mich in der Tür stehen. Aufgeregt springt sie auf. »Jess!«, ruft sie fröhlich, als wäre ich einen ganzen Monat lang auf einer einsamen Insel gestrandet gewesen. Großmama strahlt mich an. Nie zuvor im Leben haben sich zwei Menschen so gefreut, mich zu sehen.

»Hallo, Liebes«, sagt Großmutter. »Wie war es?«

»Hast du ihn geküsst?«, fragt Peach.

Ich schleudere die hochhackigen Schuhe von den Füßen und lasse mich in Großmamas blauen Sessel fallen. »Habe ich.«

Großmama legt beide Hände an die Wangen. »Ach!«

»Und, wie war es?«, fragt Peach begierig.

*Es hat alles auf den Kopf gestellt.*

»Ähm …«

Ich kann ihnen nicht die Wahrheit sagen über den Kuss. Sie dürfen nicht erfahren, wie kompliziert er alles gemacht hat, wie albern ich bin, dass ich Verrat an unserer eigenen Sache begangen habe, als ich dachte, der Kuss von Leo Frost sei womöglich der beste Kuss meines Lebens gewesen, dass ich glaube, unter seinen Klamotten müsse sich ein Körper verstecken, der Ryan Gosling in *Crazy, Stupid, Love* Konkurrenz machen könnte, dass er auf *Grease 2* steht und die Songtexte besser mitsingen kann als ich, dass er mir eine Kotztüte mitgebracht hat und ein genialer Zeichner ist, und diese Augen, und dass er so wunderbar riecht, richtig erwachsen, nach Rosenholz.

»… riecht«, sage ich etwas verträumt und verliere mich schon wieder in meinen Tagträumen.

»Echt«, fragt Peach neugierig. »Er riecht?«

»Ach.« Krachend lande ich in der Wirklichkeit. »Was? Ähm … ja. Er … riecht ekelhaft. Er stinkt. Wie eine Müllkippe.«

Großmama blinzelt irritiert. »Auf den Googlefotos, die ich gesehen habe, wirkte er so adrett.«

»Tja, das soll man ja auch denken«, sage ich mit frechem Blick, der mein kribbeliges Bauchgefühl Lügen straft.

Keine Ahnung, was ich da rede. Ich bin ganz durcheinander. Der blöde Leo mit seinem Mund, der die ganze Welt auf den Kopf stellt.

»Ach je«, sagt Großmama mit gerümpfter Nase. »Man darf einfach nicht nach dem Äußeren gehen, nicht wahr?«

»Nein«, sage ich. »Aber keine Sorge. Nächstes Mal gebe ich ihm vorher unauffällig ein Pfefferminzbonbon. Und sprühe ihn mit Deo ein, wen er gerade nicht hinguckt.«

»Wann ist denn das nächste Mal?«, will Peach wissen.

Wie aufs Stichwort klingelt mein Handy. Es ist Leo. Meine Hände zittern ein bisschen, und ich lasse das Handy auf den Teppich fallen. *Ich bin nervös.* Du Warmduscher. Peach mustert mich misstrauisch. »Jetzt geh schon dran, Jess.«

Ich nicke langsam, hebe das Handy wieder auf und presse auf das kleine Lautsprecher-Symbol. »Hallo«, melde ich mich schließlich.

»Du bist noch nicht im Bett? Was ist denn mit deinem Schönheitsschlaf?«, witzelt Leo.

»Ach, du«, kichere ich so albern, wie es nur Lucille kann.

»Ich wollte mich nur kurz melden und dir sagen, dass ich es heute sehr, sehr schön fand mit dir, Lucille. Verdammt schön.«

Großmama drückt die Hand auf die Brust, und Peach zeigt mir die gereckten Daumen.

»Ich auch«, presse ich erstickt heraus.

»Du warst so schnell verschwunden, dass ich dich gar nicht mehr fragen konnte …«

»Was wolltest du mich fragen?«

»Na ja, am Samstag ist der Ball der London Advertising Association, und ich hatte gehofft, du würdest mich begleiten.«

Als sie das hört, schnappt Großmama verzückt nach Luft, springt vom Sofa auf, stürzt zum Barschränkchen, nimmt zwei Gläser heraus und schenkt Sherry ein. Nachdem ich versprochen habe, ihn zu begleiten, und wir uns verabschiedet haben, reicht sie erst Peach und dann mir ein Glas.

»Ich glaube, da hat sich jemand ganz schön verguckt!«, ruft sie ganz aufgeregt.

»Wer? Was?«, zische ich. »Wer soll das sein?«

»Leo Frost«, entgegnet Großmama und schaut mich fragend an. »Klingt, als hätte der Hallodri sich in dich verguckt. Oder wohl vielmehr in Lucille.«

»Ach. Ja. Bestimmt.«

»Alles läuft *genau* nach Plan. Du warst einfach fabelhaft, Jess. Ich muss schon zugeben, zuerst hatte ich meine Zweifel, aber du hast dich als ausgezeichnete helle und schnell lernende Schülerin erwiesen.« Ihre Augen füllen sich mit Tränen. »Ich bin so stolz auf dich.«

Sie ist stolz auf mich.

Das hat noch nie jemand zu mir gesagt.

Großmama kommt herüber und nimmt mich in die Arme. Dann drückt sie mich, und ich erwarte eigentlich, dass das unangenehme Kribbeln, das mich bei öffentlichen Zuneigungsbekundungen sonst immer überfällt, sich gleich wieder bemerkbar macht.

Aber zu meiner Verwunderung passiert nichts dergleichen.

# *Dreißigstes Kapitel*

Befangenheit bei der ersten Verabredung lässt sich umgehen, indem man sich mit einem zweiten Pärchen verabredet. So hat man nicht nur Spaß mit guten Freunden, sondern vermeidet gleichzeitig auch stockende Gespräche.

– Matilda Beams Handbuch zu Liebe und Romantik, 1955

Ich habe einen irren Traum – von einem Geist im Korsett, der eine arrangierte Ehe mit Michael Carrington aus *Grease 2* eingehen soll – als Peach mich resolut wachrüttelt. Mit den großen, starken Bauernmädchenhänden packt sie mich energisch an den Schultern, und ich glaube, sie weiß gar nicht, wie viel Kraft sie hat. Ich schubse sie weg, ehe sie mir die Schulter auskugelt.

»Autsch! Herrje, Peach«, brumme ich und reibe mit die schlafverklebten Augen. »Ich hoffe sehr, es ist ein Notfall.«

»Gavin ist da!«, keucht sie atemlos.

»Hä? Gavin?«

»Der Postbote«, schnaubt sie ein klitzekleines bisschen entnervt. »Er hat ein Paket gebracht und braucht eine Unterschrift. Ich habe nichts bestellt, und Matilda auch nicht, das weiß ich ganz bestimmt. Hast du das ausgeheckt?«

Ich grinse wie ein Unschuldslamm, denn ich stecke tatsächlich dahinter. Mir war klar, dass sie es vor sich herschieben würde, also habe ich online etwas bestellt, dessen Erhalt quittiert werden muss.

»Ein großes Paket?«, frage ich schlaftrunken. »Ein großes, hartes Paket?«

Peach runzelt die Stirn. »Pst. Du hast gesagt, du kommst mit, wenn ich ihn nach einer Verabredung frage. Als moralische Unterstützung. Also los!«

Ich setze mich auf. »Ähm … darf ich mir wenigstens was anziehen?«, frage ich und weise auf meine zerzausten Haare und das alte AC/DC-Tour-T-Shirt-Schrägstrich-Nachthemd.

»Nein, *sofort,* du hast es versprochen.« Und dann bedenkt sie mich, wie sie wohl glaubt, mit einem mörderischen Blick. Der besteht hauptsächlich aus einer eigentlich recht süßen Schmollschnute. »Lady P braucht dich«, erklärt sie ernst.

O Mann.

Schnell trinke ich ein paar Schlucke Wasser aus dem Glas auf dem Nachttisch, ziehe mir einen Morgenmantel über und schlurfe dann widerstrebend hinter der vor Nervosität ganz hibbeligen Peach die Treppe hinunter.

Wir gehen zur Wohnungstür, und tatsächlich, da steht Gavin, der Postbote, in seiner Shorts, mit einem kleinen Päckchen in der Hand.

»Das ist aber ein kleines Päckchen«, flüstere ich Peach zu.

»Schluss jetzt«, zischt sie zurück und wendet sich mit einem etwas zu strahlenden Lächeln an Gavin. Sieht irgendwie komisch aus. »Hiiiii, Gavin. H-hii.«

»Öhm, hi.« Als er mich sieht, zieht er fragend eine Augenbrauen hoch.

»Yo«, grüße ich schläfrig und winke ihm lässig zu. »Achtet gar nicht auf mich!« Und damit nehme ich ihm das kleine längliche Päckchen ab und unterschreibe auf seinem elektronischen Dings. Schweigend schauen wir uns an.

Mit der Schulter stupse ich Peach und schaue sie aufmunternd an.

»Ach … ja, Gavin. Ich wollte … Ich wollte …«, setzt sie an, und ihre rundlichen Wangen färben sich scharlachrot. »Ich …«

»Peach. W-würdest du …«, stammelt Gavin und bricht dann verlegen wieder ab. »Ähm …«

O nein.

Weitere endlose dreißig Sekunden lang stehen wir dumm herum, während die beiden immer holprigere Versuche unternehmen, sich gegenseitig auf einen Kaffee einzuladen. *Genau deshalb* wurde Alkohol erfunden.

Mit verlegenem Grinsen schaut Peach mich hilfesuchend an. Sie hat die Schultern mal wieder bis zu den Ohren hochgezogen.

Zeit, mein vierzehnjähriges Ich hervorzukramen.

»Gavin, das ist meine wunderhübsche Freundin Peach.« Ich weise auf Peach. »Möchtest du gerne mit ihr ausgehen?«

Gavin lacht verlegen und nickt eifrig mit dem Kopf, wobei seine kleine rote Baseballkappe begeistert mitwackelt.

»Und Peach, möchtest du gerne mit Gavin ausgehen?«

»J-ja«, erklärt Peach strahlend.

»Na wunderbar.« Ich nicke sehr bestimmt und nehme einen Kuli vom kleinen Beistelltisch. »Gavin, schreibst du deine Nummer hier drauf?«, sage ich und reiche ihm das Päckchen.

Mit etwas zittrigen Händen kritzelt er seine Telefonnummer darauf.

»Ich … Ich … Ich ruf dich an«, bringt Peach mühsam hervor, und ihre Stimme klingt noch quietschiger als sonst.

»Cool«, entgegnet Gavin und lächelt Peach schüchtern zu. »Bis dann. Bye, Peach.«

»Bye, Gavin!«

»Ähm … bye, auch«, sage ich spitz, doch da ist er schon wieder die Treppe hinuntergelaufen. Er schaut sich nicht mehr um und flüchtet fast Hals über Kopf aus dem Haus. Ich schnalze missbilligend mit der Zunge. Was bin ich bitte, ein Gespenst?

Kaum ist er verschwunden, johlt Peach vor Erleichterung. »Puh! Ich fasse es nicht, dass er wirklich ja gesagt hat!«

»Klar hat er ja gesagt.« Ich wackele vielsagend mit den Augenbrauen. »Wenn du mich fragst, sieht es ganz danach aus, als würde da jemand flachgelegt!«

Eigentlich will ich sie damit bloß ein bisschen aufziehen, aber sie lächelt nur verträumt.

»Ich kann es kaum erwarten!« Sie hebt die Hand, und ich klatsche fröhlich ab. »Ich kann es kaum erwarten, endlich flachgelegt zu werden. Wird allmählich Zeit, dass sich was tut bei der kleinen Peach Carmichael!«

Das Päckchen stopfe ich ungeöffnet zur restlichen Post in die Kommode im Flur, und dann holen Peach und ich uns zwei Tassen Kaffee und schlendern raus auf den Balkon vor dem Salon, wo wir uns gegen das Geländer lehnen und auf den makellos gepflegten Park gegenüber schauen. Es ist zwar noch früh am Morgen, aber es ist schon jetzt brütend heiß, und die Silhouette der Stadt flimmert und tanzt am Horizont in der Hitze.

Gierig trinke ich den starken Kaffee und genieße das Gefühl von Koffein, das durch meine Adern schießt. Genüsslich recke ich das Gesicht der Sonne entgegen.

»Und, wohin willst du bei eurer ersten Verabredung mit Gavin gehen?«, frage ich sie.

Ich warte auf eine Antwort, aber es kommt keine.

»Peach?« Ich schlage die Augen auf und schaue zu ihr rüber. Sie steht da und starrt in die Ferne, die Kaffeetasse halb angesetzt, als sei sie in tiefer Trance. »Peach?«, wiederhole ich laut. Was macht sie denn da? »Erde an Peach!«

»Unsere erste Verabredung«, murmelt sie mit einem leichten Zittern in der Stimme.

»Was?«

»Ich muss mit Gavin zu unserer ersten Verabredung gehen. Allein.«

»Jaaaaa … War das nicht irgendwie Sinn und Zweck der ganzen Sache, ihn zu fragen …«

Ihre Nasenflügel beben, und sie nickt heftig. »Schon, aber … Ich war so aufgeregt, weil er zugesagt hat, dass ich gar nicht weiter darüber nachgedacht habe. Ich *kann* das nicht, Jess. Das wird schrecklich. Ich hatte in den letzten sechs Jahren nur eine einzige Verabredung, und da haben mir die Hände so gezittert, dass ich den Kerzenleuchter auf dem Tisch umgestoßen und versehentlich die Speisekarte in seinen Händen angezündet habe. Und dann, nachher, als wir uns küssen wollten« – betreten schaut sie zu Boden, und ihre rundlichen Wangen glühen –, »da habe ich ganz laut gepupst, und er hat es gehört. Ich war so nervös. Es war grauenhaft.«

Ich muss laut lachen, verkneife es mir aber schnell wieder, als mir aufgeht, dass das kein Scherz war.

Mit Panik im Gesicht stellt Peach den Kaffeebecher auf die Brüstung und schnappt hektisch nach Luft. Dann sinkt sie zu Boden, legt zwei Finger an den Hals und fängt leise an zu zählen.

»Alles okay?«, frage ich und setze mich neben sie.

»Mein Puls rast. O Gott. Ich kann das nicht. Ich muss die Verabredung mit Gavin wieder absagen. Das ist es nicht wert. Man *muss* doch nicht unbedingt Sex haben, oder? Ich kann auch ohne leben. Vermutlich ist es sogar besser so. Ich meine, wie um alles auf der Welt soll ich das hinbekommen? Du hast doch gesehen, was eben passiert ist. *Du* musstest für *uns beide* reden! Ich bin noch nicht so weit …«

»Klar bist du das«, erkläre ich sehr bestimmt. »Du bist bloß ein kleines bisschen verunsichert. Bei der ersten Verabredung läuft es meistens etwas holprig, aber irgendwann entspannt man sich, und alles ist gut. Glaub mir, nachher wirst du dich fragen, wovor du solche Angst hattest!« Ganz sanft nehme ich ihre Hand und ziehe sie fort von ihrem Hals. »Ganz ruhig. Alles wird gut.«

Mit wirrem Blick schaut sie mich an. »Aber ich kann das nicht allein. Du … Du musst mitkommen, Jess.«

»Was? Zu eurer Verabredung? Auf gar keinen Fall!«

»Doch. Ich wäre bestimmt viel ruhiger, wenn du dabei wärst.«

Ich verziehe das Gesicht. »Wäre das nicht etwas … fünftes Rad am Wagen?«

»Nein, nein. Ich brauche einen Puffer. Du *musst* mitkommen. Allein vermassele ich bloß wieder alles.« Und dann fächelt sie sich mit der Hand Luft zu, um sich ein bisschen abzukühlen – sie hat gerade eine ausgewachsene Panikattacke. »Sag, dass du mitkommst, Jess. So eine Chance bekomme ich vielleicht nie wieder! Bitte? Bitte!«

O Gott, sie dreht ja völlig durch. Sie kann doch jetzt keinen Rückzieher machen.

»Pass auf«, sage ich und tätschele ihr die Schulter. »Wie wäre es, wenn ihr, ich weiß nicht, wenn ihr mit zu dem Ball kommt? Ich frage Leo, ob er noch zwei Karten besorgen kann. Dann bin ich als Puffer dabei, aber es ist keine so seltsame Dreierkonstellation.«

Sie schluckt schwer und atmet wieder etwas langsamer. »Okay, das könnte gehen. Bist du … Bist du sicher?«

Nein. Bin ich nicht. Aber ich weiß nicht, wie lange ich noch hier bin, und wenn sie jetzt kneift, dann wird sie womöglich in diesem Leben nicht mehr entjungfert. Niemals. Das kann ich einfach nicht verantworten. Ich könnte nicht mehr in den Spiegel schauen.

»Ja, kein Problem«, versichere ich fröhlich. »Da sind genug Menschen, das ist wesentlich entspannter als ein Pärchendinner allein zu zweit.«

Peach atmet tief durch und lächelt ein bisschen schief und unsicher. »Ach, ich weiß wirklich nicht, was ich ohne dich anfangen würde, Jess.« Sie nimmt meine Hand und hält sie in ihrer. »Ich bin so froh, dass ich dich kennengelernt habe. Deinetwegen wird endlich alles gut.«

Ich verdrehe zwar die Augen zum Zeichen, dass es jetzt reicht und sie bloß mit den Gefühlsduseleien aufhören soll, aber zum dritten Mal innerhalb der letzten drei Tage habe ich plötzlich so ein wohlig warmes kribbeliges Gefühl im Bauch. Ich glaube, das nennt man Glücksgefühl.

*Jessica Beam, jetzt reiß dich aber mal zusammen.*

*

Etwas Schreckliches ist im Gange. Seit ich Leo Frost geküsst habe, sind alle Dämme gebrochen, und diese rührseligen Gefühle brechen über mich herein wie eine unaufhaltsame Kotzfontäne. Nur noch ekliger. Am Montagmorgen habe ich mich von meiner Großmutter umarmen lassen, und am Dienstag habe *ich sie* umarmt. Lange und ausführlich rede ich mit Peach über ihre bevorstehende Verabredung mit Gavin zum Ball (Leo schien es überhaupt nichts auszumachen, dass die beiden mitkommen) und höre sogar aufmerksam zu, wenn sie über ihre Befürchtungen redet, sie könnten sich nichts zu erzählen haben, und gebe ihr gute Ratschläge für das erste Mal, na ja, wie eine echte Freundin eben. Und als wäre es nicht schon bedrohlich genug, dass meine harte Schale aufplatzt und überall Risse bekommt, mussten Großmama und Peach mich am

Mittwochabend auch noch mit der Nase darauf stoßen, dass ich in letzter Zeit so rührselig geworden bin.

»Also, wenn ich nicht wüsste, dass du Leo Frost auf den Tod nicht ausstehen kannst, ich würde fast denken, du wärst ganz verrückt nach ihm«, scherzt Großmama heiter, woraufhin ich mich vor Schreck an einer Erbse verschlucke und stottere: »Nein, aber du«, um dann wütend mit der Gabel auf meine Hähnchenbrust einzustechen.

Dieses ganze atypische Verhalten führt mir anschaulich vor Augen, in welcher Gefahr ich schwebe. Weshalb es umso wichtiger ist, dass ich den Kopf einziehe, *Wie angelt man sich einen Mann à la 1955* hinter mich bringe und dann so schnell wie möglich verschwinde, bevor diese *Gefühle* noch schlimmer werden. Denn wenn ich nichts dagegen unternehme, dann schwärt es so lange, bis meine schöne Rüstung verrostet ist, und ehe ich mich versehe, gehöre ich zu den Leuten, die bei rührseligen Werbefilmchen in Tränen ausbrechen oder sich plötzlich für Einhornkitsch begeistern oder sich in einen Mann verlieben, der ihnen einen Braten in die Röhre schiebt, ihnen das Herz zerschmettert und sie dann sitzenlässt, bis sie schließlich derart in Depressionen versinken, dass sie ihres Lebens nicht mehr froh werden und es eines Tages einfach nicht mehr aushalten …

Deshalb versuche ich, mich in den Tagen vor dem Ball der London Advertising Associtation auf die anstehende Aufgabe zu konzentrieren und ein Paradebeispiel für die perfekte Vintage-Lady abzugeben. Gewissenhaft lese ich die Tipps für die gute Frau, creme mir jeden Abend das Gesicht mit Pond's Cold Cream ein, meide Jamie von unten wie der Teufel das Weihwasser – wobei ich ihn am Dienstagmittag vom Balkon aus mit einem hübschen Mädchen vor der Praxis stehen sehe, das wohl Kiko sein muss, und dabei irgendwie ein komisches

Gefühl habe – ich jogge so gut wie gar nicht, übe mit Großmama *Walzer* tanzen und schaffe es sogar, die ersten zehntausend Wörter für unser Buch zu schreiben. Valentinas Antwort auf meine E-Mail mit dem Manuskript lautet schlicht und ergreifend:

*Ich wittere einen Bestseller.*

Woraufhin Großmama, als ich ihr das zeige, wie erwartet schluchzend in Freudentränen ausbricht.

Es läuft also alles genau nach Plan. Und bald bin ich hier raus und sitze im Flieger und verschwinde irgendwohin, wo es schön und warm und exotisch ist und möglichst weit weg.

Ganz allein.

Und das ist auch gut so.

Keine Frage.

*

Großmama ist die ganze Woche damit beschäftigt, eins ihrer alten Ballkleider für mich umzuschneidern, und sie macht ein großes Geheimnis daraus. Wie Dexter, der einen Raum für einen Mord präpariert. Es soll »eine ganz große Überraschung« für mich werden. Als würde ich tatsächlich auf so etwas Bescheuertes hinfiebern wie ein neues Ballkleid.

Das Problem ist bloß, ich tue es.

Am Nachmittag vor dem LAAA-Ball gammele ich faul auf dem Bett herum und spiele abwechselnd *Bejewelled Blitz*, schreibe ein paar Wörter für das Buch und google »unerwünschte Gefühlsduseleien abstellen«, als Großmama an die Tür klopft.

»Tretet ein!«, rufe ich hoheitsvoll, lösche schnell den Suchverlauf und klappe den Laptop zu.

Großmutter schneit herein, in der Hand einen cremefarbenen gepolsterten Kleiderbügel, und daran das traumschönste

Kleidungsstück, das ich je gesehen habe. Sogar noch schöner als mein strassbesticktes »Juicy«-Höschen. Ich glaube, ich japse vor Entzücken, als ich es sehe.

Das Ballkleid schimmert in einem blassen Eisblau und hat eine trägerlose Stäbchenkorsage aus Seide, die in einen mehrlagigen halbwadenlangen Tüllrock übergeht. Die schmale Taille ziert ein reichbesticktes silbernes Spitzenband, dessen Muster man erst bei ganz genauem Hinsehen erkennt, so fein ist es. Es ist der Hammer.

Wie ein geölter Kugelblitz bin ich da und betaste ehrfürchtig die Seidenkorsage – sie ist kühl und glatt auf der Haut, genau wie der Overall, den ich eigentlich bei der Präsentation von *Der Imker* hatte tragen wollen. Leute wie ich tragen keine Kleider wie dieses. Leute wie ich machen sich nichts aus Kleidern wie diesem! Aber das Kleid ist einfach unglaublich. Um so ein Kleid in die Finger zu bekommen, würde Summer über Leichen gehen.

»Zu deinen rotblonden Haaren wird es entzückend aussehen«, erklärt Großmama strahlend. Dann wirft sie einen Blick auf die Armbanduhr. »Wir sollten wohl besser gleich anfangen. Wir haben nicht mehr viel Zeit, und es muss alles *perfekt* sein. Dalli-dalli.«

Vorsichtig hängt sie das Kleid an die Tür des großen Kleiderschranks und klappert dann nach unten in die Küche, wo bereits Lockenwickler und Festiger und Cremes und Make-up bereitstehen. Es sieht aus wie der Verkaufsstand bei einem Vintage-Trödelmarkt.

Heute Abend soll ich die Haare in großen, weichen Wellen tragen, mit einem tiefen Seitenscheitel à la Veronica Lake. Während ich auf dem iPhone Netflix schaue, summt Großmama fröhlich Doris-Day-Songs und macht sich daran, meine Haare auf riesige Wickler zu drehen, mit dem Föhn in Form zu bringen und mit Haarserum zu glätten, um mich dann mit so viel Haarspray einzunebeln, dass meine Frisur auch die Apokalypse unbeschadet überstehen würde. Ich entkomme dem Erstickungstod nur knapp, weil ich geistesgegenwärtig meine Strickjacke hochziehe und Mund und Nase damit bedecke. Großmama trägt das Make-up auf und schminkt mich (schwarzer Flüssigeyeliner, gebogene Wimpern und purpurroter Lippenstift), während ich versuche, mich auf meine bevorstehende Aufgabe zu konzentrieren und nicht an Leo im Smoking zu denken.

Als Frisur, Make-up und Fingernägel schließlich fertig sind, hilft meine Großmutter mir, in den Hüfthalter zu steigen und das Korsett, eine trägerlose Ausführung des Spitztüten-BHs und schließlich das Kleid anzuziehen. Dann laufe ich nach unten zu dem großen Spiegel im Flur, Großmama ganz aufgeregt auf meinen Fersen.

»Scheiße«, murmele ich beim Anblick meines Spiegelbilds.

Ausnahmsweise tut Großmama, als hätte sie mich nicht fluchen gehört. Und ehrlich gesagt glaube ich, würde sie solche Ausdrücke in den Mund nehmen, sie hätte genau dasselbe gesagt.

Denn ich sehe einfach überirdisch aus. Das kristallblaue Kleid bringt meinen blassen Teint und die rotblonden Haare zum Strahlen. Das Make-up ist makellos, die Frisur genauso, und mein Hals wirkt länger und die Taille schmaler. Weit und breit ist keine falsche Wimper, kein bisschen Selbstbräuner oder auch nur das kleinste Tütensuppenfleckchen zu sehen.

Ich sehe vollkommen verändert aus.

Ich *bin* Lucille.

Ich muss daran denken, wie Leo wohl reagieren wird, wenn er mich so sieht, und mein Magen schlägt einen aufgeregten kleinen Purzelbaum.

Dann kneife ich mich im Geiste in den Arm. *Das ist alles nicht echt. Du darfst dich da nicht reinsteigern. Reiß dich zusammen.*

Peach kommt die Treppe heruntergaloppiert.

»Ach du lieber Himmel, Jess. Du siehst aus, als gingst du zur Oscar-Verleihung.«

Ich drehe mich um die eigene Achse und lache laut auf vor Vergnügen. Auch Peach sieht umwerfend aus. Die sonst so krisseligen dunkelblonden Haare hat sie zu üppigen glänzenden Locken gebändigt, die hinten mit einer strassbesetzten Spange zusammengehalten werden. Sie trägt ein entzückendes mitternachtsblaues Ballkleid aus Taft mit passender Satinstola um die Schultern. Die Farbe bildet einen traumhaften Gegensatz zu ihrem rosigen Teint.

»Du siehst wunderschön aus«, sage ich zu ihr. »Gavin wird es garantiert die Sprache verschlagen.«

Peach vergeht auf der Stelle das Lachen. Mist. Ich hatte ganz vergessen, dass die ganz reale Gefahr besteht, Gavin könnte ohnehin keinen Ton herausbekommen.

»War nur ein Scherz!«, korrigiere ich mich hastig. »Und außerdem, wenn das Gespräch ins Stocken gerät, denk dran – ich bin ja auch noch da. Keine Sorge.«

»Versprochen?«

»Klaro.« Wir stoßen die Fäuste aneinander, was uns von Großmama ein verständnisloses Kopfschütteln einbringt.

Wieder macht sie sich an meiner Frisur zu schaffen und streicht ein paar lose Haare glatt, und dann klingelt mein Handy, als Zeichen, dass die von Leo bestellte Limousine draußen auf uns wartet.

»Denk dran, Jessica«, sagt Großmama, als wir zur Tür gehen. »Heute Abend begleitest du Leo zum wichtigsten Abend des ganzen Jahres. Du musst der Inbegriff von Anmut und

Eleganz sein. Die Frau, die jeder Gentleman gerne zum Ball begleiten würde, die Frau, deren Geheimnis jede andere Frau gerne erfahren würde. Wie du dich heutige Abend schlägst, kann über Gedeih und Verderb unseres gesamten Projekts entscheiden.«

Ich verziehe das Gesicht. »Mann. Dann gibt's ja gar keinen Erwartungsdruck.«

Großmama nimmt meine Hand und drückt sie. Ihre durch die Brillengläser riesengroßen Augen füllen sich wieder einmal mit Tränen. »Ich glaube an dich, Liebes.«

Irks. Warme, butterweiche Gefühlsduseleien im Anmarsch. Eilig drücke ich ihr einen Kuss auf die Wange, der dort einen scharlachroten Abdruck hinterlässt, was ihrem durchscheinend-blassen Teint zumindest ein bisschen Farbe verleiht.

»Danke, Großmama. Danke für dein Vertrauen. Cool. Spitze. Okay.«

Und dann öffne ich rasch die Kommodenschublade und ziehe das Päckchen heraus, das Gavin neulich gebracht hat. Ich reiße den Luftpolsterbeutel auf, und darunter kommt eine rechteckige Schachtel in marineblauem Geschenkpapier zum Vorschein.

»Was ist denn das?«, will Großmutter wissen.

»Ähm, oh … bloß … Wimperntusche, die ich bestellt habe. Die mache ich unterwegs auf.« Und damit stopfe ich das Päckchen in meine silbern und perlgraue Clutch. Es schaut oben etwas heraus. Großmama runzelt misstrauisch die Stirn. Was ich einfach ignoriere und mich stattdessen an Peach wende, die ihre Abendtasche fest umklammert hält und die Augen vor schierer Angst vor ihrer ersten Verabredung mit Gavin weit aufgerissen hat. Ihre allererste richtige Verabredung.

»Also, rocken wir den Laden«, trompete ich, wenn auch etwas dünner als beabsichtigt.

»Viel Spaß!«, ruft Großmutter uns nach, als sei der ganze Abend reines Vergnügen und nicht Teil unseres teuflischen Plans.

Auf halbem Weg die Treppe hinunter beugt Großmama sich aus der Tür.

»Moment! Moment!«

Peach und ich wirbeln etwas wackelig auf den hohen Absätzen herum. »Was denn? Haben wir was vergessen?«

Großmama schaut betreten zu Boden. »Ähm, dieses Facebuchdings im Internetz?«

»Ja?«

»Wie finde ich das auf … auf der Computermaschine?«

»Du möchtest zu Facebook?«

Ihre Lippen zittern. »Vielleicht.« Sie reckt das Kinn. »Mal sehen.«

Peach und ich schauen uns staunend an und müssen laut lachen. In den letzten Wochen habe ich so einiges an bizarren Dingen erlebt, aber dass Matilda Beam jetzt ins soziale Netzwerk will, muss mit Abstand das Abgefahrenste sein.

Hastig instruiere ich Großmama, wie sie auf der Computermaschine Facebook findet und laufe dann schnell die Treppe hinunter und durch die Eingangshalle nach draußen.

Scheißdreck, verfluchter. Da steht ausgerechnet Jamie. Im Arztkittel tigert er auf dem Bürgersteig auf und ab und redet auf sein Handy ein. Bestimmt spricht er mit Kiko.

Er sieht uns, beendet das Gespräch und lässt dann fast das Handy fallen, was er gerade noch im letzten Augenblick verhindern kann.

»Hey!« Ich winke etwas linkisch. Wie unangenehm. Die ganze Woche bin ich ihm aus dem Weg gegangen. Keine Ahnung, was ich jetzt sagen soll. Peach schaut fragend von einem zum anderen.

Jamie schluckt schwer. »Ihr seht umwerfend aus«, sagt er schließlich mit sanfter, leiser Stimme.

»Oh, danke schön!«, ruft Peach strahlend und streicht sich den Taftrock glatt. »Wie nett von Ihnen, Doktor.«

»Wir müssen los!«, sage ich entschieden, nehme Peach an der Hand und ziehe sie zu dem wartenden Wagen. »Mach's gut, Jamie! Bye!«

»Ja … bye.«

Ich weiß, dass Jamie uns nachschaut, aber ich drehe mich nicht um.

# *Einunddreißigstes Kapitel*

Es kann nur eine die Schönste des Balls sein. Und Sie sollten alles daransetzen, dass Sie das sind.

– Matilda Beams Handbuch zu Liebe und Romantik, 1955

Als wir schließlich an der Christ Church in Spitalfields ankommen, wo der Ball stattfindet, bin ich völlig geschafft. Seit wir Gavin, der im Smoking eigentlich ganz süß aussieht, aber offensichtlich die Hosen voll hat, vor seiner Wohnung in Hammersmith aufgegabelt haben, ist Peach stumm wie eine Auster. Und Gavin ist auch nicht gerade eine Stimmungskanone. Zur Begrüßung haben sich die beiden bloß schüchtern angelächelt und ein paar Worte gestammelt, dann verstummte das Gespräch, und die Atmosphäre wurde merklich angespannt. Mir hat das nichts ausgemacht, aber mir war klar, dass Peach beinahe gestorben wäre. Um das unangenehme Schweigen zu brechen und die Stimmung ein bisschen zu heben, habe ich den ganzen Weg mehr oder weniger ununterbrochen geplappert. Wie vorher mit Peach abgesprochen, habe ich Gavin erklärt, dass Leo mich nur unter meinem zweiten Namen – Lucille – kennt, und darum solle er mich heute Abend auch so nennen, und nicht Jess. Dann habe ich über die Hitzewelle schwadroniert und darüber, wie heiß es doch ist und wie froh ich bin, dass der Wagen eine Klimaanlage hat. Als das Gespräch schließlich erlahmte, habe ich mich darauf verlegt, die Fahrt zu kommentieren wie eine bis zum Anschlag aufgebrezelte Stadtführerin. »Und hier passieren wir den örtlichen McDonald's. Sehr viel los da drin, wie an einem Samstagabend eigentlich nicht anders zu erwarten.« Et cetera. Anstrengend.

Endlich angekommen entsteigen wir der Limousine, zeigen am Eingang unsere Eintrittskarten vor und bahnen uns dann den Weg zum Mittelschiff, wie von einem der sehr adretten Kellner empfohlen. Im eigentlichen »Ballsaal« angekommen, verschlägt es uns fast den Atem. Was für ein Raum für eine Party! Eine zweckentfremdete Kirche mit himmelhoher, reich verzierter Decke. Begrenzt wird der Raum von edel anmutenden Eichenpaneelen und mächtigen dorischen Säulen, angestrahlt mit rosa und lila Licht. Es ist alles so prachtvoll und herausgeputzt! Es wimmelt bereits vor Menschen, und die Atmosphäre ist erwartungsvoll gespannt und heiter. Eine ausgezeichnete Bigband ganz vorne spielt Ella-Fitzgerald-Songs, und Gäste in schicken Smokings und eindrucksvollen Ballroben flanieren über das weitläufige Tanzparkett oder sitzen angeregt plaudernd an den riesigen runden Tischen, auf denen prächtige farbenfrohe, mit kleinen blitzenden Lichtern besetzte Blumengestecke prangen.

»Wow«, haucht Peach überwältigt. »So was habe ich noch nie gesehen.«

»Geht mir genauso!« Sprachlos schaue ich mich um. »Die haben wirklich nicht geknausert.« Mein Magen macht einen Purzelbaum vor Aufregung, was mir gar nicht recht ist.

»Hört mal, ihr beiden, ich schaue mal nach, wo Leo steckt. Er sagte, er kommt mit ein paar Kollegen, also ist er bestimmt schon da.«

Peachs Augen werden riesengroß vor Schreck angesichts der Vorstellung, dass ich sie einfach mit Gavin allein stehenlasse.

»Keine Sorge«, versuche ich sie zu beruhigen. »Geht doch schon mal an die Bar, und ich suche in der Zwischenzeit unseren Tisch, okay?« Gavin atmet tief durch und nimmt all seinen Mut zusammen. »Komm, Peach, ich besorg uns was zu trinken.«

Bevor die beiden im Getümmel verschwinden, halte ich Peach am Arm fest und flüstere ihr ins Ohr: »Ein kleiner Tequila-Shot könnte helfen! Damit ihr euch beide ein bisschen entspannt, okay? Du bist der Hammer, Lady P. Also, ganz ruhig bleiben und dir einfach vorstellen, du sitzt mit mir zu Hause auf der Couch. Und in einem Viertelstündchen bin ich schon wieder da.«

Peach nickt eifrig, und ich schicke sie zurück zu Gavin, und dann sind die beiden auch schon weg, um sich an der Bar ein bisschen Mut anzutrinken.

Und dann stehe ich da und suche die Menschenmenge nach Leo ab, und mir wird ganz flau, so kribbelt es in meinem Bauch beim Gedanken daran, ihn wiederzusehen. Was, wenn ich all meine guten Vorsätze über Bord werfe und mich wieder in einen seiner Küsse fallen lasse? Was, wenn er mich heute Abend mit nach Hause nehmen will? Wie soll ich dazu Nein sagen? Irks. Ich muss diese Geschichte möglichst bald hinter mich bringen. Ich halte es nicht aus, mich so gefühlig zu fühlen.

»Lucille!«, höre ich Leos tiefe, bereits so vertraute Stimme hinter mir.

Ich drehe mich um und sehe ihn an. Leo fasst sich bei meinem Anblick mit der Hand an die Brust. »O Gott«, flüstert er und beugt sich zu mir vor, um mich ganz sacht auf die Wange zu küssen. »Du siehst einfach unglaublich aus, Lucille. Ich hatte es eigentlich nicht anders erwartet, aber das übertrifft alles. *Du* übertriffst alles.«

Woraufhin ich schüchtern kichere und zu meinem Entsetzen gestehen muss, dass dieses alberne Kichern diesmal nicht nur gespielt war. Argh. Entschlossen setze ich mein geheimnisvolles Lucille-Lächeln auf und räuspere mich. »Himmel, du siehst aber auch nicht schlecht aus, Leo.«

Was wirklich nicht gelogen ist. Er trägt einen offenbar maßgeschneiderten schwarzen Smoking mit frisch gestärktem weißem Hemd und schwarzer Fliege. Statt der streng frisierten Tolle sind die Haare heute gekonnt zerzaust. Und seine Augen funkeln, als er mich ansieht. So sieht er sonst niemanden an, das weiß ich.

Wie konnte ich ihn bei unserem ersten Treffen bloß für einen affektierten Snob halten?

Er sieht zum Anbeißen aus. Ein echtes Sahneschnittchen.

Hmm, wie er wohl unter den Klamotten aussieht, ganz nackt? Bestimmt hat er einen großen Schwanz.

Argh. Gefährliche Gedanken.

Sofort an etwas anderes denken.

»Was für ein Abend«, schnurre ich einschmeichelnd und weise auf den opulent geschmückten Raum. Und ich bekomme ganz große Augen, als plötzlich Daniel Craig ganz nonchalant an uns vorbei zur Bar schlendert, als sei es das Normalste der Welt, dass er sich hier unter das nichtprominente Volk mischt. »Bond«, quieke ich. Dass *der* nackt umwerfend aussieht, steht jedenfalls außer Frage.

»Ach, die großen Unternehmen wollen bloß ein bisschen angeben«, meint Leo glucksend, als hätte James Bond nicht gerade eben dieselbe Luft geatmet wie wir. Aber andererseits ist *er* ja auch daran gewöhnt, in Promikreisen zu verkehren. »Die karren ihre bekannten Werbegesichter hier an, um der ganzen Chose einen glamourösen Anstrich von Weltläufigkeit zu verleihen.«

Ganz hinten sehe ich Benedict Cumberbatch stehen –

Himmel, gibt es auch irgendwelche Veranstaltungen, auf denen der sich nicht herumtreibt? Und ooh, da ist auch Claudia Winkleman, die bekannte Moderatorin. Die mag ich. Vor allem ihre Ponyfransen.

Leo greift in die Innentasche seines Smokings und holt eine winzig kleine graue Samtschachtel heraus. »Diesmal keine Kotztüte«, meint er grinsend. Ich nehme die Schachtel, streiche mit dem Daumen über den weichen Samt und öffne sie. Darin liegt gut geschützt eine kleine, mit Diamanten und Saphiren besetzte Brosche in Form eines Riesenrads. Ungewöhnlich und bildschön und genau mein Geschmack.

»Wow«, sage ich atemlos. »Das … Das wäre doch nicht nötig gewesen.«

»Ich wollte es aber!« Und damit nimmt er die Brosche aus der Schachtel und steckt sie mir behutsam ans Kleid. »Als Erinnerung daran, wie wir uns kennengelernt haben.«

»Sie ist wunderschön«, sage ich ehrlich und will mich dabei fast in Grund und Boden schämen, dass er mir dieses entzückende Geschenk macht, wo ich ihm doch falsche Tatsachen vorspiegele.

Ich greife in meine kleine Abendtasche und reiche Leo das Päckchen, das ich mitgebracht habe.

»Was ist das denn?«, fragt er, und seine Augen funkeln vor Erstaunen.

»Du bist nicht der Einzige, der bei einer Verabredung Geschenke verteilen darf.«

Etwas verwirrt reißt Leo das marineblaue Geschenkpapier auf und öffnet den Deckel der länglichen Schachtel. Neugierig späht er hinein.

Dann lacht er laut auf. »Ein Pinsel!«

»Und zwar ein guter. Auf der Webseite stand, er habe eine besonders feine Spitze und sei aus echten Kolinskyschweifhaaren«, murmele ich, und es ist mir peinlich, dass ich plötzlich so verlegen werde. Warum zum Geier musste ich ihm ausgerechnet einen Pinsel schenken? Letzte Woche erschien mir das noch als cooler, lustiger Einfall. Aber jetzt, bei diesem eleganten Ball, und wo er mir gerade eine Diamantbrosche angesteckt hat, kommt es mir mit einem Mal so romantisch und bedeutungsschwer vor. Ich hüstele. »Ich dachte nur, du könntest, du weißt schon, damit was malen.« Ich zucke etwas beiläufig die Achseln. »Irgendwas … Künstlerisches.«

Leo betrachtet schweigend den Pinsel und fährt mit dem Finger über die seidenweiche Spitze, dann drückt er ihn fest an die Brust. »Danke, Luce«, sagt er leise und schaut mich so ernst und durchdringend an, dass plötzlich mein ganzer Körper zu prickeln beginnt. Er verstaut die kleine Schachtel in der Smokingtasche und führt mich zu unserem Tisch. Auf dem Weg durch das Gewimmel merke ich, dass ich alle Blicke auf mich ziehe. Aber nicht wie an dem Abend, als *Der Imker* vorgestellt wurde – so als sei ich ein lächerliches Subjekt, über das man sich hinter vorgehaltener Hand lustig macht – sondern vielmehr interessiert, neidisch, begehrlich, verwundert. Ein seltsames Gefühl, und nicht unbedingt angenehm. Ich komme mir vor wie auf dem Präsentierteller, wie eine Puppe im Schaufenster, die von den Passanten angegafft wird. Wie … *Felicity*.

Aber ich bin ja eigentlich beruflich hier, also ziehe ich das jetzt durch. Lächelnd und mit etwas gequälter Miene stehe ich da, während ein Ballgast nach dem anderen Leo begrüßt, ihm zu seiner Nominierung gratuliert, ihm einen haushohen Sieg prophezeit, ihm vorschwärmt, wie uuuuunglaublich sie seine Drive-Alive-Kampagne finden …

Leo gibt sich zwar redlich Mühe, mich in die Gespräche einzubeziehen, aber mir entgeht nicht, dass die Leute mich bis auf einen anerkennenden oder abschätzigen Blick oder ein höfliches Hallo allesamt links liegen lassen. Niemand redet mit mir oder fragt mich etwas. Ich bin bloß eine hübsche Dekoration an Leos Arm.

Endlich gelingt es Leo, sich von den anbiedernden Schleimern loszureißen, und wir gehen zu unserem Tisch. Dort stellt er mich den anderen Gästen vor, die bereits Platz genommen haben.

»Lucille, das ist Martin, unser Texter. Martin fährt einen Ferrari, so was hast du noch nicht gesehen. Wir müssen unbedingt mal eine Spritztour damit unternehmen. Der schnurrt wie ein Kätzchen.«

»Gerne!«, entgegnet Martin fröhlich.

Ich runzele die Stirn, denn plötzlich muss ich wieder an Leos sexistische Bemerkungen auf dem Rummelplatz denken. Er sagte was von Kurven, und dass er sie schnurren lassen würde, ehe Martin sie wieder mit nach Hause nimmt. Meinte er etwa *ein Auto*? Allmächtiger, da habe ich bei Leo Frost aber einiges in den ganz falschen Hals bekommen. Wie schnell man sich ein abfälliges Urteil über einen Menschen bilden kann …

Er macht mich mit zwei weiteren Führungskräften aus dem Management von Woolf Frost und ihren Partnern bekannt, die alle einen netten, freundlichen, wenn auch etwas hüftsteifen Eindruck machen. Dann stellt er mich noch einmal unserem vierten Sitznachbarn vor – Rufus Frost, das Ekelpakt, der widerlichste Widerling der Welt – der mich Lucy nennt und mir wie beim letzten Mal mit seinem fiesen alten nach Zigarren stinkenden Fischmaul einen Schmatz auf den Handrücken drückt. Würg.

»Moment – wo bleiben denn deine Freunde?«, fragt Leo. »Kommen die nicht?«

Unauffällig geht mein Blick zur Bar, wo Peach und Gavin

stehen und angeregt miteinander plaudern. Der Tequila zeigt offensichtlich Wirkung! Peach lacht über etwas, das Gavin gesagt hat, und fährt ihm mit der Hand über den Arm. Ha! Ich sollte die beiden noch ein bisschen allein lassen – wie es scheint, kommen sie auch ohne mich bestens zurecht.

»Ich habe sie schon gesehen – sie müssen hier irgendwo sein!«, erkläre ich mit Unschuldsmiene. »Bestimmt kommen sie gleich.«

Und dann setzen wir uns, und Leo öffnet eine der vielen Flaschen Jahrgangschampagner, die in riesigen Kübeln auf den Tischen stehen. Er gießt jedem ein Glas ein und räuspert sich dann, um einen Toast auszubringen. Doch noch bevor er ein Wort sagen kann, geht sein Vater umstandslos dazwischen und posaunt mit dröhnend affektierter Stimme wie ein Nebelhorn quer über den Tisch.

»Auf den Sieg für Woolf Frost«, tönt Rufus und hebt das Glas zur Mitte des Tischs.

»Und auf Leo«, füge ich hinzu, ehe ich mich bremsen kann.

Upps. Das hatte ich eigentlich nicht laut sagen wollen. Aber Leos Vater hat einfach was, das mir gewaltig gegen den Strich geht. Vor allem, seit ich weiß, dass er seinen eigenen Sohn derart hintergangen hat. Rufus Frost verzieht spöttisch den Mund und nimmt mit gelangweilter Miene meine Ergänzung auf. »Ja, natürlich … Und auf Leo.«

Leo zwinkert mir erfreut zu. »Prost, Leute!«

»Prost!«

Ich nippe am Champagner, und die süßen aufmüpfigen Blubberbläschen tanzen auf meiner Zunge. Verblüfft stelle ich fest, dass ich den Geschmack heute Abend gar nicht so übel finde.

Ich trinke noch ein Schlückchen.

Moment mal … heißt das, ich fange jetzt an, *Champagner*

zu mögen? Mist, gehöre ich jetzt etwa auch schon zur Champagnerverschwörung?

O Gott, was geschieht bloß mit mir?

*

Vielleicht hätte ich Peach und unseren Postboten Gavin lieber nicht zum Entspannungstequila raten sollen. Es ist nämlich nicht zu übersehen, dass die beiden sich mehr als nur einen davon genehmigt haben. Die Runde an unserem Tisch ist gerade in ein sehr ernstes Gespräch über die Arbeit der Nominierten vertieft, als Peach sich entschließt, der Bar den Rücken zu kehren, und Gavin am Arm hinter sich her zum Tisch schleift. Ich sehe schon von weitem, dass sie völlig hinüber ist – sie kann kaum noch gerade gehen und blinzelt so langsam wie eine Eidechse. Mist.

»LUCILLE!«, röhrt sie mit einem völlig deplatzierten Winken. »Da bist du ja. Und das ist bestimmt Leeeeeooooo. Der lüsterne Leo.«

Liebes Lieschen. Wie viel Tequila hat sie schon getrunken? Gavin ist hochrot im Gesicht und hat Schweißperlen auf der Stirn, und seine Fliege hat sich bereits gelöst und hängt ihm schlaff um den Hals. So viel können sie in der kurzen Zeit doch unmöglich getrunken haben, oder? Wir sind noch keine Stunde hier.

»Guten Abend, meine hochverehrten Damen und Herren«, begrüßt Gavin die Runde mit einer merkwürdig altmodischen Verbeugung. Mäusedreck, wie viel Schnaps muss Gavin, der Postbote, wohl intus haben?

Mist.

Leo lacht. »Peach und Gavin, stimmt's?« Er steht auf, gibt Peach einen Kuss auf die Wange und schüttelt Gavin herzlich die Hand. »Ich freue mich so, dass ihr beide gekommen seid.«

»Wir machen Party … in der Kirche!«, kichert Peach dümmlich und versteckt hinter vorgehaltener Hand einen Rülpser. Dann greift sie beherzt zu und schnappt sich eine der Champagnerflaschen vom Tisch. »Ist der … ist der *umsonst?*«, fragt sie und hat ihn schon entkorkt. Der Korken zischt beängstigend nahe an Rufus Frosts Ohr vorbei.

»Ist er«, bestätigt Leo und reicht Peach zwei Gläser, in die sie die goldene Blubberbrause füllt. Eins davon gibt er an Gavin weiter, der es sofort auf ex austrinkt und ihm das Glas gleich noch mal zum Nachschenken hinhält.

»Partyyyy!«, brüllt er und reckt die Faust in die Luft, was alle anderen am Tisch mit angewidertem Gesichtsausdruck quittieren.

Meeeh. Wenn die beiden so weitersaufen, läuft der Abend Gefahr, zum absoluten Desaster zu werden. Himmel, wie um alles auf der Welt bin ich bloß auf die hirnverbrannte Idee gekommen, die beiden mitzunehmen? Ich wollte nur nett sein, aber das war eine ganz, ganz bescheuerte Idee.

»Komm mit, wir gehen tanzen!«, sage ich forsch und springe so abrupt vom Stuhl auf, dass der ganze Tisch wackelt.

»Prima Idee!«, stimmt Leo mir zu und trinkt sein Glas in einem Zug leer.

»Kommt schon, ihr beiden«, sage ich zu Peach und Gavin, die sich sachte im Wind zu wiegen scheinen, nehme ihnen die Champagnergläser aus der Hand und stelle sie energisch auf den Tisch, woraufhin sie mich schmollend anschauen.

»Kommt schon!«, rufe ich nachdrücklich, mit demselben Tonfall, in dem ich Mr Belding verbiete, sich auf Großmamas Teppich zu erleichtern. »Kommt mit! Es reicht jetzt!«

Meine Überredungstaktik zeigt Wirkung, und die beiden trotten brav hinter uns her zur Tanzfläche.

Zu viert bahnen wir uns den Weg durch die fröhliche Menge hin zu den tanzenden Paaren. Unauffällig lasse ich mich ein bisschen zurückfallen und nehme Peach beiseite.

»Wir sind gleich bei euch«, rufe ich Leo und Gavin hinterher. »Nur ein kleines Frauengespräch.«

Sobald die beiden außer Hörweite sind, zerre ich Peach hinter eine der gigantischen Säulen im Saal.

»Du bist sturzbetrunken«, knurre ich ungehalten und verschränke missbilligend die Arme.

Sie hickst. »Bin isch nischt. Ich hatte bloß fünf Tequila. Und wie du siehscht, amüschieren Gavin und isch unsch präschtisch. Er ischt escht schehr, schehr nett. Am Wochenende geht er gerne wandern. Und seine Lieblingschfarbe isch blau. So wie mein Kleid. Wir schind füreinander bestimmt!«

Offensichtlich hat sie ihn genauso ins Fragenkreuzverhör genommen wie mich an unserem ersten gemeinsamen Abend im Twisted Spin. Ob sie ihm auch schon einen Spitznamen verpasst hat?

»Isch hab dich sooooo lieb, Jeschicaaa«, nuschelt sie grinsend und kneift ein Auge zusammen, um mich scharf zu sehen. »Du bischt meine beschte Freundin. Isch lasse disch nischt wegen Gavin fallen, ganz bestimmt nischt. So eine bin isch nischt.« Und damit drückt sie meinen Kopf an ihren ausladenden Busen und tätschelt mir mit den pummeligen Händen das Haar.

»Autsch, lass das! Und ich heiße Lucille«, zische ich entrüstet und ziehe das Gesicht aus ihren Brüsten. »Du sollst mich *Lucille* nennen.«

»Lucille – ach ja. Tschuldigung.« Peach nickt langsam und reibt sich die Augen, wobei sie Wimperntusche auf ihren Wangen verschmiert. Ich tupfe sie weg. »Du hascht ein bisschen einen Schtock im Arsch«, meint sie und schmollt. »Sieht dir gar nischt ähnlich. So bischt du doch *sonscht nischt.*«

Sie hat recht. Normalerweise bin ich locker vom Hocker wie Jarvis Cocker. Aber heute Abend bin ich *wirklich* etwas verkrampft. Ich bin angespannt wie eine Feder. Es steht einfach zu viel auf dem Spiel. Der eine Teil von mir möchte den Abend einfach nur genießen und sich mit Peach und Leo (Gavin bräuchte ich dazu nicht unbedingt, wenn ich ganz ehrlich bin) ein bisschen amüsieren. Der andere möchte die ganze Sache so schnell wie möglich hinter sich bringen, damit ich nicht darüber nachdenken muss, in was für eine ausweglose Situation ich mich da hineinmanövriert habe.

Mein Blick geht zu Leo, der mit Gavin auf der Tanzfläche steht und eher unmotiviert von einem Bein aufs andere tritt. Es ist ein ziemlich langsames Lied, und die beiden sehen aus wie müde Tanzbären beim Smalltalk.

»Kein Alk mehr, verstanden?«, kommandiere ich streng und klinge dabei fast wie meine eigene Großmutter. »Das wird zu viel für deinen unschuldigen kleinen Körper, und es gibt noch viel zu tun. Wir dürfen uns keinen Patzer erlauben. Denk an Matilda. Wie wichtig das alles für sie ist.«

»Isch patze bestimmt nicht! Würde mir nie passieren, du bischt doch meine Freundin, wie Cristina Yang und Meredith in *Grey's Anatomy*. Ich liebe *Grey's Anatomy*. Du auch, Jess? Liebscht du die Serie auch so?«

»Peach!«, zische ich aufgebracht. »Hör mir zu!«

»Schon gut. Schon gut. Nur noch ein winziges Schlückchen, ein, zwei Gläser. Fünf höchschtens. Mehr nicht.«

Mann. Ob ich auch so bin, wenn ich was getrunken habe? War Summer deshalb immer so stinkig mit mir?

Ich muss mich zusammenreißen, um nicht vollends die Geduld zu verlieren. »Versprich mir, dass du nichts mehr trinkst«, flehe ich sie an und lege ihr die Hände auf die Schultern.

Peach schaut mich an wie einen fiesen Spielverderber, schüttelt meine Hände ab und stakst hinüber zu Gavin. Seufzend folge ich ihr und komme gerade dazu, als die Band eine Bigbandversion von »Some Kind of Wonderful« von den Drifters anstimmt. Leo wirkt hocherfreut mich zu sehen. Er nimmt mich in die Arme, und dann schweben wir gemeinsam über die Tanzfläche und tanzen Walzer, so wie Großmama es mir beigebracht hat. Zuerst bin ich etwas steif, aus Angst, Leo auf die Zehen zu treten, aber er hat ganz offensichtlich wesentlich mehr Übung als ich und führt mich schwerelos über das Parkett, sodass man meinen könnte, ich wüsste, was ich da tue. Ich komme mir vor wie in einem Film. Man könnte sagen, ich bin gerade Baby Houseman.

»Tolle Freunde hast du«, meint Leo grinsend mit einem Nicken zu Peach und Gavin, die eng umschlungen wie zwei Teenies in der Disco im Jugendclub herumschieben. »Die meisten Leute bei solchen Partys sind so schrecklich ernst. Wie erfrischend, dass sich jemand an so einem Abend auch mal amüsiert.« Und damit drehte er mich um die eigene Achse. Mir wird schwindelig. Aber auf sehr angenehme Weise.

»Ja, ganz toll«, murmele ich. Ich bin stinksauer auf Peach. »Wobei ich Gavin eigentlich gar nicht kenne. Peach und er haben heute Abend ihre erste Verabredung.«

»Ach.« Leo nickt bedächtig. »Verstehe. Ich könnte schwören, als du eben mit Peach verschwunden bist, hat Gavin dich Jess genannt!«

Ach du Schande.

*Tu ganz natürlich.*

»Wie seltsam«, sage ich ganz ruhig. »Ich glaube, er hat ganz schön einen im Tee.«

Mein Blick geht zu Gavin und Peach, die sich tanzend begrapschen und betatschen, als seien sie zwei Antistressbälle. Die beiden sind echt hinüber.

Unauffällig versuche ich, uns etwas weiter von ihnen weg zu manövrieren.

Ich linse hoch zu Leo. Ob er Verdacht geschöpft hat? Sieht nicht danach aus ... Aber ich darf kein Risiko eingehen. Ich muss versuchen, ihn von dem Gedanken abzulenken, dass Gavin mich Jess genannt hat. Ich muss die Erinnerung daran aus seinem Hirn tilgen. Zumindest ist das meine Erklärung dafür, was dann passiert. Ich lege den Kopf ein bisschen schräg und neige ihn nach hinten, und mein Blick bleibt an Leos Mund hängen. Diese Chance lässt er nicht ungenutzt, und sofort beugt er sich zu mir herunter und küsst mich.

Unsere Lippen treffen sich.

KAWUMM! BUMM! JAAAAAAA!

Sollte ich auch nur die Spur eines Zweifels gehabt haben, die Küsse im Park könnten bloß gespielt gewesen sein, dann ist sie jetzt spurlos verflogen. Denn dieser Kuss ist noch besser. Leo greift in meine Haare, und seine Zunge fährt sachte in meinen Mund. Mein ganzer Körper gibt sich diesem Gefühl hin, und wüsste ich nicht, dass so etwas sonst nur in Liebesromanen passiert, ich würde schwören, mir werden die Knie weich.

Verdammt. Eigentlich sollte ich auf der Stelle aufhören, ihn zu küssen. Wenn ich ihn küsse, wird alles nur noch komplizierter. Die *Gefühle* werden stärker, und ich werde ganz wackelig und schwindelig und benommen.

Muss sofort aufhören, ihn zu küssen.

Aber ich *kann* nicht aufhören, ihn zu küssen. Alles fühlt sich, ich weiß nicht, besser an, wenn ich ihn küsse. Ruhiger. Wie Medizin. Nur noch einen kleinen Moment kann doch sicher nicht schaden, oder?

Ich weiß nicht, wie lange Leo und ich auf der Tanzfläche stehen und uns küssen. Ich verliere jedes Zeitgefühl. Es könnten zwei Minuten gewesen sein oder zwei Stunden. Es ist mir egal.

»Na, da schau einer an. Sind die beiden nicht herzallerliebst?«, höre ich da eine allzu bekannte Stimme hinter mir.

Mir gefriert das Blut in den Adern. Hastig löse ich mich aus Leos Armen und reiße entsetzt die Augen auf.

Denn da steht, zufrieden grinsend wie eine Katze, Summer.

# *Zweiunddreißigstes Kapitel*

Wenn Sie verliebt sind, sagen Sie es dem Glücklichen. Es gibt auf der ganzen Welt keinen Gentleman, der sich nicht freuen würde, von einer guten Frau angehimmelt zu werden.

– Matilda Beams Handbuch zu Liebe und Romantik, 1955

Mir verschlägt es buchstäblich die Sprache. Mein Herz hämmert so heftig, dass meine Titten eigentlich vibrieren müssten wie Wackelpudding. Was zum Teufel hat Summer hier zu suchen? Was wird sie jetzt sagen? Mein Mund ist plötzlich staubtrocken. Meine Zunge versagt ihren Dienst. Leo schaut mich fragend an.

»Lucille? Alles okay?«

»Hi Leo.« Summer beugt sich vor und gibt ihm ein Küsschen auf die Wange, als seien sie alte Freunde. Sie sieht umwerfend aus in dem engen langen roten Kleid, die dunklen Haare stylish auf dem Kopf hochgetürmt.

»Hallo?«, entgegnet Leo verunsichert.

»Wie schööööön, dich zu sehen. Wir haben uns letztes Jahr in Brooklyn kennengelernt?«, versucht Summer seinem Gedächtnis auf die Sprünge zu helfen. »Ich war mit Anderson da?«

»Ach.« Er nickt, als es ihm wohl wieder einfällt. »Anderson, ja, richtig. Schön, dich zu sehen. Was führt dich denn hierher?«

»Ich bin mit Anderson hier!« Und damit weist sie auf die

andere Seite des Raums, wo Anderson Warner steht, und das in einem neonblauen Smoking. Er hat sich einen buschigen Vollbart wachsen lassen und plaudert mit einigen wichtig wirkenden Anzugträgern.

»Er ist mit den Leuten von Saatchi & Saatchi hier«, erklärt Summer. »Sie haben ihn kürzlich als das neue britische Gesicht ihres L'Oreal-Bart-Conditioners unter Vertrag genommen. Vollbärte sind ja gerade voll im Kommen.«

Ich schlucke. »Seid ihr beide …«

»Ja, vielleicht. Er ist auf Promotour in London, und, na ja …« Sie wirft die Haare nach hinten, obwohl sie ja auf dem Kopf festgesteckt sind. Es sieht aus, als hätte sie einen seltsamen Tick. »Wir konnten einfach die Finger nicht voneinander lassen. Wir waren beide immer schon magnetisch voneinander angezogen.«

Wobei ich eher glaube, es war ein klarer Fall von Stalking ihrerseits. Sie hat ihn so lange mit Nacktselfies bombardiert, bis er irgendwann den Widerstand aufgegeben hat. Ich frage mich, wie es Holden wohl geht. Bestimmt heult er jetzt in sein Holzfällerhemd und hört She & Him in Endlosschleife. Der arme Tropf.

»Du siehst toll aus«, sagt Leo höflich. Er scheint zu merken, wie unwohl ich mich fühle, und legt mir sanft den Arm um die Schultern.

»Danke«, sagt Summer und dreht sich ganz leicht, um uns ihren beinahe preisgekrönten Hintern vorzuführen.

»Du siehst aber auch ganz toll aus, *Lucille*«, schwärmt sie überschwänglich. »Sooooo verändert. Eine wirklich *bemerkenswerte* Verwandlung.«

Huh. Hat sie mich etwa gerade Lucille genannt? Was soll das? Was weiß sie?

Verdammt. Wäre Leo nicht dabei, würde ich ihr sagen, sie

soll sich verpissen. Aber ich muss in meiner Rolle bleiben und kann ihr leider nur telepathisch mitteilen, dass sie Leine ziehen soll. Was ich ihr mit mörderischen Blicken zu verstehen zu geben versuche. Doch sie grinst nur.

»Ja«, säuselt sie. »Ich habe euch letzte Woche im *Telegraph* gesehen, in dem Artikel über die Neuerwerbung des Van Gogh. Ich hab meinen Augen nicht getraut, als ich euch beide zusammen auf dem Foto gesehen habe. Du hättest mir sagen sollen, dass ihr beide was miteinander habt, *Lucille.*«

Mist. Ich wusste gar nicht, dass der Artikel wirklich erschienen ist und dass ein Foto von mir in der Zeitung war. Verdammt. Wenn sie zwei und zwei zusammengezählt hat, kann sie sich denken, dass ich mich für eine andere ausgegeben habe. Ist sie deshalb hier? Um die Katze aus dem Sack zu lassen? Es mir heimzuzahlen, dass ich Mr Belding habe mitgehen lassen?

»Woher kennt ihr euch denn?«, fragt Leo, während die Band im Hintergrund eine zuckersüße Version von »Fly me to the Moon« anstimmt.

»Wir kenne uns schon ewig«, sagt Summer und lacht hohl, und dann senkt sie die Stimme. »Ich kenne *alle* ihre dunklen Geheimnisse!«

VERDAMMT.

Leo stupst mich in die Rippen und grinst mich spitzbübisch an. »Lucilles Geheimnisse? Hochinteressant …«

Summer reibt sich die Hände. »O ja, ich kenne sie alle. Wusstest du beispielsweise, Leo, dass …«

Ich werde stocksteif, jeder Muskel in meinem Körper ist zum Zerreißen gespannt. Jetzt bricht alles um mich herum zusammen. Jetzt und hier.

Ich weiß nicht, was schlimmer wäre: dass all unsere Mühe umsonst war und wir das Buchprojekt begraben können oder dass Leo mich nie wieder so ansehen wird, wie er mich jetzt ansieht – als sei ich die coolste, interessanteste, wunderbarste Frau auf der ganzen Welt.

Gerade als Summer die Bombe platzen lassen und ausplaudern will, wer ich wirklich bin, hört die Band auf zu spielen und eine Stimme dröhnt aus den Lautsprechern und schneidet ihr das Wort ab.

»Ladys und Gentlemen, ich darf Sie bitten Platz zu nehmen. Wir verkünden nun die diesjährigen Preisträger der London Advertising Association Awards.«

Leo nimmt meine Hand. »Jetzt wird's ernst. War schön dich zu sehen, Summer.«

Summers selbstbewusstes Grinsen fällt in sich zusammen. »Ja, ebenso. Wir sehen uns dann später.«

*Nicht, wenn ich es irgendwie verhindern kann.*

Mit einem letzten eisigen Blick zu Summer folge ich Leo an unseren Tisch, und wir setzen uns rasch zu den anderen. Zwei Plätze am Tisch bleiben leer. Peach und Gavin sind nicht zu sehen. Mit zusammengekniffenen Augen suche ich die sich rasch leerende Tanzfläche ab. Wo zum Teufel sind die beiden abgeblieben?

»Wow, ich muss gestehen, ich bin ein bisschen nervös«, sagt Leo lachend und drückt unter dem Tisch meine Hand.

»Du machst das schon«, sage ich aufmunternd. »Viel Glück.«

»Glück hat überhaupt nichts damit zu tun!«, wirft Rufus Frost hämisch glucksend von der anderen Seite des Tischs ein und winkt dem Kellner, noch ein paar Flaschen Champagner zu bringen. Ich bedenke ihn mit einem unterschwellig mörderischen Blick. Leo küsst mich auf den Hals. Ich lehne mich an ihn und lege den Kopf an seine Schulter.

Summer, die ungefähr vier Tische weiter sitzt, starrt mich an, als sie das sieht, und zieht eine Augenbraue hoch. Sofort richte ich mich auf. Mist. Sie hat mich so was von auf dem Kieker. Nach der Preisverleihung muss ich mir schleunigst etwas einfallen lassen, um Leo auf dem schnellsten Wege hier herauszulotsen. Ich darf auf keinen Fall riskieren, dass Summer ihn noch einmal abpasst. Oder dass Peach sich doch noch verplappert. Oder Gavin, wo wir schon mal dabei sind, wo auch immer die beiden auch stecken mögen. Das hier ist Def-Con 5, und ich muss unsere Mission retten.

In der nächsten halben Stunde werden sterbenslangweilige Preise verliehen, wie der für die Beste Typografie oder das Beste Branding für Versorungungsunternehmen. Zum Glück ist das Licht gedämpft, sodass es niemand merkt, als ich kurz einnicke.

»Kommen wir nun zur Auszeichnung für die beste Printkampagne des Jahres ...«, tönt der Moderator ins Mikrofon. Leo setzt sich noch etwas aufrechter hin, was mich sofort aus dem Halbschlaf reißt. Unauffällig wische ich mir den Sabber aus dem Mundwinkel.

»Es ist so weit!«, wispert Leo.

Der Moderator klappt eine rote Karte auf und liest sie vor.

»Und der Preis der LAAA für die beste Printkampagne des Jahres geht an ...«

Leo drückt meine Hand noch etwas fester.

»Leo Frost von Woolf Frost für Drive Alive!«

Wie? Was?

Auch wenn es mir einfach nicht in den Kopf will, dass irgendwer diese Kampagne für etwas anderes als einen lächerlichen Fehlgriff halten könnte, johle und klatsche ich genauso begeistert wie alle anderen Anwesenden.

Leo zieht mich auf die Füße und lässt mich dann in seinen Armen nach hinten fallen und gibt mir einen hollywoodreifen Filmkuss, der mir den Atem nimmt, dann sprintet er auf die Bühne und nimmt seinen Preis entgegen.

»Wow«, ruft er lachend ins Mikrofon und betrachtet die silberne Trophäe in seinen Händen. »Nie im Leben hätte ich damit gerechnet, heute Abend diesen Preis zu gewinnen. Vor allem nicht bei dieser harten Konkurrenz. Mein Dank geht an das unbeschreibliche Team von Woolf Frost für die grandiose harte Arbeit, und ein großer Dank an die Juroren der LAAA, die für mich gestimmt haben.«

Allgemeiner Beifall.

Leo holt tief Luft.

»In den vergangenen Wochen hat sich einiges getan in meinem Leben. Sowohl, was meine Arbeit betrifft, als auch alles andere. Manche, oder vielmehr die meisten von Ihnen, kennen mich sicher als eingefleischten Junggesellen.«

Höfliches Lachen aus dem Publikum ist die Antwort, und von ganz hinten ruft jemand: »Das ist aber noch nett ausgedrückt!«, woraufhin das Gelächter noch lauter wird.

»Schon gut, schon gut!« Leo hebt abwehrend die Hände, grinst breit und sucht mich in der Menge.

»Vor drei Wochen ist Lucille Darling auf einem Rummelplatz mit einem gewagten Sprung in meinen Autoscooter gehopst und, verzeihen Sie mir die kitschige Metapher, auch in mein Herz.«

Das Publikum raunt ein ergriffenes *Aaaah*. Ich erröte zart und nippe an meinem Glas.

»Es gibt nicht viele Menschen, die es wagen, meinem Vater Kontra zu geben«, fährt Leo fort, was ihm weitere Lacher aus dem Publikum einbringt. »Aber Lucille ist einer davon. Sie ist außergewöhnlich und kreativ, sie ist leidenschaftlich engagiert und hat keine Angst, anders zu sein als andere und sich von der Masse abzuheben. Und noch dazu ist sie die schönste Frau, die ich je gesehen habe. Was ich damit eigentlich sagen will … Lucille, du hast mich verändert. Du bringst mein Leben zum Strahlen. Und vor der versammelten Presse, vor meinen Freunden und Kollegen, und weil ich genauso mutig und ehrlich sein will wie du … wollte ich dir sagen …«

Was … Was will er mir sagen?

»Dass ich dich … einfach sagenhaft finde.«

Ich werfe den Kopf in den Nacken und lache laut auf. »Ich find dich einfach sagenhaft« ist ein Zitat aus *Grease 2*.

Das Publikum applaudiert begeistert, und Leo verlässt die Bühne und stürmt zu uns an den Tisch, greift nach meinen Händen, zieht mich vom Stuhl in seine Arme und wirbelt mich ausgelassen herum. Das Gesicht an seinem Hals lache ich fröhlich, und er setzt mich wieder ab, kommt ganz nahe heran und flüstert mir ins Ohr: »Ich liebe dich, Luce.«

Ich verschlucke mich fast.

Was?

Er *liebt* mich?

Soll das ein Witz sein?

Forschend schaue ich ihn an. Mit zärtlichem Blick sieht er mich an und scheint es todernst zu meinen.

O Gott. Ich glaube es einfach nicht.

Matilda Beams Tipps haben funktioniert, und Leo … liebt mich?

Heißt das, wir haben es geschafft? Das Experiment war ein voller Erfolg?

Wow. *Wow*.

Eigentlich erwarte ich, dass mir ein Stein vom Herzen fallen müsste. Endlich kann ich Großmama und Valentina sagen, ja, *Wie angelt man sich einen Mann à la 1955* hat funktioniert. Ich brauche Leo nie wiederzusehen und laufe nicht Gefahr, noch mal diese gefährlichen *Gefühle* zu fühlen.

Aber ich bin nicht erleichtert. Ich bin glücklich und kribbelig und habe gleichzeitig ein schlechtes Gewissen. Ein schrecklich schlechtes Gewissen. Und ich bin ein bisschen traurig, als hätte ich etwas sehr Wertvolles verloren, was wirklich blöd ist, denn man kann nichts verlieren, das auf einer Lüge aufgebaut ist.

Leo liebt mich.

Und … ich glaube, Mist, ich liebe ihn womöglich auch. Mäusedreck, verfluchter. Ich weiß nicht, was ich tun soll. Ich kann mich nicht in Leo Frost verlieben. Das kann doch nach drei Wochen überhaupt nicht sein. Ganz zu schweigen davon, dass er mich für jemand ganz anderen hält. *Und* nicht zu vergessen, dass ich mich *nie* verliebe.

Fühlt sich Verliebtsein so an? Wie ein einziger unglaublicher, äußerst ungelegen kommender verdammter Albtraum?

Als er sieht, wie ich zögere, sieht Leo mich an, und sein fröhliches Gesicht wirkt plötzlich verletzlich und angespannt.

Ich mache den Mund auf, um etwas zu sagen. Ich glaube, ich bin kurz davor, ihm zu sagen, dass ich ihn auch liebe, als wie aus dem nichts Gavin, der Briefträger, vor mir steht, mit einem sehr besorgten Ausdruck auf dem jungenhaften Gesicht.

»Peach ist sturzbetrunken, und ich mache mir echt Sorgen. Du musst dich unbedingt um sie kümmern. Sie ist in der Garderobe.«

O nein.

»Bring mich zu ihr«, sage ich sofort.

Leo blinzelt irritiert, und ich schaue ihn mit einem entschuldigenden Schulterzucken an, dann laufe ich Gavin nach. Ich muss mich um meine Freundin kümmern.

Gavin bringt mich auf schnellstem Weg zu der kleinen Garderobe der Kirche. Er wartet draußen, während ich hineingehe. Peach sitzt da, das weite Ballkleid um sich ausgebreitet wie eine schillernde Pfütze, unter den an Kleiderstangen aufgehängten Mänteln und hat den Kopf benebelt gegen die Wand gelehnt.

»Peach, alles okay?« Besorgt setze ich mich neben sie.

»Mir ist gar nicht gut«, jammert sie. Die Wimperntusche ist im ganzen Gesicht verschmiert. »Ich bin betrunken. Ich glaube, das war der Tequila.«

Und wie das der Tequila war. Das ist alles meine Schuld. Ich hätte ihr nicht sagen sollen, sie soll erst mal einen Schnaps trinken. Ich wusste doch, wie nervös sie heute Abend war. Ich hätte sie nicht aus den Augen lassen dürfen. Wieso habe ich das nicht kommen gesehen?

»Es dreht sich alles im Kreis, wie ein Karussell.« Sie kneift die Augen fest zu. Die Ärmste ist wirklich sowas von dicht. Mist. Habe ich mich früher auch so weggeschossen?

»Komm, wir bringen dich nach Hause«, sage ich und helfe ihr aufzustehen.

»Bett.«

»Ja. Genau.«

Gavin sitzt draußen im Foyer der Kirche auf einer Bank und wartet. Er wirkt besorgt und entschieden nüchterner als vorhin. »Alles okay?« Sofort läuft er uns entgegen und nimmt Peach am Arm. Sie lehnt sich gegen ihn und schwankt leicht hin und her.

»Du weißt schon. Sie hat bloß etwas zu viel getrunken. Weiter nichts«, versuche ich ihn zu beruhigen. »Pass auf, ich muss noch mal kurz rein, meine Handtasche holen.« Ich weise mit dem Daumen Richtung Mittelschiff. »Ihr rührt euch nicht vom Fleck«, sage ich und deute auf die Bank, »ich bin gleich wieder da.«

Gavin nickt und streicht Peach beruhigend über den Rücken, dann führt er sie behutsam zur Bank, damit sie sich setzen kann.

Also gut. Okay. Tasche. Schnell laufe ich zurück zum Ballsaal und schlängele mich flink durch die Menschenmenge zu unserem Tisch, wo Leo sitzt, augenscheinlich in ein Gespräch mit Summer vertieft. Sie zeigt ihm gerade etwas auf dem Handy. Er hat hochrote Wangen, und sein hübsches Gesicht wirkt wie versteinert.

O Gott.

Er weiß es.

*Er weiß es.*

Vor dem Tisch bleibe ich wie angewurzelt stehe. Mir zittern die Hände.

Die beiden schauen auf, als sie mich sehen. Summer lächelt mich mit Unschuldsmiene an. Leo wirkt verwundert, und er blinzelt hektisch, um die Tränen zurückzuhalten.

»Leo, ich kann dir alles erklären …«, setze ich an, doch noch bevor ich den Satz zu Ende bringen kann, ist er aufgesprungen, und hinter ihm kippt klappernd der Stuhl um.

»Ich will es gar nicht wissen«, sagt er mit erstickter Stimme und stürmt mit gesenktem Kopf an mir vorbei.

Das Herz schlägt mir bis zum Hals, als ich mich zu Summer umdrehe.

»Was hast du ihm erzählt?«, zische ich sie an.

Summer zuckt nur graziös die Achseln und greift nach ihrem Champagnerglas. »Der Typ hat gerade der ganzen Welt verkündet, dass er verrückt nach dir ist. Er hat es verdient, die Wahrheit zu erfahren. Dass du die Frau im Plüschoverall bist, die ihn bei der Vorstellung des *Imkers* lächerlich gemacht hat. Dass du ihn – aus welchem bizarren Grund auch immer – anlügst und vorgibst, jemand anderes zu sein. Dass du nicht unbedingt das schüchterne, hochanständige Mädchen bist, für das du dich ausgibst.« Sie gluckst leise in sich hinein. »Wobei ich ihm das Bild aus Leeds von letztem Jahr vielleicht lieber nicht hätte zeigen sollen. Das, auf dem du dem Kerl deinen nackten Hintern zeigst. Er war ziemlich schockiert … Hashtag *Fremdscham.*«

»Du widerliches Miststück«, speie ich angeekelt, schnappe mir die Handtasche unter dem Stuhl und laufe Leo hinterher.

»Wo immer du hingehst, du hinterlässt nichts als Chaos und Zerstörung, Jess!«, ruft sie mir nach. »Krieg mal dein Leben auf die Reihe!«

Ich zeige ihr daraufhin nur schnell einen Vogel und hetze in die Eingangshalle, wo Peach an Gavins Schulter gelehnt vor sich hin döst. Ich sehe gerade noch, wie die Türen hinter Leo zuschlagen.

»Ihr bleibt, wo ihr seid«, brülle ich den verdatterten Gavin an, wie einen Hund, der auf seinem Platz bleiben soll. »Ihr geht nirgendwohin. Ich bin gleich wieder da.«

*

Draußen kann ich Leo nirgendwo entdecken, aber da stehen drei Limousinen des Fahrdienstes, den seine Agentur engagiert hat. In einer davon muss er sein. Ganz bestimmt.

Auf gut Glück reiße ich die erste Tür auf.

»Leo?« Suchend stecke ich den Kopf in den Wagen. Der ist, vom schlafenden Chauffeur abgesehen, leer. Er fährt fast aus der Haut vor Schreck, als ich ihm so unvermittelt geradewegs ins Ohr schreie. »Verzeihung!«

Hastig stürze ich zum nächsten Wagen.

»Leo?«, rufe ich wieder. Aber in dieser Limousine sitzt bloß Benedict Cumberbatch und tippt gerade auf seinem Handy herum. Und er ärgert sich offenbar schrecklich über die Störung. »Entschuldigen Sie, aber das ist ein Privatwagen«, erklärt er ziemlich von oben herab.

»Ach, verpiss dich doch, Benedict«, knurre ich und schleudere ihm meinen besten vernichtenden Blick zu.

Woraufhin er empört irgendetwas stottert, und ich ihm einfach die Tür vor der Nase zuknalle.

Ich laufe zu Wagen Nummer drei.

Leo muss da drin sein.

Und reiße die Tür auf. Es sitzt kein Fahrer drin, nur Leo auf dem Rücksitz, der einsam und verlassen auf die Trophäe in seinen Händen starrt. Er schaut auf und sieht mich mit stahlhartem Blick an. Ich schlüpfe zu ihm auf den Rücksitz und schließe hinter mir die Tür.

»Es tut mir so leid«, murmele ich erstickt. »Es tut mir so schrecklich leid.«

Er sieht aus, als sei er fertig mit der Welt. Ich habe einen riesengroßen Fehler gemacht. Als ich ihn näher kennengelernt habe, als mir aufgegangen ist, dass er eigentlich gar kein so übler Kerl ist, als mir klar wurde, dass echte Gefühle im Spiel sein könnten, hätte ich die Reißleine ziehen müssen. Ich hätte mir etwas anderes einfallen lassen müssen, um Geld für Großmama aufzutreiben. Ich bin ein Vollidiot.

»Warum?«, fragt er mich, und seine wunderschönen moosgrünen Augen schauen mich gequält und verzweifelt an. »Warum hast du mir nicht gesagt, dass wir uns schon mal begegnet sind? Dass du – dass du *Jess* heißt? Ich verstehe das nicht. War ich am Abend der Buchvorstellung wirklich so unhöflich zu dir, dass du dachtest, dich für jemand anderen ausgeben zu müssen?«

Verdammt. Er weiß nur, dass ich nicht die bin, für die er mich gehalten hat. Ich muss ihm reinen Wein einschenken.

»Das Ganze sollte ein Buch werden«, gestehe ich kleinlaut.

Er reißt vor Schreck die Augen auf. »Was?«

»Wir wollten ein Buch schreiben, über Großmutters romantische Ratschläge aus den 50er-Jahren, und ob die auch heute noch funktionieren. Und … wir wollten es an dir ausprobieren.«

»Wer, wir?«, fragt er ungehalten.

»Ähm, ich, meine Großmutter und … Valentina Smith.«

Er blinzelt. »Deine Großmutter? Und Valentina? Meine *Ex*? Hat sie dich dazu angestiftet? Was zum Teufel wird hier gespielt?« Verzweifelt vergräbt er das Gesicht in den Händen.

»Ich hätte nie erwartet, dass du dich in mich verliebst. Oder vielmehr in Lucille. Valentina meinte, du seiest ein schleimiger Widerling und ein eingefleischter Junggeselle!«

Leo schüttelt den Kopf. »Was zum Teufel? Das ist echt krank. Ich habe dir doch gesagt, dass es mir leidtut, wie ich meine Exfreundinnen behandelt habe. Ich habe so oft versucht, mich bei Valentina zu entschuldigen. Schon als wir uns kennenlernten habe ich ihr gesagt, dass ich nichts Verbindliches will und mich auch mit anderen Frauen treffe. Und trotzdem war sie stinksauer, weil ich mich nicht fest binden wollte. Es hat mir furchtbar leidgetan, dass ich sie verletzt habe, ich habe sie tausend Mal um Entschuldigung gebeten, aber sie wollte nichts davon hören, hat mich angeschrien, ich sei ein gefühlskalter Mistkerl. Ich bin nicht gefühlskalt. Das habe ich nicht verdient!«

»Ich wusste nicht, dass du dich bei ihr entschuldigt hast«, wende ich ein. Das hat Valentina mit keinem Wort erwähnt. Ich strecke die Hand nach ihm aus, aber er verscheucht mich wie eine lästige Fliege.

»Ich fasse es nicht, dass du dich für so einen miesen Racheplan einspannen lässt.«

»Das war kein Racheplan«, protestiere ich energisch. »Ich hätte nie erwartet, du würdest mich wirklich *mögen* …«

Seine Stimme kippt. »Tja, war aber so.«

»O Gott, ich mag dich auch«, sage ich flehentlich. »*Mehr* als nur mögen, Leo, aber es ist alles so kompliziert. Ich habe noch nie …«

»Raus«, fällt Leo mir ins Wort. Sein Gesicht ist versteinert, und die sonst so freundlichen Augen sind kalt und hart.

»Lass es mich bitte erklären, Leo«, setze ich an. »Ich glaube, ich habe mich in dich verl…«

»RAUS!« Wütend wirft er sich über mich und stößt die Autotür auf. »Bitte, Luce … Verdammt, wie immer du auch heißt.«

Ich nicke langsam und nehme meine Handtasche vom Rücksitz neben mir. »Es tut mir sehr leid«, flüstere ich und steige aus dem Wagen. Dann drehe ich mich um und will noch etwas sagen, irgendetwas, das es vielleicht besser machen könnte, aber da hat Leo die Tür bereits mit einem Knall zugezogen. Er ist weg.

Wie benommen stolpere ich in das Foyer der Christ Church. Es kommt mir vor, als liefe ich unter Wasser.

»Alles okay?«, fragt Gavin, als er mich sieht. »Du bist weiß wie die Wand.«

Seine Stimme klingt wie ein Echo von ganz weit her.

»Alles bestens«, sage ich, schlucke und ziehe das Handy aus der Handtasche, um uns ein Taxi zu rufen. »Ich will nur schnell nach Hause.«

*

Peach verschläft fast den gesamten Heimweg. Gavin, inzwischen stocknüchtern, ist wieder genauso schüchtern und linkisch wie sonst auch. Aber er schaut immer wieder rührend besorgt nach Peach.

Nachdem wir zuerst Gavin zu Hause abgesetzt haben, fahren wir zum Bonham Square. Ich bekomme Leo einfach nicht aus dem Kopf. Wie er mich im Auto angesehen hat. Verrat. Ich glaube, das werde ich nie wieder vergessen können.

Großmama ist schon im Bett, als wir ankommen. Ich weiß, es wäre Peach schrecklich peinlich, würde Großmama sie in diesem Zustand sehen, also bringe ich sie so leise wie irgend möglich nach oben auf ihr Zimmer. Dort angekommen bestehe ich darauf, dass sie erst mal mehrere Gläser Wasser trinkt, dann helfe ich ihr beim Umziehen und stecke sie schließlich ins Bett, wo ich sie behutsam auf die Seite drehe.

Dann lege ich mich zu ihr. Sie murmelt etwas, das nach »Tut mir leid«, klingt.

»Keine Sorge, alles wird gut«, versichere ich ihr flüsternd und streiche ihr die Haare aus dem Gesicht.

Aber das ist gelogen. Denn ehrlich gesagt glaube ich nicht, dass es jemals wieder gut wird.

# *Dreiunddreißigstes Kapitel*

Als gute Frau wähle man einen Partner von gleicher oder höherer Herkunft und Bildung. Mit diesem Menschen werden Sie Ihr ganzes Leben verbringen und Ihre Kinder großziehen. Er muss über genügend Mittel verfügen, Sie zu ernähren und einen gewissen Lebensstandard zu finanzieren, sonst steht Ihnen ein Leben in Zank und finanzieller Misere bevor.

– Matilda Beams Handbuch für die gute Braut, 1956

Ich kann nicht schlafen.

Immer, wenn ich kurz davor bin einzunicken, muss ich an Leo denken, und mein Herz zieht sich krampfartig zusammen, und ich wache wieder auf.

Seufzend krabbele ich unter der Bettecke hervor und laufe im Zimmer auf und ab. Plötzlich piekst mich etwas in den Zeh, und ich bleibe unvermittelt stehen.

»Autsch!«, schimpfe ich, fasse mir an den Fuß und hopse auf einem Bein durch den Raum. Vorsichtig ziehe ich die kleine Scherbe aus dem Zeh. Es ist eine winzige Porzellanscherbe, übrig von dem Missgeschick, das Jamies Neffe Charlie mit Felicity passiert ist.

Mit offenem Mund starre ich die verbliebenen Puppen an. Mums Puppen. Ob Mum immer diesen hohlen Schmerz in der Brust gespürt hat? Die ganze Zeit, ihr ganzes Leben lang? Bis sie es nicht mehr ausgehalten hat?

Ich werfe einen Blick auf mein iPhone. Zwei Uhr nachts.

Ich schlüpfe in den Morgenmantel und schleiche leise zum Treppenabsatz, wo ich nach oben zur Falltür zum Dachboden schaue. Ein kleines Zugseil baumelt herunter. Ich stelle mich auf die Zehenspitzen, ziehe ganz langsam und vorsichtig an dem Seil und lasse dann die Holzleiter behutsam herunterklappen.

Ich setze den Fuß auf die unterste Sprosse, die ohrenbetäubend quietscht. Ich erstarre. Wenn Großmama mich dabei erwischt, wie ich mich heimlich auf den Dachboden schleiche, obwohl sie es mir ausdrücklich verboten hat, bekommt sie sicher einen Tobsuchtsanfall, und der Abend war auch so schon beschissen genug, besten Dank.

Eine halbe Minute bangen Wartens später ist klar, dass Großmama das Knarzen nicht gehört hat und ich nicht aufgeflogen bin, also steige ich vorsichtig auch die restlichen Stufen nach oben zum Dachboden und schließe dann leise die Falltür hinter mir. Sofort muss ich niesen. Igitt, hier oben ist es so staubig, dass man den Staub förmlich riechen kann!

An der Wand entlangtastend entdecke ich schließlich den Lichtschalter und knipse das Licht an. Sofort wird der Dachboden von einer Reihe greller, nackter Glühbirnen erhellt, die zwischen den Dachsparren hängen. Kopfschüttelnd mustere ich die unzähligen Kartons und Spielsachen und Unterlagen und alten Trophäen und Bücher und noch mehr Bücher. Von wegen *der Dachboden ist leer*. Großmutter hat mich angelogen. Ich nehme eine der Trophäen, die wackelig auf einem offenen Pappkarton thronen, und lese die Inschrift.

*Kensington Young Ballet Competition. Erster Platz Rose Beam.*

Und dann greife ich nach einem alten Schulblazer mit eingenähtem Namensschild am Kragen.

*Eigentum von Rose Beam, Klasse 4 Blau.*

Wow. Das sind alles Mums Sachen! Kein Wunder, dass wir keine Erinnerungsstücke von früher zu Hause hatten – die sind alle hier!

Von meiner Neugier angestachelt öffne ich einen Karton nach dem nächsten. Darin finden sich Schulzeugnisse, ein signiertes Theaterprogramm von *Romeo und Julia*, alte Schuhe, Kassetten, halb leere Parfümflakons und ein paar Discoflyer von einem Laden namens The Blue Canary.

Dann fällt mein Blick auf eine große schwarze Truhe – halb versteckt unter einem türkisfarbenen Bettüberwurf – ganz hinten in der dunkelsten Ecke des Dachbodens. Ich schlurfe hinüber und muss das nächste Niesen unterdrücken, als ich versehentlich ein paar Teddybären umwerfe, die oben auf einem Karton saßen und mir nun einer nach dem anderen auf den Kopf purzeln. Im Schneidersitz hocke ich mich vor die Truhe und zerre den Überwurf herunter, den ich zerknüllt in eine Ecke pfeffere. Dann hebe ich ganz langsam den Deckel der Truhe.

Drinnen liegen Briefumschläge und Ordner, alte Zeitschriften und Briefe. Und dann entdecke ich, begraben unter all den anderen Sachen, einen Stapel grellbunter Notizhefte.

Stirnrunzelnd nehme ich das oberste davon heraus und klappe es auf.

Die erste Seite ist in großer, verschnörkelter Schrift, mit blauer Tinte geschrieben, vollgekritzelt – so schreibt nur ein Füller. Ich erkenne die Handschrift auf Anhieb.

Es ist Mums Schrift.

## Rose Beams Tagebuch

Mir zittern plötzlich die Hände.

## Rose Beams Tagebuch

*9. Juli 1985*

*Ich kann kaum schreiben, so zittern mir die Hände. Verdammt. Ich muss durchatmen, aber ich kriege keine Luft.*

*Gerade war ich unten. Mum hatte mich gerufen. Sie saß mit Dad im Salon, und beide sahen so ernst aus. Ich dachte erst, sie sagen mir jetzt, dass jemand gestorben ist. Aber noch ehe ich fragen konnte, wer, hat Dad mir gesagt, ich soll mich setzen. Dann sagte er, ich würde Thom nicht wiedersehen. Zuerst musste ich lachen, weil ich dachte, das sei wieder so einer seiner dummen Witze. Aber dann fing Mum an zu weinen und wurde völlig hysterisch, und da wusste ich, sie meinen es ernst. Dad hat mir gesagt, einer seiner Freunde hätte ein paar Nachforschungen angestellt über Thomas Trueman, und er habe herausgefunden, Thom sei ein notorischer Zocker und habe einen Haufen Spielschulden. Offensichtlich habe er es nur auf mein Geld abgesehen. Woraufhin ich Dad sagte, das sei vollkommen lächerlich, denn ich weiß, dass Thom Poker spielt, aber dass er mich liebt und dass es die wahre, große Liebe sei. Thom hat mir alles bis auf den letzten Penny zurückgezahlt, was ich ihm geliehen habe, und das habe ich ihnen auch gesagt.*

*Und dann sagte Dad das Schlimmste, was er je in meinem ganzen Leben zu mir gesagt hat. Er erzählte mir, wie er gestern Abend zu Thom nach Hause gegangen sei und ihm zwanzigtausend Pfund angeboten habe, damit er London verlässt und wir uns nie wiedersehen. Dad behauptete, Thom habe ohne zu zögern das Geld angenommen. Ich glaube das nicht. Ich kann das nicht glauben. Dad sagte, sie hätten nicht so viel Geld, Zeit und Mühe in mich investiert, damit ich am Ende einen Faulenzer heirate, der es nur auf das Familienerbe abgesehen hat. So ein Skandal würde den hart erarbeiteten Ruf der Familie ruinieren. Mum kam angelaufen und wollte mich in den Arm nehmen, aber ich habe sie weggestoßen. Wie konnte sie das bloß zulassen? Sie saß einfach neben Dad und stimmte ihm in allem zu, genau wie immer.*

*Ich bin dann zur Tür hinausgerannt und aus dem Haus gestürmt. Mit der Bahn bin ich zu Thom gefahren. John hat mir die Tür aufgemacht. Als er mich sah, wäre er fast in Tränen ausgebrochen. Und dann hat er mir einen Brief gegeben. Von Thom. Ich wollte ihn aufmachen, aber meine Hände haben so gezittert, dass John ihn für mich öffnen musste. Den Umschlag hätte Thom sich sparen können. Darauf stand nur »Es tut mir leid«.*

*Ich habe John gefragt, wo Thom hin ist, und er behauptete, es nicht zu wissen. Wie konnte ich bloß so blöd sein?*

## Rose Beams Tagebuch

*10. Juli 1985*

*Heute war ich im Theater und habe herumgefragt, ob jemand weiß, wo Thom steckt. Angeblich hat er letzte Woche angerufen und gesagt, dass er nicht mehr kommt, und alle haben sich furchtbar aufgeregt, dass er sie im laufenden Programm einfach so sitzengelassen hat. Wenn die wüssten.*

## Rose Beams Tagebuch

*12. Juli 1985*

*Seit zwei Tagen sitze ich in meinem Zimmer und habe eben erst aufgehört zu weinen. Ich glaube, ich habe einfach keine Tränen mehr. Immer wieder steht Mum vor der Tür und klopft, will mir etwas zu essen und warme Milch bringen, aber ich sage ihr jedes Mal, sie soll mich in Ruhe lassen. Noch nie habe ich meine Mutter so an-*

*geschnauzt. Aber das ist mir jetzt alles egal. Sie sind mir egal. Ich möchte ihr ins Gesicht schreien, damit sie weiß, was sie angerichtet hat. Möchte ihr sagen, dass ich schwanger bin – von Thom –, dass sie alles vermasselt hat. Aber sie verdient es nicht, das zu erfahren. Und Dad auch nicht. Sie sind böse und gemein und altmodisch … Und Thom … Ich habe mich völlig lächerlich gemacht.*

*Ich muss hier raus. Ich habe dreitausend Pfund auf dem Konto. Morgen gehe ich weg. Es gibt nichts mehr, was mich hier noch hält. Mein Kind werden sie nie zu sehen bekommen. Niemals.*

## Rose Beams Tagebuch

*15. Juli 1985*

*Das ist mein letzter Eintrag. Ich werde dieses Tagebuch wegwerfen. Ich werde sie alle wegwerfen … Nichts soll mich an dieses Leben erinnern. Ich bin fertig damit und werde nie mehr wiederkommen. Bye-bye.*

*Rose x*

Seit gut zwei Stunden blättere ich nun schon in Mums Tagebüchern, und ich kann kaum fassen, was ich da lese. *Darum* war Mum so am Boden zerstört? Dieser Mann, mein Vater, hat sie benutzt und dann fallen gelassen.

Die Wörter verschwimmen vor meinen Augen, als mir klar wird, was da geschehen ist. Mum hat mir nur erzählt, Dad habe sie noch vor meiner Geburt verlassen. Weiß er überhaupt von mir? Und Großmama. Sie und Opa Jack haben Thom Geld gegeben, damit er Mum sitzenlässt. Weil sie so schreckliche Snobs waren. Um den guten Ruf der Beams zu schützen. Wie schrecklich. Sie tut mir plötzlich ganz furchtbar leid. Kein Wunder, dass Mum niemandem getraut hat. Kein Wunder, dass sie so verbittert und depressiv war. Die Menschen, die sie auf der ganzen Welt am meisten geliebt hat, denen sie am meisten vertraut hat, haben sie schamlos hintergangen.

Mir schlägt das Herz bis zum Hals, als ich das letzte Tagebuch vorsichtig zurück in die Truhe lege. Hier oben herumzuschnüffeln war keine gute Idee. Was hatte ich eigentlich erwartet? Warum musste ich ausgerechnet jetzt hierher kommen, nach der ganzen Aufregung von heute Abend? Lieber Gott, mein Leben ist eine einzige Aneinanderreihung katastrophaler Fehlentscheidungen.

Ich bin so verdammt wütend. Wütend auf mich. Wütend auf meine Großmutter. Jetzt verstehe ich auch, warum sie so verschlossen ist. Natürlich möchte sie nicht, dass ich erfahre, dass es nicht nur ein Mann war, der Mum das Herz gebrochen hat. Sie war es. Sie und Jack. Das meinte sie wohl auch, als sie davon gebrabbelt hat, »alles wiedergutzumachen«. Sie dachte, wenn sie mir hilft, wird alles wieder gut.

Ich habe das Gefühl, jeden Augenblick zu platzen. Und ich dachte noch, Großmama sei eigentlich ganz in Ordnung. Habe mich gefreut, dass sie stolz auf mich war.

Geistesabwesend spiele ich am Ärmelaufschlag meines Morgenmantels herum und sehe zu, wie die Staubpartikel in der Luft flimmern und um mich herumwirbeln, ohne je zu Boden zu sinken. Ich denke an Mum. Daran, wie es ist, bei jemandem aufzuwachsen, der einen nie in den Arm nimmt, nie über Liebe reden will, ständig weint und nie das Haus verlässt. Ich denke daran, wie ich in der Bibliothek auf dem Boden saß, als Pam mich anrief und mir sagte, Mum hätte nicht mehr die Kraft gehabt weiterzuleben.

Großmutter hat mich belogen. Nach Strich und Faden.

*

Auf dem Weg vom Dachboden nach unten bin ich nicht so vorsichtig wie auf dem Weg nach oben, weshalb die Sprossen nicht bloß einmal laut knarzen, sondern gleich dreimal. Woraufhin Großmama aus ihrem Schlafzimmer stürzt, die Haare wirr abstehend wie ein silberner Heiligenschein um den Kopf und mit ängstlich verwirrtem Blick im blassen, runzligen Gesicht. Als sie sieht, dass es kein Einbrecher ist, sondern ich es bloß bin, entspannt sich ihr angespanntes Gesicht.

»Ach Jessica, wie hast du mich erschreckt! Lieber Himmel, wie war es auf dem Ball? Hast du dich gut amüsiert?« Dann geht ihr auf, dass ich gerade vom Dachboden komme. »Moment … was hast du da oben gemacht? Ich habe dir doch gesagt …«

»Du hast mich angelogen«, unterbreche ich sie barsch und trete mit zitternder Stimme von der letzten Sprosse auf den Boden. »Du hast mich in dem Glauben gelassen, du hättest nichts für ihr Unglück gekonnt. Aber es war alles *eure* Schuld. Deine und die von Jack.«

Großmama schwankt ganz leicht. »Das habe ich gar n…«

»Ich habe ihre Tagebücher gelesen! Sie war verliebt bis über beide Ohren, hatte ihren – ihren *Seelenverwandten* gefunden, und weil er euren Ansprüchen nicht genügte, den hohen Ansprüchen der heiligen Familie Beam, habt ihr ihm Geld gegeben, damit er verschwindet. Und das hat sie nie verwunden.«

»Lieber Gott«, flüstert Großmama, und ihre Unterlippe zittert. »Das wollte ich dir alles erzählen.«

»Ach ja, tatsächlich?«

»Ja. Ich wollte dir alles erklären. Gleich nach Abschluss unseres Projekts.«

»Ach ja, unser tolles Projekt. Tja, Glückwunsch! Leo Frost hat mir gesagt, dass er mich liebt, also, hipp, hipp, hurra. Bloß hat er leider auch herausgefunden, was für ein mieses Spiel wir mit ihm getrieben haben und dass wir ihn von hinten bis vorne belogen und betrogen haben, und jetzt ist er am Boden zerstört. Hätte ich dir doch bloß nie vertraut.«

Großmama ringt die Hände. »Nachdem sie fort war, ist Thomas zurückgekommen.«

Ich blinzele. »Wie bitte?«

»Vier Tage später stand er plötzlich vor der Tür und hat uns das Geld zurückgegeben. Er hat uns gesagt, dass er Rose liebt und eingesehen hat, dass er einen großen Fehler gemacht hat. Dein Großvater hat ihn weggeschickt, hat ihm gesagt, Rose sei zu unserer Familie in New York gegangen, und er solle es nicht wagen, je wieder hier aufzutauchen. Ich hatte schreckliche Schuldgefühle.«

Mir schnürt es die Kehle zu. Ich weiß nicht recht, warum. »Mein Vater ist zurückgekommen, und ihr habt es ihr nicht gesagt?«, wispere ich ungläubig.

Großmama schluchzt noch lauter. Ich kann es kaum ertragen. Am liebsten möchte ich sie in den Arm nehmen, damit sie aufhört, aber das hat sie nicht verdient. Nur weil sie so ein Snob ist, hat meine Mutter ihr ganzes Leben lang geglaubt, der Mann, den sie geliebt hat, habe sie aus Geldgier verlassen. Aber das stimmt nicht. Er hat sie geliebt. Hätte sie das gewusst, vielleicht hätte sie sich dann nicht …

»Jack hat mir verboten, es ihr zu sagen. Er war mein Mann. Ich musste doch auf ihn hören.«

»Sie war schwanger, verdammt noch mal!«

»Das haben wir erst erfahren, als Thom weg war. Ich habe es in Roses Tagebuch gelesen. Ihre Tagebücher lagen in einem unverschnürten Müllsack draußen vor den Tonnen. Aber da war es schon zu spät.«

Ich fahre mir mit den Fingern durch die Haare. Ich fasse es nicht.

»Ihr ganzes Leben lang hat sie euch diese Lüge geglaubt. Das hat sie fertiggemacht!«

»Ich weiß, und es tut mir leid«, heult Großmama. »Ich dachte, ich wüsste, was das Beste für meine Tochter ist. Hätte sie auf meinen Rat gehört, hätte sie sich erst gar nicht auf diesen zwielichtigen Kerl eingelassen. Und hätte kein uneheliches Kind bekommen.«

Ich schüttele den Kopf. »Du bist einfach unglaublich«, zische ich und richte mich wütend auf. »Ich wusste ja, dass du verstockt und altmodisch bist, aber das ist einfach absurd. Wieso verstehst du nicht, wie grausam und voreingenommen du bist?«

Meine Augen brennen. Ich muss hier raus.

»Das bereue ich bis heute«, sagte meine Großmutter kleinlaut. »Die ganze Sache hat Jack zugrunde gerichtet. Nachdem Rose weggelaufen ist, fing er an zu trinken, musste seinen Vorstandsposten bei Delightex aufgeben, unser ganzes Vermögen ging den Bach runter, und er wurde abweisend und unnahbar. Dass sie mit seinem Enkelkind weggegangen ist, alle Brücken abgebrochen hat und nichts mehr mit uns zu tun haben wollte … Mich hat es zerschmettert, aber ihn hat es völlig zerstört. Keine zwei Jahre später ist er an einem Herzinfarkt gestorben. Glaub mir, ich bereue diesen Fehler jeden Tag meines Lebens. Nach Jacks Tod habe ich Rose ausfindig machen lassen. Habe euch beide in diesem winzigen Haus in Manchester aufgespürt. Als ich vor der Tür stand, hat sie mich angeschrien und nach mir geschlagen. Und gesagt, wenn ich sie liebe, dann solle ich sie in Ruhe lassen und mich nie wieder bei ihr melden. Was sollte ich denn tun, Jessica? Ich wusste nicht, was ich tun sollte. Also habe ich bei eurer Nachbarin nebenan geklopft …«

»Mrs Farraway, die immer in alles ihre Nase gesteckt hat?«, flüsterte ich.

»Ja, Mrs Farraway. Und ich habe ihr angeboten, sie dafür

zu bezahlen, wenn sie mir einmal im Monat berichtet, wie es euch beiden geht. So habe ich auch herausgefunden, dass Rose sich … dass sie sich …«, bricht Großmama mit schmerzverzerrtem Gesicht ab.

Ich versuche zu schlucken, aber ich habe einen riesengroßen Kloß im Hals.

»Wenn du doch wusstest, dass sie gestorben ist, warum bist du dann nicht zu ihrer Beerdigung gekommen?«, frage ich mit gebrochener Stimme. »Warum hast du nie versucht, Kontakt zu mir aufzunehmen?«

»Ich war bei ihrer Beerdigung.«

»Was? Das ist eine Lüge. Warst du nicht.«

»Ich *war* da, Jessica. Ich habe ganz hinten gestanden, hinter den anderen Gästen. Ich habe dich mit deiner Freundin gesehen. Du sahst … sehr mitgenommen aus.«

Urplötzlich habe ich das Bild von Mums Beerdigung vor Augen. Wie wir vorher eine halbe Flasche Tequila getrunken haben, wie Summer mich regelrecht stützen musste. Ich war so betrunken, ich habe nicht mal gemerkt, dass Matilda da war.

»Und warum bist du nicht zu mir gekommen und hast mich angesprochen?«, speie ich. »Es hätte alles ganz anders laufen können. Ich war mutterseelenallein. Ich hatte niemanden.«

Die Tränen laufen Großmama übers Gesicht und tropfen ihr eine nach der anderen auf den Kragen des cremeweißen Morgenmantels.

»Das wollte ich, Jessica. Und wie ich das wollte. Aber als deine Mum gestorben ist, habe ich einen Brief von ihrem Anwalt bekommen, in dem stand, ich solle auf keinen Fall versuchen, Kontakt zu dir aufzunehmen.«

»Und wie würdest du *das* dann bezeichnen?«, schreie ich sie an und weise von ihr zu mir.

»Ich habe dich nicht kontaktiert. Du bist aus freien Stücken hierhergekommen. Ich konnte dich doch nicht wegschicken. Du brauchtest mich.«

»Nein, *du* brauchtest *mich*. Jemanden, den du skrupellos manipulieren kannst. Jemanden, der tut, was du ihm sagst, einen Handlanger für dein dämliches Buchprojekt. Tja, Glückwunsch. Es hat funktioniert. Ich schreibe das Buch. Dein Haus ist gesichert. Jippie, ein dreifaches Hoch auf dich.«

»Das ist mir alles egal. Vielleicht war das so, aber jetzt ist alles anders. Du bist das Einzige, was mir noch wichtig ist.«

»Wäre ich dir wichtig, hättest du mich nicht in die Situation gebracht, in der ich heute Abend war. Ich fühle mich beschissen, weil ich mich darauf eingelassen habe. Wir haben einen Menschen sehr verletzt.«

Großmama senkt den Blick auf ihre zitternden Hände. Sie ist wirklich ganz außer sich.

Mir dreht sich der Magen um und schlingt sich zu einem Knoten zusammen. »Hör zu, ich … ich muss weg«, ächze ich.

»Wohin?«, fragt Großmama entsetzt. »Es ist halb vier morgens!«

»Egal wohin, Hauptsache weg von dir.«

Und dann laufe ich ganz benommen in mein Zimmer, schnappe mir das Handy und tippe mit zitternden Fingern, die ständig die falschen Tasten erwischen, die erste Nummer, die mir einfällt.

Nach viermal Läuten geht jemand ran.

»Hallo?«

»Kann ich bei dir übernachten?«, frage ich ohne weitere Vorrede.

»Klar«, lautet die schlichte Antwort. »Soll ich dich abholen?«

»Nein, schon okay. Ich rufe mir ein Taxi.«

Und dann rufe ich bei der Taxizentrale an, nehme meinen Laptop, schlüpfe in meine Turnschuhe und renne an meiner schluchzenden Großmutter vorbei nach draußen, wo schon das Taxi wartet, das mich von hier wegbringt.

Ich schaffe es gerade eben zur Tür hinaus, dann fließen plötzlich all die Tränen, die ich seit zehn Jahren zurückgehalten habe.

# *Vierunddreißigstes Kapitel*

Enttäuschungen sind im Leben unvermeidlich. Aber mit Geduld und Anmut übersteht eine gute Frau auch den schwersten Sturm.

– Matilda Beams Handbuch für die gute Frau, 1959

Es ist komisch mit der Heulerei. Es ist wie mit Pringles – einmal gepoppt, nie mehr gestoppt. Ich kann einfach nicht mehr aufhören.

Der Taxifahrer ist so höflich und tut, als merkte er nicht, dass ich auf dem Rücksitz hocke und heule, schniefe und schluchze, was das Zeug hält. Ich habe nicht mal ein Taschentuch, und die Ärmel meines Morgenmantels sind nach kurzer Zeit ziemlich unansehnlich.

Mit von der Tränenflut verschleiertem Blick steige ich an der Edward Street in Bayswater aus dem Taxi, wo Jamie im blauen Frotteebademantel vor der Haustür hockt und auf mich wartet. Entsetzt sieht er zu, wie ich in Morgenmantel und Turnschuhen auf ihn zuschlurfe und mich vor Weinen kaum auf den Beinen halten kann.

»Jess? Bist du verletzt?«, fragt er und führt mich fürsorglich ins Haus. »Tut dir was weh?«

Ja. Und ja.

»E-e-e-entschuldige«, schluchze ich zwischen mehreren bebenden Atemzügen. »Ich hatte eine schr-schreckliche N-Nacht, und ich habe seit z-z-z-zehn Jahren nicht mehr geweint, und darum s-sind da so v-viiiiele Tränen, und das macht mir eine Sch-Scheißangst.«

Wir kommen in ein sauberes, schlicht eingerichtetes Wohnzimmer, mit zugezogenen Vorhängen verdunkelt.

»Setz dich«, sagt Jamie und weist auf die knuffige, gemütliche Couch. »Ich setz schnell Wasser auf.«

Matt plumpse ich auf das Sofa und sehe vor mir auf dem Couchtisch eine Pappschachtel Taschentücher stehen. Ich nehme die ganze Schachtel, stelle sie mir in den Schoß, ziehe eine Handvoll heraus und drücke das verheulte Gesicht hinein, um meine Tränen zu trocknen. Das wiederhole ich so oft, bis alle Papiertücher aufgebraucht sind. »Bringst du eine Klorolle mit?«, rufe ich Jamie in der Küche zu.

Jamie kommt mit zwei Teetassen in der Hand und einer Rolle Toilettenpapier unter dem Arm ins Wohnzimmer. Er stolpert über die Teppichkante, und der heiße Tee schwappt über und klatscht ihm auf den bloßen Fuß.

»Autsch.«

Ich lasse mir eine der Tasse geben und trinke schlürfend einen großen Schluck. Die Tränen laufen so schnell, dass sie eine nach der anderen in den Tee tropfen. Ich stelle die Tasse auf den Tisch, schnappe mir die Klorolle von Jamie und tupfe mir damit das Gesicht trocken.

»Tut mir leid«, krächze ich zittrig, »dass ich dich geweckt habe. Ich wusste nicht, wen ich sonst anrufen soll.«

»Macht doch nichts«, meint er achselzuckend, setzt sich mit der Tasse in beiden Händen zu mir und versucht, ein Gähnen zu unterdrücken. »Erzählst du mir jetzt, was passiert ist?«

Ich nicke und hole tief Luft. Und dann erzähle ich Jamie die ganze Geschichte.

*

Eine ganze Rolle Toilettenpapier, drei weitere Tassen Tee und anderthalb Stunden später weiß Jamie alles: von meiner Mum und meinem Dad, von dem ich gerade erfahren habe, dass er Thomas Trueman heißt und vielleicht nicht einmal weiß, dass es mich gibt, und wie meine Großmutter uns belogen hat. Und dann erzähle ich von dem Ball. Dass Leo alles über das Projekt erfahren hat, und dass er mir gesagt hat, dass er mich liebt. Dass ich ihn womöglich auch liebe, lasse ich lieber weg. Als ich schließlich fertig bin, ist mein Gesicht wund vor Tränen und meine Nase völlig verstopft.

»Was soll ich denn jetzt machen?«, schniefe ich. »Ich will das nicht. Mein ganzes Leben habe ich versucht, mich vor solchen Gefühlen zu schützen. Wie kann ich das abschalten? Die Heulerei muss aufhören. Ich hasse das! Ich komme mir schon vor wie Gwyneth Paltrow!«

»Du musst es einfach zulassen. Wenn du so weit bist, hörst du von selbst wieder auf.«

»Was?«, frage ich entsetzt, und schon ergießt sich eine neue Tränenflut über mein Gesicht. »Das war's? Ich muss einfach abwarten, bis es von selbst wieder aufhört? Bis dahin bin ich völlig dehydriert!«

Jamie lächelt schief, steht auf und reicht mir die Hand. »Komm mit.«

»Was? Wohin?«

»Ins Bett.«

Mit großen Augen starre ich ihn an. Ich wusste ja, dass er dauerspitz ist, aber dass er jetzt mit mir ins Bett will, nach allem, was ich ihm gerade erzählt habe, ist wirklich unfassbar.

»Schlafen«, sagt er, als er mein verdattertes Gesicht sieht. Dann gähnt er und steckt mich gleich damit an. »Du musst erst mal ausschlafen, dann kannst du dich mit deinen Problemen auseinandersetzen«, sagt er mitfühlend.

Ich nicke, schnäuze mich und folge Jamie dann durch den Flur und eine mit beigem Teppich ausgelegte Treppe hinauf. Aus einem der anderen Zimmer hört man ein Bett quietschen, und dazu leises Stöhnen und Keuchen.

»Meine Mitbewohner«, meint Jamie und verzieht das Gesicht. »Sie fangen auch schon mal frühmorgens an. Komm mit, ich hab Ohrenstöpsel.«

Jamies Zimmer ist groß und sauber, mit hellem Dielenboden und jeder Menge medizinischer Fachbücher, ordentlich aufgereiht in einem Billy-Regal. Es sieht aus wie ein Studentenzimmer, und genau genommen ist es das ja auch. Über dem Schreibtisch hängen gerahmte Fotos. Jamie mit Familie und Freunden und einige mit seinem Neffen Charlie. Mein Bauch grummelt vor Selbstmitleid. Wie es wohl sein muss, so aufzuwachsen? Im Schoß einer normalen, liebenden, funktionierenden Familie.

Jamie zieht den Bademantel aus, und darunter kommen eine karierte Boxershorts und ein graues T-Shirt mit der Aufschrift »Bazinga« zum Vorschein. Er steigt ins Bett, und ich krabbele neben ihm unter die Decke. Die duftet wunderbar nach Waschmittel. Ich ringele mich neben ihm zusammen, und er legt einen Arm um mich. Es fühlt sich gut an, tröstlich und sicher. Sofort bekommt er einen Steifen.

Empört setze ich mich auf und drehe mich um. »Jamie!«, schimpfe ich und wische mir über die Nase. »Wie kannst du nur!«

»Tschuldigung«, murmelt er. »Ich kann nichts dafür.«

Schniefend lege ich mich wieder hin, drehe mich um und kuschele mich in das Kissen.

»Es sei denn … es würde dir danach besser gehen?«, fragt er zögerlich.

Er hat recht. Vermutlich ginge es mir danach tatsächlich

ein bisschen besser. Mit Jamie ist alles so unkompliziert. Keine unberechenbaren Gefühle, kein Herzklopfen, kein Schmelzen. Keine … Liebe.

»Danke, Doc. Aber ich will eigentlich nur noch schlafen.«

Jamie beugt sich herunter und gibt mir einen Kuss auf den Hinterkopf. Dann reicht er mir zwei neongelbe Ohrstöpsel, die ich mir sofort in die Ohren stopfe, damit ich den Lärm seiner amourösen Mitbewohner nicht ertragen muss. Keine halbe Minute später bin ich eingeschlafen.

*

Am nächsten Morgen weckt mich das Klingeln meines Handys. Mein Hals ist wund und schmerzt, mein Kopf hämmert. Es fühlt sich an wie ein dicker, fetter Kater, dabei habe ich kaum etwas getrunken. Ich drehe mich um, aber Jamie ist nicht da. Schlaftrunken greife ich nach dem Telefon auf dem Nachttisch. Es ist Valentina. Bestimmt will sie wissen, wie es auf dem Ball gelaufen ist. Mist.

»Hey«, melde ich mich benommen.

»Jess, meine kleine Lavendelquaste, wie geht es dir?«

»Ähm …«

»Hör zu, ich habe leider ziemlich schlechte Nachrichten.«

Rasch setze ich mich auf, und das Hämmern im Kopf wird noch schlimmer. Autsch.

»Was ist passiert?«

»Uns hat heute früh eine einstweilige Verfügung von Rufus Frost erreicht, bezüglich *Wie angelt man sich einen Mann à la 1955*.«

»Was? Das verstehe ich nicht.«

Valentinas Stimme klingt kristallklar durch mein Telefon.

»Er sagt, sollten wir das Buch veröffentlich, verklagt er Southbank Press.«

»Aber … wir wollten doch nicht einmal Leos echten Namen im Buch verwenden, oder?«

»Nein, aber wir wollten ihn eindeutig beschreiben – er war unser ›eingefleischter Junggeselle‹. Und das wäre alles kein Problem gewesen, aber im Telegraph war ein Foto von euch beiden zu sehen, und nach seiner öffentlichen Liebeserklärung gestern Abend – ehe wir's uns versehen, wird auch die Klatschpresse darüber berichten – wäre es so klar wie Kloßbrühe, wer damit gemeint ist. Ich fürchte, für uns lohnt es sich nicht, dafür einen Rechtsstreit zu riskieren. Und selbst wenn wir davonkämen, hat Rufus angedroht, dass Davis Arthur Montblanc nicht mehr mit einem Verlag zusammenarbeiten wollen würde, der seinen Neffen bloßstellt. Und Davis Arthur Montblanc ist unser wichtigster Autor.«

Mit rutscht der Magen bis in die Kniekehlen. Nach allem, was passiert ist, wird jetzt auch noch das Buchprojekt gekippt? Dann war alles umsonst?

»Das glaube ich einfach nicht, verdammt«, murmele ich in den Hörer und habe schon wieder Tränen in den Augen. »Warum hast du nicht vorher daran gedacht?«

»Ich weiß, blöd gelaufen. Wirklich eine dumme Geschichte. Ich hatte ganz große Pläne für das Buch, und du hast wirklich ganze Arbeit geleistet bei dem Mistkerl.«

»Er ist kein Mistkerl, Valentina«, gebe ich wütend zurück. »Er hat mir erzählt, wie das mit euch war. Er hat sich nicht gerade vorbildlich benommen, ich weiß, aber er hat versucht, sich bei dir zu entschuldigen. Davon hast du keinen Ton gesagt. Und du hast dummerweise auch vergessen zu erwähnen, dass er von Anfang an ehrlich zu dir war und dir gesagt hat, dass er nichts Verbindliches will. Du hast mir weisgemacht, er sei ein gemeiner, herzloser Dreckskerl, aber das stimmt nicht. Er war kein Engel, aber *das* hat er nicht verdient.«

Valentina schnappt nach Luft. »Ich habe wirklich geglaubt, *Wie angelt man sich einen Mann à la 1955* sei eine grandiose Buchidee«, gibt sie zurück. »Und der Meinung bin ich immer noch. Alle meine verlegerischen Entscheidungen fälle ich mit absoluter Integrität. Und ich empfinde es als Beleidigung, dass du, mein bildhübscher kleiner Schützling, mir unterstellst, ich hätte …«

»Du hast Leo Frost als Versuchskaninchen auserkoren, Valentina. Und das allein eurer gemeinsamen Vergangenheit wegen. Das musst du doch zugeben!«

Valentina verstummt am anderen Ende der Leitung.

»Also gut …«, gesteht sie schließlich seufzend. »*Vielleicht* haben meine persönlichen Animositäten mein professionelles Urteilsvermögen ein bisschen getrübt.«

»Und wie«, knurre ich. »Und jetzt zahlen wir alle den Preis dafür.«

Valentinas Stimme bebt und klingt nicht mehr ganz so selbstbewusst wie sonst. »Ich … Ich mochte ihn wirklich sehr, Jess«, sagt sie plötzlich ganz sanft. »Und, na ja, ich bin es wohl nicht gewohnt, nicht zu bekommen, was ich will. Ich verstehe bis heute nicht, warum er mich nicht wollte. Ich bin doch eine gute Partie. Eine erfolgreiche, starke, attraktive Frau mit allen Vorzügen, die man sich nur wünschen kann … Du hast recht, er hat mich um Entschuldigung gebeten, aber das änderte nichts daran, dass ich öffentlich bloßgestellt war. Jeder in London wusste, dass wir etwas miteinander hatten, und jeder in London wusste, dass er zeitgleich auch noch andere Frauen vögelte.«

»Und du wolltest ihn ein bisschen zurechtstutzen. Und dafür hast du mich benutzt! Ich war dein Lockvogel!«

»Ich hätte nie gedacht, dass es so ausgehen würde«, wendet Valentina ein. »Und du bist daran auch nicht ganz unschuldig!

Nach anfänglichem Zögern hast du alles darangesetzt, Leo an der Nase herumzuführen.«

Ich will schon empört protestieren, aber eigentlich hat sie recht. Wie schnell bin ich eingeknickt und habe mir weismachen lassen, Leo Frost habe es nicht besser verdient. Es passte alles so gut zu Mums Theorie, dass alle Männer Schweine sind. Und genauso leichtgläubig war ich, als Mum mir sagte, mein Dad sei nur ein lausiger Scharlatan, weiter nichts – ich habe mich nie gefragt, ob die Geschichte nicht vielleicht zwei Seiten hat.

»Es tut mir leid, Jess«, sagt Valentina schließlich und klingt dabei ganz ehrlich. »Es tut mir aufrichtig leid. Ich bin davon überzeugt, du hast ein unglaubliches schriftstellerisches Talent, und ich hoffe wirklich sehr, dass wir irgendwann ein gemeinsames Projekt verwirklichen werden.«

Ich seufze lange und niedergeschlagen. »Sagst du Matilda bitte Bescheid wegen der einstweiligen Verfügung? Ich … ich kann das gerade nicht.«

»Natürlich. Das ist ja wohl das Mindeste, was ich tun kann.«

»Danke.« Ich schlucke schwer. »Bye, Valentina.«

Und dann lege ich schnell auf und breche gleich wieder in Tränen aus.

*

Die nächsten zwanzig Minuten heule ich ins Kissen, bis ich mich schließlich aufraffe und nach unten zu Jamie gehe. Er sitzt am großen Küchentisch, nippt an seinem Kaffee und brütet über einem Notizbuch. Mein Blick geht zur Uhr an der Wand. Es ist elf Uhr morgens.

»Müsstest du nicht längst bei der Arbeit sein?«, erkundige ich mich.

Er zuckt die Achseln. »Hab mich krankgemeldet.«

Ich gieße mir einen Kaffee ein und setze mich zu ihm an den Tisch.

»Das wäre aber nicht nötig gewesen.«

»Ach, mir ist jede Ausrede recht«, sagt er lächelnd. »Wie geht es dir?«

»Beschissen«, antworte ich und erzähle ihm von Valentinas Anruf.

»Kann ich irgendwas für dich tun?«, fragt er mitfühlend. »Egal was?«

Sofort kommt mir ein Gedanke.

»Es gäbe da tatsächlich etwas«, sage ich und trinke den Kaffee aus.

»Was immer du willst.«

»Könntest du mich nach Manchester fahren?«

*

Eine halbe Stunde später rauschen wir über die Autobahn. Da ich nichts zum Anziehen dabeihatte, trage ich meine Pyjamahose und ein T-Shirt von Jamie. Jamie gibt sich alle Mühe, mich mit einer Auswahl erlesener Horrorgeschichten aus seinem Medizinstudium aufzuheitern, und weil das Radio kaputt ist, singt er mir Led-Zeppelin-Songs vor. Ich gebe mir alle Mühe, nicht allzu miesepetrig zu sein. Ich kann Miesepetrigkeit nicht ausstehen. Aber es geht nicht. Ich kann nur noch weinen, und wenn ich gerade nicht weine, denke ich daran, wie beschissen mein Leben ist, und dann esse ich Chips, und dann weine ich wieder.

Plötzlich klingelt mein Handy, und mein Herz macht einen Satz, denn für den Bruchteil einer Sekunde glaube ich, es könnte Leo sein, der sich nach den unzähligen entgangenen Anrufen von mir endlich meldet. »Hallo?«, krächze ich mit Quietschstimme ins Handy.

»Jess, wo bist du? Geht es dir gut?«

Es ist Peach. Sie ist stockheiser. Sie klingt phänomenal verkatert.

»Ja, alles okay«, entgegne ich. »Ich muss nur ein paar Dinge erledigen. Wie geht es dir?«

»Es tut mir so leid, was gestern Abend passiert ist. Ich komme mir vor wie ein Vollidiot. Ich bin erst vor einer Stunde wach geworden. Nie wieder Tequila. Matilda weint ununterbrochen. Sie hört gar nicht mehr auf. Was zum Teufel ist passiert?«

Also erzähle ich Peach die Höhepunkte der traurigen Geschichte, die sich in den vergangenen zwölf Stunden ereignet hat: von Leo und den Tagebüchern meiner Mum und Valentina. Als ich fertig bin, fängt sie auch an zu weinen.

»O Gott, es tut mir so leid, Jess. Ich hätte dir gestern Abend beistehen sollen. Aber nein, ich habe mich abgeschossen und war zu nichts mehr zu gebrauchen. Eine schöne Freundin bin ich.«

Unter anderen Umständen hätte ich sie jetzt sicher aufgezogen, weil sie sich so betrunken hat und sabbernd an Gavin hing, aber heute ist mir nicht danach.

»Das kann jedem mal passieren«, sage ich bloß. »Ist Matilda … Muss ich mir Sorgen machen?«

»Ich weiß es nicht. Sie hat sich in ihrem Zimmer eingeschlossen. Ich höre sie weinen, und sie hört die ganze Zeit alte Doo-Wop-Songs. Ich weiß nicht, was ich machen soll. Du musst zurückkommen.«

Mein Nacken kribbelt. »Das geht nicht, Peach. Jetzt nicht. Kannst du … Kannst du dich bitte für mich um sie kümmern?«

»Selbstverständlich.«

Ich schlucke.

»Und um Mr Belding auch?«

»Klar. Der liegt hier neben mir auf dem Bett und fühlt sich pudelwohl.«

»Ich melde mich bald, okay? Und du nimmst jetzt eine Brausetablette gegen den Kater. Und iss was vom Monster Munch.«

»Okay.«

Sie klingt traurig.

»Und Peach.«

»Ja?«

»Du bist eine tolle Freundin … Du bist, na ja, meine beste Freundin.«

Und das, diese kleine Erkenntnis, in diesem ganzen Schlamassel Peach kennengelernt zu haben, das reicht, damit ich aufhöre zu heulen. Zumindest für eine Viertelstunde.

*

Drei Stunden später sind wir am Ziel, und Jamie schaltet den Motor ab und löst den Sitzgurt, als wollte er mit mir aussteigen.

»Ich muss das alleine machen«, sage ich mit einem kleinen Lächeln.

Er nickt, öffnet das Handschuhfach und nimmt ein Lehrbuch heraus mit dem Titel *Kardiologische Bildgebung*. Das hält er hoch. »Ich bin hier, wenn du mich brauchst.«

Ich bin das reinste Nervenbündel, als ich die Tür aufmache und aussteige. Ich gehe durch das große schmiedeeiserne Tor und den mit Bäumen und ordentlich gestutzten Sträuchern bestandenen Weg entlang. Ich war erst einmal hier – vor zehn Jahren – aber in Gedanken komme ich viel öfter her. Ich gehe den Weg, als sei ich erst gestern das letzte Mal hier gewesen.

Vor Mums Grabstein angekommen schnürt es mir fast die Luft ab. Mein Kopf und mein Nacken jucken so unerträglich, dass es schon fast brennt, und mein Herzschlag hat sich merklich verlangsamt.

Ich lasse mich ins Gras fallen und strecke die Hand aus nach dem glatten Marmorstein. Er ist warm von der Nachmittagssonne.

Ich atme durch.

»Hey, Mum«, sage ich und lege die Hände in den Schoß. »Es tut mir leid, dass ich dich so lange nicht mehr besucht habe. Eigentlich kein einziges Mal. Es war … na ja, ehrlich gesagt, habe ich alles gründlich vermasselt.«

Ich verstumme. Die Stille ist ohrenbetäubend.

»Im Moment wohne ich bei Großmama Beam. Ich weiß, du wolltest das nicht, und nachdem ich letzte Nacht deine Tagebücher gelesen habe, weiß ich auch, warum du nie über sie und Großpapa Jack geredet hast. Aber ich habe etwas herausgefunden, und ich finde, das solltest du unbedingt wissen …«

Wieder fallen die Tränen, und diesmal versuche ich erst gar nicht, sie aufzuhalten – allmählich gewöhne ich mich an die ständige Heulerei.

»Großmama hat mir erzählt, dass Thomas – mein Dad – zurückgekommen ist. Er wollte das Geld nicht behalten. Vier Tage, nachdem du gegangen warst, ist er zurückgekommen und wollte es zurückgeben. Großpapa Jack hat ihn weggeschickt und ihm erzählt, du seist zu Verwandten nach Amerika gegangen. Sonst hätte er dich bestimmt gesucht und auch gefunden. Und wer weiß, wie die Geschichte dann ausgegangen wäre.

Ich bin mir noch nicht ganz sicher, aber ich dachte, vielleicht versuche ich irgendwann mal, ihn ausfindig zu machen. Ich hoffe, du hättest nichts dagegen? Ich meine, wie es aussieht, ist er nicht der Scheißkerl, für den wir ihn immer gehalten haben, und na ja, ich finde, er sollte zumindest wissen, dass es mich gibt. Ich weiß auch nicht …

Mum, du hast mir immer gesagt, die Liebe zerstört alles. Beziehungen seien gefährlich, und ich dürfe mich nicht öffnen, um nicht verletzt zu werden. Ich habe mich mein ganzes Leben lang daran gehalten. Aus Angst, so zu enden wie du, habe ich immer versucht, nichts und niemanden an mich heranzulassen. Aber dann bin ich bei Großmama eingezogen, und ich weiß, sie ist verrückt, aber sie ist mir ans Herz gewachsen. Und Peach, ihre Haushaltshilfe, die auch ein bisschen gaga ist, na ja, die ist mir auch ans Herz gewachsen.

Und dann habe ich einen Mann kennengelernt. Jemanden, der mir ein Gefühl gibt, wie du es wohl bei Thomas gehabt haben musst. Als gäbe es da etwas, worauf man sich freuen kann. Jemand, den ich wirklich, wirklich *kennenlernen* wollte. Ich habe mich dagegen gewehrt, ich habe mir gesagt, dass das nicht geht, weil ich nicht so enden wollte wie du. Aber dann ist alles schiefgegangen, und jetzt geht es mir trotzdem schlecht. Aber da ist auch noch etwas anders. Ich fühle mich lebendig. Nicht wegen Alkohol oder Partys oder Sex – wobei … nicht, dass wir uns missverstehen, die stehen immer noch ganz oben auf der Liste meiner Lieblingsdinge –, sondern weil ich es zugelassen habe, so viele gute Gefühle für einen anderen Menschen zu empfinden. Und ihm ging es auch so, obwohl es genauso schnell wieder vorbei war, wie es angefangen hatte.

Wie dem auch sei, ich wollte dir nur sagen, dass Thomas dich geliebt hat. Ich glaube, hättest du das gewusst, wäre vieles anders gelaufen. Und ich hoffe, wo immer du jetzt sein magst, dass es dir gut geht.

Ich liebe dich, Mum. Und ich vermisse dich. Ich vermisse dich wie die Hölle. Aber ich muss das Leben nach meinen eigenen Regeln leben. Vielleicht bricht die Liebe mir am Ende das Genick. Aber das muss ich selbst herausfinden, auf meine eigene Art.

Tja, das war's wohl, so weit. Es war … Es war schön, mit dir zu reden, Mum. Und ich komme bald wieder.«

Und dann lege ich die Hand noch einmal auf den blassgrauen Marmor und fahre mit dem Finger über die Vertiefungen, wo Mums Name eingemeißelt ist. Plötzlich ist ein Donnergrollen zu hören, und ich zucke zusammen, als es zum ersten Mal seit Beginn der Hitzewelle unvermittelt anfängt, wie aus Eimern zu schütten. Die dicken, schweren Regentropfen durchweichen mein T-Shirt und die Pyjamahose, und langsam beruhigt sich mein Atem, und dann scheint auf einmal etwas in mir wieder an seinen rechten Fleck zu rücken.

Womöglich ist es mein Herz.

*

Auf dem Heimweg schaue ich aus dem Fenster den anderen Autos zu, die neben uns herfahren, und mir ist so leicht ums Herz wie lange nicht mehr. Jamies Handy reißt mich mit seinem Klingeln aus meiner träumerischen Trance. Er drückt einen Knopf, und der Anruf wird auf seinen Kopfhörer umgeleitet.

»Hallo«, höre ich ihn sagen. Sein Blick geht kurz zu mir. Dann sagt er: »Ach, nichts … Ich fahre nur ein bisschen rum … Niemand … Weiß ich noch nicht. Ähm … ja, vielleicht. Ich rufe dich an. Bye.«

Dann legt er auf. Seine Ohrenspitzen haben sich rosarot verfärbt.

»Wer war das denn?«, erkundige ich mich neugierig.

»Ach, nur, ähm, Kiko«, erklärt er mit einem beiläufigen Achselzucken.

Kiko? Die hat er aber gerade eiskalt abblitzen lassen.

»Ich würde sie gerne bald mal kennenlernen«, sage ich fröhlich.

Er schaut mich von der Seite an. »Echt?«

Ich nicke. »Echt. Ich … Ich fände es schön, wenn du und ich Freunde sein könnten.«

Er kaut auf seiner Unterlippe herum. »Freunde plus?«

Ich kann mir das Lächeln nicht verkneifen. »Nein. Ich habe alles, was ich letzte Woche gesagt habe, auch ganz genau so gemeint. Und … na ja, es gibt da jemanden, an den ich mein Herz verloren habe. Auch wenn aus uns nichts wird, aber … Ich will ganz ehrlich zu dir sein, ich verbringe unheimlich gerne Zeit mit dir. Und ich würde mich wirklich freuen, wenn wir Freunde sein könnten. Richtig beste Freunde.«

Er seufzt lang und tief. Dann hüstelt er. »Heißt das, wir müssen uns dann gegenseitig die Haare kämmen und, ähm, von Jared Letho schwärmen und so?«

»Ja, wäre es 1998, dann ganz bestimmt … Wobei, klingt eigentlich immer noch gut. Also ja. Müssen wir.«

»Na gut, einverstanden, Jess«, brummt Jamie, zieht auf die Überholspur und drückt aufs Gaspedal. »Ehrlich gesagt stand ich sowieso nie auf dich.«

Ich muss laut lachen.

»Danke, Jamie«, sage ich grinsend, lege eine Hand auf seine und drücke sie.

Und dann jault er eine mitreißende Version von Metallicas »Enter Sandman«, und ich gröle begeistert mit.

# *Fünfunddreißigstes Kapitel*

Vergebung ist der lebende Beweis der wahren Liebe.

– Matilda Beams Handbuch für die gute Frau, 1959

Die nächsten beiden Wochen kampiere ich auf Jamies Couch, denn schon beim Gedanken daran, meine Großmutter zu sehen, geschweige denn mit ihr zu reden, werde ich stinkwütend und tieftraurig zugleich. Peach bringt meine Habseligkeiten nach Bayswater und ruft mich regelmäßig an, um zu berichten, wie es Mr Belding geht (bestens, wie immer) und meiner Großmama, die wohl tagsüber eine fröhliche Miene aufsetzt und potentielle Kaufinteressenten durch das Haus führt, aber die ganze Nacht hindurch weint. Bei der Vorstellung ist mir hundeelend.

Kiko habe ich inzwischen auch kennengelernt. Sie war ein, zwei Mal hier, um Jamie zu besuchen. Zuerst war sie ziemlich misstrauisch, dass wir beide so dicke miteinander sind und ich auf seiner Couch nächtige, aber es dauert nicht lange, da hatte ich sie mit meinem sonnigen Gemüt von meiner Harmlosigkeit überzeugt. Wir beide werden uns bestimmt noch miteinander anfreunden. Kiko hat mir sogar geholfen, ein altersgerechtes Spielzeug (eine Seifenblasenmaschine) als Mitbringsel für die Geburtstagsparty von Bettys Sohn Henry auszusuchen, für die ich eigens nach Manchester gefahren bin. Die Party war todsterbenslangweilig, aber dass ich tatsächlich gekommen bin und zwei Stunden lang ohrenbetäubend kreischende Kinder ertragen habe, hat Betty so gewundert und gefreut, dass es die ganze Mühe wert war. Sie hat mir daraufhin sogar eine Facebook-Einladung zu einer Party geschickt, die sie im September gibt.

Und wo wir schon bei Facebook sind, Summer ist dort präsenter denn je. Jetzt, wo sie wieder mit Anderson zusammen ist, postet sie unaufhörlich Selfies und Statusmeldungen über ihre »unsterbliche Liebe« und wie #überglücklich sie ist, denn #mankannalleshaben. Ich versuche, das mit zenmäßiger Gelassenheit zu übersehen, aber wenn ich ehrlich bin, muss ich gestehen, nach dem, was sie sich auf dem Ball geleistet hat, wurmt es mich doch ungemein, überall im Internet ihre selbstzufrieden grinsende Visage zu sehen. Also lösche ich sie. Und dann, an dem Tag, als sie ankündigt, die Besetzungsliste ihrer neuen TV-Show (die auch noch vom *Stylist* Magazin zur am heißesten erwarteten Show des Jahres 2015 gekürt worden ist) exklusiv auf *Summer in the City* bekannt zu geben, logge ich mich mit meinem Passwort auf der Seite ein und leite sämtliche Links auf der Seite zu einem YouTube-Video von Rick Astleys »Never Gonna Give You Up« um. Das mache ich eine Woche lang jeden Tag, bis sie schließlich kapiert, wer dahintersteckt, und das Passwort ändert. Aber bis dahin hat ihr guter Ruf als Stilikone bereits deutliche Kratzer abbekommen, und auf BuzzFeed lautet eine hämische Schlagzeile: »Summer Spencers bizarre neue Liebe zu Rick Astley«. Ich gröle vor Lachen.

Immer wieder versuche ich, Leo zu erreichen, um mich bei ihm zu entschuldigen. Milliardenfach versuche ich ihn anzurufen, aber immer geht gleich die Mailbox ran. Ich maile ihm, aber von Newslettern und einem reizenden Angebot, mir ein »großes, freudenreiches Vermögen« aus Nigeria zu überweisen, herrscht in meinem Posteingang gähnende Leere. Einmal fahre ich sogar spätabends zu Leos Wohnung, halte mein iPhone so hoch ich kann über den Kopf (einen Ghettoblaster konnte ich leider auf die Schnelle nicht auftreiben) und lasse »In Your Eyes« von Peter Gabriel in ohrenbetäubender Lautstärke aus dem Lautsprecher dröhnen, wie John Cusack in einem von Leos Lieblingsfilmen aus den Achtzigern. Doch Leo scheint nicht zu Hause zu sein, und die erschöpft wirkende Dame im Stockwerk darüber beugt sich entnervt aus dem Fenster und brüllt mich an, ich solle gefälligst ein bisschen Rücksicht nehmen und endlich Ruhe geben, sonst rufe sie die Polizei. Woraufhin ich mich wortreich entschuldige und dann mit hängendem Kopf das Feld räume.

Ich versuche mich damit abzufinden, dass Leo nichts mehr von mir wissen will. Ich könnte nur zu gut verstehen, wenn er nichts mehr mit mir zu tun haben will – schließlich habe ich ihn nach Strich und Faden belogen und betrogen. Ich versuche sogar mir einzureden, dass es mir eigentlich nichts ausmacht, dass es eigentlich egal ist, dass ich schnell darüber hinwegkommen werde. Aber wenn ich ehrlich bin, bin ich mir da nicht so sicher. Unablässig muss ich an seine sonst so funkelnden grünen Augen denken, an den Blick, als er erfahren hatte, dass ich ihn schamlos belogen hatte, und an den göttlichen Mund mit dem selbstbewussten Lächeln, dessen Mundwinkel es nach unten zog. Und dann überlege ich, was er wohl gerade macht, ob er an mich denkt, mit wem er zusammen ist und ob sie miteinander lachen. Diese unschönen Gedanken lassen mich nachts nicht mehr schlafen. Als ich den Gedanken schließlich nicht mehr ertrage, dass er womöglich niemals erfahren wird, wie leid mir das alles tut, stehe ich eines Freitagmorgens auf und fahre mit der Bahn zur Haltestelle The Strand. Energisch stoße ich bei Woolf Frost die Türen auf und marschiere wild entschlossen zum Empfangsschalter der Rezeptionistin.

»Ich muss sofort mit Leo Frost sprechen«, erkläre ich sehr bestimmt.

Mit einem gelangweilten Blick in ihrem jungen Gesicht schaut die Empfangsdame vom Computerbildschirm auf. Sie saß auch beim letzten Mal schon hier, aber in normaler Aufmachung, mit Brille auf der Nase und einem unordentlichen Dutt im Nacken, erkennt sie mich offensichtlich nicht.

»Der ist nicht im Haus.«

»Wo ist er denn? Ich muss mit ihm sprechen. Es ist sehr dringend«, sage ich nachdrücklich.

Woraufhin sie noch gelangweilter die Achseln zuckt, eine Packung Malteser-Knusperkugeln unter dem Empfangsschalter herauskramt und ganz langsam öffnet.

»Hallo?«, hake ich nach.

Sie schnalzt mit der Zunge. »Er ist nicht mehr hier. Vor zwei Wochen hat er alles hingeworfen.« Und dann knabbert sie geziert an einer kleinen Schokoknusperkugel.

»Wie bitte? *Hingeworfen?* Warum?«

Ihr Blick geht durch das Foyer, und sie senkt die Stimme. »Sind Sie eine Kundin?«

»Nein. Ich muss ihn nur dringend sprechen. Wo ist er?«

»Okay, also, von mir wissen Sie das nicht, aber die Gerüchteküche brodelt. Es heißt, Leo Frost habe die Agentur verlassen, um als Künstler zu arbeiten. Dumpfbacke. Der alte Rufus schäumt vor Wut! Ich habe gehört, Leo ist für ein paar Wochen nach Frankreich geflogen. Will wohl das Meer malen oder so.« Und dann kichert sie blöde und verdreht die Augen, um deutlich zu machen, dass so was in ihren Augen nur schlappschwänzige Waschlappen machen. Und noch vor einem Monat hätte ich genau dasselbe gedacht. Aber ich muss an den Pinsel denken, den ich Leo beim Ball geschenkt habe, und obwohl mein Herz schmerzt beim Gedanken, dass er gar nicht mehr im Lande ist, leuchtet in meiner Brust ein warmer, leichter Funken auf, und ich muss lächeln.

*Leo Frost: Künstler.*

*

Ich verlasse die Agentur und gehe die Straße hinunter zu Little Joe's Java. Heute ist viel weniger los als an dem Lyrikabend, und über dem leisen Brummen der vormittäglichen Kaffeetrinker klingt lebhafte Samba-Musik aus den Lautsprechern. Ich bestelle einen Cappuccino mit extra Schlagsahne und bitte den Barista um Papier und Stift. Gut gelaunt reicht er mir einen Notizblock mit Briefkopf und einen blauen Kuli, und ich setze mich auf eins der gemütlichen tiefen Sofas. Dann schreibe ich.

*Lieber Leo,*
*ich habe auf allen nur erdenklichen konventionellen Wegen versucht, dich zu erreichen, aber du willst offensichtlich nichts von mir wissen – nur zu verständlich, aber ich hoffe, wenn du aus Frankreich zurückkommst, liest du diesen Brief und weißt dann, wie unendlich leid es mir tut.*

*Ich habe ziemlich tief im Schlamassel gesteckt, als ich mich auf dieses Projekt eingelassen habe – ich hatte gerade meinen Job verloren und das Dach über dem Kopf und musste zusehen, dass ich möglichst schnell an Geld komme, und außerdem brauchte meine Großmama dringend Hilfe. Ich dachte, du seiest ein sexistischer, frauenverachtender Weiberheld, und obwohl auch das keine Entschuldigung dafür ist, dich derart aufs Kreuz zu legen, hat es mir die Entscheidung doch wesentlich erleichtert. Wenn ich ganz ehrlich bin, hat unsere erste Begegnung bei der Präsentation des* Imkers *nicht unbedingt dazu beigetragen, dich in ein vorteilhaftes Licht zu rücken. Ich dachte wirklich, du bist ein schmieriger Wichser.*

*Und dann haben wir uns kennengelernt und Zeit miteinander verbracht und zusammen Spaß gehabt. Ich habe gesehen, was sich hinter der arroganten, selbstverliebten Fassade verbirgt: du. Du. Ein liebenswerter, offener, kreativer, wunderbarer, sensibler Mann, der so ganz anders ist, als ich es erwartet hatte. Und ich hatte schrecklich Angst davor, was das mit mir angestellt hat. Genau wie du habe ich auch ein Problem damit, mich auf Beziehungen einzulassen, und ich wollte mir nicht eingestehen, dass ich mich in dich verlieben könnte, denn das ist mir noch nie passiert, und ich hatte eigentlich nicht damit gerechnet, dass es je passieren könnte.*

*Vieles von dem, was du gesehen (und hoffentlich gemocht) hast, war wirklich ich. Jess Beam. Alles, was ich über dein künstlerisches Talent gesagt habe, habe ich genau so gemeint. Die Vorliebe für 80er-Jahre-Filme. Autoscooterfahren wie eine Irre. Das Gedicht auf der Bühne. Das war alles wahrhaftig und aufrichtig ich. Die Küsse. Die Küsse, die, das weiß ich, für uns beide die besten Küsse unseres Lebens waren. Das war ich.*

*Die Sache ist die, Leo: Vieles, was in den Handbüchern meiner Großmutter steht, ist dämliches antifeministisches Geschwätz. Frauen sollen passiv sein und sich dem Mann unterordnen. Aber einige gute Ratschläge sind trotzdem darunter. Durch sie habe ich gelernt, geduldiger zu sein, richtig zuzuhören, mich mehr für neue Dinge zu begeistern und, na ja, mich anderen Menschen zu öffnen und mehr zuzulassen als belanglose Nichtigkeiten. Du warst dieses Mehr. Du bist dieses Mehr.*

*Es tut mir schrecklich leid, dich so verletzt zu haben.*

*Das hast du nicht verdient, und ich bereue zutiefst, dass es so ausgegangen ist.*

*Aber ich rede wirres, unzusammenhängendes Zeug. Ich wollte dir nur einige Dinge erklären und dir sagen, wie beschissen ich mich fühle, und dass es mir sehr leidtut, dich angelogen zu haben.*

*Alles Liebe, es tut mir leid, und ganz, ganz viel Erfolg für deine künstlerische Arbeit,*

*Jess*

*X*

*PS: Sollte deine miesepetrige Nachbarin von oben sich beschweren, dass eine durchgeknallte Irre vor dem Haus gestanden und »In Your Eyes« auf dem Handy gespielt hat, das war ich. Entschuldige.*
*PPS: Ich wohne nicht mehr am Bonham Square, solltest du dich also zufälligerweise doch irgendwie mit mir in Verbindung setzen wollen, meine E-Mail-Adresse ist msbeambastic@mail.com.*

Bei Jamie zu übernachten und nichts weiter zu tun zu haben, als Summer mit Rick-Astley-Videos zu fluten und an Leo zu denken und wegen der Äffchensexgeräusche seiner Mitbewohner kaum ein Augen zuzumachen, verliert rasch seinen Reiz. Und als Peach mich an einem sonnigen Dienstag zum Mittagessen einlädt, stimme ich so begeistert zu, als hätte sie mir gerade James McAvoy nackt und willig auf einem Silbertablett angeboten.

Ich fahre zum Petit Café in Kensington und warte auf sie. Es ist komisch, Peach nicht mehr jeden Tag zu sehen, und ich freue mich richtig darauf, ein bisschen mit ihr zu quatschen.

Man stelle sich also meinen Schreck vor, als nicht Peach

zur Tür des Cafés hereinspaziert kommt, sondern Großmama. Groß und elegant in einem puderrosa Hosenanzug schwebt sie herein, die Haar hochgesteckt, die große rote Brille adrett auf der Nase.

Peach, diese verdammte Verräterin! Sie hat mich in die Falle gelockt! Und ich hatte mich so gefreut, sie zu sehen.

Missmutig stehe ich auf und fange an, meine Sachen zusammenzusuchen. Ich will nur noch weg.

»Bitte, bleib da, Jessica«, fleht meine Großmutter mit brüchiger Stimme. Seufzend setze ich mich wieder. Sie nimmt mir gegenüber Platz, und ein Hauch von Chanel No. 5 weht mir um die Nase, und sofort habe ich Tränen in den Augen. Energisch wische ich sie weg.

Ich habe Großmama vermisst.

Aber ich bin auch stinksauer auf sie.

»Ich ziehe aus dem Haus am Bonham Square aus«, erklärt sie mir und winkt dezent der Kellnerin.

»Ich weiß. Hat Peach mir gesagt.«

»Ich verkleinere mich. Ich ziehe in ein Reihenendhaus in Dulwich.« Die Kellnerin kommt und nimmt unsere Bestellung entgegen. »Nicht gerade Bonham Square, aber hell und geräumig und in einer angenehmen Nachbarschaft.«

»Gut. Das ist gut.«

»Ich wollte dich gerne sehen«, sagt sie, »und dir das hier geben.«

Und damit nimmt sie einen strahlend weißen Briefumschlag aus der Handtasche und reicht ihn mir.

Stirnrunzelnd reiße ich ihn auf.

Darin ist ein Scheck, ausgestellt auf die Stiftung für geistige Gesundheit. Am Ende der handgeschriebenen Ziffern stehen ziemlich viele Nullen. Ich schnappe nach Luft.

»Wow.«

»Es war ein Fehler, dich für dieses Projekt einzuspannen.« Großmama seufzt schwer. »Ich hätte wissen müssen, dass es nicht deine Aufgabe ist, meine Probleme zu lösen. Ich dachte, das Haus ist das Einzige, was mir noch geblieben ist. Und beim Versuch, es zu retten, habe ich das verloren, was mir am Wichtigsten ist auf der Welt … Und das bist *du*. Da ich mich verkleinere, brauche ich nicht mehr viel. Ich dachte, wir könnten die Summe im Gedenken an Rose für einen guten Zweck spenden.«

Sie schluchzt leise, als sie Mums Namen sagt.

»Das fände ich schön«, sage ich und nicke rasch. Die Worte bleiben mir fast im Hals stecken. Ich schlucke mein Schluchzen herunter. »Danke.«

Großmama nimmt ein Stofftaschentuch aus der Handtasche und tupft sich mit zitternden Händen die Augen.

»Du hast mich nicht verloren«, sage ich schließlich. »Ich bin nur gerade ziemlich angepisst und sauer auf dich.«

Sofort macht sie den Mund auf, um mich für die unpassende Wortwahl zu tadeln, aber dann klappt sie ihn gleich wieder zu.

»Es tut mir sehr leid, dass du meinetwegen … *angepisst* bist.« Sie greift nach meiner Hand. »Ich war sehr egoistisch. Aufgefressen von Kummer und Selbstmitleid. Ich konnte es nicht ertragen, dass du mich genauso verächtlich ansiehst wie deine Mutter es getan hast. Als du an meine Tür geklopft hast, dachte ich, das Schicksal hätte mir eine zweite Chance gegeben. Und dann habe ich alles vermasselt, weil ich dich in meine Probleme hineingezogen habe.«

Die Kellnerin bringt uns den Tee. Großmama gibt Milch hinein und ich Zucker, aber keine von uns trinkt einen Schluck.

»Ich werde mir nie verzeihen, was ich deiner Mutter angetan habe, Jessica. Und ganz gleich, wie schlecht du über mich denken magst, du musst wissen, ich denke selbst noch viel schlechter über mich. Bitte sag, dass du mir verzeihst.«

»Ich verzeihe dir«, erwiedere ich ohne zu zögern.

Und merke im selben Augenblick, dass ich es auch wirklich so meine. Keiner von uns ist unschuldig an diesem Desaster; wir haben uns alle wie komplette Vollpfosten aufgeführt. Mum hat ihr Leben weggeworfen, weil sie ihren Groll und ihre Wut gefüttert hat. Das will ich nicht. Das kann ich nicht.

Großmama atmet langsam aus und nimmt die Teetasse in die noch immer leicht bebende Hand.

»Peach hat mir gesagt, du möchtest gerne verreisen. Das nötige Geld dazu würde ich dir gerne geben, Jessica. Wo … Wo möchtest du denn hin?«

Ich schaue in Großmutters faltiges Gesicht und merke, wie sehr es mir gefehlt hat, auch sie jeden Tag zu sehen, wie schön es ist, wenn jemand da ist – wie verrückt er auch sein mag –, dem es nicht egal ist, was man macht. Wie sehr ich mich daran gewöhnt habe. Hmmm. Die Vorstellung, nach Jamaika oder Thailand oder sonst wo weit weg zu fliegen, erscheint mir plötzlich nicht mehr ganz so reizvoll wie früher.

Und dann muss ich lachen, denn ich weiß mit einem Mal *ganz genau,* wohin ich will. Und damit hätte ich überhaupt nicht gerechnet.

»Ich dachte da an … Südlondon, vielleicht?«, sage ich und trinke einen Schluck Tee. »Weiß nicht, Dulwich soll ganz nett sein.«

Großmama runzelt fragend die Stirn, bis ihr aufgeht, was ich damit sagen will.

»Mit … Mit mir?« Sie greift sich an die Brust. »Du meinst, bei mir im Haus?«

»Ja«, erwidere ich grinsend. »Natürlich nur, wenn du nichts dagegen hast.«

»Ach, Jessica.« Sie schluchzt so laut, dass einige Gäste uns megagenervt anstarren. »Natürlich habe ich nichts dagegen.«

»Hey, machen Sie doch einfach ein Foto, dann haben Sie länger was davon!«, schimpfe ich in Richtung der uns irritiert anstarrenden Gäste, woraufhin Großmama kichert und zart errötet.

Sie legt eine Hand an meine Wange. »Ich fasse es nicht! Sag, dass du gleich heute zu uns kommst, Liebes! Ich sage Peach, sie soll das Gästezimmer herrichten. *Dein* Zimmer!« Sie schaut über die Schulter nach hinten und winkt der Kellnerin, die am Kuchentresen steht. »Kuchen, bitte! Wir müssen unbedingt ein Stück Kuchen zum Tee essen!«

»Cool!«, lache ich fröhlich und rufe der Kellnerin zu, mir ein besonders großes Stück abzuschneiden. »Ich muss allerdings einige Bedingungen stellen.«

»Die da wären?«

»Du musst mir versprechen, dass ich keinen Hüfthalter mehr tragen muss, ich darf so viel joggen, wie ich will, und von jetzt an sagen wir einander die Wahrheit, und … du kaufst mir nie, niemals, unter keinen Umständen, eine Porzellanpuppe.«

Ohne zu zögern streckt Großmama die Hand aus. »Abgemacht.«

*

Auf dem Rückweg von unserem Treffen bin ich beschwingt und heiter. Jamie freut sich sehr, als ich ihm erzähle, dass ich mich mit meiner Großmutter versöhnt habe. Ehrlich gesagt, freut er sich schon fast ein bisschen zu sehr.

»Wow, danke«, sage ich, als er anbietet, mir beim Packen zu helfen.

»Es war schön, dich hierzuhaben«, sagt er grinsend. »Aber … du bist ein bisschen … unordentlich.«

»Ich bin *kreativ*«, protestiere ich. »Das ist ein großer Unterschied, Alter.«

Er nimmt einen Teller von gestern Abend vom Couchtisch, auf dem noch ein Lasagnerest liegt. »Ja, sehr kreativ. Ich bin Mediziner. Hygiene ist wichtig.«

Ich verdrehe nur die Augen. Von oben hole ich einen schwarzen Müllsack und fange an, wahllos Sachen hineinzustopfen, während Jamie dumm daneben steht und zuschaut, statt mir zu helfen. Als ich fertig bin, ruft er mir ein Taxi, und dann warten wir beide gemeinsam an der Haustür, bis es kommt.

»Meldest du dich mal?«, fragt Jamie leise und tritt mit der Spitze seiner Converse gegen die Bordsteinkante.

»Darauf kannst du Gift nehmen«, sage ich und stupse ihn mit den Ellbogen in die Rippen.

Er fährt sich mit der Hand durch die Locken. »Gut«, murmelt er und nickt. »Gut.«

Als das Taxi vor dem Haus anhält, ziehe ich Jamie zu mir heran und nehme ihn fest in die Arme. »Du warst wirklich toll«, flüstere ich. »Das werde ich dir nie vergessen.«

»Ich … Ich …«, setzt er an, dann seufzt er und wird rot. Ich weiß nicht, was er sagen wollte, aber ich unterbreche ihn lieber, für den Fall, dass es das ist, was ich befürchte.

»Bis bald, Doc. Und Grüße an die liebreizende Kiko.«

»Ja. Ja, sage ich ihr.« Seine Schultern sacken herab, dann macht er den Kofferraum auf und hilft mir, meine Siebensachen im Taxi zu verstauen.

»Also!«, rufe ich lächelnd. »Dann bis bald mal. Ich melde mich. Vielleicht gehen wir mal was trinken. Mit Kiko.«

»Klingt gut …«

»Prima.«

»Und benimm dich, Jess«, sagt er fast zärtlich, und sein hübsches Gesicht verzieht sich zu einem herzlichen Lächeln.

»Ich? Nie!«, rufe ich, steige in den Wagen und knalle die Tür hinter mir zu.

Der Motor heult auf, und während wir die Straße hinunterfahren, winke ich Jamie wie wild durch das Rückfenster zu. Er winkt zurück, bis wir schließlich um eine Straßenecke biegen und ich ihn nicht mehr sehe.

# *Sechsunddreißigstes Kapitel*

Der wichtigste Schritt auf der Suche nach beständiger Liebe ist, sich zuerst selbst zu lieben und sich nachsichtig, respektvoll und aufrichtig mit allen Schwächen zu akzeptieren.

– Matilda Beams Facebook-Status, August 2014

Großmama und Peach – mit Mr Belding im Arm – erwarten mich schon auf der Schwelle des viktorianischen Reihenhauses in Dulwich. Grinsend wie zwei Honigkuchenpferde stehen sie da und sehen aus wie, na ja, meine Familie. Ich zahle das Taxi, schnappe mir meine Sachen und stürme hinein, wo ich sofort Tee und eine Führung durch das Haus angeboten bekomme. Großmama hatte recht – Bonham Square ist es nicht, aber in der Welt der normalen, nicht megareichen Menschen, wie ich einer bin, ist das Haus groß und hell und voller entzückender alter Schnörkel. Die beiden führen mich zwei Treppen hinauf zu meinem Zimmer – ein riesengroßes Dachzimmer mit großen, weit geöffneten Fenstern an beiden Seiten und alten verwitterten Deckenbalken.

»Wie findest du es?«, fragt Großmama mit rosaroten Wangen und erwartungsvollem Gesicht.

Ich lasse mich auf das alte Bett fallen, atme die frische Luft ein, die von draußen hereinweht, und lächle.

»Ich finde, es fühlt sich an wie zu Hause«, sage ich.

»Ach, Jess!«, quietscht Peach und setzt sich zu mir aufs

Bett. »Fast hätte ich vergessen, dir zu sagen, dass ich mir endlich einen Spitznamen für dich ausgedacht habe!«

O Gott.

»Und der wäre?«

»Hoffentlich gefällt er dir, ich finde, er passt sehr gut, aber wenn du ihn nicht magst, brauchst du es mir nur zu sagen, dann überlege ich mir was an…«

»Raus mit der Sprache, Peach!«

»Okay, der Spitzname, den ich mir für dich ausgedacht habe, lautet« – sie breitet die Arme aus und grinst strahlend und ein bisschen übergeschnappt über das ganze Gesicht – »Lady … J! Was meinst du? Gefällt er dir?«

Genial. Einfach genial.

*

Ein Monat vergeht, und mein Leben verläuft sehr ruhig und geordnet. Es entsteht so etwas wie Alltag – den ich bisher nie hatte und auch nie wollte. Aber irgendwie vermittelt diese Routine mir manchmal ein wunderbares Gefühl von innerem Frieden. Ich habe einen Teilzeitjob in einem kleinen Antiquariat in Dulwich gefunden, wo ich von Montag bis Freitag von mittags bis um fünf Uhr nachmittags Kunden bediene – es ist prima; die Inhaber sind nett und umgänglich, und wenn gerade keine Kundschaft da ist, darf ich so viel lesen, wie ich will.

Wenn ich gerade nicht arbeite und Großmama nicht gerade für ihr Finanzmanagementseminar lernt, für das sie sich angemeldet hat, schreiben wir gemeinsam unseren neuen Blog, *Matilda und Jess*. Jawohl. Wir haben jetzt unseren eigenen Blog über die Handbücher für die gute Frau begonnen. Wobei der sich nicht nur darum dreht, wie man sich den richtigen Mann angelt, sondern auch um unsere gegensätzlichen Vorstellungen von einer »guten Frau«. Und dazu jede Menge Mode, Feminismus, Lifestyle und Karriere. Immer wieder bekommen wir uns in die Haare, und Großmama besteht darauf, unsere Facebook-Seite zu betreuen, aber abgesehen davon läuft es wirklich gut, und wir haben inzwischen eine stetig wachsende, sehr treue Leserschaft.

Ich gehe immer noch sehr oft und gern mit Peach auf die Piste (die bedauerlicherweise Gavin den Laufpass gegeben hat; als er endlich den Mund aufmachte, musste sie leider einsehen, dass es nur ein Strohfeuer war, und darum sucht sie immer noch den Richtigen für das erste Mal), aber wenn ich mich heute amüsiere, und das tue ich oft und gerne, dann schlage ich nicht so über die Stränge, dass die anderen schönen Dinge in meinem Lebens darunter leiden. Es ist ein großartiges Gefühl, endlich mein Leben selbst in die Hand zu nehmen und nicht immer der erbärmliche Versager zu sein, den alle mitleidig von oben herab anschauen, und an meiner Karriere als Schriftstellerin zu arbeiten. Ich glaube, so allmählich finde ich heraus, wer ich bin und wer ich sein möchte, und lasse den ganzen Mist aus meiner Vergangenheit hinter mir. Und das ist ein großartiges Gefühl.

So viel ich auch um die Ohren habe, ich schaue trotzdem tausend Mal am Tag in den Posteingang, in der Hoffnung, dass Leo auf meinen Brief geantwortet hat und vielleicht wieder im Lande ist. Aber ich höre keinen Pieps von ihm, nicht mal auf seinen sozialen Netzwerkseiten, und so finde ich mich langsam mit dem Gedanken ab, dass es wirklich aus und vorbei ist und ich irgendwie darüber hinwegkommen muss.

Und der Schmerz in meiner Brust, der vom Vermissen kommt, geht sicher auch bald wieder weg.

Muss er doch irgendwann, oder?

*

Ein heißer, regnerischer Augustnachmittag, und ich liege in meinem Dachzimmer auf dem Bett und arbeite an einem Post für *Matilda und Jess*, als das Handy klingelt.

»Hallo«, sage ich.

»Jessica? Mein Katzenpfötchen? Bist du's?«

Es ist Valentina. Was will die denn?

»Ich bin's«, sage ich.

»Ich hoffe, du hast den Umschlag bekommen, den ich dir eben per Fahrradkurier geschickt habe?«

»Ach, ich wohne nicht mehr am Bonham Square, ich wohne jetzt in Dulwich.«

»Das weiß ich doch, Schätzchen. Matilda hat mir eine entzückende Karte mit eurer neuen Adresse geschickt. Er sollte jeden Augenblick ankommen.«

»Was gibt's denn?«, frage ich stirnrunzelnd und mache mich auf den Weg nach unten. »Worum geht es?«

»Nun, Jess, vor ungefähr einer Stunde habe ich einen Brief von Leo Frost bekommen.«

Ich bleibe wie angewurzelt stehen. »Was?« Mir rutscht der Magen in die Knie.

»Und du *glaubst* nicht, was drinstand.«

»Was? Was denn?« Rasch laufe ich die letzten Stufen hinunter und zur Haustür, wo ich hastig den Poststapel durchblättere. Da ist er. Ein weißer, an mich adressierter DIN-A4-Umschlag. Peach muss ihn angenommen haben, als sie zum Einkaufen gegangen ist.

»Hast du ihn gefunden?«, fragt Valentina ungeduldig.

»Ich mache ihn gerade auf!«, sage ich. Mir zittern die Hände.

Vorsichtig öffne ich den Umschlag und ziehe einen kleinen Stapel Papiere heraus. Zuoberst liegt die Kopie einer Abfindungserklärung. Unterzeichnet ist sie von Leo, und darin steht, dass er uns die Erlaubnis erteilt, seinen Namen in *Wie angelt man sich einen Mann à la 1955* zu verwenden.

Mein Herz schlägt noch schneller.

»Oh«, wispere ich in den Hörer.

Und dann schaue ich mir die anderen Papiere an, und was ich da sehe, lässt mir vor Schreck das Handy aus der Hand fallen, das mit einem lauten Plumps auf den Boden knallt. Denn die anderen Blätter zeigen detaillierte, filigrane Bleistiftzeichnungen. Auf der ersten sind Leo und ich im Autoscooter. Auf der nächsten bin ich mit dem komischen fluffigen Hut beim Lyrikabend auf der Bühne von Little Joe's Java. Und dann Leo und ich im Da-Vinci-Saal vor der *Felsgrottenmadonna*. Die Zeichnungen sind fein und atemberaubend schön.

Raschelnd blättere ich bis zur letzten Seite. Eine Zeichnung von Leo und mir beim Ball der London Advertising Association. Leo scheint sich jedes noch so kleine Detail des Abends akribisch eingeprägt zu haben, bis hin zu der Stickerei auf meinem Kleid und der Riesenradbrosche. Ganz unten in die Ecke hat er die Worte gekritzelt: »Für Jess«.

Ich schlucke den Kloß im Hals herunter und greife nach dem Handy auf dem Boden. Meine Hände versagen mir fast den Dienst.

»Valentina, bist du noch dran?«

»Bin ich.« Sie klingt irritiert.

»Ich verstehe das nicht«, flüstere ich. »Warum …?«

»Leo hat nicht nur der Veröffentlichung von *Wie angelt man sich einen Mann à la 1955* zugestimmt, er hat sogar angeboten, das Buch zu illustrieren.«

Ich muss laut lachen. Was hat das zu bedeuten?

»Vielleicht hat er ja doch ein Herz«, meint Valentina. »Schockierend. Das hätte ich nicht für möglich gehalten. Ich habe gehört, er ist nicht mehr bei Woolf Frost. Vielleicht will er seinem Vater und der Agentur damit eins auswischen? Wie dem auch sei, hier sind alle ganz aus dem Häuschen, eine so prominente Persönlichkeit wie Leo mit an Bord zu haben. Es ist sogar schon die Rede von einer Fortsetzung. Und natürlich brauche ich so schnell wie möglich das Manuskript. Wir müssen das Eisen schmieden, solange …«

»Ich fasse es nicht. Ich fasse es nicht, dass er das gemacht hat.«

»Sieht ganz so aus, als hättest du das Beste in Leo Frost zum Vorschein gebracht, Jessica. Was mir nicht einmal ansatzweise gelungen ist. Aber das ist schon okay. Das Herz will, was es will, und ich habe inzwischen ein Auge auf einen entzückenden britischen Schauspieler geworfen, dem ich in letzter Zeit auf jeder Party über den Weg zu laufen scheine. Er ist ziemlich bekannt, darum möchte ich nicht mehr dazu sagen, aber so viel sei verraten, *das Spiel hat begonnen*. Wollen wir uns zum Mittagessen treffen? Dann erzähle ich dir alles persönlich, und wir können …«

»Dann ist Leo also wieder da«, platze ich heraus. Ich kann mich auf nichts von dem konzentrieren, was Valentina sagt, weil mir der Herzschlag in den Ohren pocht.

»Sieht ganz danach aus!«, sagt sie.

Er ist wieder da.

»Valentina, macht es dir was aus, wenn ich dich nachher zurückrufe?«, frage ich und habe das Gefühl, dass mir ein Lachen wie Champagnerperlen in der Kehle aufsteigen will.

Sie gluckst nur. »Aber ja doch. Geh zu ihm, meine Süße. Geh zu ihm.«

Und das tue ich dann auch.

*

Verschwitzt und völlig außer Atem stehe ich mit hochroten Wangen vor Leos Apartmentgebäude, die Haare kleben mir an der Stirn und meine lila Strickjacke ist total durchweicht. Ich klopfe an seine Tür, die fotokopierten Zeichnungen fest umklammert. Zum millionsten Mal geht mein Blick auf die losen Blätter, und ich möchte hüpfen vor Freude.

Die Tür geht auf, und Leo steht da. Er trägt ein schlichtes weißes T-Shirt und Jeans, und die roten Haare sind noch nass vom Duschen.

Mein ganzer Körper funkelt, als ich ihn sehe.

»Hi«, schnaufe ich keuchend. Ich bin den ganzen Weg von der U-Bahn her gelaufen.

Leo schaut mich nur an und verzieht keine Miene.

Ich hole tief Luft und recke das Kinn.

»Also, es ist so, Leo … Ich bin eine Frau, die gerne in Clubs und zu Rockkonzerten geht. Ich esse Asia-Nudelsnacks, so oft ich die Gelegenheit bekomme, und ich wechsele nicht jeden Tag meine Socken. Ich habe mit vielen Männern geschlafen, ich schäme mich nicht dafür, und ich glaube, das brauche ich auch nicht. Deine Drive-Alive-Kampagne fand ich wirklich bescheuert – tut mir leid, aber die ist ganz großer Müll. Ich trage gerne bequeme Plüschoveralls und normalerweise keine feschen Hütchen und Handschuhe. Meine Mum ist wirklich gestorben.« Meine Stimme zittert ein bisschen. Ich räuspere mich und rede tapfer weiter. »Und das ist das Schlimmste, was mir je passiert ist. Es macht mir immer noch zu schaffen, und ich weiß nicht, ob ich jemals darüber hinwegkommen werde, aber ich versuche es. Ich verstehe nicht viel von Lyrik und Kunst, aber ich bin offen für Neues. Ich fluche. Ich fluche verdammt viel. Meine Großmutter ist ein bisschen verrückt. Ich finde deine Zeichnungen wirklich wunderschön.« Ich drücke die Zeichnungen in meiner Hand fest an die Brust. »Und ich finde es großartig und sehr mutig, dass du deinen Job hingeworfen hast und Künstler werden willst. Ich habe einige schwerwiegende Bindungsprobleme, aber ich arbeite daran. Und noch nie habe ich im Leben etwas so sehr bereut, wie das, was ich dir angetan habe … Also, kurz gesagt, das bin ich. Halt, Moment, eins habe ich vergessen … Ich liebe dich, Leo. Ich liebe dich, verdammt noch mal.«

Und dann schaue ich in seine unglaublichen Augen. Diese Augen, die mir so vertraut sind, und die ich eigentlich noch gar nicht richtig kenne. Die Fältchen ringsum, die man nur sieht, wenn er übers ganze Gesicht strahlt.

Leo streckt die Hand nach mir aus und betrachtet mein Gesicht, als versuchte er, sich jede Einzelheit ganz genau einzuprägen.

»Hallo Jess«, sagt er. »Ich bin Leo Frost. Und ich freue mich außerordentlich, dich kennenzulernen. Ich habe schon so viel von dir gehört.«

Ich lache laut auf und grinse so breit, dass ich fast fürchte, mir jeden einzelnen Gesichtsmuskel zu zerren.

»Ich bin Jessica Beam. Jess.« Und dann ergreife ich seine Hand und schüttele sie.

»Schön, dich endlich kennenzulernen, Jess«, sagt er sanft und seine Stimme bricht fast, als er meinen richtigen Namen sagt.

Er zieht mich in die Wohnung, seine Finger greifen in meine Haare, und dann küsst er mich, und plötzlich ist es, als glühte mein ganzer Körper. Und ich weiß, ohne den Hauch eines Zweifels, *genau so* fühlt es sich an, wenn man jemanden liebt.

»Möchtest du was trinken?«, fragt Leo, als wir uns schließlich widerstrebend voneinander lösen.

»Ja, gern«, entgegne ich und folge ihm mit einem breiten, dämlich glücklichen Grinsen im Gesicht in die Küche. »Hast du vielleicht Birnen-Cider da?«

# Danksagung

Es war ein großes Abenteuer, dieses Buch zu schreiben, und ohne die Unterstützung einiger unglaublicher Menschen hätte ich es nie geschafft.

Mein aufrichtiger Dank gilt:

Hannah Ferguson, Superagentin und die perfekte Mischung aus Weisheit, Geduld und Zuspruch. Danke auch dem großartigen Team von Marsh Agency.

Der umwerfend klugen Caroline Hogg, meiner Lektorin und Freundin, die auf ihre fantastische Art nicht locker gelassen hat, bis dieses Buch so gut war, wie es besser nicht sein konnte. Eine wirklich bemerkenswerte Frau.

Den tollen Menschen von Vertrieb, Marketing und Lektorat bei Pan Macmillan. Besonderer Dank gilt Natasha Harding, Jeremy Trevathan, Eloise Wood, Victoria Hughes-Williams, Jodie Mullish, Lucie Cuthbertson-Twiggs und Juliet Van Oss.

James Annal und Lloyd Jones für die traumhafte Titelgestaltung.

Dem Team Novelicious, der wunderbarste Haufen Bücherfreaks, den man sich nur vorstellen kann.

Kerry Hiatt – grandiose Novelicious-Lektorin und vielfache Retterin in der Not!

Poppy Dolan, Rosie Blake und Holly Kingston, dafür, dass ihr mich mit eurem Mega-Talent inspiriert habt und ich mit euch zusammenarbeiten durftte.

Leah Graham, die wunderbarste, aufmunterndste Erstleserin. Ein Lob von dir ist wahrlich ein großes Lob!

Der unbeschreiblich leidenschaftlichen Buch-Blogger-Community, die mich vom ersten Moment an unterstützt hat; ganz besonders Victoria Stone, Kevin Loh, Lynsey James, Kirsty Maclennan, Steph Pegler, Eve Chong, Amanda Moran und Bronagh McAteer.

Andy und Angie – für eure wunderbare, loyale Unterstützung.

Dafür, dass ihr mir immer wieder Mut gemacht habt – Dawn Dacombe, Nick Jones, Ben Holmes und Sharon Dudley.

Cesca Major – der großartigste Menschen, den ich noch nicht kennenegelernt habe, und meine beste E-Mail-Freundin während dieser schriftstellerischen Tour de Force.

Dafür, dass sie mich zu einem glücklicheren Menschen macht – Mary Holmes.

Mum, Dad, Lynette, Nichola und Tony – meine laute, absurde, wundervolle, lustige, heldenhafte Bande, die mich jeden Tag aufs Neue inspiriert.

Edd, du wunderbarer Mann, Fels in der Brandung in diesem verrückten, turbulenten Jahr.

Und zu guter Letzt ein dickes Dankeschön meinen Lesern. Von euch zu hören ist das Abgefahrenste an diesem ganzen Job. Ich hoffe, ihr hattet eine irre Zeit mit Jessica Beam.

Kirsty Greenwood

wurde 1982 in Oldham, England, geboren. Sie ist Absolventin der Salford University und Gründungsverlegerin der beliebten Frauenliteraturseite Novelicious. Kirsty trinkt viel zu viel Tee. Sie liebt amerikanisches Fernsehen, Sonntagsbäder, schrulligen Schmuck, lächelnde Menschen und kocht und singt leidenschaftlich gerne. Die Autorin lebt mit ihrem Verlobten in Saddleworth.

Außerdem von Kirsty Greenwood bei Goldmann lieferbar:

Für immer und ehrlich. Roman (auch als E-Book erhältlich)

GOLDMANN
Lesen erleben